Une famille pour Dylan

*

Un bébé pour s'aimer

*

Cet enfant à chérir

KATE HARDY

Une famille pour Dylan

Traduction française de
PHILIPPE WANTIEZ

HARLEQUIN

Titre original :
BOUND BY A BABY

Ce roman a déjà été publié en 2015

HARPERCOLLINS FRANCE
83-85, boulevard Vincent-Auriol, 75646 PARIS CEDEX 13
Service Lectrices — Tél. : 01 45 82 47 47

www.harlequin.fr

ISBN 978-2-2804-3353-2

1

— Bien, il me semble que tout le monde est là, déclara le notaire après un regard vers Emmy et Dylan.

Emmy connaissait déjà la teneur de son discours puisque Ally et Pete lui avaient demandé de devenir la tutrice de leur fils Tyler en cas de malheur.

Or, justement. Elle déglutit avec peine. L'impensable s'était produit.

Comment croire qu'elle ne reverrait plus jamais sa meilleure amie ?

Relevant la tête, elle se concentra sur les formalités administratives.

En cet instant, elle se trouvait aux côtés de Dylan Harper, le seul homme, parmi toutes ses connaissances, à donner l'impression de porter un costume malgré son T-shirt et son jean. Lui aussi était un ami de Pete, ce qui justifiait sa présence : peut-être le défunt l'avait-il choisi comme exécuteur testamentaire ?

— Oui, répondit Dylan.

— Bien. Donc, mademoiselle Jacobs, monsieur Harper, pouvez-vous me confirmer votre engagement à devenir les tuteurs de Tyler ?

Elle se figea, stupéfaite. Tous les deux ? Mais de quoi cet homme parlait-il ? C'était impossible ! Ally et Pete n'avaient pas pu prendre cette décision.

Se tournant vers Dylan, elle croisa son regard et lut sur son visage la même surprise.

Avait-elle mal entendu ?

— Nous serions tous deux les tuteurs de Tyler ?

Pour la première fois, le notaire, jusque-là très formel, parut décontenancé.

— Vous ignoriez que les défunts vous avaient nommée comme tutrice de leur fils par testament, mademoiselle Jacobs ?

— Euh… non. Ally me l'avait demandé au moment où elle rédigeait ses dernières volontés avec son mari.

Mais son amie n'avait mentionné personne d'autre. Dylan se racla la gorge pour ajouter :

— Pete me l'avait demandé aussi.

Les deux époux s'étaient-ils concertés ? A l'évidence… puisqu'ils avaient tous deux signé les papiers. Mais ils avaient omis de les informer, Dylan et elle, qu'un second tuteur entrait dans leurs plans. Le notaire interrompit sa réflexion.

— Cela pose-t-il un problème ?

En dehors du fait que Dylan et Emmy s'étaient toujours évités comme la peste ? Plus ennuyeux, Dylan était marié et sa compagne n'allait sans doute pas apprécier son rôle de tuteur d'un enfant aux côtés d'une autre femme.

— Non, fit Emmy précipitamment.

— Pas de problème, répondit Dylan malgré son trouble.

— Parfait.

Parfait ? Pas vraiment, non. Elle flairait les complications à des kilomètres à la ronde. A moins que Dylan ne l'attaque en justice pour réclamer la garde complète de l'enfant : un couple contre une célibataire, elle devinait déjà l'issue du procès.

— Parlons maintenant des dispositions financières prévues par Pete et Ally.

— Je m'occuperai de tout ! s'exclama aussitôt Dylan.

Elle ravala sa colère. Que croyait-il donc ? Qu'une créatrice de bijoux, avec la tête dans les nuages, manquait de moyens dans ce domaine ? Elle savait que Dylan la percevait sous ces traits peu flatteurs. N'avait-elle pas surpris plusieurs conversations entre Pete et lui à ce sujet ? Quelle injustice ! A la tête de sa propre affaire depuis dix ans, elle était tout à fait en mesure d'assumer un enfant.

En revanche, elle se demandait comment Dylan, toujours tiré à quatre épingles, allait se débrouiller avec un bébé.

Ensuite… Ally n'avait jamais évoqué l'épouse de Dylan. Très diplomate, elle avait seulement précisé qu'elle travaillait avec Pete. Emmy imaginait Nadine Harper dotée du même caractère que son mari : froide, acharnée au travail, incapable de se détendre et de plaisanter…

Voilà sans doute pourquoi Ally ne l'avait pas choisie pour s'occuper de son fils.

Le notaire discourait de nouveau, détaillant les différents arrangements prévus dans le testament. Ignorant ses sentiments, Emmy préféra se concentrer sur ses paroles. C'était le plus important.

D'autant qu'il en avait presque fini.

En fait, il ne restait plus à Emmy et Dylan qu'à essayer de ramasser les morceaux et reconstruire une vie pour leur filleul.

Après avoir serré la main du notaire, elle sortit, ne se retournant vers Dylan qu'au seuil de la porte.

— Nous devons parler de l'avenir. Maintenant.

Il acquiesça d'un signe de tête.

— Je prendrais bien un café.

Avec de grands cernes sous ses yeux bleus, Dylan Harper paraissait pour la première fois vulnérable. Souffrait-il autant qu'elle ? Pour le coup, elle s'abstint de lui lancer, comme à son habitude, une de ses remarques acerbes.

— Moi aussi, dit-elle doucement.

Elle ne devait pourtant pas montrer la moindre faiblesse face à lui : elle craignait trop qu'il l'utilise ensuite pour lui enlever Tyler…

— Où est le petit ? demanda-t-il soudain.

— Avec ma mère. Elle m'appellera en cas de problème. J'ai pensé que l'office d'un notaire ne serait pas l'endroit idéal pour lui.

Il opina. Ils étaient sur la même longueur d'onde : une grande première, là aussi !

Peut-être allaient-ils trouver un arrangement ? De son

côté, elle voyait mal quand il s'occuperait du bébé avec son travail qui l'accaparait…

Une minute plus tard, ils entraient dans un café situé de l'autre côté de la rue.

— Que désirez-vous ? demanda Emmy.

— Je vous invite.

Refusant qu'il prenne la direction des opérations, elle secoua vigoureusement la tête.

— Non, j'y tiens. Que voulez-vous ?

— Eh bien… un espresso, merci.

— Vous souhaitez manger quelque chose ?

— Non, non… je crains que rien ne passe en ce moment.

Elle non plus n'avalait plus le moindre morceau depuis l'annonce de la terrible nouvelle. Au moins avaient-ils un point commun…

— Trouvez-nous une table pendant que je vais commander les cafés, dit-elle à Dylan.

S'octroyant un maigre répit, elle tenta de remettre un peu d'ordre dans ses pensées… Elle n'avait pas eu l'occasion de réfléchir depuis ce voyage surprise à Venise, offert par Pete à Ally… Peu après, elle avait reçu le dernier texto de sa meilleure amie : la jeune mère se disait impatiente de retrouver son fils après les vacances.

Chargée de leurs deux tasses, elle rejoignit finalement Dylan.

— Alors vous ne savez pas pourquoi Pete m'a choisi pour être le tuteur de Tyler ? demanda-t-il.

Comme toujours, il entrait sans préambule dans le vif du sujet. En l'occurrence, il avait raison : autant aller droit au but.

— Non. Et vous savez pourquoi Ally m'a demandé la même chose ?

— Non. Bien sûr, lorsqu'il m'en a parlé, j'ai tout de suite accepté — comme vous avec Ally, j'imagine. Il était très respectueux des dernières volontés des morts, et il était mon meilleur ami… pourtant, j'ignore ce qui a bien pu lui passer par la tête !

— Ils ont pris la décision à deux, vous savez. Ni l'un ni l'autre ne pouvaient compter sur leur famille : ils sont tous deux enfants uniques, le père de Pete a presque quatre-vingts ans et la mère d'Ally a une santé fragile. Comment auraient-ils pu s'occuper d'un enfant pour les vingt prochaines années ? Dans ces conditions, je comprends pourquoi Pete et Ally ont choisi des gens de leur âge.

— Certes. Mais pourquoi *nous* ?

— Excellente question. Pourquoi nous deux, plutôt que votre épouse et vous ?

— Le problème n'est pas là.

— Si j'étais mariée, et si le meilleur ami de mon mari lui demandait d'être le tuteur de son fils après sa mort, je ne serais pas ravie qu'il partage cette responsabilité avec une autre femme.

— Le problème n'est pas là, répéta Dylan.

— Vraiment ? Vous ne voulez pas lui téléphoner et l'inviter à nous rejoindre pour qu'elle participe à la conversation ?

— Non ! fit-il sèchement.

— Elle vous accorde donc une confiance aveugle ? s'étonna Emmy. A moins que vous ne teniez absolument à prendre seul toutes les décisions…

— Nous sommes séparés. Vous êtes satisfaite ?

Séparés ? Mais depuis quand ? Et pourquoi ?

Consciente d'être trop curieuse, elle ravala ses questions. Elle n'était pas concernée.

— Au moins, notre situation devient un peu moins compliquée. Pete et Ally ont peut-être estimé qu'à nous deux nous donnerions à Tyler une éducation complète.

— Que voulez-vous dire ?

— Nous avons chacun des qualités et des domaines de prédilection. Ainsi, nous répondrons à ses besoins les plus variés.

— Oh ! je vois ! fit-il en croisant les bras. Je m'occupe des choses sérieuses, et vous des jeux et du côté amusant ?

Si elle était prête à bien des compromis, elle estima qu'il allait trop loin. Portant sur elle des jugements hâtifs, il se montrait arrogant et aussi peu sociable qu'un ours mal léché. Mesurait-il seulement la portée de ses paroles ? Ou s'en moquait-il complètement ?

— Que dois-je en déduire ? s'offusqua-t-elle. D'après vous, parce que je conçois de jolies choses futiles, mon pauvre cerveau féminin n'est pas programmé pour faire face à la réalité et ses problèmes ?

— Je ne voulais pas présenter les choses sous cet angle...

Relevant le menton, elle le fixa droit dans les yeux.

— Mais vous n'en pensez pas moins. Dylan, vous savez pertinemment que je dirige ma propre entreprise. Si j'étais une tête de linotte, incapable de gérer mes responsabilités, j'aurais déposé le bilan depuis longtemps et accumulé une montagne de dettes. Ce n'est pas le cas. Mes affaires sont florissantes et je n'ai pas à rougir de mon compte en banque. Voulez-vous une lettre signée de mon conseiller financier en guise de preuve ?

— Très bien, je suis désolé. Je n'aurais pas dû dire cela, concéda-t-il.

— Excuses acceptées.

Peut-être se montrait-elle trop dure ? Pete et lui avaient toujours été comme des frères et sans doute Dylan était-il lui aussi ébranlé par la tragédie. De plus, handicapé par son caractère très réservé, il ignorait comment exprimer sa douleur — une étape pourtant nécessaire sur le chemin du deuil.

— Nous ne devons pas penser à nos différences, reprit-elle calmement. Nous sommes maintenant responsables d'un petit garçon qui n'a plus personne, et nous devons lui offrir un environnement stable afin qu'il grandisse normalement.

Après tout, ce n'était pas la première fois qu'ils oublieraient leur antagonisme. Ils avaient déjà enterré la hache de guerre lors du mariage de Pete et Ally, puis, plus tard, en devenant, dans la même église, le parrain et la marraine de leur nouveau-né.

La cérémonie s'était déroulée deux mois plus tôt... et, déjà, l'épouse de Dylan était absente. A cette époque, leur mariage battait-il de l'aile ? Et, si oui, Pete et Ally étaient-ils au courant ?

Elle plongea ses yeux dans ceux de Dylan.

— J'ai pensé chaque mot prononcé lors du baptême de Tyler. Je serai toujours là pour lui.

Que voulait-elle dire ? Que, de son côté, il n'avait pas été sincère ?

— Moi aussi, j'ai pensé chaque mot de mon discours, déclara-t-il d'un ton ferme.

— Parfait.

Il réfléchit quelques instants. Peut-être parviendraient-ils à s'entendre. Peut-être Emmy ferait-elle passer le bébé en premier ? Il ne savait pas à quoi s'attendre avec elle tant sa personnalité différait de celle de Nadine, toujours sérieuse et organisée. Emmy, elle, donnait l'impression de laisser libre cours à sa fantaisie et d'improviser en permanence…

C'est justement pour cette raison qu'il ne se sentait pas capable de supporter la situation, pas après ce qu'il avait subi avec sa mère…

— Pete et Ally voulaient que nous prenions soin de leur bébé si le pire survenait, déclara-t-elle. Et justement il s'est produit.

Elle était proche des larmes. Oh non, elle n'allait pas pleurer ! Il ne savait pas gérer ce genre de situation.

— Nous allons devoir oublier nos différends, ajouta-t-elle.

— Certes. Et apprendre à travailler ensemble, main dans la main.

En cet instant, il ne reconnut pas la jeune femme. Elle faisait soudain preuve d'un sérieux inattendu.

Lors de leurs trois rencontres, il l'avait toujours vue arriver en retard et fournir les excuses les plus boiteuses. Et combien de fois n'avait-il pas entendu dire qu'Ally était partie la soutenir en catastrophe, après l'une de ses ruptures difficiles ? Elle lui rappelait trop sa propre mère, si insupportable.

Quant aux jolies choses futiles qu'elle créait, pour reprendre ses termes… n'était-ce pas la preuve qu'elle se préoccupait uniquement des apparences et vivait dans un monde éloigné des dures réalités de la vie — même s'il admettait que son affaire marchait bien ?

— Donc, vous aviez la charge de Tyler jusqu'à maintenant ?

— Oui, ils me l'avaient confié avant leur départ pour Venise. L'assistante sociale m'a rendu visite hier. Elle m'a expliqué que Tyler a besoin d'un univers stable, sans imprévu, afin de se créer des repères. Nous allons devoir organiser sa nouvelle routine. En essayant de nous calquer le plus possible sur ses habitudes.

Vu le chaos permanent dans lequel Emmy Jacobs vivait, il l'imaginait mal gérer le quotidien d'un enfant… Il se garda pourtant d'ouvrir la bouche. Il en avait déjà assez dit pour aujourd'hui. Dans l'intérêt de son filleul, il préférait se montrer conciliant.

— Je suis d'accord, approuva-t-il.

— Et, comme l'a dit le notaire, nous allons partager sa garde.

— Vous pensez à une garde alternée, une semaine chez l'un, une semaine chez l'autre ? Très bien. Je n'y vois aucun inconvénient.

— Non, ce ne serait pas une bonne solution.

— Pourquoi donc ?

— A peine Tyler s'habituera-t-il à moi… que je devrai déjà l'amener chez vous, et vice versa. Comment voulez-vous qu'il mène une existence normale dans ces conditions ?

— Alors que suggérez-vous ? demanda-t-il, indécis.

— L'assistante sociale a insisté sur le fait que Tyler a besoin d'un vrai foyer. Et, selon elle, ses tuteurs devront vivre sur place, avec lui.

— Vous songez à vous installer dans la maison de Pete et Ally ?

Elle toussota légèrement.

— Pas seulement moi.

Enfin, il comprit où elle voulait en venir depuis le début…

— Vous proposez que nous *vivions ensemble* ? demanda-t-il, en manquant de renverser sa tasse de café.

— Non. L'assistante sociale a suggéré que nous partagions le même toit pour faciliter la vie de Tyler. Croyez-moi, je n'en ai aucune envie… mais cette solution me paraît la plus sensée pour notre petit garçon. Au moins, nous ne serons pas obligés de traverser Londres avec un bébé fatigué en pleine soirée ! Nous nous adapterons à lui, et pas le contraire.

— Partager une maison… Pour moi, cela signifie vivre ensemble.

Depuis toujours, il peinait à cohabiter avec quelqu'un. Et il en avait conscience : avec Nadine, l'histoire s'était même terminée en catastrophe. Parce qu'il refusait de fonder une famille, son mariage s'était effondré — sa compagne lui avait adressé un ultimatum qu'il avait jugé totalement inacceptable. Et, à présent, Emmy Jacobs, l'incarnation vivante de tout ce qu'il détestait, espérait sérieusement qu'il partage une vie de famille avec *elle* ?

— Il ne s'agit pas de vivre ensemble, insista-t-elle. Seulement de partager une maison.

Elle lui coula un regard sans équivoque : de toute évidence, il était bien le dernier homme sur terre avec lequel elle souhaitait vivre.

— Je refuse d'habiter sous le même toit que vous.

— Je n'envisage pas cet emménagement de gaieté de cœur, mais quelle autre possibilité…

Elle s'interrompit une seconde, puis :

— Bon, je comprends votre réticence. Il existe donc une autre solution : vous pouvez me laisser la garde exclusive de Tyler.

— Ce n'était pas la volonté de Pete et Ally, protesta-t-il.

Et puis Emmy était-elle assez stable pour s'occuper du garçonnet à plein temps ? Certainement pas.

Hélas, il ne s'imaginait pas non plus à cette place. Il ne connaissait rien aux bébés et il avait à peine gardé son filleul le temps d'une soirée. Jamais Pete et Ally ne le lui avaient confié pour une longue période… et pour cause ! Tous deux savaient qu'il traversait une grave crise personnelle et qu'il avait l'esprit ailleurs.

Malgré tout, il avait accepté la charge de parrain. En fait, il avait seulement cherché à réconforter son meilleur ami, à lui assurer qu'il ne se déroberait pas en cas de problème…

mais à aucun moment il n'avait envisagé que la disparition de Pete l'obligerait à tenir sa promesse. Il avait cru jouer un rôle rassurant de protecteur, et non s'engager à devoir élever un enfant !

D'ailleurs, la situation était-elle différente pour Emmy ? Elle aussi avait sans doute accepté sans vraiment songer aux conséquences de son engagement.

Or, maintenant, ils n'avaient plus le choix, ils devaient assumer et prendre une décision pour le petit garçon.

Mais le manque de sommeil ne facilitait pas sa concentration. Et, surtout, il croulait désormais sous des exigences inattendues et se sentait complètement dépassé ! Il avait promis de s'occuper de son filleul en cas de malheur, mais il n'était pas certain de réussir à tenir parole. En avait-il seulement envie ? Avait-il le droit de se dédire ? Sûrement pas.

Avec l'arrivée inopinée de ce bébé, il voyait sa vie bouleversée, mise sens dessus dessous. Mais comment en tenir rigueur à un petit être sans défense ?

Il se laissa envahir par une vague de culpabilité, honteux de son égoïsme.

En plus, Emmy lui offrait une solution de repli. Il n'avait qu'à accepter son offre ! Mais, en lui abandonnant la garde du petit, il ne pourrait plus jamais se regarder dans une glace ni se voir comme un homme sérieux.

Il ressemblerait à sa mère, qui s'était toujours déchargée de ses responsabilités sur d'autres personnes.

— Je sais que Pete et Ally désiraient autre chose, répondit-elle, mais nous ne pouvons pas déraciner un enfant simplement pour nous arranger la vie.

— Ce n'est qu'un bébé ! Il ne remarquera même pas le changement de maison.

— Oh si… et il en sera très affecté. Si nous le prenons une semaine sur deux, en alternance, il n'aura jamais de foyer stable. C'est trop dur à son âge.

— Vous êtes subitement devenue experte en puériculture ? demanda-t-il, agacé.

— Non. Mais j'ai lu plusieurs livres sur le sujet et j'ai

Et Ally était un véritable cordon-bleu, il s'en souvenait très bien.

— Moi, je m'occupais du ménage, précisa Emmy, mais, rassurez-vous, elle m'a aussi appris à réaliser quelques plats

Les menus risquaient d'être assez basiques, mais il en avait l'habitude.

— Donc, nous payons une femme de ménage, et nous nous occupons à tour de rôle de Tyler et des repas. Mais qui veillera sur le petit durant nos heures de travail ?

— Nous.

— Je ne comprends pas.

— Ally avait prévu de ne reprendre son emploi qu'après le deuxième anniversaire de Tyler. Elle voulait veiller sur son bébé. Et en aucun cas elle n'aurait souhaité que son fils échoue dans une crèche ou chez une nourrice.

— Vous oubliez une chose : nous ne sommes pas Ally et Pete, et nous allons devoir nous adapter à une situation que nous n'avons pas choisie. Nous sommes tous deux chefs d'entreprise. Et si nous ne voulons pas mettre la clé sous la porte, nous avons tout intérêt à travailler d'arrache-pied.

— Pourquoi ne pas assouplir nos horaires et déléguer certaines tâches ?

— Déléguer ? Je croyais que vous n'aviez pas d'employé.

— Mais ce n'est pas votre cas. Etes-vous plutôt du soir ou du matin ?

— Aucune importance.

Il se levait aux aurores et se couchait très tard. Nadine s'en était souvent plainte : selon elle, il consacrait tout son temps à son entreprise.

— Pour ma part, j'ai plus d'inspiration en soirée. Donc, si cela ne vous dérange pas, vous pourriez travailler durant la journée, et prendre ma relève vers 15 h 30.

— Et si j'ai besoin de participer à une réunion tardive ou à un dîner d'affaires ?

— Nous ferons preuve de souplesse. Mais, si vous êtes en retard un jour, vous devrez arriver plus tôt le lendemain, afin de compenser. Moi aussi, j'aurai parfois des rendez-vous en matinée. En cas de besoin, nous échangerons tout simplement nos places.

Ainsi, il s'apprêtait à travailler en équipe avec une femme qu'il détestait. Elle lui rappelait les pires aspects de sa mère, cette femme qui l'avait un jour abandonné pour partir « à la recherche d'elle-même », selon son expression.

— Bon, soupira Dylan. Nous allons nous organiser. Cette cohabitation forcée ne m'inspire guère mais, faute de solution, je vais me résoudre à partager une maison avec vous.

— Quand emménageons-nous chez Ally et Pete ? demanda-t-elle posément.

— Au terme du bail de mon appartement.

— Pour ma part, je dois louer le mien afin de continuer à rembourser mon crédit.

Il masqua sa surprise. Jamais il n'aurait cru Emmy propriétaire de ses murs.

— Pourquoi ne pas apporter quelques affaires chez eux dès demain ? dit-elle.

— Ecoutez, j'ai conscience que Tyler est devenu notre priorité mais… ne nous voilons pas la face. Nous ne nous apprécions pas particulièrement. Alors qu'arrivera-t-il si nous ne parvenons pas à trouver un *modus vivendi* malgré tous nos efforts ?

— Je ne sais pas.

— Dans une entreprise, avant de pourvoir définitivement un poste, nous proposons toujours une période d'essai. Ensuite, nous faisons le point et optons pour la meilleure solution.

— Il ne s'agit pas d'un travail, Dylan.

— Je sais, mais j'aimerais commencer par une période d'essai. Pour voir si la cohabitation fonctionne.

— Et dans le cas contraire, vous me laisserez la garde complète de Tyler ?

Refusant de céder sur ce point, il répondit de manière évasive.

— Nous verrons à ce moment-là.

— Bien. Trois mois. Mais si un problème survient, nous en discuterons avant que la situation ne dégénère.

— D'accord.

— Avant d'aller plus loin, j'aimerais une précision. Y a-t-il une personne qui risque de prendre ombrage de notre emménagement ?

— Comme je vous l'ai déjà dit, Nadine et moi sommes séparés. Vous n'avez donc rien à craindre de ce côté-là.

— Et il n'y a personne d'autre ?

— Pardon ?

— Eh bien… quand un divorce survient, il n'est pas rare qu'une relation adultère soit en cause. Et l'homme est le plus souvent le coupable.

Pourquoi était-elle aussi cynique ?

— La raison de notre séparation ne vous concerne pas mais, pour votre information, aucun de nous deux n'entretenait une liaison extraconjugale.

Gênée, elle rougit.

— Excusez-moi.

— Si par contre il y a un problème de votre côté, je serai heureux de…

— Non, je suis célibataire.

Avait-il trop d'imagination ou Emmy avait-elle parlé avec une pointe de tristesse et de lassitude ?

A moins que ce ne soit lui ? Parce qu'il n'avait presque pas dormi depuis l'annonce du décès de son meilleur ami et se sentait exténué.

— Encore une chose : si vous sortez avec des femmes, j'aimerais autant qu'elles ne défilent pas à la maison.

— Je ne suis même pas officiellement divorcé… et vous m'imaginez déjà à la recherche d'une nouvelle compagne ?

— Vous avez raison. C'était une remarque déplacée. Vous n'êtes pas responsable de ma piètre opinion des hommes.

Non, en effet. Un petit ami l'avait sans doute laissée tomber. Voire plusieurs.

Pourtant, Emmy Jacobs était jolie, même s'il n'y avait jamais prêté attention. Mince et élancée, elle avait de grands yeux gris magnifiques.

Mais que lui arrivait-il ? Pourquoi la regardait-il soudain ?

Subissait-il le contrecoup du choc ? Entre la mort de son meilleur ami et le naufrage de son mariage, il perdait pied…

A présent, il ne devait plus penser qu'à ses nouvelles responsabilités.

— Je suppose que vous avez les clés de la maison de Pete et Ally ? dit-il.

— Oui. Vous aussi ?

— Ils me les avaient confiées pour que je surveille les lieux pendant leurs vacances, ou en cas d'urgence… Autrefois, je pensais plutôt à une fuite d'eau ou une panne d'électricité. Pas à…

Il se tut, muet. Pour la première fois depuis des années, il ne trouvait pas ses mots.

A sa grande surprise, Emmy lui prit la main, l'air compatissant.

— Moi aussi, j'ai l'impression de vivre un cauchemar. Je me dis parfois que je vais me réveiller et que tout va rentrer dans l'ordre… Seulement, chaque matin, je dois me rendre à l'évidence : c'est la réalité.

Quels que soient les défauts de Dylan, elle devinait combien ses sentiments pour Pete et Ally étaient sincères et profonds.

— Et nous devons encore assister aux funérailles, dit-elle tout bas. J'imagine que leurs parents vont s'en occuper.

— Comme vous l'avez dit, le père de Pete est âgé, et la mère d'Ally se porte mal. Ils ont besoin d'un soutien. Je vais donc leur proposer mon aide — ils n'auront qu'à m'indiquer le genre de cérémonie qu'ils souhaitent.

— C'est très gentil de votre part. Vous les soulagerez d'un grand poids, répondit-elle, les larmes aux yeux.

— Merci. Maintenant, que diriez-vous d'échanger nos numéros de téléphone ? Personnel, professionnel…

Tout en hochant la tête, elle sortit son portable de son sac à main. Efficaces, ils notèrent leurs coordonnés en quelques secondes.

— Bien. Je vous rappellerai.

— Merci. Je dois retourner auprès de Tyler. A plus tard.

Pendant qu'elle sortait du café, il regarda cette femme qu'il n'avait jamais pu supporter et avec laquelle il emménagerait au cours de la semaine.

Il soupira, conscient que la vie réserve parfois d'étranges surprises.

Le lendemain, Emmy ouvrit la porte de la grande maison georgienne de Pete et Ally, située à Islington. Tapant d'abord le code de l'alarme, elle posa ensuite sa valise.

— Nous sommes rentrés à la maison, dit-elle au bébé, solidement attaché contre sa poitrine. Seulement, à partir d'aujourd'hui, ce ne sera plus ton papa et ta maman qui veilleront sur toi… mais Dylan et moi.

Entre ces murs, elle éprouvait une sensation bizarre.

Refusant de se complaire dans le chagrin, elle songea à toutes les tâches déjà accomplies. Outre les affaires rapportées de son appartement, elle avait effectué quelques courses, baigné Tyler et cuisiné des spaghettis à la bolognaise — un plat facile à réchauffer au retour de Dylan.

Un instant, elle songea aussi à son appartement, situé à Camden. Certes, il était beaucoup plus petit, mais elle s'y sentait chez elle. A présent, elle allait habiter une maison bien plus grande et très aù-dessus de ses moyens en compagnie de Tyler et Dylan. Comme s'ils étaient une famille.

Mais ce n'était pas le cas. Dylan était un étranger. Pire : il était même le dernier homme sur terre qu'elle aurait choisi pour compagnon. Et sans doute pensait-il la même chose d'elle.

— Je t'ai promis d'aimer Tyler comme mon fils, Ally, murmura-t-elle en refoulant ses larmes. Je vais faire de mon mieux.

Mais y parviendrait-elle ?

Après un coup d'œil au bébé endormi, elle consulta sa montre, espérant que Dylan ne tarderait pas. En attendant, elle avait encore beaucoup de travail.

S'installant dans la cuisine, elle prit une feuille de papier pour établir une liste des différentes tâches à accomplir afin de les répartir entre elle et Dylan durant les deux semaines à venir.

De nouveau, elle vérifia sa montre. Il était 19 h 30, et il n'était toujours pas là.

Elle saisit son téléphone portable et il décrocha presque aussitôt.

— Dylan Harper, fit-il d'un ton absent, comme s'il avait la tête ailleurs.

— C'est Emmy. Emmy Jacobs.

Il y eut un silence.

— Oh.

— N'étiez-vous pas censé être là ? demanda-t-elle d'une voix de miel.

— Vous aviez proposé que nous nous retrouvions à la maison après le travail.

— C'est-à-dire maintenant. Comptez-vous venir ou dois-je m'occuper du bébé jusqu'à minuit ? A moins que cette heure ne vous convienne pas non plus…

— Ne prenez pas ce ton ironique.

S'il avait assumé sa part de responsabilité, elle n'aurait pas eu besoin de le provoquer.

— Nous sommes supposés former une équipe. Or une équipe ne se réduit pas à une seule personne.

— Epargnez-moi vos phrases toutes faites, Emmy.

A bout de patience, elle soupira.

— Alors venez ici pour que nous nous mettions au point, dit-elle avant de raccrocher.

3

Elle attendit encore une heure avant que la porte d'entrée ne s'ouvre. Excédée, elle se retenait à peine de hurler.

Elle devait se calmer, se montrer conciliante, pour Pete et Ally. Pour Tyler. Même si à cet instant elle aurait préféré scalper cet homme avec un tomahawk plutôt que se montrer aimable. Au moins pour le moment. Cette mascarade ne durerait que trois mois, et ensuite il accepterait sans le moindre doute de lui confier la garde exclusive du bébé.

— Bonsoir, dit-elle en se forçant à sourire. Vous voulez des spaghettis pour le dîner ?

Dylan parut surpris.

— Vous m'avez préparé à manger ?

— Oui, puisque j'étais là. Mais, demain, ce sera votre tour de passer derrière les fourneaux.

— Oui, oui…, répondit-il d'un air soucieux.

— Je vais vous apprendre quelque chose : la faim entretient ma mauvaise humeur. Ne me faites plus attendre à l'avenir, ou vous me trouverez vraiment détestable.

Déjà qu'il ne l'aimait pas beaucoup, il n'osait pas l'imaginer en colère…

— Vous auriez dû commencer sans moi. Faire réchauffer un plat au four à micro-ondes ne me dérange pas.

— J'ignorais quand vous rentreriez et je refusais de m'attabler toute seule. Avez-vous réellement une heure de trajet pour venir jusqu'ici ?

— Non, je travaille dans le quartier des docks, à environ

une demi-heure de la maison, déclara-t-il avec gêne. Je devais d'abord boucler un dossier.

— Je vois. Que ce soit clair : nous partageons la garde de Tyler, alors à l'avenir apprenez à déléguer ou à rapporter vos dossiers à la maison, pour travailler en gardant un œil sur le bébé pendant son sommeil.

— Où est-il ?

— Il se repose. Asseyez-vous. J'ai déjà dressé un planning des tours de garde. Peut-être voudrez-vous y apporter quelques modifications pendant que je finis de préparer le repas ? Il vous suffit de déplacer les Post-it.

— Les Post-it ?

— C'est un emploi du temps provisoire. Avec des Post-it, nous pourrons plus facilement modifier nos horaires. Une fois l'arrangement idéal trouvé, je rédigerai une fiche au propre. Nous n'utiliserons les Post-it qu'en cas de changements imprévus, pour avertir l'autre.

— Hum… Oui, bien sûr. Excusez-moi.

Dylan Harper lui présentait des excuses ? Elle faillit s'étrangler.

C'était la seconde fois en deux jours.

— C'est un changement de vie radical pour nous deux, dit-elle. Nous aurons besoin de temps pour nous y habituer.

— En effet.

Reportant son attention sur les spaghettis et la sauce, elle dressa rapidement les assiettes.

— Vous avez prévu le planning pour deux semaines, déclara-t-il.

— C'est logique puisque nous allons alterner chaque semaine.

— Ça me semble parfait. Et je vous remercie pour le repas. Je pensais me débrouiller avec un sandwich…

— Je sais, j'ai les mêmes habitudes. On mijote rarement de bons petits plats quand on est seul.

— Surtout si on n'aime pas cuisiner.

Il prit une grande inspiration avant d'ajouter :

— Jamais je n'aurais imaginé vivre un jour avec vous.

— Je sais. Mais, dans l'intérêt de Tyler, nous allons faire de notre mieux.

— Avez-vous trouvé un locataire pour votre appartement ?

— Oui. Il sera occupé à partir de lundi. Et vous ?

— D'après le contrat, je peux quitter mon appartement sans préavis. C'est Nadine qui a gardé notre maison lors de la séparation.

— Lui avez-vous parlé des récents changements survenus dans votre vie ?

En réponse, il lui coula un regard sans équivoque. Il préférait qu'elle se mêle de ses affaires, aussi n'ajouta-t-elle rien.

— Je vais retourner chez moi ce soir pour prendre quelques vêtements. Les déménageurs s'occuperont du reste dans les jours à venir. Je suppose que vous avez pris les mêmes dispositions ?

— En effet… mais je n'ai pas encore choisi ma chambre. Je vous attendais. J'ai trouvé deux pièces inutilisées près de la nurserie de Tyler. Je n'aurais pas pu dormir dans le lit de Pete et Ally.

— Moi non plus. Choisissez la chambre qui vous plaît le plus.

— Merci. Puis-je aussi utiliser le bureau de Pete ? Je travaille depuis mon domicile et j'ai besoin d'un endroit où entreposer mon matériel. De préférence avec un bon éclairage.

— Faites comme bon vous semble. Moi, je peux travailler partout avec un ordinateur portable. Mais, de votre côté, avez-vous besoin d'une table pour dessiner ?

Elle masqua mal son étonnement : c'était la première fois qu'il manifestait un quelconque intérêt pour son travail.

— Oui. Et comme j'utilise des outils tranchants et dangereux, nous aurons besoin d'un parc pour Tyler, afin qu'il en reste éloigné lorsqu'il commencera à ramper. Etes-vous bon bricoleur ?

— Non. Mieux vaut que je paie un artisan pour s'en occuper, répondit-il franchement.

Elle se sentit réconfortée par cet aveu. Dans le passé, elle était sortie avec nombre d'hommes qui auraient refusé d'admettre leur nullité en bricolage, comme si cette carence nuisait à leur virilité.

Cela dit, Dylan n'était pas non plus le genre d'homme avec lequel elle rêvait de sortir…

— D'accord. J'ai le numéro de téléphone d'un excellent ébéniste.

Comme il baissait les yeux vers leurs assiettes, elle parut lire dans ses pensées.

— Pete et Ally ont un lave-vaisselle.

— Je vais débarrasser la table, ensuite j'irai chercher mes affaires.

Pendant ce temps, elle s'installerait dans la chambre où elle avait déjà dormi plusieurs fois en tant qu'invitée. Dire qu'elle allait y rester jusqu'à ce que Tyler soit grand. Avant de déballer ses cartons, elle fit un détour dans la nurserie pour embrasser le petit.

— Dors bien, mon chéri, lui dit-elle avant de disparaître.

A son retour, Dylan s'étonna de trouver Emmy encore debout.

— Tyler va bien ?

— Il dort paisiblement.

— Qui s'occupe de lui cette nuit ? Oh ! excusez-moi. Je n'aurais pas dû poser cette question. Vous avez veillé sur lui depuis l'annonce du décès, c'est forcément mon tour. Dois-je dormir par terre dans sa chambre ?

— Non, quelle idée ! Vous voyez cet appareil ? Il s'agit d'un émetteur relié à la nurserie. Dès qu'il se réveille et se met à pleurer, un voyant lumineux s'allume et vous entendez sa voix. Comme cela, vous serez automatiquement réveillé.

— Et… cela risque de se produire ?

Il ne connaissait absolument rien aux bébés.

— Il dormait d'une traite depuis deux semaines quand il a été déstabilisé par l'accident. Depuis quelques jours, il se réveille de nouveau en pleine nuit. En général, il suffit de changer sa couche, de lui donner un biberon, ou de le câliner un peu.

— Comment faire la différence ? Les bébés ne parlent pas, ils se contentent de crier.

— Pour la couche, fiez-vous à l'odeur… S'il a faim, il cognera doucement sa tête contre vous, comme s'il réclamait de la nourriture. Et, s'il veut un câlin, bercez-le doucement, jusqu'à ce qu'il se rendorme.

— Pauvre petit… je n'arrive pas à croire que Pete ne connaîtra jamais son fils.

— Je regrette aussi qu'Ally ne soit plus là pour voir tous ces moments dont elle rêvait tant : sa première dent, son premier mot, ses premiers pas… Elle avait acheté un album pour tout noter.

— Je n'aurais jamais cru devenir père. D'ailleurs, je n'ai même pas été un bon parrain.

— Ne vous reprochez rien : la plupart des hommes ne s'intéressent pas aux bébés avant de devenir parent.

— Je n'ai jamais changé une couche de ma vie.

— Tenteriez-vous d'échapper à votre tour de garde nocturne ?

Etait-elle en train de se moquer de lui ? Il n'aurait su le dire tant il peinait à deviner ses pensées. Emmy était une étrangère, indéchiffrable et difficile à suivre… et pourtant ils allaient vivre sous le même toit.

— Non, je ne cherche pas à me dérober. Mais vous avez plus d'expérience que moi dans ce domaine. Vous ne voudriez pas me montrer comment faire ?

— Vous voulez que *moi* je vous *apprenne…* ?

Incrédule, elle avait prononcé ces mots avec des yeux ronds.

— Dans mon métier, lorsqu'il me manque une compétence, je n'hésite jamais à suivre un stage. Cette fois, ce n'est pas différent. Enfin, vous me ferez une démonstration demain, en plein jour. Comme disent certains professeurs : j'entends et j'oublie, je vois et je me souviens, je fais et je comprends.

— Bon, d'accord. Cette nuit, je surveille le bébé. Mais demain n'oubliez pas de rentrer tôt, afin que je vous enseigne les bases : changer une couche, préparer un biberon et donner un bain. Lorsque je dis tôt, cela signifie avant 17 heures.

A quand remontait la dernière fois où il avait quitté son

bureau avant 19 heures ? Il ne s'en souvenait même plus. Mais il allait devoir faire un effort.

— D'accord. A demain donc.

A sa suite, elle referma un classeur et prit plusieurs feutres. Elle aussi avait travaillé… Oui, mais parce qu'elle était sa propre employée, elle pouvait choisir ses horaires.

— Où vous êtes-vous installée ? demanda-t-il.

— J'ai pris la chambre en face de la nurserie.

Par conséquent, elle lui avait laissé la chambre contiguë à celle de Pete et Ally.

— Bien, je prends donc l'autre.

Et ce n'est qu'à cet instant qu'il se rendit compte de sa bévue : il n'avait apporté ni draps, ni couette, ni oreillers. De nouveau, elle anticipa sa question.

— Le lit est déjà fait. J'ai trouvé du linge propre dans les placards. Je ne crois pas que Pete et Ally y auraient vu un inconvénient.

— Non. Je n'y avais pas pensé. Merci, en tout cas.

— Nous allons devoir prendre nos marques dans cette maison…

Compte tenu du désastre de la veille, Dylan jugea préférable, le lendemain, de prendre son après-midi. De retour à la maison, il trouva Emmy en train de jouer avec le bébé : elle fredonnait une comptine pendant qu'il souriait.

Troublé par cette atmosphère, il se figea. Il n'avait jamais voulu d'enfant. D'ailleurs, n'était-ce pas pour cette raison qu'il avait épousé Nadine, aussi obsédée que lui par la réussite professionnelle ? Du moins l'avait-il cru au départ… car comment aurait-il pu imaginer qu'un jour elle changerait d'avis et lui poserait un ultimatum : un bébé ou un divorce ? Et parce qu'il refusait fermement de devenir père, il avait opté pour le second choix.

Aujourd'hui, il venait de quitter son appartement du quartier des docks, simple et dépouillé, idéal pour un célibataire… afin d'emménager dans une grande demeure familiale. Et il allait s'occuper d'un petit bébé qui réclamait une attention constante. Même s'il n'avait pas la moindre idée sur la manière de s'y prendre.

En le voyant, Emmy leva les yeux vers lui.

— Regarde, Tyler, c'est oncle Dylan ! Vous êtes de retour tôt, dit-elle avec bonne humeur.

C'était la première fois qu'elle lui souriait spontanément et, à sa grande surprise, il en ressentit une joie profonde.

Quelle mouche l'avait piqué ? Pourquoi réagissait-il ainsi ?

Encore bouleversé par la mort de Pete et Ally, il n'était pas dans son état normal.

Il ne voyait pas d'autre explication.

— Vous deviez me montrer comment changer une couche.

— Elle est propre pour le moment, alors nous verrons cela plus tard. En attendant, pourquoi ne pas venir jouer avec lui ?

Jouer avec lui ? Quelle idée saugrenue ! Il dirigeait une importante agence de consultants en informatique, en passe de devenir une des plus réputées de Londres. Dans l'univers où il vivait, on ne jouait pas avec les bébés. D'autant qu'il ignorait comment procéder.

— Dylan, vous ne pouvez pas rester collé à votre ordinateur pendant que Tyler est réveillé. Vous devez jouer avec lui. Lui raconter une histoire. Lui parler.

— N'est-il pas un peu jeune pour les livres ?

— Bien sûr que non. Ally voulait qu'il grandisse avec une figure paternelle rassurante et Pete lui lisait tous les soirs un conte ou un album.

Bon. Il s'imaginait facilement en train de faire la lecture. Mais pour le reste…

En découvrant la panique sur son visage, elle sourit.

— Approchez. Je vais le poser contre vous.

En proie à un malaise croissant, il s'aventurait sur un terrain glissant.

— Dois-je soutenir sa tête ?

— Non. Il a quatre mois et peut la tenir levée, au contraire d'un nouveau-né. Il ne sait pas encore s'asseoir, mais il y parviendra dans quelques semaines. Je pense que vous devriez vous changer.

— Pourquoi ?

— Pour ne pas froisser ou salir votre costume en restant par terre avec lui.

— Ah… je n'y avais pas pensé.

Après une brève absence, il revint en jean et T-shirt.

— Il est à vous ! déclara Emmy.

Elle embrassa le bébé.

— A tout à l'heure, mon chéri. Amuse-toi bien avec oncle Dylan.

De plus en plus inquiet, il marqua une hésitation.

— Emmy… je ne sais pas quoi faire.

— Jouez avec lui ! Ce n'est pas bien compliqué.

A l'évidence, elle ne comptait pas lui faciliter les choses.

— Pour être honnête, je ne me suis jamais occupé d'un bébé.

— C'est votre filleul. Ne me faites pas croire que vous n'avez pas passé un peu de temps avec lui au cours des quatre derniers mois !

— Soit il dormait, soit Ally était en train de le nourrir.

Elle hocha la tête d'un air docte.

— Vous devez vraiment être désemparé pour réclamer mon aide. Et une autre femme que moi vous abandonnerait sans doute à votre triste sort. Mais Tyler passe en premier, alors je vais vous aider.

— Vous le faites pour lui, pas pour moi… J'ai reçu le message. Mais je vous remercie quand même.

— Pourquoi êtes-vous aussi perdu ? Pete disait que vous étiez l'homme le plus intelligent de sa connaissance. Ally aussi. Vous avez le même âge que nous. Comment pouvez-vous tout ignorer des bébés à trente-cinq ans ?

— Je suis fils unique. Je n'ai ni cousin ni famille proche.

Du moins n'en avait-il plus depuis la mort de sa grand-mère. Et il n'avait jamais été très lié à sa mère.

— Pete et Ally ont été les premiers à devenir parents, parmi mes amis. Je… Hum. Je crois que j'ai été assez préoccupé ces derniers mois.

— Avec un mariage qui bat de l'aile, cela se comprend. Regardez, je vais vous montrer.

Sous ses yeux, elle chanta une comptine à Tyler avant de le faire sauter sur ses genoux à la fin.

Le bébé sourit.

Et Dylan, lui, sentit son cœur chavirer.

Une nouvelle fois, il ne s'était pas attendu à une telle réaction. Que lui arrivait-il ?

— Vous voyez, dit-elle, c'est très facile. Je vous le confie. Si vous avez un problème, je serai dans le bureau de Pete.

4

Non sans surprise, Dylan découvrit à quel point il aimait jouer avec le bébé : chacun de ses rires éclatait comme une bulle de bonheur. Si quelqu'un lui avait dit, trois semaines plus tôt, qu'il jouerait avec un canard en plastique, il aurait sans doute cru à une mauvaise blague. Mais, cet après-midi, il s'amusait vraiment.

Il éprouva même une pointe de déception quand Tyler s'endormit.

Mais la sieste ne dura pas longtemps. Quelques minutes plus tard, le petit garçon se réveilla en criant… dans une odeur épouvantable.

Affolé, il partit à la recherche d'Emmy et la trouva dans le bureau de Pete.

— Vous avez un problème ? demanda-t-elle.

— Il a besoin qu'on change sa couche. Pouvez-vous me montrer comment faire ?

— Non. Je ne le ferai pas à votre place. Par contre, je vais vous expliquer la marche à suivre.

Dans la nurserie, elle l'aida seulement à ôter la barboteuse… puis, elle recula d'un pas en lui détaillant chaque étape. A la fin, elle se contenta de lui donner un dernier coup de main pour remettre le pyjama en place.

— Je retourne travailler maintenant. Appelez-moi au moment du bain. J'ai détaillé la journée du petit sur le tableau dans la cuisine, en précisant même l'heure de son prochain repas. S'il se montre grognon un peu avant, essayez de lui donner à boire. J'ai laissé des biberons d'eau stérilisée au réfrigérateur.

De nouveau, il fut surpris par son efficacité. Peut-être l'avait-il mal jugée par le passé, à moins qu'il ne l'ait seulement vue dans ses mauvais jours — auquel cas, elle en avait beaucoup. A moins qu'il ne se soit pas montré très habile avec elle…

— Oh ! n'oubliez pas qu'il doit faire son rot à la fin du repas. Tenez-le droit contre votre épaule, massez-lui le dos, et tout ira bien.

— Compris.

— Vous allez vous en sortir ?

Il n'en était pas certain, mais il refusait de déclarer forfait si facilement. Aussi préféra-t-il mentir.

— Oui. Je me débrouillerai.

Par prudence, il jeta un coup d'œil au planning dans la cuisine. Apparemment, le bébé dormait une heure avant son bain et son repas.

D'ailleurs, n'était-ce pas son tour de préparer le dîner ?

Hélas, il avait oublié de faire les courses, trop préoccupé par les affaires à régler avant son départ du bureau. En ouvrant le réfrigérateur, il découvrit avec soulagement des nouilles, de la sauce au soja et tous les ingrédients nécessaires pour leur cuisson. Parfait. Tout à l'heure, il improviserait un repas.

Mais comment allait-il endormir le bébé ?

— Je n'ai vraiment aucune idée de ce que je dois faire avec toi, dit-il, de retour dans le salon, à un Tyler tout sourire. Emmy a l'air de tout connaître, contrairement à moi.

Certes, il s'était bien amusé en jouant avec le petit garçon, mais après ?

— Elle nous a abandonnés, tu sais. Enfin, ce n'est pas vrai, je suis injuste. Si elle était restée, cela aurait signifié qu'elle ne me fait pas confiance et qu'elle cherche à tout contrôler. Donc, elle est toujours en tort, quoi qu'elle fasse.

Et s'il changeait d'attitude envers elle ? Elle avait interrompu son travail pour lui montrer comment s'y prendre, là où d'autres femmes l'auraient laissé seul avant de rire du résultat.

L'avait-il mal jugée ?

— Je ne connais aucune chanson, tu sais. Par contre, je pourrais disserter des heures sur la programmation des ordinateurs.

Tyler lui répondit par un grand sourire.

— Les codes binaires, les octets, les algorithmes…

Sur ce sujet, il était intarissable.

Et, pendant qu'il parlait, le bébé ne pleurait pas. N'était-ce pas une bonne chose ? Après tout, peu importait le contenu de son discours. Il continua à parler doucement, jusqu'à ce que le petit ferme les yeux.

Et maintenant ? Devait-il garder le bébé dans ses bras ou le déposer dans son berceau ? Il regrettait de ne pas avoir interrogé Emmy sur ce point. Mais il ne pouvait pas la déranger à tout bout de champ. Par ailleurs, il avait encore quelques tâches à effectuer, notamment vérifier ses e-mails. Couchant Tyler sur le matelas étendu au sol, il hésita à le couvrir d'un plaid. Mais, parce que sa peau était chaude, il renonça.

Il se mit ensuite au travail — même s'il peinait à se concentrer tant il jetait de fréquents coups d'œil à Tyler.

Quand le petit se réveilla, un peu plus tard, il n'eut qu'à sauvegarder son fichier avant de le prendre dans ses bras.

— C'est l'heure du bain ! Nous allons retrouver Emmy.

A proximité du bureau de Pete, il entendit de la musique classique et s'arrêta, surpris. Il avait plutôt imaginé Emmy en train d'écouter de la pop ou de la variété — en somme, toutes les chansons qui se vendaient bien et qu'il détestait. Pour la première fois, il la découvrait dans son environnement professionnel, concentrée sur un problème visiblement compliqué.

S'il l'interrompait maintenant, allait-elle perdre son idée ?

Il attendit qu'elle bouge et toqua discrètement à la porte.

— Vous m'avez demandé de venir à l'heure du bain.

Levant les yeux, elle lui adressa un grand sourire.

— Vous avez bien fait. Par contre, nous aurons besoin d'une bouteille d'eau bouillie. Elles sont rangées dans le réfrigérateur.

— Pourquoi ?

— Pour laver son visage. Ally procédait toujours de cette façon lorsqu'elle le débarbouillait au lieu de le laver. Mais, même dans un bain complet, mieux vaut utiliser cette eau pour son visage.

Une fois dans la salle de bains, elle déposa la petite cuvette du bébé au centre de la baignoire.

— Comme Tyler ne peut pas encore s'asseoir, cette méthode est plus pratique.

— Quand pourra-t-il se tenir droit ?

— Lorsqu'il aura six mois, environ.

— Où avez-vous appris toutes ces choses sur les bébés ?

Désirait-elle un enfant ? Toutes les femmes ressemblaient-elles à Nadine, qui s'était un jour réveillée avec le besoin viscéral de devenir mère ?

— J'ai un excellent manuel de puériculture pour livre de chevet, répondit-elle, amusée. Je pourrai vous le prêter, si vous voulez. Vous y trouverez une mine d'informations.

Déshabillant le bébé à l'exception de sa couche, elle l'enveloppa dans une serviette.

— Je ne veux pas qu'il attrape froid pendant que nous remplissons sa bassine. L'eau doit être à la bonne température, mais on commence toujours par faire couler l'eau froide, puis l'eau chaude. Jamais l'inverse.

— Et quelle est la température idéale ?

— Trempez votre coude. Si vous avez l'impression que l'eau est chaude, c'est trop élevé pour le bébé. Maintenant, humidifiez ces compresses de coton pour lui essuyer les yeux : une pour chaque œil, afin de limiter les risques d'infection.

Obéissant, il suivit ses instructions.

— Ensuite, il suffit de nettoyer son visage avec une autre compresse.

Au moment du bain, elle se tourna vers lui, un peu inquiète.

— J'aurais dû vous prévenir : Tyler risque de vous éclabousser.

— Ce n'est pas grave. Ces vêtements finiront dans la machine à laver, de toute manière. Et pour ses cheveux ?

— On va s'en occuper avant de le baigner. Laissez la

serviette autour de lui pour le garder au chaud et soutenez sa tête avec une main. De l'autre, passez du shampoing sur son duvet.

Mal à l'aise mais encouragé par Emmy, il lava les cheveux d'un bébé pour la première fois.

— Maintenant, rincez avec un peu d'eau, au creux de votre paume, et essuyez son crâne. Faites attention aux fontanelles.

— Les fontanelles ?

— Ce sont les endroits les plus fragiles. A son âge, les os de sa tête ne sont pas complètement soudés.

Gagné par la nervosité, il redouta un instant de blesser le petit garçon.

— Bien ! Et maintenant vérifiez de nouveau la température du bain.

— Elle me semble bonne.

— C'est parfait. Vous n'avez plus qu'à enlever sa couche et le plonger dans l'eau, en le tenant bien. N'hésitez pas à lui fredonner une comptine en même temps.

Jusqu'à présent, il ne rencontrait aucun problème majeur. Et, selon les prévisions d'Emmy, Tyler l'éclaboussa joyeusement.

A la fin de la baignade, elle le laissa remettre la couche avant de rhabiller le bébé.

— Et voilà ! Vous êtes devenu un expert !

Il n'aurait pas été jusque-là, mais il se sentait moins maladroit.

— J'essaie d'apprendre, en tous les cas.

— Je vois ça… et Tyler n'en demande pas plus.

— J'ai jeté un coup d'œil dans le réfrigérateur. Un poulet frit avec de la sauce de soja vous conviendrait-il pour le dîner ?

— Ça me semble très bien, merci.

— Je vous appellerai dès que j'ai fini.

— Vous vous souvenez comment lui donner son repas, n'est-ce pas ? Vous faites d'abord réchauffer le biberon deux minutes, puis vous faites couler quelques gouttes sur votre poignet, pour vérifier que le lait n'est pas trop chaud. Débarrassez aussi la tétine de son air, pour qu'il n'aspire pas du vide. Et appelez-moi en cas de besoin.

Nourrir un bébé n'était tout de même pas sorcier. Il allait s'en sortir.

Dans la cuisine, il fit réchauffer le biberon et s'assit avec Tyler au creux d'un bras. Fidèle aux recommandations d'Emmy, il inclina le biberon pendant que le bébé tétait d'un air concentré. Il ne put retenir un sourire. Il trouvait agréable de s'occuper de ce petit être, au point de regretter de ne pas l'avoir fait plus tôt. Mais il avait toujours été retenu par une peur irrationnelle.

Il comprenait maintenant ce que Nadine avait voulu… et qu'il lui avait refusé. Comble de l'ironie, il était désormais obligé de s'occuper de l'enfant d'un autre, sans issue possible.

Nadine aurait-elle accepté cette situation ? Il ne l'imaginait pas en jean et T-shirt, sans son tailleur de femme d'affaires ou ses robes de haute couture. Et il la voyait encore moins à quatre pattes sur le tapis avec un bébé… C'était impensable !

Au contraire d'Emmy, si douce, si jolie…

Que lui arrivait-il ? Il tenta de se ressaisir. Il n'avait pas voulu d'un enfant avec Nadine. Face à son ultimatum — un enfant ou le divorce — il n'avait pas hésité une seconde. Et, dans le cas d'Emmy, il ne songeait en aucun cas à une liaison avec elle : ils partageaient la garde d'un enfant. Ils s'étaient réunis pour Tyler, point final.

— Les grands sentiments et les aventures amoureuses, dit-il tout bas au bébé, n'ont rien d'extraordinaire. Crois-moi.

Au terme du repas, il aida Tyler à faire son rot et le coucha dans son berceau. Puis, fouillant dans la pile de livres, il lui lut un conte jusqu'à ce qu'il dorme à poings fermés.

Bien. Il avait réussi.

Il effleura la joue du bébé.

— Dors bien !

Une minute plus tard, il frappait à la porte du bureau de Pete.

— Vous vous en êtes sorti ? demanda Emmy.

— Sans problème. Il dort. Nous mangeons dans dix minutes ?

— Avec plaisir. J'ai presque fini.

Elle le suivit de près dans la cuisine.

— Madame est servie !

S'attablant face à face, ils commencèrent à manger en silence.

— C'est excellent, dit-elle après quelques bouchées.

— Oh ! ce plat n'est pas bien compliqué : du poulet, des nouilles, des légumes sautés et de la sauce de soja.

— Je trouve ça délicieux et, cerise sur le gâteau, je ne l'ai pas préparé. Ce qui le rend encore meilleur.

Ils se turent un instant, gênés.

Dylan préféra changer de sujet.

— J'ai aperçu vos planches de travail tout à l'heure. J'ignorais que vous faisiez des créations aussi fines, avec autant de minutie.

— Vous pensiez que j'enfilais des perles sur un collier ?

— Eh bien… oui.

— Beaucoup de gens croient la même chose. Mais je travaille surtout avec de l'argent et du jais. Je confectionne également de petits animaux.

— Comme les figurines sur l'étagère, dans la chambre de Tyler ?

— Oui. Ally voulait une petite arche de Noé, et j'avais prévu de lui sculpter un animal par mois.

— Ils sont magnifiques.

— Merci.

Il remarqua combien elle acceptait son compliment avec facilité. Très compétente dans son domaine, elle avait conscience de sa valeur. Comme lui.

— Pourquoi du jais ?

— Quand j'étais petite, pendant les vacances, nous allions souvent chez ma grand-tante Syb, à Whitby. La côte est constituée de rochers datant du jurassique et on y trouve de l'ambre et du jais en abondance.

— Avec des traces de fossiles ?

— Tout à fait. Ces deux matériaux sont utilisés en bijouterie depuis des temps immémoriaux. Par exemple, les Romains les employaient déjà.

Les yeux brillants, elle parlait d'un sujet qui la passionnait. L'espace d'un instant, il imagina l'expression de son visage pendant l'amour. Puis il chassa cette idée saugrenue. Il préférait se concentrer sur son travail, et rien d'autre.

— Avez-vous commencé à vous intéresser à la joaillerie grâce à votre grand-tante ?

— A l'époque, nous allions souvent ramasser du jais et de l'ambre pour Jamie, la meilleure amie de Syb, qui exerçait ce métier. J'étais fascinée par sa capacité à transformer la matière pour ses créations. Avec elle, j'ai appris à travailler le jais — une gemme qui nécessite une technique particulière. Je répands d'ailleurs beaucoup de poussière, mais rassurez-vous : je nettoie chaque soir mon atelier.

Une semaine plus tôt, sans doute aurait-il ri de ses paroles : à ce moment, il estimait Emmy Jacobs aussi peu organisée et brouillonne que sa mère. Mais il avait révisé son jugement après une journée de cohabitation. Il savait qu'elle dressait à merveille listes et emplois du temps.

— Comment vendez-vous vos bijoux ? Avez-vous un magasin ?

— Non, je place surtout mes pièces par le biais d'expositions dans des galeries, qui prennent une commission à chaque vente. Sans cela, je possède aussi un site internet.

— Désirez-vous ouvrir votre magasin un jour ?

— Non. Une boutique m'obligerait à produire davantage de bijoux pour couvrir les charges. Je perdrais aussi un temps fou à servir les clients. Un site me convient mieux. Et puis, je préfère réserver mon temps à la création. C'est vital pour moi.

A son ton et sa vision très professionnelle, il mesura de nouveau son erreur.

— Et vous, demanda-t-elle, que faites-vous exactement ? Pete m'a expliqué que vous étiez un gourou de l'informatique. Elaborez-vous des programmes ? A moins que vous ne construisiez des sites internet ?

Il esquissa un sourire.

— Cela fait partie de mes compétences. Mais mon activité principale se résume à développer des logiciels adaptés aux besoins de chaque entreprise. Après une longue entrevue avec les dirigeants pour cerner leurs besoins, je crée ensuite l'architecture.

— L'architecture ?

— J'écris le code pour que le programme installé dans l'ordinateur obéisse. Ensuite, je passe à la phase d'essais et de mise au point, puis j'établis un programme de maintenance avec le client.

— Les entreprises ne peuvent pas acheter des logiciels commerciaux, avec traitement de texte et tableurs pour la comptabilité ?

— C'est une possibilité, bien sûr... mais mes clients exigent des programmes de gestion des données spécifiquement adaptés à leurs activités. Par exemple, une chaîne de magasins va commander un logiciel capable de mettre à jour les stocks disponibles dès qu'une succursale vend un produit. Elle aura aussi besoin de dresser le profil de chaque consommateur, en fonction de ses précédents achats, afin de mieux cibler les besoins de sa clientèle.

— C'est impressionnant.

— Oh ! il s'agit seulement de gestion de données, mais il faut élaborer un programme sur mesure pour chaque entreprise. Parfois, le client n'a pas une idée précise de ses propres besoins, et nous nous livrons à un véritable interrogatoire.

— J'imagine que vous excellez dans ce domaine... Oh ! Excusez-moi. Je ne voulais pas me montrer désagréable.

— Pas de problème. Nous nous entendions comme chien et chat autrefois, inutile de chercher à devenir les meilleurs amis du monde en quelques jours.

— Non, mais ce n'est pas une raison pour vous asticoter.

— C'est vrai, dit-il avant de changer de sujet. Et vous ? Utilisez-vous un ordinateur pour votre travail ?

— Dans une certaine mesure. Faute d'employés, un tableur suffit pour ma comptabilité. Et j'ai demandé à un professionnel de concevoir mon site, afin de le rendre attrayant et fonctionnel. Il me permet de consulter les commandes et l'état des stocks, même si je dois procéder à des mises à jour manuelles.

Il se promit de consulter son site : il requérait sans doute quelques améliorations pour lui faciliter la vie…

— Quels sont vos plans ? demanda-t-elle soudain. Vous comptez vous agrandir ?

— Continuer dans la même voie me conviendrait très bien. L'agence marche bien. Je suis entouré d'une équipe compétente et dévouée, toujours prête à multiplier les heures supplémentaires pour boucler un projet…

— Vous aimez votre métier ?

— Je l'adore. Il a une place primordiale dans ma vie.

Un dévouement que Nadine n'avait jamais admis.

— Moi aussi, répondit-elle.

Ils avaient donc un autre point commun.

Après le dîner, la jeune femme l'empêcha de débarrasser la table.

— Vous avez oublié ? Je suis de corvée de lave-vaisselle, ce soir. Mais avant j'aimerais vous montrer quelque chose. Je reviens tout de suite.

A son retour, elle tenait un livre à la main et le lui tendit.

— *La bible des bébés* ?

— Tout à l'heure, vous m'avez demandé comment je connaissais si bien les bébés. La réponse est dans ce bouquin ! Je l'ai acheté à la naissance de Tyler, afin d'aider Ally. Il regorge d'explications. Et, s'il ne répond pas à une question, je dispose toujours d'une arme secrète.

— C'est-à-dire ?

— Un coup de fil à ma mère.

Qu'adviendrait-il si lui-même téléphonait à sa mère pour lui parler du bébé ? Il préférait ne pas y songer. Sa mère n'avait jamais réussi à s'occuper d'un enfant… D'ailleurs, ne l'avait-elle pas confié à ses propres parents dès que possible ? Dans son entourage, il aurait seulement pu se tourner vers sa grand-mère, incollable en matière de nouveau-nés… mais elle était décédée un an plus tôt. Après ses épousailles, mais avant son divorce. Et, si elle n'avait jamais critiqué son mariage avec Nadine, il savait qu'elle l'avait toujours considéré comme une grossière erreur.

Et elle avait eu raison !

Mais qu'aurait-elle pensé d'Emmy ?

De nouveau, il s'étrangla. Pourquoi s'égarait-il dans cette voie ?

— Avez-vous encore besoin de ce livre ? demanda-t-il. Ou puis-je le garder ?

— Je l'ai lu entièrement mais lors de mon tour de garde, laissez-le dans la nurserie… de sorte que je puisse le consulter en cas de problème. Cela vous ennuie si je retourne au travail ? Je ferai la vaisselle plus tard.

— C'est vous qui voyez. Moi, je reste à veiller Tyler ce soir.

— J'aimerais vous souhaiter bonne nuit… mais cela dépendra de Tyler.

— Exact !

En effet, il n'était pas sûr de trouver le sommeil, et pas seulement à cause des pleurs du bébé. Face à ses nouvelles responsabilités, il se retrouvait dans une situation inimaginable. Entre le déménagement et son nouvel emploi du temps, il n'avait plus l'esprit libre. Et puis… il était troublé par la présence d'Emmy. A force de la côtoyer, il la découvrait sous un jour très différent de l'image qu'il s'était forgée.

— Dormez bien, répondit-il en emportant le manuel de puériculture.

Jamais il n'aurait cru lire un jour ce genre de livre…

5

Réveillé à 3 h 30 par les pleurs du bébé, Dylan émergea d'un rêve étrange. Au son des cris, retransmis par l'émetteur, il se précipita dans la nurserie.

Selon les dires d'Emmy — et conformément à ses lectures — Tyler était probablement sale, affamé… ou juste fatigué. A moins qu'il n'exige un simple câlin ? Dans la chambre, il procéda par élimination ; pas de mauvaise odeur, donc une couche encore propre. En pleine nuit, le petit n'était pas épuisé. Donc… avait-il faim ou envie d'un câlin ?

A moins qu'il ne réclame sa mère. Trop petit, il ne pouvait comprendre qu'Ally ne reviendrait plus. Un instant, il songea à sa propre mère : elle non plus n'avait jamais été là… mais pour des raisons différentes. Faute de fibre maternelle, elle avait disparu… alors que Tyler avait été chéri par ses deux parents.

Interrompant ses réflexions, le bébé frotta sa tête contre lui. N'était-ce pas le signe qu'il avait faim ?

En vitesse, il descendit dans la cuisine, étonné qu'un si petit être puisse crier aussi fort. Il ne s'y attendait pas !

Un peu dépassé, il mit un temps interminable à réchauffer le biberon alors que les cris se transformaient en vagissements.

Au final, il parvient à donner son biberon à Tyler, et le calme revint.

— Tu te sens mieux, maintenant ?

Comme il plaçait Tyler en position pour son renvoi, celui-ci vomit du lait sur son épaule.

Il lâcha un juron. Qu'avait-il omis de faire correctement ?

De nouveau, Tyler poussa un cri… car le lait avait trempé ses vêtements. En aucun cas Dylan ne pouvait le recoucher dans cet état.

Obligé de le changer, il lui retira sa gigoteuse au prix de maintes contorsions. A croire que Tyler possédait quatre bras et six jambes !

Une fois déshabillé, le bébé en profita pour projeter un jet d'urine… si bien que Dylan eut seulement le temps de reculer. Grave erreur ! Aussitôt, il se précipita pour rattraper Tyler de crainte qu'il ne tombe. C'était sa première nuit de garde, et il enchaînait les catastrophes. A cause de son inattention, le petit garçon aurait pu chuter, se blesser… ou pire.

Inspirant un bon coup, il retrouva son calme et nettoya le bébé, qui ne tarda pas à se rendormir.

De retour dans sa chambre, Dylan renonça à une bonne douche : avec le bruit, il redoutait de déranger Emmy. Aussi se contenta-t-il d'essuyer les dégâts au-dessus du lavabo.

Après un petit détour par la nurserie, où Tyler dormait profondément, il descendit au rez-de-chaussée, en quête d'une bonne tasse de thé.

Rêvait-il… ou sentait-il déjà l'odeur du café chaud ?

Non, il ne se trompait pas. Emmy se trouvait bien dans la cuisine.

— La nuit a été rude ?

— Oh non, à peine. Tout s'est bien passé… si l'on excepte que Tyler a vomi et uriné sur moi…

Elle éclata de rire.

— Et vous trouvez ça drôle !

— Oui, je suis désolée…

— Vous auriez pu me dire de quoi il était capable !

— Il m'est arrivé la même chose, ainsi qu'à Pete. Tenez, dit-elle en lui tendant une tasse de café, cela vous remontera le moral.

— Merci. En plus, je me suis comporté comme un idiot. J'ai reculé alors qu'il risquait de tomber.

— C'est une réaction naturelle. Et en cas de problème vous l'auriez tout de suite rattrapé. Arrêtez de paniquer, Dylan.

Comment pouvait-elle lui accorder une telle confiance ? Et que lui était-il arrivé ? Voilà qu'elle l'encourageait, à présent !

— Je mangerais bien un toast. Savez-vous s'il reste du pain ?

— Plus beaucoup. J'irai au supermarché demain, c'est mon tour. Avez-vous des allergies ou des aliments que vous détestez ? demanda-t-elle.

— Des allergies, non, mais n'achetez pas d'abats. Je n'en mange jamais.

— Alors nous sommes deux dans ce cas. Je prendrai le nécessaire.

— Comment allons-nous gérer les dépenses ?

— Oh… nous réglerons ça plus tard.

— Il faudra aussi établir un planning pour les courses. A moins de nous faire livrer. Avez-vous une voiture ?

— Oui. Et je sais comment installer un siège de bébé. Et vous ?

— Je possède aussi un véhicule… mais pas de siège pour enfant.

— Pourtant, dans l'idéal, il vaut mieux équiper les deux voitures.

A ces mots, il fronça les sourcils.

— Cela signifie que je dois me libérer un autre après-midi ?

— Non. Nous aviserons samedi.

Super ! Dire qu'il comptait rattraper le travail en retard durant le week-end où il n'était pas de garde ! Aussitôt, il éprouva une pointe de culpabilité. Le pauvre Tyler n'était pas responsable s'il exigeait tant de soins et d'attention.

— Très bien. Nous irons ce week-end.

Le samedi matin, ils débarquèrent ensemble au rayon de puériculture d'un grand magasin.

— Vous avez un très beau bébé, déclara la vendeuse.

Au moment où Dylan s'apprêtait à rectifier, Emmy lui coupa la parole.

— Merci, c'est gentil.

Puis elle se tourna vers lui avec un air de défi : « Osez me contredire maintenant… »

Certes, légalement, Tyler était *leur* bébé. Même s'ils ne l'avaient pas conçu ensemble.

Immédiatement, il se mit à divaguer au gré de ses pensées : au lit avec Emmy, il s'imaginait toutes les sensations inconnues qu'il éprouverait au contact de sa peau soyeuse, baigné dans son mystérieux parfum…

Mais à quoi songeait-il ? Il devait se reprendre.

De son côté, Emmy venait de repérer un jouet qui projetait des étoiles au plafond au son d'une berceuse.

— Peut-être pourrions-nous lui prendre ? Je suis sûre qu'il va adorer.

— Lui… ou vous ?

A l'évidence, elle appréciait beaucoup les jeux des enfants.

— Très bien. Pourquoi ne pas lui demander son avis ?

D'un geste décidé, elle présenta le jouet à Tyler, qui ouvrit de grands yeux avant de tendre les mains dans un éclat de rire.

— Il le veut ! Pas de doute possible.

Une nouvelle fois, Dylan éprouva une vive attirance pour elle. Mais qu'avait-il à la fin ? Ils partageaient seulement la tutelle de Tyler… et, dans ces conditions, il ne pouvait envisager une liaison avec elle. Hélas, elle exerçait un attrait indéniable sur lui. Il rêvait même de moments intimes à deux.

D'ailleurs, il ne se reconnaissait plus. Jamais il n'avait souhaité se rapprocher d'une femme. Pas même de Nadine, en vérité.

Pendant le reste du week-end, Dylan découvrit les joies de la paternité, notamment lors d'une promenade au parc avec Tyler et Emmy, qui parla constamment au bébé. Même s'il n'était pas en âge de comprendre, elle lui nommait les fleurs et les arbres avec entrain.

En somme, elle endossait son nouveau rôle de mère avec un grand sérieux. Comment avait-il pu la détester autant ? Certes, elle n'était plus tout à fait la même femme. Par exemple, elle avait arrêté les remarques sarcastiques dont elle avait le secret.

Cette Emmy Jacobs était-elle la vraie ? Ou seulement un masque endossé le temps que sa véritable personnalité ne refasse surface ?

Ils s'arrêtèrent dans le café situé au cœur du parc. Pendant qu'Emmy installait Tyler, il commanda deux cafés et une viennoiserie à la cannelle qu'elle avait un peu trop regardée dans la vitrine.

— Merci, c'est très gentil, dit-elle.

Mais elle semblait plus anxieuse qu'enthousiaste.

— Quelque chose ne va pas ?

— Je surveille ma ligne. Et ne me dites pas que je suis parfaite comme cela. Avec mon métier très sédentaire, je n'arrive à réguler mon poids qu'au prix de trois séances de gymnastique hebdomadaires. Hélas, je n'ai plus le temps à présent ! Je n'ai pas mis les pieds dans mon club depuis le voyage de Pete et Ally à Venise.

— Cela vous manque ?

— Oh ! j'arriverai à m'en passer.

— Vous n'avez pas répondu. Cela vous manque ?

— Oui, dit-elle dans un souffle. Je passe trop de temps derrière mon bureau, et ces séances détendaient mes muscles engourdis.

— Quand se déroulaient-elles ?

— Le matin, vers 9 heures. J'y retournerai dans quelques années, quand Tyler ira à la maternelle.

— Peut-être pourrions-nous modifier nos emplois du temps ? J'irai au bureau un peu plus tard afin de vous libérer un moment pour vos séances. En échange, je rentrerai plus tard.

— Vous feriez cela pour moi ? fit-elle avec un grand sourire. Merci, Dylan. Et vous, y a-t-il quelque chose qui vous manque ?

— Eh bien… moi aussi, je fais du sport. Cela me permet de réfléchir et de prendre du recul par rapport aux événements.

— Informez-moi de vos horaires et nous modifierons le planning.

Insouciante, elle s'attaqua à sa viennoiserie avec un réel plaisir.

— Merci encore, Dylan. J'apprécie beaucoup.

— Je vous en prie. Maintenant, je ne voudrais pas casser l'ambiance… mais j'ai parlé des funérailles aux parents de Pete. Ils souhaitent qu'elles se déroulent dans l'église où il s'est marié.

— Les parents d'Ally ont émis le même vœu.

— Par contre, les parents de Pete aimeraient recevoir les invités chez leur fils.

— Cela signifie que nous devrons aussi organiser une petite réception à la maison ?

— Oui.

— Alors je suggère que nous passions chez le traiteur le plus vite possible.

Il garda le silence un instant. En ce moment, où sa propre mère se trouvait-elle ? A Bali, aux Indes ? Il ne savait plus. De toute façon, il ne comptait pas l'inviter à l'enterrement.

— D'accord.

— A quoi pensiez-vous ?

— Oh ! rien… je n'arrive toujours pas à m'y habituer. Parfois, j'ai l'impression que Pete va ouvrir la porte de la maison et nous accueillir sur le seuil, comme si tout était normal.

— J'éprouve la même chose. Ally est la première personne que je perds parmi mes proches. Je me demande si elle cessera un jour de me manquer.

— Je crois que la plaie ne se referme jamais vraiment. Vous apprenez simplement à vivre avec cette absence.

De nouveau, il se tut tandis qu'elle le dévisageait d'un air interrogateur.

— J'ai perdu ma grand-mère, déclara-t-il enfin. Elle est morte l'année dernière. Je me souviens d'elle à travers une foule de petits détails. Par exemple, à l'approche de son anniversaire, je sais que je n'ai plus à lui chercher de cadeau…

Elle pressa soudain sa main, en une marque de sympathie, avant de la relâcher aussi vite.

— Je vais m'occuper des détails de l'enterrement avec les pompes funèbres. De votre côté, pouvez-vous vous charger de la nourriture et des boissons ?

— Bien sûr. Puis-je faire autre chose ? demanda-t-elle.

— Je vais écrire un éloge funèbre sur Pete. Voulez-vous rédiger quelques mots sur Ally ?

Inquiète, elle secoua la tête.

— Je n'en aurais pas le courage. Je risquerais de fondre en larmes… et elle mérite vraiment mieux.

— Dans ce cas, je lirai votre texte à votre place.

— Oh ! merci ! De mon côté, j'envisage de fabriquer une composition avec diverses photos. Je vais scanner les clichés les plus anciens et les mélanger aux portraits plus récents et numérisés. Nous pourrions aussi demander à leurs parents d'y ajouter leurs souvenirs préférés.

— C'est une très bonne idée. J'en parlerai aux parents de Pete, et vous à ceux d'Ally ?

— Parfait.

— Un dernier point : je pense qu'ils voudront tous dormir à la maison, déclara Dylan. Mais aucun couple ne souhaitera occuper la chambre de Pete et Ally.

— Vous avez raison. Pour ma part, je serai de garde cette nuit-là. Je n'aurai qu'à installer un sac de couchage dans la chambre de Tyler.

— Et moi, je dormirai sur le divan.

A cet instant, elle se pencha pour toucher la joue du bébé.

— Tu connaîtras tes parents, Tyler. Nous avons beaucoup de photos à te montrer et de souvenirs à partager quand tu seras plus grand. Ta maman m'a offert un album retraçant ma vie pour mes trente ans ; je peux faire la même chose pour elle.

— Et moi pour ton papa, ajouta Dylan.

Ils échangèrent un regard et il la prit soudain dans ses bras. Comme il trouvait le destin cruel ! Ils avaient dû attendre la mort de leurs meilleurs amis pour se découvrir l'un l'autre. Ils formaient maintenant une parfaite équipe… et il constatait avec étonnement qu'Emmy lui plaisait. Elle possédait tant de qualités : alors comment avait-il réussi à ne pas les remarquer plus tôt ?

*
* *

Le jour des funérailles arriva vite. Dylan restait songeur, encore troublé par sa brève étreinte avec Emmy.

Pourquoi le charmait-elle autant ? Il préférait néanmoins garder ce secret pour lui. Pour le moment, il maintenait une certaine distance, et pas seulement durant la cérémonie. Il savait qu'une liaison avec elle compliquerait la situation.

Parmi les nombreux invités venus assister aux obsèques, ils croisèrent plusieurs amis perdus de vue depuis l'université.

A la sortie de l'office, les convives se rassemblèrent pour admirer l'exposition de photos prévue par Emmy à la maison. Il y eut des rires mêlés de larmes.

De son côté, Emmy se dépensa sans compter à servir la nourriture, que sa mère avait en grande partie préparée. Avec Dylan, ils s'étaient finalement bien débrouillés tous les trois.

Peu à peu, les invités partirent, les abandonnant à leur nettoyage.

— Nous ne pouvons pas te laisser tout ce travail, déclara le père d'Ally à Emmy.

— La journée a déjà été assez pénible pour vous. Vous avez besoin de repos. Je vous apporte une tasse de thé dans une minute.

La mère de Pete répondit dans un sourire :

— Merci, ma chérie.

Les parents des deux défunts connaissaient bien Emmy, ce qui n'était pas son cas, comme le remarqua Dylan. Comment s'en étonner alors qu'il s'était toujours tenu en recul ? Il était de nature solitaire. Et n'était-ce pas Emmy qui s'était évertuée à ce que la journée se déroule au mieux ?

La mère d'Emmy resta un moment pour donner un coup de main. Avant de partir, elle étreignit longtemps Dylan contre son cœur, à sa grande surprise.

— Appelez-moi si vous avez besoin d'aide, d'accord ? Et je parle pour vous deux.

Comme il aurait aimé avoir une telle famille ! Un instant, il se demanda comment Emmy se serait entendue avec ses proches. Sans doute aurait-elle entretenu d'excellents rapports avec sa grand-mère.

Mais rapidement il chassa cette idée.

Et, pendant qu'il remettait en place les meubles, Emmy partit coucher Tyler avant d'apporter aux parents de Pete et d'Ally des plateaux garnis de thé et de divers petits sandwichs.

En redescendant, elle semblait bouleversée.

— Tout va bien ? s'enquit-il.

— Pour eux, pas vraiment, dit-elle. Je crois qu'ils ne redescendront pas ce soir. Ils ont vieilli de dix ans en une journée.

— Oui, évidemment… enterrer un père ou une mère est déjà une épreuve. Alors, lorsqu'il s'agit d'un enfant, c'est contre nature.

— Au moins, nous avons rendu un bel hommage à Pete et Ally.

— Oui, je pense qu'ils auraient été contents.

Durant une minute, il laissa son regard errer sur les photos et s'arrêta sur un cliché où Ally et Emmy posaient au temps de leurs études devant l'objectif.

— Vos cheveux sont vraiment affreux. Pourquoi les aviez-vous teints en bleu ?

— Les étudiants en arts plastiques faisaient souvent ce genre de bêtises…

— J'apprécie beaucoup plus vos cheveux actuels. Ce n'est peut-être pas votre couleur naturelle mais elle vous va à ravir.

— Restez prudent, Dylan. Si quelqu'un vous entendait, il pourrait se méprendre et jaser.

— Qui sait s'il n'y aurait pas un fond de vérité dans ses racontars ?

Elle inspira profondément.

— Je regrette que seule la mort de Pete et Ally nous ait permis de nous voir tels que nous sommes. Eux l'avaient déjà compris.

— Je le déplore aussi. Mais nous ne pouvons rien y changer. Une chose est certaine, je vous avais mal jugée.

— Moi aussi, répondit-elle, les larmes aux yeux. Maintenant

que je vous connais mieux je sais que vous avez le cœur sur la main. Je suis désolée… je ne devrais pas pleurer ainsi.

— Ce n'est pas grave. Venez boire un verre de vin, cela vous fera du bien.

Après l'avoir servie, il mit un CD dans la chaîne hi-fi.

— J'aime beaucoup ce morceau. Qui l'a composé ?

— Einaudi. Vous m'avez bien dit que vous écoutiez de la musique classique en travaillant ?

— En effet. Mais, si j'adore Vivaldi, je n'écoute plus *Les Quatre Saisons*. Cela m'empêche de me concentrer. Je préfère les concertos pour violon, plus calmes et reposants.

— J'ai jeté un coup d'œil à votre site internet. Vous avez beaucoup de talent.

Bien qu'étonnée, elle accepta le compliment.

— Mais vous avez besoin d'un véritable programme de gestion des stocks. Je me suis permis d'en élaborer un et de le tester. Si vous me donnez votre mot de passe d'administrateur, je vous l'installerai.

Ebahie, elle écarquilla les yeux.

— Vous m'avez créé un programme ?

— Oh ! il est très basique. Cela ne m'a pas pris beaucoup de temps.

— Mais vous y avez pensé malgré tout notre travail et nos nouvelles responsabilités. Merci, Dylan.

— J'avoue que mes intentions étaient égoïstes. Si cela vous permet de gagner du temps, nous en bénéficierons tous les deux. Et Tyler aussi, en fin de compte. Après tout, nous sommes là pour lui.

6

Au cours des semaines suivantes, Emmy et Dylan s'installèrent peu à peu dans la routine de leur nouvelle vie. Ils en étaient même naturellement venus à se tutoyer. Se partageant la garde de Tyler jusqu'au week-end, ils avaient aussi trouvé une salle de sport à proximité. Non sans étonnement, Emmy s'était rapidement accoutumée à cette vie de famille.

— Tu sais, Tyler, dit-elle au petit garçon, je n'aurais jamais imaginé une telle situation. J'étais certaine que la cohabitation avec lui tournerait au cauchemar et qu'il se montrerait exigeant, ennuyeux et perpétuellement insatisfait… Mais il est très différent, quand on connaît sa vraie personnalité. Il n'est pas arrogant, il manque simplement d'assurance en société et ne sait pas toujours quel comportement adopter.

En réponse, elle obtint un gazouillis qui la fit rire.

— Il s'occupe mieux de toi. D'ailleurs, je l'ai même entendu te lire des histoires. Il m'a dit une fois qu'il n'avait jamais rêvé de devenir papa… mais il ne s'en sort pas si mal. Par contre, je ne comprends pas certaines choses. Pourquoi refuser si obstinément d'avoir des enfants ? A-t-il divorcé pour cette raison ? Avant que nous ne devenions tes tuteurs, je croyais qu'il avait de sérieux problèmes. Mais je me trompais. Depuis notre trêve, je l'apprécie beaucoup. Il a un sens de l'humour très pince-sans-rire, et un sourire…

Stop ! Pourquoi pensait-elle à son sourire ? Elle préférait garder la tête froide au sujet de Dylan Harper. Elle devait avant tout songer à l'intérêt de Tyler.

Dans ces conditions, elle n'interrogerait pas Dylan sur

son absence de désir paternel ou la fin de son mariage : elle ne réussirait qu'à l'agacer. Il n'évoquait jamais sa vie privée et ne laissait filtrer que des bribes d'informations.

— Avec lui, je vais apprendre à vivre sans me mêler des affaires des autres, dit-elle à Tyler.

Le bébé darda sur elle un regard solennel en signe d'approbation. Il faisait de nouveau ses nuits et se remettait lentement du choc qui avait bouleversé sa vie. Mais, après un bref répit, il se mit à réveiller la maisonnée deux ou trois fois par nuit… au point qu'Emmy se sentit dépassée. Elle ne savait plus quoi faire.

— De l'huile de lavande ? répéta Dylan, méfiant.

— Je propose de mettre quelques gouttes sur son oreiller. C'est relaxant.

— Aucune étude scientifique ne le prouve.

— Ça ne coûte rien d'essayer.

Face au scepticisme de Dylan, elle ajouta avec précipitation :

— Nous devons tenter quelque chose. A chaque réveil, il crie tellement fort qu'aucun de nous ne peut dormir. Et je suis à bout de nerfs à force de me lever trois fois par nuit !

— C'est vrai, il faut réagir, approuva Dylan. Essayons ta méthode à base d'huile de lavande.

Mais ils n'obtinrent aucun résultat.

Dès le lendemain, Emmy prit donc rendez-vous avec l'infirmière des services sociaux.

— Nous avons peut-être une solution, déclara-t-elle à Dylan à son retour. L'infirmière m'a expliqué qu'il s'agissait probablement d'une poussée de dents ou qu'il était prêt à manger de la nourriture solide.

— Alors que faisons-nous ? Nous achetons des petits pots ?

Elle secoua la tête.

— Nous allons préparer du riz pour bébés, en le mélangeant à son lait. Le goût se rapproche de celui qu'il connaît déjà.

Brandissant fièrement le sachet de riz complet acheté au supermarché, elle l'ouvrit et préleva la quantité nécessaire.

— Cela ne fait pas grand-chose, fit Dylan, dubitatif. tu es certaine de ne pas t'être trompée dans le dosage ?

— Non, regarde : j'ai suivi les instructions.

Après préparation, elle en remplit une cuillère qu'elle présenta à Tyler.

— Goûte, chéri, juste un peu…

Comme il recrachait son riz, elle en reçut un petit paquet sur ses vêtements propres.

Dylan ne put s'empêcher de rire.

— Excuse-moi, mais…

— J'ai l'air ridicule. Je sais.

— Laisse-moi essayer à mon tour.

Mais il n'obtint pas de meilleur résultat.

— Ally n'avait pas essayé de diversifier son alimentation ? demanda-t-il, en désespoir de cause.

— Elle avait parlé de le sevrer… après son voyage à Venise.

Or, elle n'était jamais rentrée.

Posant une main consolatrice sur l'épaule d'Emmy, il mouilla ensuite une serviette en papier pour essuyer la tache de riz.

Elle esquissa un mince sourire.

— C'était une bonne idée d'humidifier cette serviette.

— Elle n'aurait rien nettoyé à sec.

— Ce n'est pas ce que je voulais dire.

— Je ne comprends pas.

— Je suis simplement contente que tu n'aies pas craché dessus.

— Ah… mais c'est dégoûtant !

— C'est pourtant ce que faisait ma mère. Elle utilisait sa salive. Pas la tienne ?

Aussitôt, il lui répondit sèchement.

— Non.

Existait-il un problème entre Dylan et sa mère ? se demanda-t-elle. Pourquoi devinait-elle une telle distance entre eux ?

Afin de changer de sujet, il goûta à son tour le riz.

— Je crois savoir pourquoi il refuse d'en manger.

— Vraiment ?

— Goûte donc.

Après une brève hésitation, elle obtempéra.

— Honnêtement, c'est insipide et sans saveur. Mais il doit s'habituer à la texture plutôt qu'au goût.

— Alors nous allons réessayer.

Ils mirent plusieurs jours avant de parvenir à leurs fins.

— Enfin ! s'écria soudain Emmy. Regarde, il en mange !

— Nous avons réussi !

— Selon *La Bible des bébés*, nous devons introduire un seul aliment à la fois. Cela permet notamment de repérer une éventuelle allergie. J'ai également lu qu'il valait mieux commencer par des carottes. J'en préparerai une purée demain soir.

Mais, avec sa nouvelle tentative, elle rencontra un autre échec cuisant.

— C'est un goût inédit. Il a eu besoin de plusieurs jours avec le riz, alors autant persévérer, déclara Dylan en prenant Tyler dans ses bras. Je vais le débarbouiller pendant que tu... hum... tu enlèves les taches de carotte de tes vêtements.

— Merci. La prochaine fois que je lui propose un nouveau plat, je n'oublierai pas de mettre un tablier.

A son retour, elle trouva Dylan torse nu, simplement vêtu de son jean.

— Il t'a aspergé, toi aussi ?

— Juste un peu.

Elle avala sa salive avec peine. Tout en sachant qu'il pratiquait une activité sportive régulière, elle ignorait combien il était musclé.

Jamais elle n'aurait cru éprouver une telle attirance pour un homme qui, encore quelques semaines plus tôt, se montrait distant et hostile avec elle.

Mais elle n'avait jamais su choisir les hommes. Durant toute sa vie, elle avait collectionné les minables et toutes ses histoires s'étaient soldées par des échecs : chaque fois, elle était rejetée, abandonnée comme si elle était la femme la moins attirante de la terre. Certes, Dylan n'avait rien d'un minable... et il ne correspondait pas à l'image négative qu'elle avait longtemps eue de lui. Néanmoins, il restait le dernier homme qu'elle choisirait pour une liaison. Elle n'avait jamais entretenu de relation durable et refusait que Tyler paie les pots cassés. Elle ne pouvait blesser davantage un enfant qui avait déjà tout perdu.

La nuit suivante, Tyler se réveilla en pleurs au bout de une heure.

— Je ne serai jamais une bonne mère, déclara Emmy dans un soupir. Il ne va pas se rendormir avant l'aube !

Dylan la suivit dans la nurserie.

— Il y a plein de raisons pour lesquelles un enfant pleure : la faim, la fatigue, la solitude…

— Je sais bien ! Mais je l'ai déjà nourri — avec des aliments solides, en plus. Et puis, sa couche est propre et il a dormi toute la journée. Impossible qu'il soit fatigué. Peut-être appelle-t-il sa mère ?

— Attends. Et si c'était ses dents ?

Intriguée, elle fronça les sourcils.

— Son visage est rouge, c'est vrai. Tiens-le un instant pendant que je me lave les mains. Je vais jeter un coup d'œil à ses gencives.

En sortant de la salle de bains, elle introduisit un doigt dans la bouche du petit garçon.

— Je ne sens rien, mais il serre trop les mâchoires.

Tyler continuait à pleurer.

— Qu'allons-nous faire, Dylan ?

— J'ai lu l'autre jour qu'il fallait simplement les allonger et attendre qu'ils s'endorment.

— Mais nous devons le rassurer ! S'il pleure, c'est parce qu'il est inquiet ou effrayé.

— Alors laisse-moi essayer une chose.

Tout en berçant le bébé, il lui parla à voix basse, si doucement qu'elle n'entendit pas ses paroles. Mais à sa grande surprise le bébé se calma et sombra dans le sommeil.

— Comment as-tu fait ?

Dylan se mit à rougir.

— J'ai simplement chanté.

Elle en resta scotchée. A ses yeux, il n'était pas le genre d'homme à fredonner pour un bébé !

— Pourrais-tu me montrer ? Enfin, sortons d'abord de la pièce. Je ne voudrais pas déranger Tyler.

Dans le couloir, il entonna un air d'une belle voix de baryton.

Et elle l'écouta en silence, les yeux écarquillés. Certes, elle l'avait entendu chanter à l'église, lors des funérailles, mais, écrasée par le chagrin, elle n'y avait pas fait attention. En vérité, elle ne lui aurait jamais prêté une voix si douce, si mélodieuse, si…

Elle s'arrêta, mal à l'aise. *Sexy.* Elle trouvait sa voix *sexy.* Or, elle préférait éviter ce mot dès qu'il s'agissait de Dylan Harper.

Une dernière fois, ils entrèrent dans la nurserie et Dylan se pencha sur le berceau.

— Comment peut-il dormir dans cette position ? Il est tout recroquevillé, ce ne doit pas être très confortable.

— Mais si, sans cela il bougerait.

Elle leva les yeux vers Dylan.

— Tu as une très belle voix. Je n'en avais aucune idée.

— Ma grand-mère fredonnait souvent pour m'apaiser, quand j'étais petit.

— Et t'a-t-elle enseigné le chant ?

— Oui. Mais nous ferions mieux de sortir.

Pourquoi était-il si troublé par la remarque d'Emmy ? Personne ne l'avait jamais complimenté sur sa voix en dehors de l'église, lors des mariages ou des baptêmes. Ou durant des funérailles, songea-t-il, la gorge nouée. Par prudence, il ne s'attarda pas sur la question et laissa Emmy seule, avant de tenter une action stupide — comme, par exemple, lui proposer de passer un peu de temps avec lui. Ils partageaient la garde de Tyler, rien d'autre.

Quelques jours plus tard, en revenant à la maison, Dylan trouva Emmy en larmes et sentit un nœud se former à son estomac.

— Tyler a eu un accident ?

Elle secoua négativement la tête.

— Non. Dans ce cas, je t'aurais tout de suite appelé.

— Que se passe-t-il ?

— C'est juste que… je pense à Ally. Elle est en train de manquer toutes les premières fois de Tyler. Il va bientôt avoir sa première dent — on peut voir un peu de blanc sur sa gencive.

— Cela explique pourquoi il pleurait l'autre nuit.

— Oui. Et il a dit « dada » aujourd'hui. Ally m'aurait téléphoné pour m'en avertir. Au lieu de cela, c'est moi qui suis à sa place ! *Ce n'est pas juste !*

D'habitude, il fuyait les larmes comme la peste. Du moins réagissait-il ainsi lorsque Nadine pleurait. Mais pas cette fois. Il ne pouvait pas abandonner Emmy alors qu'elle était aussi bouleversée.

— Moi aussi, je regrette qu'ils ne soient plus là.

Ouvrant les bras, il la serra contre lui.

Grossière erreur !

Elle était douce et chaude sur sa poitrine, avec ses cheveux pareils à des fils de soie qui embaumaient les fleurs printanières.

A son tour, elle se figea au moment où Dylan l'étreignait. D'autant qu'elle avait eu le même geste.

Ils ne cherchaient qu'un peu de réconfort, tous les deux. Du moins essayait-elle de s'en convaincre.

Reculant, elle le fixa dans les yeux.

Ils étaient si clairs, si bleus.

Instinctivement, elle contempla ensuite sa bouche, avant de se rendre compte qu'il l'imitait.

Non. *Non.* Ce n'était vraiment pas une bonne idée.

Mais bientôt elle entrouvrit les lèvres. Comme Dylan.

Doucement, très doucement, il se pencha et effleura sa bouche. Mais ce n'était pas suffisant. Il en voulait plus. Et elle aussi.

En dépit du bon sens, elle mit en sourdine la voix de la

raison. Se haussant sur la pointe des pieds, elle pressa alors ses lèvres contre les siennes.

Sans éprouver nul apaisement.

Passant les bras autour de sa taille, il l'embrassa alors vraiment. D'abord avec hésitation, puis de plus en plus voracement. Et elle lui rendit son étreinte.

Jamais elle n'avait ressenti un tel élan. Pas même avec celui qu'elle avait pris pour son futur mari. Que lui arrivait-il ?

A cet instant, Dylan passa une main sous sa jupe, accroissant son excitation.

Il lui suffisait d'un mot… et ils se retrouveraient au lit, sans qu'elle pense aux conséquences.

Pourtant, il s'arrêta et recula d'un pas. Sur sa figure, elle lut une intense stupéfaction. Et sans doute arborait-elle la même expression.

— Emmy, je…

— Ne dis rien. Nous n'aurions pas dû faire cela.

A son tour, elle recula vivement.

— Faisons comme si rien ne s'était passé. J'étais bouleversée et tu m'as réconfortée parce que nous regrettons tous deux la disparition d'Ally et Pete. Les choses ont simplement… dérapé.

A présent, il n'offrait plus qu'un visage impénétrable.

— Tu as raison. Oublions cela.

— Je… euh… je ferais mieux de préparer le dîner. Je sais que tu aimes bien être servi à l'heure.

Rouge jusqu'aux oreilles, elle se précipita dans la cuisine avant que Dylan n'ajoute un mot.

Silencieux, il la regarda s'éloigner. Oui, bien sûr, elle avait raison. Seulement, maintenant qu'il avait goûté à ses lèvres, il ne pourrait plus oublier ce baiser qui risquait de hanter tous ses rêves.

Pour autant, il ne devait pas recommencer. Il ne souhaitait pas compliquer leur situation, en grande partie pour Tyler.

A l'avenir, ils allaient donc apprendre à maîtriser leurs pulsions…

7

Emmy posa le combiné du téléphone, rayonnante de bonheur. Et elle se retint de bondir de joie, danser et crier dans toute la maison par crainte de réveiller le bébé.

Elle n'avait jamais reçu une meilleure offre professionnelle. Grâce à cette proposition, elle avait enfin une sérieuse chance de développer ses activités, peut-être même de rendre sa marque célèbre et d'obtenir le respect de ses pairs dans son domaine.

Quand soudain elle perdit le sourire. Elle allait devoir travailler comme une folle pour respecter les délais de ce nouveau contrat. Et donc, demander l'aide de Dylan.

Malheureusement, ils n'étaient plus très à l'aise l'un avec l'autre, depuis… depuis le soir où il l'avait réconfortée en lui donnant un baiser. A la suite de cet incident, il l'avait évitée au maximum et, à présent, ils se croisaient seulement pour le changement de tour de garde et le dîner. Ils mangeaient même en silence, Dylan se réfugiant dans la lecture de ses journaux. Sans doute se montrait-il impoli, mais il leur évitait ainsi la tentation d'un deuxième baiser. Bien consciente des enjeux, elle ne lui reprochait rien.

Habitués à travailler en équipe, ils s'aidaient autrefois réciproquement en cas de besoin. Ce baiser avait-il tout détruit ?

Et si elle cuisinait un plat vraiment spécial pour le dîner ? En surprenant Dylan, peut-être parviendrait-elle à rétablir la communication.

Curieuse, elle feuilleta les livres de cuisine d'Ally et

trouva une recette fabuleuse : un plat à base de lotte avec du parmesan. Il s'agissait d'un poisson à la chair très fine, jamais présenté en entier sur les étals des poissonniers à cause de sa laideur... Généralement, les marchands ne vendaient que sa queue, sous le nom de lotte. Elle s'extasia : la recette ne paraissait pas trop ardue et succulente. Après avoir dressé la liste des ingrédients nécessaires, elle courut les magasins avec Tyler dans sa poussette. Elle se rendit d'abord chez le poissonnier, puis chez le traiteur, le boulanger et l'épicier.

Tout au long du chemin, elle ne cessa de parler au bébé.

— C'est peut-être le tournant de ma carrière. Alors applaudis et réjouis-toi pour ta tante Emmy. Et n'oublie pas de me souhaiter bonne chance !

Comme s'il comprenait, le garçonnet battit des mains avec entrain.

— Tu es vraiment adorable, tu sais ?

Comme Dylan.

Même si elle ne devait pas penser à cela.

Une fois rentrés, ils jouèrent avec un appareil à bulles. A son âge, Tyler parvenait désormais à attraper des jouets et les agiter. Comment un si petit être pouvait-il complètement transformer une vie ? Elle comprenait maintenant pourquoi Ally envisageait d'attendre le deuxième anniversaire de son fils pour reprendre son emploi.

Puis, entre deux séries de bulles, elle reçut un message de Dylan sur son portable.

Désolé, réunion urgente. Rentrerai plus tard.
Préviens-moi si problème.

D'ordinaire, elle aurait accueilli ce changement de programme avec mauvaise humeur. Mais elle éprouva un certain soulagement : à cause de son retard, Dylan aurait une dette envers elle et écouterait peut-être sa requête d'une oreille plus attentive.

Mais ne devenait-elle pas manipulatrice ? Elle ne se reconnaissait pas. Débordé de travail, Dylan avait sans doute une réunion urgente.

Donnant à Tyler une compote de pommes pour son goûter — il mangeait de plus en plus varié — elle s'amusa ensuite avec lui dans la baignoire. Il adorait éclabousser toute la pièce avec son canard en plastique. Une fois le petit au lit, elle se changea et investit enfin la cuisine.

Sur son téléphone, elle découvrit un autre message de Dylan :

Je suis sur le chemin du retour. Désolé.

Vite ! Elle prépara rapidement la lotte au parmesan et l'enfourna avant de dresser le couvert.

A son arrivée, Dylan tenait entre ses mains un bouquet de gerberas roses et d'iris bleus, exactement le genre de fleurs qu'elle aimait et s'offrait de temps à autre.

— C'est pour toi, dit-il simplement.

Elle le fixa avec surprise. Pourquoi lui avait-il acheté des fleurs ? Ce n'était pas son anniversaire et leur relation ne justifiait pas un tel cadeau.

— Merci. Elles sont magnifiques.

— Mais…, fit-il, en anticipant la suite.

A l'évidence, elle cachait mal son trouble.

— Mais en quel honneur ?

— Pour m'excuser de mon retard.

Accepterait-il pour autant de l'aider ? Elle l'ignorait, mais au moins la glace était rompue entre eux. C'était un bon début.

— Je me suis arrêté en route pour les acheter. J'espère que tu me pardonneras.

— Pas de problème puisque tu m'as prévenue à temps. Viens plutôt t'installer dans la salle à manger : le repas est presque prêt. Tu as eu une rude journée ?

— Oui, affreuse.

Après lui avoir servi un verre de vin, elle apporta le dîner.

Il fronça les sourcils.

— Tu as mis les petits plats dans les grands. D'habitude, nous mangeons toujours dans la cuisine. Fêtons-nous quelque chose de spécial ? Ton anniversaire, par exemple ?

— Non, j'avais juste envie de faire un petit effort.

Mais, après la première bouchée, elle se rendit tout de suite compte que quelque chose clochait. *Vraiment.* Où était passé le poisson tendre et savoureux qu'elle avait mitonné ? A présent, il ressemblait à un morceau de caoutchouc, perdu au milieu de pommes de terre trop dures.

— Oh non ! J'ai pourtant suivi la recette à la lettre... J'ai sûrement mal réglé le four.

Dylan lui sourit, flegmatique.

— Cela avait pourtant l'air délicieux.

— Sauf que c'est infect !

— Ne t'en fais pas. Jette ce plat pendant que je commande une pizza, dit-il en sortant son téléphone.

Débarrassant les assiettes, elle vida tout son repas dans la poubelle avec une terrible envie de pleurer. Elle avait gâché sa belle surprise. A présent, comment pouvait-elle lui demander un service ?

— Tu sais, il m'arrive aussi de rater certaines recettes. Ne te tracasse pas pour cette broutille.

Mais elle ne songeait pas à la nourriture.

Inquiété par son silence, il posa une main sur son épaule.

— Emmy, que se passe-t-il ?

Elle respira profondément.

— Je voulais te demander un service. Maintenant, je n'ose plus.

— Pourquoi ?

— Parce que je voulais te préparer un bon dîner et j'ai tout gâché !

— Ce n'est pas grave, Emmy, même si, à l'avenir, tu ferais mieux de te cantonner à tes recettes habituelles.

— D'accord.

— Au fait, que comptais-tu me demander ?

— Eh bien... ce n'est pas facile à dire.

— Personnellement, je te conseillerais d'aller droit au but.

— J'ai reçu un appel téléphonique d'un important magazine féminin. Ils préparent un dossier sur les créatrices de bijoux qui compteront dans l'avenir... et ils aimeraient que je leur accorde une interview.

— C'est une bonne nouvelle, non ?

— Oui, excellente.

— Alors ? Où est le problème ?

Elle soupira longuement.

— Ils souhaitent que je leur prépare plusieurs pièces dans un très court délai. A mon avis, une autre joaillière s'est désistée à la dernière minute et je suis leur second choix. Sans compter qu'ils ont également appelé deux autres artistes… alors je ne suis pas du tout certaine de me retrouver dans leur publication.

— Mais ils t'ont appelée… n'est-ce pas le plus important ? Et combien de temps te laissent-ils pour créer cette collection ?

— Quatre jours. Ils désirent que j'invente des bijoux totalement inédits pour eux. Par conséquent, je vais devoir travailler d'arrache-pied…

— Et tu voudrais que je garde Tyler pendant ce temps ?

Elle hocha la tête, muette.

— Mais évidemment, si cela tombe pile au moment où tu as un projet urgent…

— Je ne suis pas tout seul. Je peux déléguer.

— Je vais tout bonnement décliner leur offre en espérant qu'ils conservent mon nom pour un reportage ultérieur. Si je leur explique que j'ai un bébé à charge, peut-être comprendront-ils mon embarras. Tant qu'ils ne s'imaginent pas que je suis paresseuse ou que j'invente des excuses boiteuses…

A cet instant, il posa un doigt sur ses lèvres.

— Emmy, tu ne m'as pas écouté ? Je peux déléguer.

Foudroyée sur place, elle ouvrit de grands yeux.

— Vraiment ?

Il baissa la main avant de commettre une bêtise — par exemple, se pencher vers elle pour l'embrasser. Il ne lui donnerait pas d'autre baiser alors que leur première étreinte le réveillait encore la nuit… Il repoussa fermement cette idée. Sans faiblir.

— Merci, dit-elle. Je… je veux dire… quatre jours, c'est énorme. J'hésitais à t'en parler.

— C'est peut-être la chance de ta vie. Et nous formons une équipe. J'accepte de t'aider de bon cœur !

— Merci encore.

Devant sa mine candide, il ne put résister à se moquer gentiment d'elle.

— Ne te fais pas d'idées. Il faudra me rembourser, évidemment.

Il regretta aussitôt ses paroles. Car, à la seconde, il imagina quantité de scénarios où elle payait sa dette, toujours nue dans un lit.

— Enfin, je récupérerai ces quatre jours, dit-il en bafouillant.

Elle lâcha un gros soupir. Partageait-elle les mêmes fantasmes que lui ? Pensait-elle à la même chose ?

— Alors nous sommes d'accord.

Par chance, le livreur de pizzas sonna à la porte, interrompant leur discussion gênante. Méfiant, Dylan s'assit de l'autre côté de la table, en priant pour que son bon sens triomphe au cours du repas. Vaille que vaille, il voulait profiter du dîner après son harassante journée de travail et opta pour un sujet sans risque.

— Parle-moi un peu de ce journal.

— C'est un magazine féminin à gros tirage. Il est imprimé sur papier glacé et parle de tous les sujets susceptibles d'intéresser la gent féminine, notamment la mode et les bijoux. Ce n'est pas vraiment le genre de lecture que tu apprécies.

En effet. Mais il avait déjà vu Nadine parcourir certains titres, et il imaginait très bien leur niveau d'exigence.

— Ils vont faire un reportage sur tes créations ?

— A la condition qu'elles les séduisent. Je n'ai aucune garantie. Comme je le disais, ils s'intéressent aussi à bon nombre de mes concurrentes.

— Qu'attendent-ils exactement de toi ?

— Un pendentif, des bagues, des boucles d'oreilles — un ensemble très moderne et un autre plus traditionnel.

Furtivement, il vit Emmy en train de se parer de ses propres bijoux…

Puis il se ressaisit. Mieux valait penser à autre chose.

— Vas-tu leur montrer tes animaux de jais ?
— Non, je les fabrique seulement pour m'amuser.
— Mais ils sont très particuliers, Emmy. Tes éventuelles acheteuses oublieront peut-être ton nom, mais elles se souviendront toujours de tes animaux en jais. D'ailleurs, peut-être consulteront-elles ton site internet grâce à eux.
— Ce n'est pas impossible.
— Alors pourquoi ne pas en inclure ? Je pense à cette petite tortue que tu as sculptée pour Tyler la semaine dernière. Et au dauphin.
— Je pourrais aussi dessiner un hippocampe.
— Excellent choix. C'est très original, un hippocampe en jais.
— J'ai bien conscience d'avoir une dette envers toi. Mais cela te dérangerait-il si…
— Mets-toi au travail tout de suite, l'interrompit-il, avec un sourire. Et profite de ces quatre jours pour ne te soucier de rien d'autre.

Une minute plus tard, elle disparaissait pendant qu'il téléphonait à ses collaborateurs afin d'organiser les prochains jours sans lui. Emmy exigeait de lui un grand service… mais il avait conscience que, dans la situation inverse, elle lui aurait accordé son soutien inconditionnel.

Durant quatre jours, Emmy ne reparut pas. Peu à peu, elle aligna ses créations les unes à côté des autres : un cœur de jais massif avec des filigranes d'argent, des pendants d'oreilles de forme identique, associés à de délicats bracelets d'où pendait un petit cœur de jais… Pour l'autre ensemble, plus moderne, elle avait imaginé un cône de jais veiné d'ambre avec des boucles d'oreilles assorties et plusieurs bagues… naturellement, elle avait aussi ajouté le fameux hippocampe noir.

Totalement absorbée par son œuvre, elle s'y consacra d'arrache-pied, s'interrompant seulement pour une douche matinale et quelques heures de sommeil. Régulièrement, Dylan lui apporta du café, des fruits et des sandwichs, qu'elle dévorait sans s'arrêter. Il la força toutefois à faire une brève pause le soir, à l'heure du dîner, afin qu'elle avale au moins un repas correct.

— Merci, Dylan. Tu m'apportes une aide précieuse.

— Tu aurais fait la même chose pour moi. Ton projet avance bien ?

— Je crois.

Au terme de cet épuisant marathon, elle lui montra ses deux parures.

— C'est magnifique. Je pense que tes bijoux plairont à de nombreuses femmes. Je suis certain qu'ils vont publier le reportage sur ton travail.

— Nous verrons bien.

Au final, elle apporta son travail en personne dans les locaux du magazine. Etait-elle paranoïaque ? En tous les cas, elle refusait de confier sa collection à quiconque. Après un tel investissement, elle ne pouvait courir le moindre risque.

Puis elle connut l'épreuve de l'attente.

Allaient-ils la choisir ?

Et combien de temps languirait-elle avant qu'ils ne rendent leur verdict ?

Sur les nerfs, elle trouvait chaque seconde interminable. Or, elle savait qu'elle n'obtiendrait aucune réponse avant une bonne semaine.

Aussi rentra-t-elle à la maison d'Islington, épuisée.

— Nous sortons, déclara Dylan.

— Et où allons-nous ?

— Tu as besoin de prendre l'air et Tyler et moi allons t'accompagner. N'est-ce pas, mon petit ? dit-il à l'intention du petit garçon. J'ai préparé son sac, il ne manque que deux biberons, déjà prêts au réfrigérateur, et nous nous mettons en route. Je sais que tu aimes la mer. C'est donc là que nous allons.

— Mais il faut rouler cinq heures pour atteindre Whitby !

— Je pensais plutôt t'emmener dans le Sussex.

Sur son idée, ils se rendirent à Brighton, où ils purent se détendre sur une immense plage de galets. Et, si Emmy regretta d'abord le sable fin qu'elle appréciait tant sur la côte est de l'Angleterre, elle finit par profiter pleinement de cette escapade offerte par Dylan…

— Tu avais raison. J'en avais vraiment besoin. Et merci pour cette balade !

— Tout le plaisir est pour moi.

Ils mangèrent des *fish and chips* sur la jetée et Dylan donna même quelques petits bouts de poisson à Tyler, qui les avala sans problème, allant jusqu'à ouvrir tout grand la bouche pour en réclamer plus.

— Eh bien ! s'exclama-t-il. Nous avons trouvé le prochain aliment à ajouter à son menu.

Assise sur le banc voisin, une vieille dame jeta un coup d'œil dans leur direction.

— Vous avez un ravissant bébé !

Emmy resta pétrifiée.

Mais Dylan répondit avec un grand sourire :

— Merci. C'est aussi notre avis !

Et, l'espace d'un instant, Emmy sonda son cœur : qu'éprouverait-elle si elle était mariée à Dylan avec Tyler pour bébé ? Hélas, ils n'étaient que les tuteurs du petit et elle ne devait en aucun cas l'oublier. Tous deux avaient admis que leur unique baiser était une erreur. Alors pourquoi réclamait-elle plus qu'elle n'aurait jamais ?

— Tu es bien silencieuse, tout à coup.

— Je suis fatiguée.

— Tu redoutes de ne pas être sélectionnée ?

— On ne peut rien te cacher.

— J'éprouve exactement la même chose lorsque j'attends la réponse d'une entreprise qui hésite entre mon projet et celui de mes concurrents. Je donne toujours le meilleur de moi-même… mais le client va-t-il apprécier le résultat ? Cela suffira-t-il ?

— Et, pour toi, il y a une pression supplémentaire car l'emploi de tes collaborateurs dépend de ta réussite.

— Exact.

— Excuse-moi. J'ai peut-être manqué de tact.

— Ce n'est pas grave. En quatre jours, tu as travaillé

l'équivalent d'une semaine et demie. Ne t'étonne pas si ton cerveau frise le surmenage. Et viens plutôt manger une glace.

Pendant le trajet de retour, elle s'endormit comme une masse dans la voiture.

Dylan l'observa en silence. Il comprenait maintenant les rêves de Nadine : avoir à la fois un partenaire et un enfant pour illuminer sa vie. Après une jeunesse difficile, Dylan s'était juré de ne jamais fonder sa propre famille. Au point de quitter sa femme plutôt que d'avoir un bébé.

Et pourtant il se retrouvait précisément dans la situation qu'il avait fuie : par la force des choses, il était devenu le père de Tyler. Le destin avait choisi à sa place et il n'avait pu refuser cette responsabilité, tant par sens du devoir que par culpabilité.

Mais quel était le plus surprenant ? Qu'il sache s'occuper du bébé et lui donner tout l'amour dont il avait besoin… ou qu'il y prenne *réellement* plaisir ? Certes, il éprouvait encore une vive gêne. Il n'avait pas donné cette chance à Nadine. Si elle avait arrêté la pilule dans son dos et lui avait annoncé sa prochaine paternité, peut-être se serait-il habitué à l'idée. Au contraire, elle avait joué franc jeu en lui laissant une échappatoire : et, en bon égoïste, il s'était entêté dans son refus.

En théorie, Nadine était pourtant sa femme idéale, obsédée comme lui par sa carrière professionnelle. Mais elle avait changé jusqu'à nourrir un rêve insoupçonnable.

De son côté, Emmy représentait le pire choix possible. Certes, elle était moins fantaisiste et mieux organisée que dans ses cauchemars… mais ils restaient si différents. Comment auraient-ils pu vivre ensemble en bonne entente ?

De plus, ils n'en étaient qu'à leur période d'essai de trois mois pour conserver la garde conjointe de Tyler. Et il avait conscience qu'une liaison amoureuse aurait des effets néfastes sur la vie du bébé. Emmy avait avoué que toutes ses relations avec des hommes s'étaient toujours soldées par des échecs. Alors autant ne pas en rajouter…

Bien que diablement séduisante, il ne la voyait pas dans un autre rôle que tutrice de Tyler.

En somme, il préférait ne pas s'aventurer sur ce terrain et respecter les limites qu'il s'était fixées.

8

La semaine suivante, Emmy reçut le coup de fil tant espéré… et se mit à danser de joie. Elle appela ensuite sa mère et Dylan.

— Désolée de te déranger à ton travail… mais le magazine vient de me téléphoner. Ils ont adoré mes créations et ils vont publier le reportage qui m'est consacré. Apparemment, ils se sont décidés grâce à l'hippocampe. Comme c'était ton idée, c'est à toi que je dois mon succès !

— Ce n'était qu'une suggestion. Tu as réussi grâce à ton talent.

— En remerciement, j'aimerais t'offrir un bon dîner ! Mais, ne t'inquiète pas, je ne vais pas faire la cuisine et tu n'auras pas droit à une nouvelle lotte en caoutchouc. Ma mère accepte de garder Tyler vendredi ou samedi : quel jour te conviendrait le mieux ?

— Emmy, tu n'es pas obligée de m'inviter au restaurant !

— Si, j'y tiens. Tu l'as amplement mérité, alors ne discute pas. A ton retour ce soir, nous choisirons le restaurant ensemble. Oh ! j'ai failli oublier, ils veulent prendre des photos de moi au travail. Cela te pose-t-il un problème ?

— Non. As-tu besoin que je rentre plus tôt pour m'occuper de Tyler ?

— Le photographe viendra durant sa sieste. Et s'il se réveille, cela ne gênera pas la séance. Alors à moins que tu n'aies une objection…

— Non, pas du tout. A tout à l'heure !

*
* *

En fait, la journaliste se présenta alors que Tyler était encore éveillé. Emmy lui offrit un café et répondit à ses questions tout en jouant avec le bébé… si bien que le petit garçon oublia sa sieste. A l'arrivée du photographe, deux heures plus tard, Tyler posa même pour un cliché.

La séance était seulement à moitié finie lorsque Dylan rentra.

— Désolé. Je ne vous dérange pas ?

— Non, c'est nous qui sommes un peu à la traîne, répondit-elle.

— Je vais m'occuper de Tyler. Viens, mon bonhomme. Nous allons laisser tante Emmy travailler. Je prépare du café ?

— Merci. Oh ! Excusez-moi, je n'ai pas fait les présentations. Dylan, voici Mike et Flo. Mike, Flo, je vous présente Dylan Harper.

— C'est un plaisir de vous rencontrer, répondit-il. Je vous offre une tasse ?

Prenant Tyler dans ses bras, il disparut dans la cuisine sans attendre de réponse.

— C'est un très bel homme, lança la journaliste.

Emmy se mit aussitôt sur la défensive.

— Il a ses qualités et ses défauts, comme tout le monde.

— Vous avez vraiment beaucoup de chance, mademoiselle Jacobs. Cette maison, cet adorable bébé, et cet homme merveilleux… Je peine à ne pas vous envier.

— Attendez, vous ne connaissez pas toute l'histoire. Tyler n'est pas notre enfant. Nous ne sommes pas ses vrais parents.

— Vous l'avez adopté ?

— Non plus. Nous sommes ses tuteurs. Nous étions les meilleurs amis de ses parents, déclara-t-elle avant de résumer brièvement la situation. Par conséquent, nous partageons seulement cette maison.

— Vous êtes simplement colocataires ? Avec les regards que vous échangez ?

Flo semblait persuadée qu'ils étaient amoureux, mais Emmy n'avait aucune envie d'épiloguer sur ce sujet.

— Nous sommes juste…

— De bons amis ? suggéra Flo.

— On peut le dire comme cela.

— Et que fait-il dans la vie ?

— Il dirige une grande société spécialisée dans l'informatique.

— Et en plus il est intelligent ! C'est l'homme idéal, dites-moi !

— Hum…

Comprenant qu'elle n'obtiendrait aucune confidence sur Dylan Harper, la journaliste préféra en revenir aux bijoux créés par Emmy.

Le samedi soir, Emmy eut l'impression que son dîner au restaurant avec Dylan prenait toutes les apparences d'un rendez-vous amoureux. Pour cette sortie, elle s'était habillée avec plus de soin que d'ordinaire, remisant au placard sa tunique et son pantalon de tous les jours.

Elle se sentit encore plus troublée lorsque le taxi arriva et que sa mère les embrassa tous les deux sur le perron.

— Ne vous en faites pas, Tyler est entre de bonnes mains. Profitez bien de votre soirée !

Ni elle ni Dylan ne prononcèrent un mot dans le taxi. Eprouvait-il la même gêne qu'elle ?

— C'est un très bon choix, déclara-t-il enfin en découvrant le petit restaurant italien. J'offre le champagne, et pas de discussion !

— Ah… ai-je seulement l'habitude de discuter tes décisions, Dylan ?

— Je l'admets. Tu as été parfaite ces dernières semaines.

— Et moi, j'ai vraiment apprécié ton aide pour mon projet.

— Tu aurais fait la même chose pour moi.

— Oui, mais je te suis quand même très reconnaissante. Tu t'es donné tant de mal.

Quand le serveur les conduisit à leur table, elle sentit la gêne revenir. Elle ne savait pas quoi dire. Elle était aussi perdue qu'à un premier tête-à-tête amoureux.

Et elle trouvait la situation d'autant plus délicate que Dylan ne s'était jamais confié à elle. Elle ignorait tout de son enfance ou de la raison de son divorce…

Une fois le champagne servi, celui-ci porta un toast.

— Au succès de ton magazine !

— Merci. A toi et ton dévouement !

— Il faut que tu saches que tu pourras toujours compter sur moi, dit-il en buvant une gorgée.

Après un moment de silence durant lequel ils savourèrent leur breuvage, il changea de sujet.

— Ta mère a été très aimable de garder Tyler pour la soirée. Elle est très gentille.

— Et la tienne ? Comment est-elle ?

— Elle voyage beaucoup.

Evasif, il ne répondait pas à sa question.

— Tu as raison, reprit-elle. Ma mère est toujours prête à donner un coup de main. Je regrette simplement qu'elle ne trouve pas un nouveau compagnon.

— Elle vit seule ?

— Je la pousse à sortir, et ses amies aussi, mais elle a toujours une bonne excuse pour manquer ses rendez-vous. Elle peine à accorder sa confiance à cause de mon père. Il lui a brisé le cœur en la trompant à maintes reprises durant leur mariage. Avec le recul, je m'aperçois qu'il a détruit l'image qu'elle avait d'elle-même.

Embarrassée, elle se mordit la lèvre inférieure.

— En plus, maman voulait d'autres enfants après ma naissance mais elle ne pouvait plus en concevoir. Et mon père a toujours refusé l'adoption. Lorsqu'il a mis enceinte une de ses maîtresses, il est parti. Ma mère l'a vécu comme un échec personnel.

— Elle n'était coupable de rien. De mon point de vue, ton père était très égoïste.

— Oh oui. Il ne pensait qu'à lui. Et je suppose qu'il n'a pas changé.

— Tu supposes ? Tu n'as pas gardé le contact avec lui ?

— Il ne nous a jamais donné de ses nouvelles. Longtemps, j'ai cru que mes parents s'étaient séparés par ma faute. Ma mère ne m'a avoué la vérité que bien plus tard, lorsque j'étais à l'université. J'ai alors compris que seul mon père avait un problème. Je pense qu'il a coupé les ponts avec moi parce que je lui rappelais trop ma mère et sa culpabilité à son égard.

— Est-ce la raison de ton célibat ? Parce que tu ne fais pas confiance aux hommes ?

— Non, pas vraiment. Je choisis mal mes petits amis, avec une prédilection pour ceux qui veulent tout changer en moi, de mes vêtements à mon métier. En général, ils ne me trouvent aucune qualité.

— Mais tu en as tellement ! Et puis on ne peut rien reprocher à ta tenue ou à ton travail !

— Pas besoin de me flatter, Dylan. Je suis simplement lasse des hommes qui ne m'acceptent pas telle que je suis. Durant deux ou trois semaines, ils sont doux comme des agneaux… puis, tout à coup, ils multiplient les suggestions pour m'« aider ». Oh ! je ne suis pas parfaite. Mais je rêve d'un compagnon qui me comprenne et m'aime pour moi-même.

— Quand Ally était là, tu ne lui demandais jamais son avis sur tes fréquentations avant de t'engager ?

— Malheureusement, non. Le dernier en date… enfin, non. Je ne veux plus en parler. Il a été ma plus grosse erreur. Aujourd'hui, je ne cherche plus l'homme de ma vie. J'ai compris qu'il n'existe pas. Tyler est désormais ma seule priorité.

— Tu ne désires plus te marier ou fonder une famille ?

— Non. Tyler me suffit.

Avant de partager avec elle la tutelle du petit garçon, il l'avait toujours jugée volage et inconstante. Elle lui rappelait sa propre mère, notamment à cause de ses constants retards et de ses excuses fallacieuses.

A présent, il la voyait sous un jour différent. Sérieuse et responsable, elle privilégiait toujours Tyler et se montrait souvent très agréable. Par exemple, n'avait-elle pas adapté ses menus en fonction de ses goûts à lui ?

— Et toi ? demanda-t-elle soudain. Cherches-tu la femme de ta vie ?

— Non, pas après l'échec retentissant de mon mariage.

Presque malgré lui, il ajouta :

— D'ailleurs, tout était ma faute.

— Que veux-tu dire par là ? Oh ! excuse-moi. Je suis peut-être trop indiscrète.

S'étonnant lui-même, il répondit de nouveau :

— Vu notre situation, tu as le droit de savoir. Et comme tu sais garder un secret… A la base, Nadine et moi avions les mêmes désirs : une carrière professionnelle fulgurante, et pas d'enfants. Mais elle a changé d'avis en cours de route.

— Et pas toi ?

— Voilà. Elle a fini par me poser un ultimatum : un bébé ou le divorce. Je n'ai pas hésité longtemps.

— Et pourtant tu te retrouves dans cette situation à cause de Tyler. Même si toi et moi…

Elle s'interrompit sans savoir qu'ajouter, à l'instar de Dylan. Durant un moment, ils gardèrent le silence jusqu'à ce qu'elle reprenne :

— Cela me fait penser… le délai de trois mois se termine dans deux semaines. Penses-tu…

— Je suis content que tu abordes le sujet. En fait, j'ai réussi à m'adapter à la situation. Et, même si nous ne remplacerons jamais Pete et Ally et qu'il me reste beaucoup à apprendre sur les bébés, Tyler semble heureux avec nous, non ?

— Et toi ? Es-tu heureux ?

— Oui. Tout en me sentant coupable. Je n'avais pas envie de devenir père, mais en vérité j'aime ce rôle. Je suis content de rentrer le soir et de découvrir Tyler en train de babiller ou de sourire.

— Moi aussi.

— Alors nous continuons ensemble ?

— Que dirait ton ex si elle l'apprenait ?

— Comme je le disais, je me sens toujours coupable vis-à-vis d'elle. Si j'avais accepté, peut-être notre couple aurait-il fonctionné. Ou peut-être pas. Je ne le saurai jamais.

— Pourquoi ne voulais-tu pas d'enfants ?

— Parce que je n'en avais pas envie. C'est tout.

— Tu ne souhaites pas approfondir le sujet ?

— En effet. Nous sommes là ce soir pour célébrer ta

réussite. Alors mieux vaut ne pas insister sur certaines questions. A présent, nous savons à quoi nous en tenir : nous sommes célibataires et nous désirons tous deux rester pour nous occuper de Tyler. Il doit demeurer notre priorité. Essayons d'être les meilleurs parents de substitution possible !

Malgré sa fin de non-recevoir sur la question de la paternité, Emmy s'étonnait de la facilité avec laquelle elle s'était confiée à Dylan. Autre surprise, ils appréciaient les mêmes musiques et rêvaient des mêmes voyages.

Elle comprenait maintenant pourquoi Pete et Ally avaient porté leur choix sur eux. Si Dylan différait d'elle sur certains points — ce qui enrichirait l'éducation de Tyler — ils partageaient bien des goûts communs. Et elle se plaisait en sa compagnie.

D'un coup d'œil à sa montre, elle remarqua l'heure tardive.

— Nous devrions appeler un taxi. Je vais prévenir ma mère que nous rentrons.

Dans le taxi, leurs mains se frôlèrent…

Non, elle ne pouvait pas céder à la tentation.

Oui, mais elle éprouvait une si forte attirance…

Leurs regards se croisèrent…

Leurs bouches se rapprochèrent, s'unirent finalement en un baiser profond, passionné…

Puis une lampe s'alluma, brisant l'enchantement.

Ils étaient arrivés. Et horriblement gênés d'être surpris dans cette situation.

Où avait-elle donc remisé son bon sens ? Elle devait se reprendre tout de suite.

— Nous faisons une bêtise, dit-elle tout bas.

— C'est à cause du champagne. Mais cela n'arrivera plus. Descends, je règle le chauffeur.

9

Reposant le combiné du téléphone, Dylan s'adossa au fauteuil, les yeux clos.

C'était une très grosse affaire.

Assortie d'une énorme difficulté : lui-même père de famille, le client préférait travailler avec des gens qui partageaient sa conception de la vie.

A parler strictement, Dylan n'était pas père. En instance de divorce, il partageait la garde de son filleul et avait conscience que cette rupture pouvait jouer contre lui — sans parler de son arrangement peu conventionnel avec Emmy.

Pouvait-il lui demander son aide ?

Après tout, il l'avait soutenue lors de son récent projet, et elle avait proposé de lui rendre la pareille…

Un instant, il songea à lui acheter des fleurs, mais se jugea trop manipulateur. Non, il lui en toucherait simplement deux mots lorsque Tyler dormirait. Peut-être aurait-elle une idée pour gérer la situation : après tout, elle ne manquait pas d'imagination.

Ce soir-là, au moment de préparer le dîner, il comprit parfaitement sa tentative avec la lotte. Mais il préféra jouer la sécurité, en cuisinant des pâtes.

— Emmy, puis-je te demander un service ?

— Bien sûr. Comment puis-je t'aider ?

— J'ai monté un dossier pour un projet de grande envergure.

— Si cela signifie que tu risques de rester plus longtemps au bureau et que je dois garder Tyler, aucun problème. Tu l'as déjà fait pour moi.

— Non, c'est autre chose. J'ai appris à déléguer à mes collaborateurs et, de toute manière, je n'ai même pas encore conclu l'accord.

— Alors quel est le problème ?

— C'est le client. Il est père de famille et il aime travailler avec… des gens comme lui.

— N'est-ce pas de la discrimination ?

— Seulement si j'étais l'un de ses employés. Mais, dans mon cas, je propose un service et il peut choisir qui bon lui semble.

— Tu veux le persuader que tu es père de famille ? Ce n'est pas le cas, Dylan.

— Je partage la garde de Tyler, donc, *techniquement*, si.

— Mais toi et moi ne sommes pas… Oh non ! Tu n'espères pas que je mente ou que nous fassions semblant d'être en couple ?

— Je ne te demande pas de mentir. Seulement de… ne pas en dire trop.

— Non, Dylan. Cette histoire risque de se retourner contre toi. Quand il s'apercevra de la supercherie — et cela arrivera tôt ou tard — il perdra toute confiance en toi et les répercussions seront catastrophiques pour tes affaires.

— N'as-tu pas promis de me rendre service ?

— Il ne s'agit plus d'un service, Dylan.

Elle avait raison, bien sûr.

— Cela dit, tu peux quand même l'inviter à dîner, à défaut de mentir pour toi, je préparerai un bon repas.

— Merci, mais je préfère décliner l'offre.

— Tu n'as pas digéré l'épisode de la lotte ?

— Non, pas du tout… Tu pourrais aller chez le traiteur et disposer la table à merveille.

— Parce que, étant une femme, j'ai des talents domestiques ? demanda-t-elle, amusée.

— Non, parce que tu as des talents d'artiste.

Ebranlée par son compliment, elle fut surprise d'en être aussi touchée.

— Je dresserai la table avec plaisir… mais, si tu lances une invitation, je tiens absolument à préparer un repas fait maison. Pas question d'acheter quelque chose au supermarché ! Hum... S'il est père de famille, invite aussi son épouse et ses enfants.

— Quel est ton plan ? Demander à ta mère de cuisiner ?

— Ce ne sera pas nécessaire. Je ferai simple, avec du rôti et des légumes.

Il fit la grimace.

— Je me rappelle l'époque où nous occupions un petit appartement avec deux autres étudiants, Pete et moi. Pour le repas de Noël, nous avions servi une dinde presque crue... et nous avons été malades pendant trois jours.

— Nous ne sommes plus à l'université. Je demanderai conseil à ma mère et je surveillerai soigneusement la cuisson. Quel âge ont ses enfants ?

— Aucune idée.

— Alors renseigne-toi. S'ils sont petits, ils n'auront sans doute pas la patience d'attendre de manger pendant l'apéritif... et, s'ils sont adolescents, ils ne viendront pas du tout. Donc, mieux vaut éviter les amuse-bouches. Un plat avec de la viande me semble une bonne idée, accompagné d'une salade de fruits et d'une glace au dessert. Entre nos deux travails et la garde de Tyler, autant nous simplifier la vie. Quand tu téléphoneras à ton client, demande-lui s'il y a des allergies dans sa famille ou des aliments bannis. Ou s'ils sont végétariens.

— Pour adapter le menu ?

— Dans ce cas, nous ferions tout bêtement des pâtes. Nous maîtrisons la cuisson des spaghettis tous les deux.

Le lendemain, Dylan informa Emmy après son coup de fil.

— Ted Burroughs viendra seulement avec son épouse. Tu avais raison pour les enfants : ils sont adolescents et resteront chez eux. Comme il a des filles, j'aurais peut-être dû mentionner que tu es créatrice de bijoux...

— Non, elles se seraient ennuyées de toute façon. Et pour la nourriture ?

— Aucune allergie. Mais il a apprécié que je lui pose la

question. D'ailleurs, je n'aurais pas songé à lui demander sans toi !

— Ça ne m'étonne pas de la part d'un homme !

— Tu es sexiste, en fait !

— Venge-toi donc, c'est de bonne guerre ! répondit-elle en riant.

Il la trouvait adorable quand elle le taquinait.

Adorable ? Que lui prenait-il ? Pourquoi n'arrivait-il pas à garder à l'esprit qu'Emmy Jacobs était seulement la cotutrice de Tyler ?

De même, il préférait ne plus songer aux baisers échangés dans le taxi.

Même s'il mourait d'envie de recommencer.

— A tout à l'heure, dit-il, et merci encore.

Le soir du dîner, Dylan rentra plus tôt pour aider Emmy. A son arrivée, elle avait déjà dressé la table avec une nappe brodée et sa plus belle argenterie, agrémentée de bougies et de fleurs fraîches. Le poulet, lui, cuisait dans le four.

— Qu'est-ce que c'est ? demanda-t-il en voyant une feuille de papier, collée par un aimant à la porte du réfrigérateur.

— Les temps de cuisson. J'utilise la minuterie du four pour éviter toute erreur.

— Tu as trouvé un livre de cuisine très détaillé…

— Non, c'est ma mère qui m'a tout expliqué. Elle a même proposé de venir m'aider, mais je ne voulais pas tricher.

Il resta un petit moment silencieux, l'air songeur.

— Tu crois que j'aurais dû accepter son aide ? fit-elle, anxieuse.

— Non, tout se passera bien. Veux-tu de l'aide pour la salade de fruits ?

— Elle est déjà prête, afin que les saveurs se mélangent bien. Mais attends… j'entends Tyler se réveiller. Va donc jouer avec lui. Je m'occupe du reste.

Obtempérant, il partit rejoindre le bébé, toujours émerveillé par le plaisir qu'il éprouvait en sa compagnie. Il avait longtemps cru que la vie de famille n'était pas pour lui ;

ou peut-être Nadine n'était-elle pas la femme dont il avait besoin. Au contraire d'Emmy ? Il balaya cette idée au plus vite. Elle collectionnait les problèmes avec les hommes et il ne voyait pas pourquoi il ferait exception. De plus, il se refusait à bouleverser l'univers de Tyler.

Avec un coup d'œil à sa liste, Emmy vérifia qu'elle avait tout terminé.

Elle alla ensuite se changer en vitesse, choisissant une petite robe noire additionnée de quelques bijoux de sa création et d'un maquillage discret.

Puis elle examina le résultat dans le miroir : tous ses compagnons avaient toujours critiqué son apparence. Mais Dylan était différent des autres et, de son côté, elle se trouva tout à fait acceptable.

De retour derrière les fourneaux, elle enfila toutefois un tablier par précaution.

Pendant ce temps, Dylan nourrissait Tyler, assis sur sa chaise haute, dans le salon.

— Dès que nous avons fini, je lui donne son bain et je vais le coucher. As-tu besoin d'un coup de main ?

— Non, je m'en sors. Mais tu devrais te changer, Dylan : ta chemise est couverte de purée de carottes.

En entendant la sonnerie à la porte, Emmy respira un grand coup.

Calme-toi, tout ira bien.

Impeccablement habillé, Dylan ouvrit aux invités.

— Emmy, voici Ted et Elaine Burroughs. Ted et Elaine, je vous présente Emmy Jacobs.

— Nous sommes enchantés de vous rencontrer.

Soudain, elle s'aperçut qu'elle portait encore son tablier et s'en dépêtra tant bien que mal.

— Oh ! excusez-moi…

— Ce n'est rien, voyons, déclara Ted avec un sourire aimable.

Et déjà son épouse enchaînait :

— Etes-vous en couple depuis longtemps, tous les deux ?

Emmy et Dylan échangèrent un long regard.

Sois franc, songea-t-elle.

— Nous ne sommes pas un couple, répondit-il avec honnêteté. Nous vivons seulement sous le même toit car nous partageons la tutelle de Tyler, l'enfant de nos meilleurs amis décédés dans un accident. En cas de malheur, ils souhaitaient que nous veillions sur leur fils. Ce qui explique notre situation.

— Vous avez décidé d'emménager ensemble pour le petit ? demanda Elaine.

A son tour, Emmy prit la parole.

— C'était la meilleure solution pour que Tyler reste dans un environnement familier et rassurant.

— De toute manière, mon appartement sur les docks n'aurait pas convenu à un bébé, ajouta Dylan.

— Et le mien, situé à Camden, n'était pas assez spacieux pour une famille.

— Cela n'a pas dû être simple pour vous, lança Ted.

— C'est vrai. Nous avons dû modifier certaines de nos habitudes, répondit Emmy, mais nous faisons face. J'en profite pour vous assurer que le repas est entièrement fait maison. Enfin… nous avons un peu triché en achetant la sauce et la glace pour le dessert. J'espère que vous nous pardonnerez cette petite entorse.

— Au vu des circonstances, je vous trouve déjà très aimable de nous avoir invités, déclara Elaine.

— Avec Dylan, nous nous entraidons. Parfois une de ses réunions se termine plus tard, parfois je rencontre un imprévu avec mon travail… alors nous suppléons l'autre. D'ailleurs, Dylan réussit mieux à bercer Tyler que moi. Il chante très bien.

— C'était exactement la même chose avec nos deux filles, répliqua Elaine en riant.

Mais déjà Emmy se tournait vers la cuisine.

— Voulez-vous m'excuser ? Je dois surveiller la cuisson des légumes. Dylan, peux-tu…

— Servir l'apéritif ? Avec plaisir, répondit-il. Suivez-moi, la salle à manger se trouve de ce côté…, ajouta-t-il à l'intention des invités.

Durant quelques minutes, Emmy s'activa derrière les fourneaux. Elle arrangeait les légumes dans les assiettes lorsqu'elle entendit Elaine s'extasier sur la décoration de la table.

— C'est l'œuvre d'Emmy. Elle a de véritables dons artistiques. Vous devriez voir les bijoux qu'elle imagine. Ils sont étonnants.

Constatant qu'il parlait avec grand sérieux, elle sentit son cœur se réchauffer.

Elle reparut finalement avec les assiettes, laissant à Dylan la tâche de découper le poulet.

A son grand soulagement, elle avait parfaitement réussi son plat et la volaille s'avéra tendre à souhait.

— Dylan nous a parlé de votre travail de créatrice, déclara Elaine. Notre aînée va bientôt fêter ses seize ans et elle aimerait un beau bijou pour son anniversaire. Pourriez-vous en réaliser un pour elle ?

— Bien sûr. Toutes les pièces qui figurent sur mon site internet sont généralement en stock ou se fabriquent assez vite.

— Pourquoi ne pas montrer les deux ensembles que tu as imaginés pour ce reportage dans un magazine ? demanda soudain Dylan.

— Ils en gardent l'exclusivité, mais rien ne vous empêche de jeter un coup d'œil aux photos, dit Emmy en tendant les clichés à Elaine.

Son invitée les parcourut avec attention, visiblement conquise.

— C'est exactement ce que je cherche pour Claire. Cela correspond parfaitement à ses goûts.

— Pourquoi ne pas l'amener ici, pour que je puisse parler avec elle et cerner ses attentes ? Elle aimerait sans doute que je crée une pièce unique à son intention.

Puis, se mordant les lèvres, Emmy posa une main douce sur le bras de Dylan.

— Je suis désolée. Je monopolise la parole alors que nous ne sommes pas là pour moi.

— N'aie pas honte de ton talent, lui répondit-il avant de se tourner vers leurs hôtes. Elle m'a fait un petit ourson fantastique.

Au moment de servir le dessert, elle débarrassa la table et apporta les bols généreusement garnis de fruits pendant que Dylan sortait la glace du congélateur. Elaine, elle, détaillait déjà sa salade.

— Ananas, fraises, kiwis et grenades. Voilà un très bel assortiment ! Je n'aurais jamais imaginé une telle salade. Vous êtes certainement une excellente cuisinière.

— Pas vraiment, non. Il y a quelques semaines, j'ai tenté de réaliser une lotte au parmesan et je m'en suis mordu les doigts. Une belle catastrophe ! C'est pour cette raison que j'ai élaboré un menu très simple, ce soir.

— Eh bien, c'est exquis, déclara Ted.

Rassérénée par ce compliment, elle se détendit un peu… pile au moment où Tyler se mit à pleurer. Elle se leva la première.

— J'y vais.

— Non, c'est mon tour, répondit Dylan.

— Je m'en occupe. Toi, reste plutôt avec nos invités.

— Pourrais-je voir le bébé ? demanda Elaine. Sauf s'il est trop fatigué pour descendre dans le salon, le pauvre chéri…

— Pourquoi ne pas m'accompagner dans sa chambre ? Il sera ravi d'avoir un peu de compagnie.

Dans un bel ensemble, les deux femmes quittèrent la table en direction de la nurserie, où Elaine prit Tyler dans ses bras.

— Quel âge a-t-il ?

— Sept mois.

— Quand ils grandissent, on oublie souvent à quel point ils sont mignons à cet âge… Je suis vraiment navrée pour l'accident de vos amis. Avez-vous réussi à vous adapter à votre nouvelle vie ?

— Au début, ce n'était pas facile. Dylan n'était pas vraiment prêt à s'occuper d'un bébé, mais il a peu à peu appris. Nous alternons les nuits de garde et nous partageons les tâches chaque jour. Nous avons l'habitude de dormir normalement une nuit sur deux à présent ! J'ignore comment faisait ma meilleure amie. Elle paraissait toujours fraîche comme une rose, même après s'être levée une demi-douzaine de fois dans la nuit !

— Elle vous manque, n'est-ce pas ?

— Autant que Pete manque à Dylan. Nous les considérions comme un frère et une sœur.

— Heureusement, Dylan vous aide à la maison.

— Oui. Il s'est adapté très vite. Il a toujours assumé sa part du travail, y compris pour changer les couches. S'il se montre souvent têtu, il a aussi un grand cœur. Sans parler de ses qualités d'organisateur ! Mais ne lui répétez pas ce que je viens de dire, surtout.

— J'ai l'impression que vous décrivez Ted.

Avec un sourire complice, les deux femmes redescendirent pour boire un café.

Puis les Burroughs prirent congé et Emmy s'attela à desservir la table et nettoyer en compagnie de Dylan.

— Savais-tu, dit celui-ci, que le Babyphone fonctionnait lorsque vous étiez dans la chambre de Tyler ?

Elle se figea.

— Tu plaisantes ?

— Pas du tout.

— Qu'as-tu entendu ?

— A peu près… tout.

Elle ferma les yeux, abasourdie par l'ampleur de la catastrophe.

— J'espère que ce que j'ai dit ne va pas gâcher tes chances… je suis désolée. J'espère que tu ne vas pas perdre ce marché par ma faute !

— Au contraire. Ted était ravi. Grâce à toi, il a appris ce qu'il désirait sur moi, à savoir que je ne suis pas seulement un informaticien efficace.

— C'est quand même l'un de tes talents.

— Serait-ce un compliment ?

— Oui, même s'il n'est pas adroit.

— Justement. J'aime ce côté direct chez toi.

— Je ne sais pas me comporter autrement. Peut-être parce que je ne cherche plus à plaire depuis longtemps.

— Tu as besoin d'en parler ?

— Ce n'est pas la peine. Nous avons déjà fait le tour du sujet. Rappelle-toi, je ne sais pas choisir les hommes.

— Tu fais pourtant preuve d'un grand discernement dans de nombreux domaines. Au point de me faire changer d'avis quelquefois — ce qui n'est pas un mince exploit. Au fait, merci pour ton aide, ce soir. Tu as été une hôtesse remarquable.

Se penchant, il déposa le plus doux des baisers sur ses lèvres.

Elle crut que son cœur allait s'arrêter.

Et, à son corps défendant, elle caressa d'une main la joue de Dylan.

En réponse, il passa les bras autour de sa taille…

Elle céda alors à la panique. Non, que faisait-elle ? Elle ne pouvait pas continuer.

Aussi recula-t-elle vivement.

— Nous…

— Je sais. Désolé. Oublie cela comme le reste.

— Oui. Ce doit être l'adrénaline qui retombe après ce repas stressant.

— Oui. Tu as sans doute raison. Moi, je vais finir de nettoyer ici.

A l'abri dans la cuisine, elle se laissa pourtant gagner par une idée folle, celle d'embrasser de nouveau Dylan.

10

Durant les jours suivants, Dylan se montra très nerveux. Comme Emmy le comprenait ! Elle-même avait traversé les mêmes affres quelques semaines plus tôt.

Le samedi matin, à l'heure du déjeuner, elle décida d'agir.

— Tu dois sortir de cette maison.

— Pardon ? fit-il, comme si elle s'exprimait dans une langue inconnue.

— L'attente te ronge. Rester ici et essayer de te concentrer sur ton travail ne donnera rien. Tu ne fais que ruminer. Pourquoi ne pas venir prendre un bon bol d'air frais avec le petit et moi ? Je crois même que Tyler est d'accord avec moi.

Fort à propos, le bébé émit un gazouillis.

— A t'entendre, je jurerais que tu as déjà une idée en tête.

— Exact. J'ai listé tous les endroits où nous pourrions l'emmener. Il y a bien le parc avec ses balançoires… mais c'est uniquement valable les jours de soleil. Sans cela, il y a aussi… l'endroit auquel je songe depuis un moment.

Comme elle refusait de dévoiler ses plans, Dylan dut attendre d'arriver devant une immense serre qui semblait dater d'un autre siècle. Au-dessus de l'entrée, il aperçut une grande inscription :

LA MAISON DES PAPILLONS.

Une fois à l'intérieur, il découvrit une végétation luxuriante et une atmosphère chaude et humide. Dans un coin, il entendait le clapotis de l'eau — sans doute une fontaine qui coulait. Surtout, des papillons de toutes les tailles et couleurs voletaient partout. Jamais il n'en avait vu autant de sa vie.

Tyler aussi parut apprécier. Admirant les papillons qui tournaient autour des fleurs et au-dessus de sa tête, il tendait la main pour les attraper.

— Regarde : ces gens ne bougent plus pour que les papillons se posent sur eux ! s'écria Emmy.

Décidée à les imiter, elle s'étonna de voir un spécimen se percher aussi vite sur son épaule. A cet instant, Dylan regretta son appareil photo, resté dans sa chambre.

Puis ils se promenèrent dans les différentes parties de la serre et, à son grand étonnement, il finit par se détendre.

— Tu as eu une bonne idée en m'emmenant ici. Je devenais vraiment nerveux. Vivre avec moi n'est pas toujours une partie de plaisir.

— Que devrais-je dire ! Et puis, tu m'as également aidée en me conduisant au bord de la mer. J'ai simplement pensé que cet endroit te séduirait.

— Sans toi, je n'aurais jamais songé à venir voir des papillons.

— Cette serre n'est pas ouverte depuis très longtemps, peu de gens la connaissent. Tu permets que je prenne quelques photos ?

— Bien sûr. Moi, je vais prendre Tyler dans mes bras.

Elle prit plusieurs clichés avec son téléphone portable, notamment le toit de la serre. Pour quelle raison ? se demanda-t-il. Mais Emmy semblait vivre dans un monde différent.

Au bout d'une allée, ils se retrouvèrent face à un grand terrarium rempli de chrysalides.

— C'est extraordinaire. Je n'ai pas vu une chose pareille depuis mon enfance, déclara-t-il.

— Tu avais un jardin ?

— Mes grands-parents possédaient un terrain très vaste. Pour y attirer les abeilles, ma grand-mère cultivait d'innombrables fleurs et buissons. Quant à mon grand-père, plus pragmatique, il s'intéressait surtout aux fruits et légumes.

J'étais enfant et, malheureusement, je n'ai plus jamais eu de jardin depuis.

Depuis leur emménagement, tous deux avaient négligé celui de Pete et Ally en se contentant de tondre la pelouse.

Plus loin, ils découvrirent une chute d'eau et un bassin où s'ébattaient d'imposants poissons rouges. Emmy détacha Tyler de son siège pour qu'il puisse mieux voir.

— Regarde ! Il y a plein de poissons dans l'eau !

En réponse, le petit garçon arrondit les lèvres et émit un petit son joyeux.

— Tu as entendu, Dylan ? Il a dit « eau » !

Pendant cette journée magnifique, Tyler se confronta à un monde nouveau. Dylan, lui, retrouva la paix comme il n'y serait jamais parvenu seul.

— Si nous l'emmenions au zoo ? dit Emmy. J'ai remarqué qu'il adorait cette histoire de tigre que tu lui racontes souvent.

— Nous pourrions peut-être y aller la semaine prochaine ? Mais c'est ton week-end de liberté.

— Non, j'irai avec plaisir.

— Et que dirais-tu de planter des fleurs dans le jardin ? Quand Tyler y jouera l'été prochain, il aura l'occasion d'y voir des papillons.

Secrètement, elle songea que par ce biais il se souviendrait aussi de sa grand-mère.

— C'est une bonne idée, mais je n'ai pas la main verte.

— Nous apprendrons ensemble. Ce n'est certainement pas plus difficile que de s'occuper d'un bébé !

Dans une autre section de la serre, Emmy parut fascinée par le terrarium des libellules.

— Tu vois toutes ces couleurs, Tyler ? Ce sont des libellules bleues et vertes.

Au terme de leur visite, ils s'arrêtèrent à la cafétéria où Emmy écrasa une banane en petits morceaux pour Tyler, pendant que Dylan leur commandait des cafés. Une fois Tyler repu, elle l'enlaça d'un bras, tout en dessinant un rapide croquis dans son carnet. Par prudence, elle l'emportait toujours avec elle.

Dylan posa les tasses sur la table, hors de portée du petit garçon.

— Que fais-tu ?

— Je note quelques idées de créations.

Il jeta un coup d'œil, intrigué.

— Tu notes toujours à la volée ce qui t'inspire ?

— Cela dépend, fit-elle, évasive.

— Excuse-moi, je suis indiscret. Tu n'aimes peut-être pas expliquer le cheminement de tes idées.

— Non, ce n'est pas un problème. Tu peux regarder si tu en as envie, répondit-elle en lui tendant ses esquisses.

Il parcourut les pages, très intéressé.

— Cette toile d'araignée me rappelle un collier que tu as créé.

— Avec le cœur à la place de l'araignée ? Oui, je suis partie de là. C'était un matin d'hiver très froid et la toile était bien visible. Elle paraissait à la fois solide et extrêmement délicate.

— J'ignorais que tu dessinais aussi bien. Tu as un sacré talent pour le portrait.

— Je te remercie. Tyler avait l'air si mignon que je n'ai pas pu résister.

— Tu as toujours ce carnet sur toi ?

— Oui. Je ne sais jamais quand un détail va m'inspirer ou me plaire. Ce n'est pas comme dans ton travail, j'imagine.

— Non. Les idées naissent à partir d'une longue discussion avec le client.

Il lui présenta un morceau du gâteau au chocolat qu'il venait de couper.

— Tu en veux un bout ?

— Non, sans façon.

Face à lui, elle songea soudain qu'il avait beaucoup changé. Quelques mois plus tôt, à peine lui aurait-il adressé la parole. Or, il se comportait maintenant comme… un mari ou presque.

Car elle n'oubliait pas la réalité. Surtout lorsqu'elle se sentait succomber à cause d'un seul de ses sourires.

Elle ne pouvait pas prendre un tel risque. Elle savait qu'une liaison amoureuse avec Dylan finirait mal, débouchant sur de grandes souffrances. Pour lui, probablement. Pour elle, à coup sûr.

Il en profita pour prendre Tyler sur ses genoux.

— Viens, mon grand. Laisse Emmy boire son café. Comment s'en est-il sorti avec sa banane ?

— Il en a mangé les trois quarts.

— Bien. Le lait est dans son sac ?

— Oui.

Désormais, il se comportait aussi comme un véritable père. Au début, il s'était montré mal à l'aise, hésitant. Mais à présent il débordait de confiance en lui, et Tyler le percevait. Il l'adorait littéralement.

D'ailleurs, elle aussi aurait pu facilement adorer l'homme qu'il était devenu.

Mais elle devait à tout prix étouffer ce sentiment. Même si, secrètement, elle rêvait de s'y abandonner.

Touchée par le tableau de Tyler dans les bras de Dylan, elle prit une nouvelle photo avec son téléphone.

— Je vais l'envoyer aux parents de Pete et d'Ally.

— Je leur ai téléphoné l'autre jour. Ils m'ont expliqué que tu correspondais régulièrement avec eux pour leur donner des nouvelles et des photos.

— Ils ne communiquent pas par e-mails et sont restés bloqués à l'ère du papier… alors j'imprime mes clichés. Au final, c'est aussi simple.

— C'est très gentil de te soucier d'eux.

— Ils ont perdu un enfant, inutile qu'ils perdent en plus leur petit-fils… ça me donne une idée. Que dirais-tu d'envoyer une photo à ta mère ? Je peux la transférer sur ton portable ou la lui adresser directement.

— Non, ce ne sera pas utile.

Il n'ajouta pas un mot.

Et le silence se prolongea. Elle eut alors la nette impression qu'un mur invisible se dressait entre eux.

Qu'avait-elle dit ?

Ce n'était pas la première fois qu'il restait muet au sujet de sa mère.

— Je suis désolée, Dylan, je ne voulais pas…

— Ce n'est pas grave. Je suis simplement trop nerveux à cause du contrat.

Bien qu'intriguée, elle n'ajouta rien. Elle n'avait jamais reçu la moindre visite ou le plus petit coup de fil de la part de la mère de Dylan. Son fils la prétendait en voyage, mais passait-elle tout son temps dans des pays dénués de réseau et d'antennes relais ?

Une minute plus tard, ils se levèrent pour flâner dans la boutique de souvenirs.

— Oh ! j'adore ce mobile en forme de papillon ! Nous l'accrocherons au lit de Tyler : ce sera la première chose qu'il verra à son réveil !

— Oui, et ce livre de contes me plaît beaucoup. Il y a même une histoire avec une chenille…

Elle sourit, heureuse que Dylan ait retrouvé sa bonne humeur.

— Tu aimes bien lui lire des contes au moment du coucher.

— Oui. Si quelqu'un m'avait prédit ça il y a trois mois, je l'aurais traité de fou. Mais c'est le cas. Je regrette juste que Pete ne soit plus là pour nous voir.

— Ni Ally. Mais, s'ils nous observent de là-haut, ils savent maintenant qu'ils ont fait le bon choix.

— Je le crois aussi.

Elle hocha la tête, réconfortée et ravie qu'il partage la même opinion.

11

Deux jours plus tard, Tyler ne s'endormit pas aussi paisiblement que d'habitude. Et, malgré ses joues rouges, il ne semblait pas souffrir des dents. Inquiète, Emmy palpa son front, trop chaud à son goût.

Où était le thermomètre ?

Ally le lui avait montré une fois, comme le reste. C'était… dans le premier tiroir. Selon ses instructions, elle couvrit la pointe d'un petit cône de plastique et le logea dans l'oreille du bébé, avant d'enfoncer la touche.

Sans succès.

Oh non… les piles étaient déjà à plat ! Et elle n'en avait pas de rechange.

Même s'il s'agissait de sa nuit de garde, elle choisit de déranger Dylan.

Aussi gagna-t-elle le salon, avec le petit dans les bras.

— Excuse-moi de t'embêter, mais j'aimerais ton opinion.

— A quel sujet ?

— Les piles du thermomètre sont usées et je n'en trouve pas d'autres. As-tu aussi l'impression que Tyler a de la fièvre ?

A son tour, il posa une main sur le front du bébé.

— Oui. Que faisons-nous ?

Déjà, il ouvrait leur manuel de puériculture.

— Avons-nous du paracétamol pour bébés ? demanda-t-il.

— Oui, dans l'armoire à pharmacie. Elle se trouve dans la cuisine.

— Très bien. Il faut lui en donner pour baisser sa température et mouiller sa peau avec de l'eau tiède. Je m'en occupe pendant que tu vas chercher le médicament.

— Je te rejoins dans la salle de bains.

En arrivant avec le paracétamol et une seringue, elle entendit le bébé pleurer. Dylan avait retiré sa gigoteuse et le berçait avec une chanson.

Il ouvrit de grands yeux inquiets en apercevant son matériel.

— Tu vas lui faire une piqûre ?

— Non. Je compte juste utiliser une seringue orale à la place d'une cuiller. C'est plus simple d'après la notice.

Non sans difficulté, ils parvinrent à donner le paracétamol au bébé, avant de l'asperger d'eau.

— Je suis navrée d'avoir interrompu ton travail, dit-elle enfin. C'était mon tour, et j'aurais dû me débrouiller toute seule. En fait… j'ai paniqué. Je me fais tellement de souci pour lui. Parfois, je me réveille la nuit, persuadée que sa toux et ses éternuements cachent en réalité une méningite. Et puis je l'imagine mort par ma faute, parce que je n'aurais pas réussi à m'en occuper.

— Emmy, il n'a pas de méningite ! Sa peau n'est même pas rouge !

— C'est normal, au début. J'ai lu tous les livres. Je connais les signes.

Elle les connaissait au point d'en faire des cauchemars.

— Nous allons nous relayer pour le surveiller, cette nuit. Ainsi, aucun signe ne nous échappera. Calme-toi, Emmy. Il ne va pas mourir, je te le garantis. Et nous nous occupons très bien de lui. Ensuite, ne t'excuse pas pour ton interruption. Si le petit est malade, il passe avant tout. J'aurais réagi comme toi si cela s'était produit pendant mon tour de garde.

— Je vais prendre un peu d'eau bouillie dans le réfrigérateur. Cela lui fera peut-être du bien.

— Bonne idée. Il a probablement un virus. J'ai lu dans les journaux qu'il y en avait beaucoup en ce moment. Oh ! non ! C'est peut-être moi qui lui ai rapporté du travail.

— Mais non, Dylan. Il a pu attraper ce coup de froid n'importe où !

Trois heures plus tard, si le bébé dormait profondément, Emmy restait sur ses gardes.

— Je vais dormir dans sa chambre ce soir.

— Sur le sol ? Tu vas passer une très mauvaise nuit.

— Je sais. Alors peut-être devrais-je le prendre dans ma chambre ? Mais s'il dort avec moi, j'ai peur de l'écraser en me retournant !

— Si c'était mon tour de garde, tu ne pourrais pas non plus dormir, n'est-ce pas ?

— J'avoue.

— Alors que dirais-tu de veiller sur lui ensemble, cette nuit ? Après tout, c'est la première fois qu'il est malade. Nous pourrions nous relayer toutes les deux heures.

— Mais nous ne pouvons pas le ballotter d'une chambre à l'autre, et dormir sur la moquette n'est pas confortable…

Elle voyait bien une solution, mais elle hésita.

Finalement, elle prit une grande inspiration et se jeta à l'eau.

— Très bien. Mon lit ou le tien ?

— Je n'aurais jamais cru t'entendre un jour prononcer ces mots, Emmy.

— Crois-moi, je ne l'imaginais pas non plus. Mais nous devons veiller à deux sur lui. En tout bien tout honneur.

Elle rougit pourtant, consciente qu'il y avait bien plus entre eux. En d'autres circonstances, n'aurait-elle pas *volontiers* partagé son lit avec Dylan — parce qu'elle aimait l'homme qu'il était devenu ?

Par sûreté, elle enfila son pyjama le plus couvrant, afin de souligner le caractère platonique de leur arrangement. Sans doute était-elle un peu ridicule : Dylan en avait vu bien plus avec ses petites robes.

Elle régla néanmoins sa lampe de chevet à sa plus faible intensité.

Et, quand il frappa à sa porte, elle sentit son cœur bondir dans sa poitrine.

— Entre !

Dylan apparut dans un simple pantalon de pyjama, le bébé dans ses bras.

— Je… euh… je ne porte jamais le haut de mon pyjama. J'ai trop chaud la nuit. Cela t'ennuie ?

— Non.

Trop chaud la nuit. Elle se mit à penser à… non ! D'autant que Dylan semblait prendre très au sérieux ses séances en salle de sport. Elle détailla un instant ses muscles puissants, dignes de ces mannequins qui s'affichaient sur les publicités de parfum.

Bien vite, elle tenta de chasser cette idée.

— De quel côté du lit préfères-tu dormir ? demanda-t-il.

— A droite, à côté de la porte.

— Cela me convient. Apparemment… Tyler a encore un peu de fièvre.

— Alors posons-le sur la couette.

Ils s'allongèrent tous deux sur le lit avec précaution.

— Pauvre petit, dit-elle doucement. Je préférerais être malade à sa place.

— Et moi donc. Je n'avais jamais éprouvé ce sentiment protecteur — surtout pour un bébé. C'est très étrange.

Comme elle, il avait sans doute l'impression que Tyler était vraiment leur enfant. Certes, elle ne l'avait pas porté, mais elle assumait pleinement le rôle de mère. Elle débordait d'amour pour lui, au même titre que Dylan, devenu son père.

Elle parla d'une voix rauque :

— Nous avons de la chance.

— Oui, beaucoup de chance. Je prends le premier tour, pendant que tu dors deux heures ?

— D'accord. Et j'apprécie ton aide, Dylan.

— Tu en aurais fait autant pour moi. Essaye de dormir un peu.

Elle lui tourna le dos, peut-être pour éviter le trouble provoqué par sa présence ?

Heureusement, elle parvint à bannir certaines pensées.

Et finalement elle trouva le sommeil.

Puis très vite, elle sentit qu'on lui touchait doucement le bras.

— Emmy ? Réveille-toi.

— Hum…

Elle mit quelques secondes à se remémorer la situation.

— Tyler va bien ?

— Sa température a baissé, mais son front reste chaud. Je l'ai installé sous une couverture. Ses jambes et ses bras me paraissaient trop froids.

— Bonne idée. Maintenant, à ton tour de dormir un peu.

Elle posa une main sur le petit crâne de Tyler. Dylan ne s'était pas trompé.

A présent, ce dernier lui tournait le dos. Tant mieux. Au moins ne verrait-il pas la manière dont elle le regardait. Côté pile aussi, il était vraiment beau. Elle regretta de ne pas avoir son carnet à portée de main, même si elle n'avait plus dessiné de modèle vivant depuis la fac. A part, bien sûr, quelques croquis de Tyler.

Non sans satisfaction, elle regarda le visage angélique du petit garçon qui avait perdu ses rougeurs.

Dans son sommeil, Dylan se retourna et lui fit face. Il paraissait plus jeune avec ses traits détendus. Il avait perdu son habituel air un peu méfiant.

En fait, elle pensait qu'une personne l'avait blessé très profondément. Mais qui ? Elle songea spontanément à Nadine, mais elle devinait sa plaie plus ancienne. Pourquoi avait-il tant renâclé à l'idée d'avoir un enfant ? A cause de sa propre enfance malheureuse ?

En tout cas, il refusait catégoriquement d'aborder le sujet.

Au terme de ses deux heures de garde, Emmy vérifia la température de Tyler. Elle était en baisse. A son grand soulagement.

Délicatement, elle effleura le bras de Dylan. Sa peau était si douce, sous ses doigts…

Reprends-toi, Emmy. Tu ne passes pas en premier. Pense à Tyler.

Elle le secoua légèrement, sans obtenir de réaction. Elle pressa ensuite son épaule, sans plus de résultat.

— Dylan !

— Hum…

Au lieu d'ouvrir les yeux… il passa ses bras autour d'elle pour la serrer contre sa poitrine !

Si le bébé n'avait pas été de son côté à elle, peut-être se serait-elle laissé tenter…

Dylan marmonna un mot indistinct… qui ressemblait plus ou moins à « Nadine ».

Rêvait-il de son ex-femme ?

Peut-être avait-elle été naïve de croire qu'il oublierait si facilement son ancienne épouse. Peut-être l'aimait-il encore — même s'il existait entre Emmy et lui une indéniable attirance physique. Mais elle savait le désir insuffisant pour construire une union durable. Et une aventure avec lui compliquerait trop la situation, en débouchant seulement, en fin de compte, sur d'inutiles souffrances.

— Dylan ! fit-elle, plus fort.

Il se réveilla en sursaut.

— Comment va Tyler ?

— Il n'a presque plus de température.

— Tant mieux. Il est 3 heures du matin ?

— 4 heures.

— Tu devais me réveiller plus tôt !

— Tu dormais si bien que je n'ai pas osé te déranger.

— Bon, dans ce cas, je me charge des trois prochaines heures.

— D'accord.

Dylan resta silencieux, le temps qu'Emmy s'endorme. Puis il toucha le front de Tyler : elle ne s'était pas trompée, le bébé se portait mieux.

A cette distance, et bien que tournée, il percevait la chaleur de son corps.

Lorsqu'elle l'avait tiré de son sommeil, il avait été plongé dans une profonde confusion. Un instant, il s'était encore cru dans la maison qu'il partageait autrefois avec Nadine.

Sans doute Emmy aurait-elle oublié cette erreur le lendemain.

Quant à Nadine…

Il trouvait vraiment la situation étrange. Depuis qu'il habitait avec Emmy, il n'éprouvait pas la même inquiétude qu'auprès de son ex-femme. Avec Nadine, il ressentait en permanence une inexplicable pression, même au premier temps de leur bonheur. Or, rien de tel avec Emmy.

Pourquoi ? Parce que Nadine et lui attendaient trop l'un de l'autre ? Au contraire, avec Emmy, il ne s'était pas senti obligé de prouver quelque chose — car, à la base, tous deux avaient une opinion très médiocre l'un de l'autre.

Il songea de nouveau à son refus de devenir père. Il n'avait pas changé de position en dépit de l'ultimatum de Nadine. Pourtant, depuis qu'il s'occupait de son filleul, il voyait le monde différemment… Il avait appris à l'aimer, au point de remarquer les plus infimes changements. Il aimait aussi son adorable sourire lorsqu'il lui lisait une histoire…

Et puis, il y avait Emmy…

Il déglutit avec peine. Avec elle, c'était plus compliqué.

En tant que nouvelle mère de Tyler, il partageait avec elle la garde du bambin.

Or, ils sentaient de véritables sentiments en train d'éclore entre eux. De l'amitié ? Il appréciait sa compagnie, et inversement. En dépit de leur organisation, destinée à les faire se croiser le moins possible, ils avaient fini par passer beaucoup de temps ensemble.

Ils vivaient comme une famille. Exactement le genre d'existence qu'il avait toujours fuie.

Elle lui fit face dans son sommeil et il retint son souffle un instant.

Il ne voyait plus la femme cynique et caustique des débuts… mais une créature fragile et vulnérable.

En vérité, il la voyait telle qu'elle était réellement. Et il aimait sa personnalité.

Mais oserait-il transformer cette famille temporaire… en véritable famille, officielle et définitive ?

Non. Il refusait de prendre un tel risque. Il se rappelait le résultat avec Nadine et il ignorait si les choses se passeraient mieux avec Emmy. Il ne ferait pas de promesses qu'il ne pouvait pas tenir. Et puis, n'envisageait-elle pas la situation sous le même angle que lui ?

Elle redoutait les hommes, à cause de ses mauvaises

expériences passées. Il devrait d'abord lui prouver qu'il était différent des autres.

S'il y parvenait… alors peut-être pourrait-il songer à la suite.

12

Une semaine plus tard, Emmy ouvrit l'épaisse enveloppe grise apportée par le facteur et contenant un exemplaire du magazine avec son interview.

— Regarde, Tyler ! dit-elle au bébé. C'est la photo de tante Emmy !

Mais le bébé s'intéressait davantage aux cubes qu'il laissait tomber par terre.

Après la construction d'une nouvelle tour, pour qu'il puisse la réduire en morceaux, elle reporta son attention sur le mensuel féminin. Elle découvrit une superbe photo d'elle avec Tyler dans les bras, sans parler de ses bijoux, particulièrement bien mis en valeur. Mais à mesure qu'elle lisait l'article elle céda à la consternation.

N'avait-elle pas clairement expliqué la situation à la journaliste ? Pourtant, celle-ci présentait Dylan comme son compagnon.

Et il ne risquait pas d'apprécier.

Comment allait-elle lui présenter le problème ? Tout en réfléchissant, elle fit les cent pas une partie de la matinée

Finalement, elle opta pour la franchise la plus totale. Elle détestait tourner autour du pot et c'était la meilleure solution.

Elle attendit que Tyler fasse sa sieste du matin pour appeler Dylan à son bureau.

Il décrocha immédiatement.

— Tyler va bien ?

— Parfaitement.

— Alors que se passe-t-il ?

— J'ai un sérieux problème avec le magazine. Ils viennent de m'en adresser un exemplaire avant la publication.

— Ils ne parlent pas de tes bijoux ?

— Si, si… c'est autre chose. Ils ont utilisé un cliché de Tyler et moi, et ils prétendent dans leur article que nous formons un couple. Ils t'appellent même « Dylan Harper, le gourou de l'informatique » ! Et ils laissent entendre que Tyler est notre enfant. J'avais pourtant raconté notre histoire à la journaliste à propos de la garde de Tyler…

— Ils mentent sur notre situation. Et après ? Ce n'est pas la fin du monde. Ne te tracasse pas pour cela. Une seule chose importe : les photos de tes bijoux.

— De ce côté-là, je n'ai pas à me plaindre. Ils montrent même les animaux en jais.

— C'est parfait. Alors détends-toi, Emmy !

— Moi qui pensais que tu serais furieux…

— Nos proches savent pertinemment que la presse ne raconte pas toujours la vérité. Ne te mets pas martel en tête et pense aux retombées de cet article, qui risque de t'apporter de nombreuses nouvelles commandes. Bientôt, tu crouleras sous les demandes et tu ne songeras plus à ces mensonges — que tout le monde aura déjà oubliés.

Elle resta néanmoins très nerveuse jusqu'à la publication du magazine.

Ce jour-là, Dylan lui téléphona de son travail.

— Que se passe-t-il ? Tu as une réunion et tu vas rentrer tard ?

— Non, perdu ! C'est plutôt le contraire… Prépare-toi, ce soir, j'apporte le champagne !

— Ted Burroughs t'a choisi ?

— Oui !

— C'est formidable !

— Et c'est en partie grâce à toi…

— Non, il a simplement reconnu ton talent ! Moi aussi, j'ai une bonne nouvelle à t'annoncer. J'ai reçu un coup de fil d'Elaine Burroughs et elle vient avec sa fille la semaine prochaine.

— Alors nous avons deux raisons de faire la fête ! Mais pas de lotte, par pitié !

— Pas de panique, je vais m'adresser à un traiteur.

Elle reposa le combiné.

— Tout s'arrange, dit-elle à Tyler. Bien sûr, notre situation n'est pas idéale, bien sûr nous préférerions que ton père et ta mère reviennent ! Mais c'est impossible et notre vie n'est pas si mal…

— Je voudrais te remercier pour ta contribution. Sans toi, je n'aurais pas obtenu ce contrat, déclara Dylan lors du dîner. Penses-tu que ta mère acceptera de garder Tyler un soir ?

— Oui, évidemment.

Le lendemain, c'était justement au tour de Dylan de cuisiner.

— J'ai eu ta mère au téléphone, dit-il en servant le repas. Tout est arrangé, nous sortons demain soir !

— Où allons-nous ?

— Au restaurant… mais nous partirons demain matin, et tu auras besoin de ton passeport.

— Pour aller dîner ?

— Déjeuner pour être précis.

— Mais pourquoi dois-je prendre mon passeport ?

— C'est une surprise.

— Pourrais-tu au moins me dire comment je dois m'habiller ?

— Choisis des vêtements confortables, avec un zeste d'élégance, et des chaussures pratiques pour la marche.

— Heureusement que je ne joue pas au poker avec toi ! Tu sais tenir ta langue.

— Tu n'es pas la première personne à me le dire…

Le lendemain matin, Dylan frappa à la porte de la chambre d'Emmy.

— Nous partons dans une demi-heure !

Tout juste eut-elle le temps de prendre une douche, de s'habiller et de confier Tyler à sa mère…

— Merci de ton aide, maman. Tu veux du café ?

Mais Dylan intervint aussitôt.

— Nous n'avons pas le temps. Nous avons un métro à prendre.

En apprenant la première étape de leur mystérieux périple, elle se sentit très excitée. Sur le départ, elle embrassa sa mère, à l'instar de Dylan — ce qui ne manqua pas de l'étonner.

Ce dernier portait un costume d'affaires, mais sans cravate, tandis qu'elle avait opté pour un tailleur avec des ballerines.

— Tu es vraiment belle.

— Tu n'es pas mal non plus.

— Merci.

Quand ils arrivèrent à King's Cross, elle découvrit enfin leur destination en empruntant avec lui la sortie vers la gare de Saint-Pancras.

— Nous allons à Paris, Dylan ? Mais c'est une folie !

— Non, plus maintenant. Prendre le train de Londres à Paris n'est plus aussi extraordinaire qu'autrefois. Et puis, j'adore cette ville.

Quelques minutes plus tard, ils s'installèrent en classe affaires, où les attendait un copieux petit déjeuner.

— Je comprends maintenant pourquoi je ne devais pas manger avant de partir, dit-elle, les yeux brillants.

Non sans appétit, elle contempla les mets devant elle : du jus d'orange frais à côté d'une coupe de champagne, du saumon fumé, des œufs brouillés, des fraises et du café.

— C'est le meilleur petit déjeuner de ma vie !

— Et un excellent moyen de commencer la journée…

A cet instant, Dylan regarda Emmy en train de piocher dans tous les plats. Il aimait la voir profiter de la nourriture sans chichis, au contraire de Nadine, qui grignotait toujours du bout des lèvres.

— Excuse-moi. Tu me trouves trop gourmande ?

— Non. Je préfère les femmes qui apprécient la bonne chère à celles qui se contentent de deux feuilles de laitue.

— Je ne peux pas résister à des plats aussi délicieux. En plus, si nous allons à Paris, nous risquons de marcher beaucoup : je vais donc dépenser toutes ces calories.

Ils arrivèrent rapidement à la gare du Nord et prirent ensuite le métro jusqu'aux Champs-Elysées.

— Je ne suis pas venue à Paris depuis longtemps. J'avais presque oublié combien cette ville est belle, avec ces avenues sans fin et toutes ces façades avec balcons…

Dylan lui sourit, ravi de voir la petite lueur au fond de ses yeux. Il avait vu la même étincelle dans la Maison des Papillons.

— Vas-tu sortir ton carnet à dessin pour esquisser des croquis ?

Elle lui rendit son sourire.

— Pas en pleine rue. Mais cela te dérange si je prends quelques photos ?

— Non, je t'en prie.

Ils s'installèrent ensuite à la terrasse d'un café.

— Le temps est vraiment superbe. C'est une journée magnifique !

De nouveau, il contempla les yeux étincelants d'Emmy avec joie.

Il avait eu une très bonne idée en l'emmenant à Paris, l'endroit romantique par excellence. Dans ce cadre, peut-être parviendrait-il à changer la nature de leur relation, de sorte qu'ils partagent enfin plus que la garde de Tyler ? Mais, pour réussir, il devait trouver les mots…

— Où voudrais-tu aller avant le déjeuner ?

— As-tu réservé dans un restaurant précis ?

— Oui. Nous devons rejoindre le IVe arrondissement à 13 heures. Mais en attendant nous sommes libres comme l'air. As-tu envie de visiter un musée ?

— Oh… je ne sais pas. A cette heure, la file d'attente au Louvre est déjà interminable. Dans le IVe arrondissement, nous pourrions peut-être admirer Notre-Dame ?

— Pourquoi pas ?

— Par contre, nous aurons beaucoup de marches à monter.

— Cela ne me dérange pas. Après tout, tu m'as dit dans le train que tu comptais marcher. Mais que dirais-tu d'abord d'une excursion sur la Seine ?

— Oh ! oui ! J'adore prendre le bateau.

Un jour, il l'emmènerait aussi sur la Tamise jusqu'à Kew, songea-t-il.

A la sortie du café, ils prirent donc le Batobus jusqu'à l'île de la Cité, puis ils marchèrent en direction de Notre-Dame. Sous le ciel azur, la cathédrale gothique paraissait d'un blanc éclatant.

— Regarde la disposition de ces vitraux : ils ressemblent à des pétales pris dans une toile d'araignée.

— Cela te donne une idée de pendentif ?

— En fait, je pensais plutôt à Quasimodo. Il était fou d'amour pour Esméralda, tout en craignant qu'elle ne le méprise, comme tous les autres.

— Le film vous a tiré des larmes ?

— Non, le livre.

— Tu as lu Victor Hugo ?

Il ne cacha pas sa surprise.

— C'était au programme d'une de mes options au baccalauréat.

— En littérature ?

— Non, en français.

Il resta songeur. De nos jours, rares étaient les élèves qui choisissaient une langue étrangère en option dans les lycées anglais — seuls les éléments les plus brillants s'y risquaient encore.

— Tu es bien plus qu'une dessinatrice de talent, tu sais ?

— Tu crois ?

Ensemble, ils gravirent les centaines de marches, usées par tous ceux qui les avaient précédés, pendant tant d'années… Au premier étage, ils profitèrent d'une vue exceptionnelle sur le parvis et sur la Seine, avec la tour Eiffel à l'arrière-plan. Puis ils gagnèrent le deuxième étage.

— Cet éléphant serait du plus bel effet en jais, lança Dylan.

— Pour l'arche de Noé de Tyler ? Bonne idée.

— Sais-tu à quoi servaient ces gargouilles ?

— Au départ, elles permettaient l'écoulement de l'eau de pluie, mais ensuite elles ont été sculptées pour leur aspect grotesque. Il existe même une légende : celle-ci surveille la Seine et vient au secours des personnes qui se noient.

— Où as-tu appris cette anecdote ?

— Je ne sais plus, mais elle me plaît bien.

— Tu voudrais visiter l'intérieur de la cathédrale ?

— Avec plaisir, j'adore les vitraux.

Dans les travées, Emmy prit de nombreux clichés.

— J'ai étudié les vitraux dans l'un de mes cours à l'université. J'étais intarissable à leur sujet, à tel point qu'Ally me suppliait parfois de changer de disque.

— Elle te manque, n'est-ce pas ?

— Oui… mais nous avons Tyler. Et, quand il grandira, nous retrouverons ses parents à travers lui.

En sortant de l'édifice, elle s'arrêta pour acheter un béret, à la taille d'un enfant, pour le petit. Puis elle lança un coup d'œil espiègle à Dylan.

— J'ai bien envie de t'en acheter un.

— Tu m'imagines avec un béret ?

— Surtout si tu te laisses pousser une moustache. Cela t'irait bien.

— Avec un pull rayé et une écharpe rouge ? Non, merci. Mais Tyler aimera sûrement son cadeau.

— Où allons-nous, à présent ?

— Déjeuner !

Rapidement, il la conduisit dans un restaurant voisin d'où l'on pouvait encore admirer la cathédrale.

— J'ai entendu parler de cet établissement : Zola, Dumas et Maupassant en étaient des clients réguliers… mais les prix sont exorbitants, Dylan. Il est noté au *Guide Michelin*.

— Sa réputation est excellente. Qui sait ? Ils ont peut-être de la lotte.

— Je n'ai encore jamais mangé dans un restaurant qui figure au *Guide Michelin*.

— Je pense que tu vas apprécier.

*
* *

Apprécier ?

Si Dylan ne cuisinait pas comme un chef étoilé, il aimait de toute évidence les mets les plus raffinés…

Bon. Elle pouvait toujours essayer.

Pendant que le maître d'hôtel les conduisait dans un salon privé, elle admira le décor constitué de boiseries et de tapisseries tissées à la main. Couverte d'une nappe de soie damassée, la table était chargée de superbes couverts d'argent. Elle contempla aussi les chaises de style Louis XVI et les épais rideaux de velours, qui accentuaient l'atmosphère intime. Avant de les quitter, le maître d'hôtel leur expliqua qu'ils pouvaient appeler un serveur d'un simple coup de sonnette.

Et soudain elle se prit à rêver d'un véritable rendez-vous amoureux dans ce lieu magique…

Elle en perdait la tête…

Un peu plus tôt, Dylan ne lui avait-il pas pris la main ? Avait-il lui aussi l'impression de vivre un rendez-vous amoureux ?

Elle baissa les yeux sur la carte. Les prix n'étaient pas indiqués — en raison de leur montant très élevé.

Elle toussota, gênée.

— Dylan, je ne vois pas les prix sur mon menu !

— Et ?

— J'ai l'habitude de payer ma part !

— Pas aujourd'hui. Pour une fois, je t'invite afin de te remercier.

En comprenant qu'ils ne partageaient pas une escapade romantique, elle cacha tant bien que mal sa déception.

— Tu m'as aussi offert un dîner au restaurant, lui dit-il, en guise de rappel.

— Pas dans un endroit aussi luxueux !

— Emmy, ne te préoccupe pas de l'addition. Je peux me permettre ce genre de sortie avec toi. Ma société marche bien, et elle se portera encore mieux grâce à ce nouveau contrat que je n'aurais pas obtenu sans toi. Alors laisse-moi te faire plaisir.

— Puis-je au moins payer le vin ?

— Non. Je t'offre ce repas. Mais, en échange, tu m'achèteras une crêpe cet après-midi.

Une crêpe… à deux euros ! Alors que ce déjeuner au restaurant coûterait l'équivalent du loyer mensuel de son ancien appartement !

— Je me sens presque coupable.

— Mais non, voyons. Je suis ravi de t'inviter. Alors ne boude pas ton plaisir. Quel plat te tente ?

Vaincue, elle cessa de protester et s'intéressa au menu.

— Peut-être le homard ?

— J'appelle le serveur.

Elle goûta d'abord les hors-d'œuvre, absolument délicieux… et trouva une excuse en or pour détailler la bouche de Dylan. Lui aussi observait ses lèvres avec insistance pendant qu'elle mâchait.

Oh ! ce jeu devenait dangereux. Elle essaya d'endiguer le flot de ses pensées.

Avec soulagement, elle accueillit l'agneau, entouré de ses petits légumes, puis les soufflés au chocolat qui terminaient le repas…

— C'était succulent ! Merci pour ce merveilleux cadeau.

— Tout le plaisir était pour moi. Je suis heureux de t'avoir emmenée ici.

A la petite lueur dans ses yeux, elle sut qu'il ne prononçait pas de creuses formules de politesse.

Durant le reste de l'après-midi, ils coururent ensemble les boutiques : de nouveau, Dylan prit sa main, sans qu'aucun des deux ose un commentaire.

— Nous devrions aussi acheter un jouet pour Tyler.

— A cette heure, il est sans doute en train de dormir. Peut-être ne s'apercevra-t-il même pas de notre absence ! A moins que tu n'aies besoin d'une excuse pour dévaliser un magasin de jouets…

— Oui, j'avoue que j'adore ça.

— J'avais déjà remarqué que tu gâtais beaucoup Tyler…

Grâce à son téléphone portable, Dylan trouva où se situait l'échoppe la plus proche. Ravie, Emmy parcourut les rayons avant de jeter son dévolu sur un gros ours en peluche, avec béret et pull rayé.

— Il est craquant.

— Un jour, nous emmènerons Tyler à Paris quand il sera plus grand.

En entendant ces mots, elle se demanda s'ils pouvaient vraiment se projeter aussi loin dans l'avenir.

Après un dernier café, ils rejoignirent la gare du Nord et se retrouvèrent à Londres en un rien de temps.

Emmy frissonna à la sortie du métro.

— J'aurais dû enfiler un manteau. Je n'imaginais pas que le temps se rafraîchirait si vite.

— Mets donc ma veste…

Comme Dylan la retirait déjà, elle se récria :

— Non, c'est toi qui vas prendre froid. Et nous sommes presque à la maison.

— J'appelle un taxi.

— Le temps qu'il arrive, nous serons là-bas !

— Très bien, finissons le trajet à pied.

Il passa néanmoins un bras autour de ses épaules.

Parcourue d'un long frisson, elle se laissa emporter par un tourbillon d'émotions… Ne sachant pas quoi dire, elle garda le silence jusqu'à ce qu'il ouvre la porte de leur vaste demeure.

La mère d'Emmy les accueillit.

— Vous avez passé une bonne journée ?

— Merveilleuse, maman ! Comment va Tyler ?

— Il dort et il a été très sage toute la journée. Si ça ne vous gêne pas, je vais rentrer chez moi maintenant. Vous me raconterez tout cela demain au téléphone !

— Merci de votre aide, répondit Dylan. Je vais vous reconduire, si vous voulez. Rassurez-vous, je n'ai bu qu'une coupe de champagne.

— C'est très gentil de votre part.

Pendant que Dylan escortait sa mère, Emmy se rendit auprès de Tyler.

Elle avait vécu une journée magique, sinon inoubliable… et elle ne songeait pas seulement à sa visite de Paris, mais à ce moment où Dylan avait enveloppé ses épaules d'un bras…

Avait-elle trop d'imagination ou étaient-ils en train de devenir plus que les simples tuteurs de Tyler ?

Se trouvaient-ils aux prémices d'une véritable relation amoureuse ?

Lorsqu'elle descendit au rez-de-chaussée, Dylan arrivait.

Elle se haussa sur la pointe des pieds pour déposer un baiser sur sa joue.

Mais elle ricocha… sur ses lèvres.

Instinctivement, elle recula… en le fixant droit dans les yeux.

Puis elle se mit à trembler, le regard attiré par sa bouche.

En réponse, il se pencha et l'embrassa à son tour… si bien qu'elle entrouvrit les lèvres et se blottit contre lui.

— Emmy ?

— Oui ?

— Regretterons-nous cette folie demain matin ?

— Je ne sais pas. Peut-être pas.

— Emmy, je ne pense plus correctement. Alors à moins que tu ne me repousses…

— Mais je n'en ai pas envie…

Aussitôt, il la souleva dans ses bras et l'emporta dans la chambre.

13

Serrée contre Dylan, elle se répéta ces quelques mots : « regretterons-nous cette folie demain matin ? »

Elle les entendait en écho, dans un coin de sa tête.

Auraient-ils des remords ?

Quelque part, elle se tourmentait à l'idée des risques qu'ils couraient. Elle n'avait jamais vécu une relation avec un homme dotée d'une fin heureuse. Sans parler de leur durée très brève.

Mais si, cette fois, elle avait fait le bon choix ?

— J'ai l'impression de lire dans tes pensées, dit-il en lui caressant les cheveux.

— Je semble si paniquée ? Dylan, je ne sais pas m'y prendre ! J'ai toujours raté ma vie amoureuse.

— Ces hommes n'étaient tout simplement pas faits pour toi… et maintenant tu crains que je ne sois comme eux.

Il ponctua sa phrase d'un baiser.

— Ce sera peut-être différent cette fois.

— Je m'étais promis de ne plus jamais baisser ma garde, surtout après la dernière fois.

— Que s'est-il passé ? Il a voulu t'imposer des changements, te transformer en une autre personne ?

— Non. C'était pire. Il était marié… et je l'ignorais. Lorsque j'ai découvert la vérité… je me suis sentie affreusement coupable. Après le divorce de ma mère, je m'étais juré de ne jamais briser un couple ! Mais j'ai tout compris lorsque son épouse a appelé sur son portable. Et figure-toi que je n'étais pas la première, loin de là… J'ai été dévastée.

Ma mère a tant souffert des tromperies de mon père. Je me suis sentie si méprisable d'infliger cette douleur à une autre femme !

— Ce n'est pas ta faute si cet homme t'a menti. Et puis, je ne peux pas te donner de leçons. Techniquement, je suis encore marié.

— Mais tu es en instance de divorce, en attente des dernières formalités. Tu ne peux pas tromper une épouse dont tu es séparé depuis des mois ! Tu n'as menti à personne, contrairement à lui.

— Tu n'as rien à te reprocher, Emmy. Si tu avais su la vérité, tu ne serais pas sortie avec ce type. Quant à son épouse… peut-être était-elle très amoureuse, mais elle n'aurait pas dû accepter un traitement pareil…

— Nous ne pouvons pas la juger…

— Tu as raison. Mais nous avons eu une longue journée, il est tard… et ce n'est pas le meilleur moment pour en discuter. Bonne nuit, Emmy.

Au moins, il ne l'abandonnait pas.

Pas encore.

Le lendemain, elle se réveilla en sursaut. Quelqu'un pleurait. Très fort.

Tyler ! Elle avait oublié de brancher le Babyphone avant de dormir !

Oh ! non.

Jetant un coup d'œil de l'autre côté du lit, elle découvrit Dylan allongé… et nu.

Il semblait au moins aussi gêné qu'elle… Ne venaient-ils pas de compliquer la situation ?

Elle consulta aussitôt l'horloge : 9 h 30. D'ordinaire, ils se levaient à 7 heures. Pas étonnant que Tyler sanglote. En plus, jamais Dylan ne serait à l'heure pour sa réunion…

— Oh ! mon Dieu, nous sommes en retard !

— Emmy, nous devons parler de…

— Prépare-toi vite pour ton travail pendant que je donne son biberon à Tyler !

— Je ne veux pas partir avant…

— Nous discuterons plus tard. Peux-tu tourner la tête un instant ?

Elle avait conscience d'être ridicule, surtout après qu'il eut si longuement exploré chaque partie de son anatomie, la nuit précédente…

Dylan marmonna dans sa barbe, aussi embarrassé qu'elle. Comme il fermait les paupières, elle enfila en vitesse son peignoir et gagna la chambre du bébé au petit trot.

En repoussant leur conversation à plus tard, elle espérait prendre du recul et trouver une solution pour gérer cette nouvelle situation, sans heurter Tyler.

Elle prit le garçonnet dans ses bras.

— Mon cœur, oncle Dylan et tante Emmy ont fait une grosse bêtise. Mais ne t'en fais pas : nous allons réparer les dégâts.

Cessant de pleurer, le petit garçon retrouva le sourire après un grand biberon de lait, accompagné de porridge et d'une compote de pommes.

Elle l'installa ensuite dans sa chaise haute, avec des jouets, le temps de se doucher et s'habiller. A son retour, elle emmena le bébé au rez-de-chaussée avec elle.

— J'ai fait la plus grosse erreur de ma vie, Tyler. A moins que je n'ai eu la meilleure idée. Pour le moment, je ne sais pas encore.

Elle était surtout terrorisée. Elle avait déjà commis tant d'erreurs par le passé !

— J'ignore ce que Dylan éprouve pour moi. Mais je t'aime.

De cela, au moins, elle était certaine.

— Quoi qu'il advienne, nous veillerons toujours sur toi.

Lorsque Tyler s'endormit, elle ne voyait toujours aucune issue à son problème.

Quand soudain elle entendit la sonnerie d'un portable, mais ne reconnut pas son téléphone : Dylan avait probablement oublié le sien. Saisissant l'appareil, elle vit le nom de Nadine s'afficher sur l'écran.

Que faire ?

C'était peut-être important… Oui mais, si elle répondait à

la place de Dylan, Nadine s'imaginerait sans doute des choses fausses, et elle placerait Dylan dans une position délicate.

Par précaution, elle lui téléphona depuis le poste fixe de la maison.

— Tu as oublié ton téléphone portable.

— J'ai vu… mais inutile de te déranger pour me l'apporter. Je me débrouillerai sans lui jusqu'à ce soir.

— Hum… Nadine vient de t'appeler.

— Pourquoi ? fit-il, apparemment stupéfait. Qu'a-t-elle dit ?

— Je ne sais pas. Je n'ai pas osé répondre.

— Tu as bien fait. A-t-elle laissé un message ?

Elle regarda de nouveau l'écran.

— Oui.

— Que dit-il ?

— Aucune idée. Je n'écoute pas ton répondeur.

— Il s'agit probablement d'une formalité pour le divorce. Je verrai cela quand je rentrerai.

Au terme de cette conversation, elle passa un petit moment sur internet.

Et elle trouva sans peine des photos de Nadine, qui ne semblait guère une adepte de la discrétion. Du reste, pourquoi se serait-elle cachée ? Elle était magnifique et sans doute Dylan avait-il été ravi d'épouser une femme aussi belle.

Par ailleurs, Emmy songea que leur divorce s'éternisait… S'ils s'étaient séparés avant la naissance de Tyler, pourquoi la procédure n'était-elle pas terminée ? Nadine voulait-elle récupérer son mari ? Avait-elle découvert sa nouvelle vie, et croyait-elle avoir une autre chance de construire la famille que Dylan lui avait refusée ?

A cet instant, Tyler se réveilla.

— J'ai besoin de réfléchir, dit-elle au bébé. Je veux cerner mes désirs et ceux de Dylan afin de déterminer où cette histoire va nous mener.

Où ? De son côté, elle savait parfaitement ce qu'*elle* voulait. Un avenir où elle serait enfin aimée et où Tyler serait choyé et protégé. Un avenir avec d'interminables promenades au bord de la mer. Un avenir où elle se confierait sans crainte à un homme attentionné.

Sur une brusque impulsion, elle téléphona à sa grand-tante, pour organiser sa visite, puis elle boucla rapidement ses bagages.

— Nous allons à la mer ! déclara-t-elle au petit garçon.

Tentant en vain de joindre Dylan, elle lui laissa finalement un message.

Pour la troisième fois, Dylan essaya de joindre Nadine. Quel manque de tact ! Après l'avoir dérangé avec son coup de fil, elle n'avait même pas la politesse de répondre à ses appels.

— Tu voulais me parler ? demanda-t-il, quand elle décrocha enfin.

— Oui. J'ai lu cet article dans un magazine. Et Jenny, ta secrétaire, m'a expliqué que tu t'occupais du fils de Pete.

— Oui. C'est mon filleul.

— Donc te voilà père !

— De substitution.

— Alors cela veut dire que nous pourrions…

— Non, dit-il tout de suite. Et je te rappelle que tu fréquentes un autre homme !

— Uniquement par dépit, à cause de notre rupture. Je t'aime encore, Dylan. Nous pouvons arrêter la procédure de divorce… à condition que tu le veuilles. Nous pouvons encore bâtir une famille.

— Ce n'est pas la même chose, Nadine. Tu voulais avoir un enfant à toi.

— Rien ne nous en empêche. Nous pouvons donner à Tyler un petit frère ou une petite sœur.

— Non, Nadine. C'est fini. Je suis désolé.

— Alors tu vis avec… cette bijoutière ?

— Oui.

En prononçant ces mots, il se sentit soudain libéré d'un grand poids.

— Qu'a-t-elle de plus que moi ?

— Il n'y a aucune comparaison possible, Nadine. Vous êtes très différentes, c'est tout. Et même à l'opposé. Mais elle me complète bien. Et cela marche. Alors essaie de trouver le bonheur de ton côté. Sans penser à moi.

— Mais c'est impossible ! Je veux vivre avec toi !

— Je suis navré, mais nous ne pouvons plus revenir en arrière. Nous ne serions pas heureux.

— Nous pourrions au moins essayer !

— N'insiste pas. Au revoir, Nadine. Bonne chance.

Il coupa la communication.

Puis il rentra dans la vaste demeure d'Islington… qu'il trouva vide.

Un peu anxieux, il aperçut son téléphone en train de clignoter. Il avait plusieurs messages en attente — celui de Nadine, bien sûr. Ainsi qu'un de son travail et un autre d'Emmy.

J'ai besoin d'espace.

Que voulait-elle dire ? Avait-elle changé d'avis à cause de leur nuit d'amour ?

A moins qu'il ne l'ait correctement jugée depuis le début : elle était peut-être comme sa mère, indécise, inconstante et instable ?

Il lut le reste de son texto.

Elle était partie vers le nord, à la mer. Le message datait d'environ deux heures… elle se trouvait donc encore sur la route. Par conséquent, il n'avait aucun moyen de la joindre. Elle ne pourrait pas lui répondre au volant, au risque de mettre le bébé en danger.

Bon, il aviserait plus tard. En attendant, il avait du travail à faire.

Mais, très vite, il constata qu'il était incapable de se concentrer.

Après plusieurs essais infructueux, il finit par prendre une douche. Et en sortant de la salle de bains il découvrit un nouveau message.

Nous sommes bien arrivés. E.

Non ! Elle avait téléphoné pile au moment où il se lavait !

Il la rappela aussitôt, mais fut directement redirigé vers son répondeur. Avait-elle éteint son téléphone, ou était-elle dans une région mal couverte par les antennes relais ?

— Veuillez laisser un message après le signal sonore, fit une voix préenregistrée.

— Emmy, s'il te plaît, rappelle-moi. Il faut que nous parlions !

Puis il attendit.

En vain.

A son grand étonnement, il se rendit compte à quel point Emmy et Tyler lui manquaient, et à quel point il souhaitait leur retour à la maison, auprès de lui, en sécurité.

Pourquoi avait-elle besoin d'espace ?

S'était-elle interrogée à propos de ses sentiments pour elle ? Parce qu'il n'avait pas prononcé les mots dont elle rêvait ?

Des mots qu'il ne savait pas dire…

S'il partait maintenant pour Whitby, il n'arriverait pas avant le milieu de la nuit… c'était trop tard ! Il ne verrait donc pas Emmy avant le lendemain. Il lui avouerait alors ses sentiments, en espérant qu'elle lui accorde une seconde chance.

Mais d'abord, où habitait sa grand-tante Syb ?

Evidemment, elle avait noté tous ses contacts dans son portable, mais elle avait forcément un répertoire quelque part.

Logiquement, elle aurait dû tout noter… dans son ordinateur. Il le mit aussitôt en marche. Et, sachant qu'elle ne s'embarrassait pas de mot de passe complexe, il entra la date de naissance de Tyler. Bingo ! Il parvint à ouvrir sa session.

En quelques secondes, il dénicha l'adresse de sa grand-tante Syb… et la nota en vitesse pour son GPS.

Pour le reste, il attendrait demain.

Demain.

Le jour où il allait enfin remettre sa vie sur de bons rails.

14

D'un coup d'œil, Dylan consulta son réveil : 5 heures du matin.

A quoi bon attendre le sommeil plus longtemps ? Après sa douche, il s'habilla en vitesse, but une tasse de café et prit la route en direction de Whitby.

Son téléphone fixé au tableau de bord pour garder les mains libres, il appela le vice-président de sa société et lui détailla les tâches urgentes de la journée. Ensuite, libéré de ces préoccupations, il put se concentrer sur Emmy tout en conduisant.

En traversant les landes du Yorkshire, il admira la bruyère pourpre qui poussait à perte de vue, et repéra bientôt un superbe arc-en-ciel à l'horizon. Durant son enfance, quand il en voyait, sa grand-mère lui racontait souvent qu'un trésor se cachait à leurs pieds… Elle parlait même d'un coffre rempli d'or. Mais il se fichait de ces fortunes. Car Emmy était bien plus précieuse.

Après une longue route, il aperçut enfin la mer, et les ruines de l'abbaye de Whitby au-dessus de la ville. Il touchait au but. Pour ne pas sonner les mains vides, il s'arrêta afin d'acheter des fleurs et de faire le plein d'essence. Puis il dénicha une place où se garer, à proximité de l'adresse indiquée. Le cœur battant la chamade, il frappa finalement à la porte et attendit qu'une vieille dame vienne lui ouvrir.

— Oui ?

— Seriez-vous Syb, la grand-tante d'Emmy ?

Elle le jaugea d'un air soupçonneux.

— Pourquoi me posez-vous cette question ?

— Je suis Dylan Harper.

— Ah, c'est *vous*, Dylan !

Sans doute Emmy lui avait-elle parlé de lui, et en des termes peu flatteurs. Il inspira profondément.

— Puis-je la voir ?

— Je crains qu'elle ne soit pas là.

Un instant, il crut que son cœur allait défaillir. Avait-elle deviné qu'il viendrait la chercher et décidé de disparaître ? Voulait-elle le fuir ?

— Où est-elle ?

— Elle se promène au bord de la mer. Je lui ai conseillé de laisser Tyler ici. Elle avait besoin d'air frais et de réfléchir, ce qui n'est pas facile avec un bébé.

— Comment va-t-il ?

— Très bien. Il fait une sieste, ne vous en faites pas. Allez plutôt rejoindre Emmy.

Sans doute lut-elle l'étonnement sur son visage car elle ajouta :

— Dirigez-vous vers l'abbaye, mais ne montez pas vers les ruines. Continuez tout droit jusqu'à la plage et suivez les falaises. En regardant sur votre droite, vous la verrez.

— Merci.

Il lui tendit les fleurs.

— C'est pour vous. Enfin, un des deux bouquets. L'autre est pour Emmy.

— Merci, Dylan.

Un bouquet de fleurs. N'était-il pas ridicule ? Il n'avait rien d'autre à offrir à Emmy, sinon son cœur. Qui était rempli de crainte. Et si elle le rejetait ? Peut-être était-elle venue à Whitby pour laisser derrière elle l'énorme erreur qu'elle avait commise avec lui…

— Je…

— Allez la retrouver, déclara Syb. Parlez-lui. Vous avez besoin d'une franche explication. Ne craignez rien pour Tyler, je m'occupe de lui.

Dylan traversa la ville, mal à l'aise. Et si elle refusait d'écouter ses explications ou de lui adresser la parole ?

Quelques familles s'ébattaient sur la plage dans un bonheur paisible. Il sentit un nœud à son estomac. N'était-ce pas exactement ce qu'il désirait : une vie simple, où il construirait avec Tyler des châteaux de sable avant de jouer avec Emmy et lui au bord de l'eau ? Comme une *vraie* famille.

Pourvu qu'elle lui laisse une chance !

Il ne vit qu'une poignée de plaisanciers sur le rivage, principalement occupés à ramasser des coquillages. Il avança plus loin… et l'aperçut. Elle était penchée en avant, à la recherche d'un morceau de jais.

Il pressa l'allure, manquant de glisser sur le sable humide. Luttant pour garder son calme, il repartit vers elle plus lentement.

Elle leva les yeux à son approche.

— Que fais-tu ici ?

Elle semblait stupéfaite.

— Je suis venu pour toi. Pour te voir. Pour te parler. Ecoute, Emmy… je sais parfaitement expliquer le fonctionnement d'un ordinateur ou d'un programme informatique… mais j'ignore comment parler de sentiments. Je vais sûrement mal m'y prendre, mais…

— Que voulait Nadine ? S'agissait-il des papiers du divorce ?

— Non. Elle avait lu l'article.

— Tu as dit qu'elle voulait un bébé. Tu en as un maintenant, répondit-elle d'une voix tremblante. N'était-ce pas l'occasion dont elle rêvait ?

— Je ne vais pas te mentir, Emmy. Oui, elle a suggéré que nous fassions un enfant. Mais j'ai refusé. Ce n'est pas ce que je souhaite.

Elle se mordit la lèvre inférieure.

— Tu ne veux pas d'un enfant !

De plus en plus gêné, il sentit qu'il ne pourrait pas y couper : il devait ouvrir son cœur, quitte à exposer ses blessures.

— Pas avec elle. Nous n'étions pas faits l'un pour l'autre. Et j'aimerais t'avouer un secret. Je ne voulais pas d'enfants… à cause de mon passé.

Elle attendit, patiente.

Et, au bout d'un long silence, il trouva peu à peu ses mots.

— Je n'ai jamais connu mon père. J'ignore même son nom. Chaque fois qu'elle rompait avec un homme, ma mère prétendait qu'elle avait besoin de partir « à la recherche d'elle-même ». Et elle se débarrassait toujours de moi, généralement chez mes grands-parents. Ma grand-mère m'aimait et me consacrait du temps… mais mon grand-père me considérait clairement comme un fardeau dont il se serait volontiers passé.

A ces mots, elle pressa sa main, lui insufflant la force de continuer.

— Je détestais cette situation. En grandissant, j'ai commencé à penser que je ne serais jamais un bon père. Je me sentais incapable de tisser des liens avec un enfant, faute d'avoir des parents pour modèles. Je ne voulais pas infliger cette vie à un enfant… alors j'ai renoncé à devenir père. J'ai épousé Nadine car elle aussi privilégiait sa carrière professionnelle au détriment de la famille. Seulement, au cours de notre mariage, elle a changé d'avis. Mais je ne pouvais pas exaucer ses désirs, par peur de ne pas être à la hauteur.

— Pourtant, tu as été exemplaire lorsque Tyler a eu besoin de toi.

— Mais je ne connaissais rien aux bébés ! Et c'est toujours le cas !

— Moi non plus, je n'y connaissais rien. Mais nous apprenons progressivement, à tâtons.

Réfléchissant quelques instants, elle marqua une pause.

— Est-ce pour cette raison que tu ne m'aimais pas ? Tu m'imaginais instable, volage et indigne de confiance, comme ta mère ? Parce que mes relations avec les hommes ne duraient jamais longtemps, et qu'Ally volait toujours à mon secours ?

Il acquiesça.

— J'ai eu tort sur ce point. Je l'admets.

Elle soupira longuement.

— Je ne te fais aucun reproche. J'ai dû donner cette image à de nombreuses personnes. Mais as-tu pensé que j'avais pris la fuite hier ? Que j'étais partie « à la recherche de moi-même » ?

— Tu as dit que tu voulais de l'espace. Du temps pour réfléchir. Les mêmes mots que ma mère. Mais, elle, elle est toujours partie sans trouver personne, car personne ne la cherchait. Alors que moi je suis là. Je suis venu te retrouver, Emmy.

Face à lui, elle inspira un grand coup.

— Je n'abandonnerai jamais Tyler. Je l'ai uniquement confié à Syb parce qu'il dormait, et elle peut me joindre à tout moment sur mon portable. D'ailleurs, elle a promis de m'appeler dès son réveil, au cas où je ne serais pas déjà rentrée.

— Je sais. Elle m'a dit de prendre mon temps. Elle semble très fine psychologue. Mais… pourquoi es-tu partie ?

— J'avais des doutes. Et des craintes.

— Tu as peur de moi ? Ou peur d'être avec moi ?

— Je redoute que tu me compares à Nadine et que tu ne la trouves mieux que moi. Que tu me considères comme une femme avec laquelle tu ne peux rien construire. Toutes mes relations avec les hommes commencent bien… puis ils me trouvent mille défauts et désirent me changer. En plus, tu m'as toujours tenue en piètre estime.

Il sentit une bouffée d'espoir l'envahir. Ainsi, Emmy ne doutait pas de lui… mais d'elle.

— Oui, mais à l'époque je ne te connaissais pas. Je ne pense plus rien de négatif à ton sujet. Et je ne veux rien changer en toi.

Se baissant légèrement, il l'embrassa.

— Je suis désolé. Je n'aurais pas dû me rendre à ma réunion, hier. J'aurais dû rester et te parler.

— Tu ne pouvais pas. Tu étais en retard, et c'était important.

— Je n'aurais jamais cru prononcer un jour ces mots mais… ce n'était pas si important que ça. Tu comptes plus que mon travail.

Elle le fixa droit dans les yeux, en croyant à peine ses oreilles.

— J'aurais dû rester avec toi. Et la nuit précédente, je n'aurais pas dû te laisser dormir, mais au contraire discuter avec toi, te parler, t'écouter. Mais parce que j'ignore comment aborder le sujet des sentiments, j'ai préféré prendre la fuite. J'ai pensé gagner du temps, moi aussi, afin de trouver quoi te dire.

— Et tu as réussi ?

— Non. Je ne sais toujours pas par quel bout commencer. Mais… je t'aime, Emmy.

Elle leva vers lui un visage plein d'espoir.

— Tu m'aimes ?

— J'ignore à quel moment je suis tombé amoureux. Ou plutôt, si, je le sais. C'était à Paris. Et rien à voir avec Nadine. Je l'ai choisie car j'étais sûr de tout avec elle… notre vie était planifiée à l'avance. Mais pas avec toi. Et ça me plaît ! J'ai encore tant à découvrir à propos de toi. Nous traverserons certainement des disputes orageuses à cause de nos différences. Mais nous pouvons vivre en bonne entente. Je veux être avec toi. Je veux que Tyler, toi et moi formions une famille. Peut-être pourrions-nous même lui donner un petit frère ou une petite sœur ? Mais excuse-moi. Je ne devrais pas aller si vite. J'ai raté un premier mariage et je ne peux pas garantir que le second, avec toi, se passera bien. Mais je me battrai pour qu'il fonctionne. Crois-moi, j'essaierai de toutes mes forces.

Elle posa la main sur sa joue.

— Dylan, je n'ai jamais réussi une seule relation amoureuse. Moi aussi, je crains que les choses ne tournent mal.

— Ce ne sera pas le cas. Pas si tu m'aimes comme je t'aime.

— Oui, je t'aime.

— Tu en es sûre ?

— Je te connais mieux à présent. Tu es perfectionniste. Tu redoutes toujours de ne pas être à la hauteur… et ce n'est pas ta faute. Enfant, ta mère t'a conduit à douter de toi. Mais tu es à la hauteur. Tu as un cœur d'or. Et… je t'aime, Dylan. Alors ma réponse est oui. Nous allons construire une vraie famille. Et, lorsque Tyler sera plus grand, nous essaierons d'avoir un second enfant. Peut-être serons-nous de meilleurs parents, la deuxième fois !

— Emmy Jacobs, je devrais attendre que mon divorce soit prononcé avant de te proposer ceci… mais je ne peux pas patienter plus longtemps. Veux-tu m'épouser ?

— Oui ! Nous ferons encore des erreurs, Dylan, parce que nul n'est parfait. Mais nous les ferons ensemble, et nous les corrigerons à deux. Nous discuterons pour nous comprendre, et nous surmonterons toutes les difficultés.

Dans un élan de passion, ils s'embrassèrent longuement, intensément.

— Tu as raison. Nous n'avons pas besoin d'être parfaits. Juste d'être nous-mêmes. Ensemble. Je t'aime, Emmy.

— Je t'aime, moi aussi.

A cet instant, son téléphone portable sonna.

— C'est probablement Syb. Il est temps de rentrer.

— Pour voir notre bébé. Parce qu'il est vraiment le nôtre, à présent.

— Comme tu es à moi !

— Pour toujours.

MELISSA McCLONE

Un bébé pour s'aimer

Traduction française de
PIERRE ALEXIS

HARLEQUIN

Titre original :
MARRIAGE FOR BABY

Ce roman a déjà été publié en 2013

1

Postée devant le cabinet du notaire, Kate Malone considéra la porte vitrée de l'entrée sans bouger. Elle était en avance et n'avait aucune raison de se précipiter.

Elle leva la tête vers le ciel bleu, exempt de nuages. Les rayons du chaud soleil de printemps lui réchauffèrent le cœur. « Les baisers du soleil » : c'est ainsi que Suzan les appelait.

Suzan.

La température anormalement élevée pour un mois d'avril ramena Kate au jour d'été où elle avait passé son diplôme de fin d'études. Cela se passait huit ans plus tôt. Elle s'était présentée à l'examen sans enthousiasme particulier — juste pour gravir le dernier échelon qu'elle s'était fixé pour parvenir au sommet.

Son amie Suzan, en revanche, avait savouré chaque minute de la cérémonie, se dirigeant vers l'estrade de l'université de l'Oregon lorsqu'on avait annoncé son nom, puis avait brandi fièrement son diplôme, face à la salle, avant de redescendre, des étoiles dans les yeux.

Kate sourit. Suzan savait profiter de la vie.

Ou… avait su en profiter jusqu'à ce qu'un automobiliste s'endorme à son volant et heurte sa voiture de plein fouet, ici même, à Boise, dans l'Idaho.

Les yeux de Kate s'emplirent de larmes. Suzan était morte. Comment était-ce possible ? Suzan, si pleine de vie, si pleine d'amour. Suzan et Brady, son mari adoré, Suzan et Cassidy, son adorable bébé…

Tous trois disparus dans l'accident.

Elle déglutit, la gorge serrée, et se tamponna vivement les yeux.

Surtout ne pas craquer ni perdre le contrôle de la situation. Tout à l'heure, pendant le rendez-vous avec le notaire de Suzan et Brady, elle devrait se montrer forte et courageuse.

Ensuite, seulement ensuite, lorsqu'elle aurait regagné son hôtel, elle aurait le droit de s'effondrer. Pas avant.

Redressant les épaules, Kate avança vers l'entrée de l'immeuble, poussa la porte vitrée et pénétra à l'intérieur.

La fraîcheur de l'air climatisé la fit presque frissonner tandis qu'elle se dirigeait vers la réception. Personne pour l'accueillir. Ce détail suffit à faire instantanément fondre sa belle assurance. A présent qu'elle était dans les locaux du notaire, elle avait hâte d'en finir.

— Kate ?

Elle se raidit, reconnaissant instantanément la voix masculine qui venait de prononcer son prénom.

Jared.

Elle n'était pas prête à le rencontrer. Pas encore. Pas maintenant.

Pivotant sur ses talons, elle se tourna pourtant en direction de cette voix.

Jared s'extirpa du fauteuil de cuir dans lequel il était assis. Il était vêtu d'un costume gris parfaitement coupé et arborait la cravate de soie qu'elle lui avait offerte pour son trente et unième anniversaire.

Kate et Jared avaient à peine plus de vingt ans quand Suzan et Brady les avaient présentés l'un à l'autre. Beau comme un dieu grec, Jared faisait déjà tourner toutes les têtes.

Le pouls de Kate s'accéléra. Si encore, en trois mois, il avait un peu grossi ou perdu quelques cheveux… Mais non, il était toujours aussi séduisant.

Il tourna légèrement la tête et elle retrouva alors son profil aux contours fermes et au nez légèrement busqué, qu'adoucissaient de longs cils noirs et un regard de velours.

Ses cheveux étaient longs. Probablement ne les avait-il pas coupés depuis qu'ils s'étaient vus pour la dernière fois.

Et cela lui allait mieux que la coupe courte qu'il arborait d'habitude.

Non qu'elle se souciât de son apparence physique, mais tout de même.

Les yeux mordorés croisèrent ceux de Kate.

— Comment vas-tu ?

— Je… je…

La voix de la jeune femme se brisa et ses yeux s'emplirent de nouveau de larmes. Oh non. Elle n'allait pas recommencer à pleurer ! Pas devant lui !

Elle cligna des paupières. Une fois, deux fois.

Il était près d'elle lorsqu'elle les rouvrit.

— Je suis vraiment désolé, Katie !

Et il lui effleura le front de ses lèvres.

— … vraiment désolé !

Elle aurait voulu demeurer indifférente, mais n'y parvint pas tant la tendresse et la simplicité de Jared étaient émouvantes.

Alors, elle se réfugia dans ses bras, retrouvant l'odeur qu'elle connaissait si bien, mélange subtil de vétiver et de lavande, savourant la douce chaleur de son étreinte.

« Arrête ça tout de suite », lui intima une petite voix au fond de sa tête.

Mais elle n'avait pas envie de l'écouter. Du reste, Jared savait très bien qu'elle était en train de traverser une terrible épreuve, et, en tant qu'ami de Brady, était à même de partager sa détresse.

— Je suis désolée aussi, parvint-elle à bredouiller. Tout cela est si…

Il la serra contre lui.

— … atroce.

— Si atroce que je ne cesse de penser qu'il s'agit d'un cauchemar, que je vais me réveiller et que tout sera comme avant.

— Moi aussi. Dès que j'ai appris la nouvelle, j'ai appelé à ton bureau, mais on m'a répondu que tu étais en voyage d'affaires.

— Oui, à Boston.

— Compte tenu des circonstances, je n'ai pas voulu laisser de message.

— De toute façon, je ne l'aurais pas eu. J'avais fermé mon téléphone mobile dès que mon assistant m'a communiqué l'affreuse nouvelle.

Elle ferma de nouveau les yeux. C'était si bon de ne plus se sentir seule.

— C'est sûrement la première fois que tu fermais ton portable.

— En effet et j'espère ne plus jamais avoir à le faire.

Jared la serra doucement contre lui pour la rassurer.

— Je l'espère aussi.

Se détachant légèrement de lui, elle le regarda dans les yeux.

— Excuse-moi de ne pas t'avoir appelé, mais j'étais complètement tétanisée.

— Tu n'aurais pas pu me joindre non plus. J'étais en réunion à San Francisco et c'est mon patron qui a eu le message. Il m'a fait sortir quelques instants pour me le transmettre. Et, de toute façon…

Il eut une ébauche de sourire.

— … je ne m'attendais pas à ce que tu m'appelles, Kate.

— Pourquoi pas ? Brady était l'un de tes meilleurs amis.

— Et Suzan était une sœur pour toi. Quel âge avais-tu lorsque tu l'as rencontrée ?

— Sept ans.

Et Suzan en avait dix. Elles se trouvaient toutes deux à l'orphelinat à cette époque. Elles avaient parcouru tant de chemin, depuis !

— Sept ans…, répéta-t-il d'un air pénétré. L'annonce de sa disparition a dû t'anéantir.

Anéantir et pire que cela encore. Avec la mort de Suzan, une partie de Kate était morte aussi.

Elle prit une longue et profonde inspiration pour arrêter les sanglots qui lui montaient à la gorge.

Les bras de Jared se refermèrent sur elle et elle se laissa aller contre son torse, renouant, sans s'en rendre compte, avec la position confortable et familière qu'elle aimait tant.

— Si tu veux pleurer, Katie, il ne faut pas te retenir.

— J'ai tant pleuré…, admit-elle sans bouger.

Elle avait, en effet, versé toutes les larmes de son corps en apprenant le décès de son amie, sanglotant et criant comme Jared ne pourrait jamais le deviner. Mais elle était seule, alors, et sans témoin. Devant les autres, en revanche, elle ne pleurait jamais. Cela lui était impossible.

— Brady m'avait appelé il y a quinze jours, déclara-t-il doucement.

— Et moi, j'ai reçu un e-mail de Suzan jeudi dernier. Elle y avait joint une photo de Cassidy et m'en annonçait d'autres pour le début de la semaine.

Elle se tut. Ces photos n'arriveraient jamais, plus jamais et la toute petite Cassidy resterait un bébé pour l'éternité. Kate étouffa un sanglot.

— Je n'arrive pas à croire qu'ils soient partis tous les trois. Pourquoi eux ? Et pourquoi maintenant ?

— J'aimerais tant avoir la réponse.

— Il n'y en a pas…

Elle secoua la tête. Si elle continuait à ressasser les mêmes obsessions, elle allait devenir folle. Il fallait absolument penser à quelque chose d'autre. A quelqu'un d'autre. A Jared.

Elle prit une mèche des cheveux de Jared entre ses doigts. C'était la première fois qu'ils étaient assez longs pour lui permettre ce geste et elle trouva cela étonnamment agréable.

Comme en réponse, Jared enfouit la main dans la masse de ses longs cheveux auburn. Elle se retint pour ne pas soupirer d'aise.

Tout se déroulait vraiment comme si rien n'avait changé entre eux. Bien sûr, ce n'était pas vrai, mais Kate ne voulait pas le savoir. Lovée dans les bras de Jared comme dans un cocon éternel, elle pouvait presque prétendre que le passé et l'avenir n'existaient pas. Elle avait trop besoin de lui, de sa chaleur et de sa force. Et quelque chose en elle espérait que lui aussi avait besoin d'elle.

Il lui prit le visage entre ses mains. Un éclat d'or scintilla à son annulaire gauche, lui rappelant qu'elle-même ne portait plus son alliance.

— Monsieur et madame Reed ? demanda, au même moment, une voix féminine à côté d'eux.

Jared tourna la tête.

— Oui ?

Une jolie brune aux cheveux courts et bouclés, arborant deux larges anneaux d'argent aux oreilles s'approcha d'eux.

Kate s'écarta de Jared.

— En fait, je suis…

— Ma femme, Kate Malone, l'interrompit Jared. Et je suis monsieur Reed.

Kate se remémora alors leurs longues discussions, avant leur mariage, lorsqu'elle avait annoncé qu'elle conserverait son nom. Jared avait acquiescé, affirmant haut et fort qu'il comprenait son choix, mais il ne s'y était jamais vraiment habitué.

La réceptionniste hocha gentiment la tête.

— Je suis désolée, madame Malone.

Puis, attrapant un dossier sur l'étagère derrière le bureau de la réception, elle reprit :

— Don Phillips a un peu de retard, mais je vais vous conduire auprès de lui dans quelques instants.

— Merci, répondirent ensemble Kate et Jared.

Dès que la jeune femme se fut éloignée, Kate se mordilla la lèvre.

— Pourquoi ne lui as-tu pas dit la vérité ?

— Parce que, avec ou sans alliance, tu es toujours ma femme.

Son regard se durcit.

— En tout cas, jusqu'à ce que notre divorce devienne effectif.

L'atmosphère, si douce jusque-là, changea alors du tout au tout et un silence gêné s'installa entre eux.

La réceptionniste les guida à travers un couloir au fond duquel elle poussa une porte.

— Installez-vous, je vous en prie, dit-elle en les invitant à entrer d'un geste de la main. Don ne va pas tarder.

— Merci, répondit Jared en espérant qu'ils seraient plus à l'aise dans le bureau que dans le hall.

— Appelez-moi si vous avez besoin de quelque chose.

— Nous n'hésiterons pas, répondit-il.

Et il regretta presque de la voir partir car, depuis qu'il avait rappelé à Kate que leur divorce était encore officieux, elle n'avait plus prononcé un mot. Visiblement, elle avait hâte qu'il aboutisse. Quoi de plus normal puisque c'était elle qui l'avait demandé ?

Cependant, il ne pouvait lui reprocher de se montrer un peu confuse. Elle venait de perdre en même temps sa sœur d'adoption et sa petite filleule, et souffrait atrocement de ces disparitions. Et puis elle était si secrète qu'il n'aurait su dire exactement ce qui se passait derrière son grand front pâle.

Elle s'assit avec une grâce parfaite dans l'un des larges fauteuils de cuir regardant le bureau en acajou et étudia le diplôme accroché au-dessus du fauteuil du notaire. Apparemment, elle avait recouvré tout son sang-froid et il n'en fut pas surpris. Kate gardait toujours ses émotions sous contrôle et détestait manifester la moindre faiblesse.

Elle y était d'ailleurs parfaitement parvenue… jusqu'au moment où elle était entrée, au bord des larmes, dans l'étude de Don Phillips. Elle semblait si perdue et si seule à ce moment-là que sa tristesse s'était aussitôt immiscée au fond de l'âme de Jared.

Il prit place dans le fauteuil à côté du sien et avança la main dans sa direction.

— Ça va ?

Elle hocha la tête sans la tourner. Jared reposa sa main sur le bras de son fauteuil. Peut-être que Kate ne l'avait pas vue… En tout cas, il avait essayé d'aller vers elle tout comme, quelque temps plus tôt, il avait essayé de sauver leur mariage. Et il était prêt à recommencer. A condition qu'elle leur accorde une nouvelle chance.

Il repensa aux jours heureux.

C'étaient Suzan et Brady qui, cinq ans plus tôt, les avaient mis en relation pour la première fois. Et, par un étrange caprice du sort, c'étaient de nouveau eux qui, par leur disparition, les réunissaient aujourd'hui.

L'atmosphère était si plombée que les secondes — qu'égrenait une pendule à l'ancienne sur la cheminée — semblaient mettre des minutes à s'écouler.

Le regard de Jared se posa de nouveau sur Kate. Une chose, en tout cas, n'avait pas changé chez elle : son époustouflante capacité à s'entourer d'un silence plus épais que la Grande Muraille de Chine.

Cela faisait trois mois qu'il ne l'avait pas vue, plus précisément depuis le baptême de Cassidy, ici même, à Boise. A l'époque, la procédure de divorce était déjà en cours. Jared avait pourtant été très étonné, moins d'une semaine plus tard, de recevoir un courrier de l'avocat de Kate lui demandant de plus amples précisions pour accélérer l'instruction.

Il passa la main dans ses cheveux châtain clair.

— Kate…

— J'ai une bonne raison pour ne plus porter mon alliance ni ma bague de fiançailles, déclara-t-elle en même temps sans l'entendre.

Jared lui laissa la parole. La situation était assez tendue et leur souffrance suffisamment aiguë pour que le moindre faux pas se transformât en catastrophe. Aussi préférait-il ne pas commettre d'impair.

— Tu n'as pas à te justifier, Katie.

Elle secoua vivement la tête.

— Je ne me justifie pas, je te parle. J'ai le droit, non ?

— Bien sûr, c'était juste pour te faire comprendre que…

— J'avais peur, poursuivit-elle sans le laisser parler, qu'elles glissent de mon doigt. Depuis que j'ai perdu un peu de poids, elles tournent autour de mon annulaire.

Il hocha la tête sans commenter. « Un peu » était un euphémisme car, en quelques mois, Kate avait fondu. En la revoyant tout à l'heure, il avait mis cette extrême minceur sur le compte du chagrin mais il n'en était, à présent, plus aussi sûr.

Kate était belle et Jared ne la trouvait jamais aussi séduisante qu'au saut du lit, avec sa flamboyante chevelure tout emmêlée, ou lorsqu'elle revêtait un vieux T-shirt deux fois trop large pour elle.

Pourtant, elle n'aimait guère se montrer sans apprêts

et veillait à toujours se présenter sous son meilleur jour, parfaitement coiffée, habillée et maquillée. Aujourd'hui, cependant, ses efforts étaient plus visibles et elle semblait moins sûre d'elle. La brillante et énergique femme d'affaires, propriétaire de l'une des entreprises de relations publiques les plus florissantes de la côte nord-ouest du Pacifique, avait laissé place à une femme plus délicate et plus fragile. Il n'y avait aucun doute là-dessus.

Outre les lunettes de soleil destinées à dissimuler ses yeux rougis par le chagrin, Kate paraissait exténuée, presque à bout de forces. Et il considéra avec inquiétude ses joues creusées et sa jupe de lin flottant autour de ses hanches.

— Manges-tu correctement ? demanda-t-il, suivant le cours de ses pensées.

— Je mange.

Il haussa un sourcil dubitatif.

— Evidemment, ajouta-t-elle, incapable de lui mentir, il m'arrive parfois de sauter un repas.

Pas « parfois », rectifia mentalement Jared, « souvent ». Et il se rappela les petits mails qu'il lui envoyait midi et soir, à l'époque de leur vie commune, pour l'exhorter à se nourrir convenablement. Il étouffa un soupir. A présent qu'il n'était plus là, elle devait oublier de manger plus souvent qu'à son tour.

— Tu devrais planifier tes repas au même titre que tes rendez-vous, déclara-t-il d'un air concerné.

— Je le fais, répondit-elle un peu trop vite. Et toi, le fais-tu ?

— Je n'en ai pas besoin. J'aime bien trop manger pour sauter un repas !

— Mais je ne le fais pas exprès ! se récria-t-elle. Les journées sont trop courtes ; c'est tout !

Puis, plissant les lèvres avec ennui, elle ajouta :

— Arrêtons là cette discussion, je ne veux pas de dispute entre nous.

— Il ne s'agit pas de cela.

— N'insiste pas, s'il te plaît.

Il allait répondre quand un homme entre deux âges et portant des lunettes fit irruption dans la pièce.

— Désolé de vous avoir fait attendre. Je suis Don Phillips, l'avoué des Lukas.

Jared se leva pour lui serrer la main.

— Jared Reed.

Kate resta assise.

— Kate Malone.

Contournant son bureau, l'avocat s'assit, aussitôt imité par Jared.

— Je suis vraiment désolé pour vos amis. C'est une épouvantable tragédie.

Jared acquiesça de la tête tandis que Kate poussait un gros soupir.

— Merci d'être venus aussi vite, reprit-il en ouvrant le gros dossier posé devant lui. Compte tenu des circonstances, je préférais vous parler en tête à tête plutôt que par téléphone et c'est pourquoi je vous ai demandé de venir à Boise le plus vite possible.

— Nous comprenons très bien, répondit Jared. La famille a-t-elle pris des dispositions pour l'enterrement ?

Don Phillips extirpa une feuille de son dossier.

— M. et Mme Lukas, les parents de Brady, s'en sont occupés. Une veillée aura lieu mercredi au funérarium et un service religieux le lendemain. Les corps seront ensuite acheminés dans le Maine pour l'inhumation.

— Mais..., commença Kate.

Et elle s'interrompit.

— Oui ? dit aussitôt Jared.

Elle ramena ses cheveux derrière ses oreilles.

— Suzan n'a jamais aimé le Maine.

— C'est exact, confirma Don Phillips, cependant, cette clause est clairement stipulée dans son testament.

— Oh, dans ce cas, il n'y a rien à dire.

— Suzan et son mari avaient tout prévu pour le cas où il leur arriverait quelque chose. Il ne nous reste donc qu'à exaucer leurs vœux.

Et il sortit une liasse de papiers de son dossier.

— Je vais maintenant procéder à la lecture du testament.

— Ne devrions-nous pas attendre les parents de Brady ? demanda Jared, un peu surpris.

— M. et Mme Lukas ne viendront pas. Bien qu'ils se soient occupés des obsèques de leur fils, ils ne sont pas en état physique d'entreprendre le voyage jusqu'à Boise. Le rapport de leur médecin est formel. Je leur ai donc envoyé copie du testament et ils n'ont émis aucune objection. Si vous êtes d'accord, rien ne nous empêche donc plus de commencer.

Jared acquiesça de la tête, attendant la réaction de Kate, mais elle resta parfaitement immobile et il comprit qu'elle était en train de rassembler toutes ses forces pour supporter la suite.

— Comme vous le savez, poursuivit Don, Brady était enfant unique et Suzan, une orpheline confiée à des établissements ou des familles d'accueil depuis sa plus tendre enfance. Ils n'avaient donc pas de famille hormis les parents de Brady.

Le regard de Don s'attarda sur Kate.

— Mon résumé serait incomplet si je ne précisais pas que Suzan vous considérait davantage comme une sœur que comme une amie.

— C'était le cas pour moi aussi, dit-elle d'une voix étranglée.

— Quant aux Lukas, ils ont une très haute opinion de vous, Jared. C'est pourquoi Suzan et Brady vous ont tous deux choisi pour exécuteurs testamentaires. Acceptez-vous cette responsabilité ?

Jared n'avait pas la moindre idée de ce que représentait cette tâche, mais cela ne lui importait guère.

— Je suis honoré et heureux de me montrer digne de la confiance que nos amis ont mise en nous. De votre côté, accepterez-vous d'être notre homme de loi ?

— Très volontiers. Avant de commencer, vous allez pouvoir me signer le document officiel m'autorisant à démarrer la procédure.

La procédure... Jared n'en croyait pas ses oreilles. Quelques semaines plus tôt, il projetait un tournoi de poker avec Brady et, aujourd'hui, il était devenu son exécuteur testamentaire !

Don sortit un formulaire de son dossier et commença à le remplir tandis que Jared se tournait vers Kate. Bien qu'elle parût parfaitement maîtresse de la situation, il remarqua que ses mains tremblaient. Et il ressentit le désir urgent de la prendre contre lui pour la rassurer.

— L'une des premières tâches qui vous incombera, reprit Don quand il eut terminé, sera d'appeler un ouvrier pour faire changer les serrures de la résidence des Lukas. Si vous le désirez, je vous indiquerai le nom d'entreprises avec lesquelles j'ai l'habitude de travailler.

— Nous apprécierions votre aide, répondit Jared.

La voix de Kate s'éleva presque timidement.

— Pourquoi faut-il changer les serrures de la propriété des Lukas ?

— Parce que nous ignorons qui en possède les clés et que cela peut représenter beaucoup de monde : les baby-sitters, les voisins, l'entreprise de nettoyage… et la liste n'est pas close. Or, il serait vraiment malvenu que la demeure soit victime d'un cambriolage maintenant, ce qui peut malheureusement arriver.

Jared hocha la tête en se remémorant la jolie demeure à deux étages de Suzan et Brady. La création d'une nurserie les avait tant accaparés que la maison n'était pas tout à fait finie. Ce serait donc aux nouveaux propriétaires de la terminer.

Puis, de fil en aiguille, il songea à la demeure où il avait vécu avec Katie et aux dizaines d'heures qu'ils avaient passées à la rénover, s'embrassant en haut d'une échelle ou faisant l'amour sur un tapis. Il soupira. Tout cela semblait si loin, à présent !

Après leur divorce, la maison reviendrait définitivement à Kate et il en était heureux bien qu'il y fût très attaché. Mais son existence n'avait plus de raison de se poursuivre à Portland. Ni avec Kate.

— Ai-je votre autorisation pour continuer la procédure ? demanda Don.

— Je vous en prie, répondit Jared.

Don fouilla dans ses papiers.

— Parfait. Passons à présent à Cassidy.

Kate tressaillit violemment tandis que Jared écarquillait des yeux immenses.

— Cassidy ? bredouilla-t-il. De quoi parlez-vous ?

— Kate et vous avez été nommés, dans le testament de vos amis, pour sa garde conjointe. Mais vous devez savoir qu'aucune loi ne vous oblige à accepter.

Kate blêmit.

— Mais enfin… que dites-vous ?

Jared secoua la tête.

— La garde de Cassidy ? Il doit y avoir une erreur !

Don leva les bras et les laissa retomber sur son bureau.

— Votre réaction ne m'étonne pas. C'est d'ailleurs pour éviter ce genre de surprises que je conseille toujours à mes clients de discuter avec les personnes qu'ils choisissent comme tuteurs de leurs enfants avant de les nommer officiellement dans leur testament.

— Le problème n'est pas là ! s'écria alors Kate en se redressant sur son siège. Suzan et Brady avaient évoqué le problème avec nous, simplement… tout cela ne tient plus puisque la petite est morte !

L'avocat fronça les sourcils tandis que Jared saisissait la main de Kate.

— Mais non…, dit l'homme de loi.

— Le message que j'ai reçu, poursuivit Kate, disait pourtant qu'elle était morte sur le coup avec ses parents.

— En effet, renchérit Jared.

— Mais non ! s'exclama Don Phillips. Il y a eu un malentendu terrible ! Si Cassidy se trouvait bien dans le véhicule au moment de l'accident, elle y a survécu !

Kate serra la main de Jared de toutes ses forces et il comprit qu'elle se débattait entre l'envie d'y croire et la peur d'avoir mal compris.

— Cassidy est donc vivante…, murmura-t-elle d'une voix presque inaudible tandis que Jared retenait son souffle.

Don se pencha vers eux, les mains à plat sur son dossier.

— Absolument ! Elle se trouve à l'hôpital où elle se remet doucement de ses blessures.

Jared ferma les yeux, soudain libéré d'un poids énorme.

Brady aimait tant sa petite fille qu'il aurait tout donné pour qu'elle vive. Avec ou sans lui.

Kate bondit de son siège, l'entraînant avec lui. Les yeux pleins de larmes, mais les lèvres étirées par un immense sourire, elle le considéra avec une telle chaleur qu'il sentit l'espoir renaître au fond de son cœur.

— La petite est en vie ! Tu te rends compte ! Je n'arrive pas à y croire !

Et elle se jeta dans ses bras. Bouleversé, il capta des senteurs de fruits et de fleurs quand ses longs cheveux lui frôlèrent le visage. Elle lui manquait tant, il avait tant envie de la serrer, de la toucher, de la caresser et de l'aimer !

— Crois-tu que ce soit mal de se sentir heureux en un tel moment ? demanda-t-elle en s'accrochant à son regard.

Il la serra tendrement contre lui.

— Non, je ne crois pas. Je me sens, moi aussi, très heureux.

Et ils éclatèrent du même rire, tout à la joie de cette incroyable et merveilleuse nouvelle.

Don s'essuya les yeux derrière ses lunettes.

— Je suis vraiment désolé pour ce quiproquo. La journée d'hier a été dure, mais je pensais pourtant avoir été clair dans mes messages. Apparemment, ça n'a pas été le cas.

— Cassidy est vivante ! répéta Kate, émerveillée, en retrouvant son fauteuil sans lâcher la main de Jared. C'est la seule chose qui importe. Comment va-t-elle ?

— Son état est stable.

— A-t-elle été blessée ?

— Oui, mais, grâce à son petit siège, ses blessures sont minimes.

Kate et Jared échangèrent un long regard chargé de sens.

— Que se passe-t-il ? demanda l'avocat.

— Ce siège pour bébé est le cadeau que nous avions fait à Suzan et Brady pour la naissance de leur enfant.

— Un merveilleux présent, assurément…, murmura Don en se laissant aller contre le dossier de son siège.

Jared acquiesça de la tête d'un air étrange. Avant d'arrêter son choix, Kate avait passé en revue tous les sièges de voiture pour bébés disponibles sur le marché et épluché tous les catalogues, comparant les caractéristiques de chacun dans un seul but : dénicher le meilleur. Dire qu'à l'époque il s'était moqué de son acharnement ! Pourtant, ce siège avait sauvé la vie de Cassidy…

Pris dans le fil de ses pensées, il se remémora alors le jour où Suzan et Brady étaient venus passer le week-end chez eux après avoir appris qu'ils allaient avoir un bébé.

Les deux amies avaient passé l'après-midi dans les magasins pour futures mamans tandis que Brady aidait Jared à rénover le cabanon du jardin. Le soir même, devant un bon dîner, les futurs parents avaient demandé à leurs amis de réfléchir à une éventualité surprenante. Au cas où il leur arriverait quelque chose, accepteraient-ils de devenir les tuteurs légaux de leur enfant ?

« Réfléchissez tranquillement, avait aussitôt ajouté Suzan. Vous nous ferez part de votre décision plus tard. »

Dès le lendemain matin, Kate et Jared leur donnaient leur réponse. Positive, bien entendu.

Mais tout cela se passait avant leur séparation et bien avant que Kate eût demandé le divorce.

— De quand date ce testament ? demanda Jared.

Don remonta ses lunettes sur son nez et sourit, ému.

— Vos amis sont venus me voir huit jours après la naissance de Cassidy et je m'en souviens très bien car ils étaient particulièrement fiers. Il s'agissait de la première sortie de leur bébé, en dehors, bien sûr, du jour où elle avait quitté la maternité avec sa mère. Celle-ci m'avait d'ailleurs précisé qu'elle mentionnerait cette date dans le journal de bord de la petite.

Jared secoua la tête. Pourquoi Suzan et Brady n'avaient-ils pas rectifié leur testament ? Ils savaient pourtant mieux que quiconque que, depuis leur séparation, Kate vivait à Portland et lui à Seattle.

— De toute façon, intervint Kate très vite, nous avions accédé à leur requête concernant Cassidy.

Don leva la main en geste d'apaisement.

— La précipitation serait mauvaise conseillère. Cette adoption risque de changer et même de bouleverser votre vie. La loi a d'ailleurs bien fait les choses : après l'enclenchement de la procédure, vous disposez d'un délai de trente jours pour vous rétracter.

— Nous n'avons pas l'intention de revenir sur notre parole, répliqua aussitôt Kate.

— En effet, renchérit Jared.

Et il était sincère. Mais avant toute chose, il voulait s'assurer que ses amis n'avaient pas simplement négligé de corriger leurs dernières volontés car choisir pour tuteur légitime de son enfant un couple séparé avait vraiment de quoi surprendre.

L'avocat remonta de nouveau ses lunettes sur son nez.

— Voici le passage en question se trouvant dans le testament de Brady. Je précise qu'il est absolument identique dans celui de sa femme :

« Si mon épouse ne me survivait pas et que, au moment de ma mort, mes enfants soient encore mineurs, je nomme conjointement Jared Reed et Kate Malone comme tuteurs à condition qu'ils soient encore mari et femme au moment où cette responsabilité leur incombera. »

Kate se redressa dans son fauteuil et Jared perçut immédiatement sa tension. Mais sa nervosité ne le gagna pas. Ils étaient tous deux en vie et toujours mariés. Tout allait donc pour le mieux.

Du moins en ce qui concernait le bébé.

Mais après le divorce ?

— Y a-t-il quelque chose de prévu au cas où notre mariage prendrait fin ? demanda Kate.

— Absolument, répondit Don. Là encore, les deux testaments sont parfaitement similaires.

Don prit la page contenant le passage en question entre ses mains et lut :

— « Si Jared Reed et Kate Malone ne sont plus mariés au moment des faits ou qu'ils divorcent avant que mes enfants aient atteint leur majorité, je désigne Jared Reed comme seul tuteur de mes enfants. »

— Quoi ? fit Kate.

— Moi ? s'exclama Jared en même temps.

2

Le cœur de Kate se serra. Elle ne pouvait croire ce qu'elle venait d'entendre.

— Il doit y avoir une erreur, dit-elle en regardant tour à tour Jared, toujours sous le choc, puis Don, très attentif. Suzan n'aurait jamais pris une décision pareille.

L'avocat hocha la tête.

— Il n'y a pourtant pas d'erreur. Le jour où ils m'ont apporté leur testament pour que j'en prenne connaissance, Suzan et Brady ont même été très clairs sur tout ce qui concernait ce point précis.

Kate serra les poings, tentant de reprendre le contrôle de la situation.

— Mais cela n'a aucun sens !

— Je suis d'accord, renchérit Jared. Si je savais que nous serions mandatés, ensemble, pour devenir les tuteurs de Cassidy, je ne m'explique pas du tout, en revanche, d'avoir été choisi pour devenir son tuteur unique en cas de divorce. Kate et Suzan, vous l'avez dit vous-même tout à l'heure, étaient comme deux sœurs !

Kate se sentit pleine de gratitude. Dieu merci, Jared réalisait combien la clause de leurs amis allait en dépit du bon sens. Avec son aide, elle allait pouvoir la faire modifier.

Leurs regards se croisèrent. Pour une fois, ils se trouvaient du même côté. Et cela lui parut merveilleusement bon.

— Je comprends votre étonnement, mais tout cela n'a guère d'importance, reprit calmement Don. Rappelez-vous que le problème ne surgirait qu'en cas de divorce. Puisque vous êtes mariés, il ne se pose même pas !

Kate se sentit gagnée par la panique. Don ignorait qu'ils étaient en instance de divorce. Pourtant, il ne manquait plus une seule pièce au dossier. La proclamation de leur séparation officielle n'était donc plus qu'une question de temps. Quelques semaines tout au plus.

Elle s'agrippa aux bras de son fauteuil. Ce n'était pas le moment de perdre son sang-froid. Il était possible de tout gérer dans l'existence, même les situations les plus périlleuses. Et celle-ci ne ferait pas exception à la règle.

Et elle fit mentalement le point. Pour commencer, Jared et elle seraient nommés, ensemble, tuteurs de Cassidy. Ensuite, ils dénonceraient, toujours ensemble, la clause finale et gagneraient, c'était évident. Dans un divorce, les enfants étaient toujours confiés à leur mère. Sauf motif grave. Et, en l'occurrence, il n'y en avait pas. De plus, Jared pourrait voir la petite autant qu'il le voudrait.

Ses doigts se détendirent doucement. A présent qu'elle avait un plan de bataille, elle se sentait capable d'affronter tous les juges de la terre.

— Si cela peut vous consoler, Kate, reprit Don, si Jared mourait, vous deviendriez la seule tutrice de Cassidy.

Jared plissa les lèvres.

— Ne lui donnez pas de mauvaises idées…

Son trait d'humour noir rappela immédiatement à Kate le jour où il avait bondi comme un diable de sa chaise en l'accusant de vouloir l'empoisonner alors qu'elle lui tendait un verre de jus de fruits exotiques rapportés exprès pour lui du marché.

Il l'avait poursuivie dans toute la maison, son verre à la main, en en renversant la moitié par terre tant il riait.

Alors, malgré la gravité de l'instant, elle se sentit sourire. Oui, elle avait partagé des moments merveilleux avec Jared. Trop peu nombreux, hélas.

La voix de Jared la ramena brusquement à l'instant présent.

— Que va-t-il se passer maintenant ?

— C'est très simple, répondit l'avocat. Puisque vous

êtes mari et femme, vous allez pouvoir décider de devenir ou non les tuteurs légaux de Cassidy. Mais avant, j'imagine que vous désirez en discuter tous les deux en privé. De toute façon, personne, à part vous, ne pourra être mandaté avant que vous vous soyez définitivement prononcés.

— Que deviendra Cassidy en attendant ?

— En l'absence de parents et de tuteurs légaux, elle reste la pupille de l'Etat.

— Suzan n'aurait pas supporté cette idée ! s'exclama Kate. Elle-même a assez souffert de ne pas avoir de parents.

— De toute façon, rétorqua immédiatement Jared, tant que la petite est à l'hôpital, personne ne peut la placer en orphelinat, n'est-ce pas ?

— Personne. En outre, si nous rencontrions des obstacles pendant la procédure d'adoption, nous déposerions immédiatement une demande pour qu'elle soit confiée, en attendant, à une famille d'accueil.

Kate faillit hurler. Avec Suzan, elles avaient été bringuebalées, pendant toute leur enfance, de pensionnats en familles. Il ne fallait pas que cela se reproduise avec Cassidy.

Jared lui prit aussitôt la main.

— Nous n'en rencontrerons pas…

— Ou bien nous les surmonterons, ajouta-t-elle avec véhémence.

Puis elle se retint pour ne pas se blottir dans les bras de Jared. Avec ce qui se passait entre eux depuis quelques mois, elle avait presque fini par oublier qu'il était bon et juste. Le sentir à son côté se révélait pourtant immensément rassurant.

Elle lui jeta un regard si soutenu qu'il cligna des paupières, troublé. Alors, elle articula un « merci » muet et détourna les yeux aussi vite qu'elle le put. Elle ressentait une immense gratitude pour lui, rien de plus.

— Suzan et Brady m'ont laissé des lettres pour vous, déclara Don en tendant à Kate un pli en papier kraft et, à Jared, une enveloppe blanche de format standard. Désirez-vous les lire maintenant ou plus tard ?

Kate se saisit immédiatement de l'enveloppe. Une partie, en elle, craignait de l'ouvrir tandis que l'autre brûlait de le faire.

— Maintenant.

— Plus tard, répondit Jared au même moment.

Ils se regardèrent. Décidément, ils n'étaient jamais d'accord sur rien. Au début de leur relation, leurs différences les amusaient et ils en plaisantaient. Mais les querelles avaient vite succédé aux rires.

Kate soupira. Décidément, même si elle avait aimé Jared et qu'il lui était parfois arrivé de se languir de lui, ils n'étaient pas faits l'un pour l'autre.

Elle tourna la tête vers lui.

— Si tu préfères lire ta lettre plus tard, je veux, pour ma part, ouvrir la mienne tout de suite.

Il glissa le doigt sous le rabat de l'enveloppe.

— Non, je fais comme toi.

— Pendant ce temps, déclara Don en quittant son fauteuil, je vais demander à mon assistante de préremplir les formulaires.

Et il s'éclipsa discrètement.

Décachetant son pli d'une main tremblante, Kate en sortit deux pages blanches recouvertes de la jolie écriture de Suzan.

« Kate, ma chérie,

» Quand tu liras cette lettre c'est que je serai morte.

» Je me félicite donc d'avoir pris la décision de la rédiger.

» Brady trouve cela un peu morbide, mais, avant d'avoir Cassidy, je ne m'étais jamais demandé ce qui se passerait si je disparaissais. A présent, je reconnais bien volontiers trop y penser. »

Kate sourit tendrement. Cela ressemblait bien à Suzan ! Toujours dans l'introspection. Pour mieux en rire, les deux amies avaient pompeusement qualifié son petit travers de « pensée analytique ».

« A l'heure qu'il est, Don Phillips a dû t'expliquer que Jared et moi voulions que vous éleviez Cassidy. Cela n'a pas dû être une surprise. Ce qui a dû l'être, en revanche, est notre décision de la confier à Jared si vous divorciez. Tu dois être folle de rage contre moi. »

Kate secoua la tête. Non, elle n'était pas folle de rage, mais se sentait déconcertée, stupéfaite, abasourdie et… trahie. Son regard dériva une seconde vers Jared, puis elle reprit sa lecture.

« Mon espoir est que, avec Jared, vous ayez résolu vos problèmes au moment où tu prendras connaissance de ma décision car je suis persuadée que vous êtes faits l'un pour l'autre. »

Oh, Suzan… Elle était d'un tel optimisme ! Croyant fermement à des lendemains meilleurs même lorsqu'elle traversait des périodes atroces. Cette fois, pourtant, c'était à Kate toute seule d'incarner son dernier espoir.

Mais comment ? Son histoire avec Jared appartenait au passé. Au début de leur mariage, elle avait désiré fonder une famille avec lui, mais son souhait s'était révélé un peu prématuré. Leur travail les accaparait beaucoup et ils passaient peu de temps ensemble.

Et puis, au moment où Jared avait émis le souhait d'avoir un enfant, son entreprise avait été délocalisée à Seattle. Refusant de laisser tomber l'entreprise qu'elle avait créée à Portland et qui représentait l'aboutissement d'années d'efforts, Kate n'avait pas daigné le suivre, lui demandant de renoncer à ce déménagement. Sourd à sa requête, il était parti. Seul.

Quelque temps après, elle demandait le divorce.

Elle ferma les paupières, mais cela ne suffit pas à chasser les souvenirs ni à calmer la douleur.

— Tiens, dit Jared.

Elle ouvrit les yeux. Il lui tendait un mouchoir en papier. Qu'elle fût guidée par la pitié ou la compassion, l'attention lui déplut.

Elle tourna vers lui un regard dénué de larmes. Non, elle ne pleurait pas.

— Je n'en ai pas besoin.

Il eut un sourire doux, presque timide.

— On ne sait jamais…

Alors, elle comprit que, loin de vouloir la mettre en difficulté, il essayait de lui venir en aide.

Pourquoi s'obstinait-elle à le considérer comme un ennemi ?

Elle saisit le mouchoir tendu.

— Merci.

— De rien.

Les yeux mordorés de Jared semblaient vouloir saisir ses pensées les plus intimes et ses émotions les plus secrètes.

La chaleur. Le feu. La passion.

Elle se força à réguler sa respiration un peu haletante.

Si elle voulait bien admettre qu'une sorte d'alchimie persistait entre eux et que, depuis leur séparation, son désir pour lui s'était intensifié, il n'y avait pour autant pas de quoi en faire toute une histoire. Un mariage ne pouvait reposer sur la seule attirance physique. C'était, en tout cas, l'une des leçons qu'elle tirait du sien.

— As-tu fini ta lettre ? demanda soudain Jared.

— Non.

— J'ai déjà relu la mienne trois fois.

Elle le regarda pensivement. Brady la mentionnait-il dans son mot ? Remettait-il en cause sa capacité à s'occuper des enfants en général et de Cassidy en particulier ? Kate se mordilla la lèvre.

— Que dit-elle ?

Jared sourit.

— Elle est pleine d'humour. C'est du cent pour cent Brady.

— Tant mieux. Celle de Suzan est plutôt grave. Je vais la terminer.

— Je t'en prie.

Kate retourna à sa lettre. Le papier bougea entre ses mains et elle réalisa qu'elle tremblait.

« Toi et moi savons que la véritable famille est celle du cœur et non celle que les liens du sang vous imposent. Je veux que, grâce à toi, Cassidy l'apprenne à son tour. Grâce au couple que tu formes avec Jared, elle fera l'expérience d'une famille où l'amour règne en maître et, grâce au "clan Reed", il y aura toujours quelqu'un pour subvenir à ses besoins et lui offrir ce à quoi ni toi ni moi n'avons eu droit dans notre enfance.

» C'est ce que je veux pour mon enfant. »

Kate refoula les larmes qui lui montaient aux yeux. Suzan lui demandait de la comprendre à de mi-mot et, étrangement, cela la blessait davantage que si elle s'était exprimée ouvertement. Cependant, elle ne lui en voulait pas. Suzan avait avant tout songé à sa fille et cherché le moyen imparable de l'empêcher de se retrouver, un jour, seule au monde. Et elle avait trouvé ce moyen en la personne de Jared. Sous sa tutelle, en effet, Cassidy ne serait jamais isolée. Il était très proche de ses parents, de ses frères et sœurs, de ses oncles et tantes et même de ses cousins et cousines. Oui, la tribu Reed semblait infinie et Suzan avait vu là la meilleure façon de protéger sa fille et de l'empêcher de connaître un jour l'orphelinat.

Voilà pourquoi elle avait préféré Jared à sa meilleure amie, probablement la mort dans l'âme, parce que celle-ci n'avait aucune famille.

Kate baissa la tête. A présent, elle savait qu'elle ne dénoncerait pas le testament de Suzan. Elle la comprenait parfaitement. Pour son propre enfant, elle aurait fait pareil. Du reste, n'avait-elle pas, elle-même, succombé au charme de la bienveillante famille Reed lorsqu'elle avait rencontré Jared ? Cette famille qu'elle n'avait jamais eue et qui lui était enfin offerte, comme un don du ciel, par l'homme dont elle était tombée amoureuse ?

Mais avoir compris les raisons du choix de Suzan ne rendait pas les choses plus faciles.

— Katie ?

Jared posa la main sur la sienne. La chaleur de son contact se répandit en elle.

Avec Cassidy, il était à présent tout ce qui lui restait au monde.

Elle reprit sa lecture sans le regarder.

« Pardonne-moi si j'ai écrit quelque chose qui t'a fait mal. Je fais seulement ce qui me semble le mieux pour ma fille. Je t'aime, Kate, t'ai toujours aimée et t'aimerai toujours.

» Prends soin de ma petite et aime-la comme nous aurions voulu être aimées !

» Avec tout mon amour,

Suzan. »

Kate étrangla un soupir plein de sanglots. L'amour tel que le concevait Suzan, s'offrant à vous sans que vous ayez à le mériter ou à le payer, n'existait pas en ce bas monde, elle en était persuadée. Mais, pour sa sœur d'adoption, elle saurait offrir un tel amour à Cassidy.

Elle traça le prénom de Suzan, le seul mot calligraphié dans cette longue lettre, du bout du doigt. Deux larmes tombèrent sur le papier. Elle les sécha immédiatement. Cette lettre devait rester en parfait état. Pour elle et, plus tard, pour Cassidy.

Elle prit une longue et profonde inspiration.

Rester calme. Garder le contrôle de soi.

Ce fut seulement lorsqu'elle fut sûre d'avoir recouvré son flegme qu'elle affronta le regard aigu de Jared.

— Suzan veut en effet qu'en cas de divorce tu deviennes le tuteur de Cassidy.

— Je suis désolé.

— Ce n'est pas ta faute. A présent, allons voir la petite.

Jared acquiesça de la tête.

— Dès que nous aurons signé les papiers de Don, nous filerons à l'hôpital.

Les murs du pavillon des enfants étaient peints d'oiseaux roses, de fleurs multicolores et d'arcs-en-ciel, mais ce ravissant décor n'apaisa pas l'angoisse grandissante de Jared tandis qu'il approchait de l'entrée.

Dans quelques minutes, il allait se retrouver face à l'enfant dont il était devenu le tuteur sans le vouloir tandis que, dans le même temps, une procédure de divorce, qu'il n'avait pas demandée, suivait son cours.

Oui, il allait devenir père au moment où on lui déniait le statut de mari.

Et il repensa à l'une des phrases de la lettre de Brady :

« Tu as toujours voulu avoir des enfants. »

Kate aussi.

Après leur mariage, ils avaient décidé de consacrer quelques années à leur travail pour asseoir leur carrière avant de fonder une famille. A l'époque, Jared avait l'impression de vivre un rêve : il avait une femme qu'il adorait et aurait bientôt un enfant, non… deux. Et chacun aurait sa chambre avec des angelots sur les murs, des peluches débordant des armoires, des boîtes à musique, des mobiles de clochettes et une grande voiture familiale pour contenir tout ce petit monde.

Mais, lorsque l'entreprise de Kate avait commencé à devenir florissante, elle avait retardé l'échéance. Et puis il était parti pour Seattle malgré son désaccord. Et cette décision avait détruit leur mariage.

Divorce.

Jared détestait ce mot car il détestait l'échec sous toutes ses formes. Malheureusement, il n'avait rien pu faire, absolument rien, pour l'empêcher.

Pourtant, s'il était le premier à reconnaître qu'il était pour beaucoup dans la faillite de son couple, les dommages lui avaient toujours paru remédiables. Kate, en revanche, les estimait irréparables. Et il ne pouvait l'admettre. Etait-il encore possible de revenir en arrière ? Leur accorderait-elle une seconde chance ?

Il attendit, un peu inquiet, qu'elle revienne du parking. Il n'aimait pas la laisser seule lorsqu'elle était fatiguée et stressée, mais elle avait insisté pour rester un peu seule, ne lui offrant d'autre choix que celui d'obtempérer. Leur relation avait tellement changé ! Il souffrait tant de ne plus pouvoir l'entourer, comme avant, de ses prévenances.

— Navrée…

Il tourna la tête en reconnaissant sa voix.

— … mais j'ai eu un mal fou à trouver une place.

Ses yeux rougis disaient surtout qu'elle avait pleuré. Et il s'en voulut de n'avoir pu la consoler.

— J'espère que Cassidy va vraiment mieux, ajouta-t-elle en remontant la bandoulière de son sac.

— Don ne dirait pas une chose pareille à la légère.

— Je sais, mais il y a aller mieux et aller mieux…

Sa nervosité rappela à Jared la première fois qu'il l'avait invitée chez lui pour la présenter à sa famille. Elle avait apporté des fleurs, une bonne bouteille, et s'était montrée adorable, absolument parfaite.

Plus tard, il avait appris qu'elle s'était acheté une nouvelle robe et était allée chez le coiffeur pour l'occasion. Après cette soirée, leur relation était devenue encore plus tendre.

Il lui saisit la main.

— Allons voir la petite.

Ils suivirent les cygnes blancs peints sur le sol et pénétrèrent, main dans la main, dans l'ascenseur, comme si rien n'avait changé entre eux, comme s'ils étaient toujours amoureux. Comme au premier temps de leur union.

Kate lui avait plu au premier regard. Le coup de foudre. Et cette attirance n'avait fait que grandir lorsqu'il avait réalisé que son intelligence n'avait rien à envier à sa beauté. Pendant de longs mois, ils avaient formé le couple idéal.

Aujourd'hui, leurs conversations lui manquaient et même leurs querelles. De son rire à sa tache de naissance sur l'épaule gauche, tout, chez Kate, lui manquait.

Sans parler de l'amour qu'ils faisaient si bien et si souvent ensemble. Car, même s'ils se chamaillaient parfois, leurs disputes ne passaient jamais le seuil de leur chambre.

Malgré cela, leur mariage avait battu de l'aile. Avant de sombrer inexorablement.

Mais cela ne signifiait pas que tout était perdu. Oui, il devait prouver à Kate que, en dépit des apparences, leur avenir ne se trouvait pas derrière eux.

Il s'arrêta devant le bureau de l'infirmière.

— Bonjour, je suis Jared Reed et voici ma femme, Kate Malone. Nous venons voir Cassidy Lukas.

— Enchantée, répondit la jeune femme avec un sourire. Don Phillips m'avait prévenue que vous alliez venir.

— Comment va-t-elle ? demanda Kate.

— Elle récupère bien. Vous la trouverez dans la chambre 402. Je vais demander au médecin de venir vous voir.

— Merci, répondit Kate.

Et elle s'éloigna, suivie de Jared.

La chambre était petite mais accueillante. Une chaise dans un coin, une petite table, un fauteuil sous la large fenêtre et un lit d'enfant contre le mur du fond.

Kate et Jared s'approchèrent en silence. Le bébé dormait, apparemment peu gêné par les fils le reliant aux machines. Quelques blessures — dont certaines étaient pansées — et des hématomes bleus ou jaunes lui parsemaient le visage et les bras. Un bandage lui enveloppait la tête.

Jared fit un pas en avant, poussé par le brusque besoin de la protéger… et s'arrêta.

— Comme elle est belle…, murmura Kate.

Jared tourna la tête vers elle, la gorge serrée. Cette image de lui et Kate devant un bébé l'avait si souvent hanté !

Elle soupira.

— Elle ressemble terriblement à Suzan.

— C'est vrai. Elle en a les yeux et la bouche, mais je crois reconnaître le menton de Brad. J'espère seulement qu'elle ne sera pas aussi têtue que lui…

Kate sourit faiblement.

— J'espère aussi…

Il jeta un regard circulaire à la pièce.

Un ours en peluche et un panier de fleurs étaient posés sur une table roulante. Il s'approcha pour lire les cartes qui les accompagnaient. Le nounours provenait de Don et de sa femme, et les fleurs des collègues de travail de Brady.

Pourquoi la chambre ne disparaissait-elle pas sous les fleurs et les cadeaux ? Où étaient les visiteurs ? Jared ne comprenait pas.

— Pourquoi Cassidy est-elle toute seule ?

— Que veux-tu dire ? demanda Kate.

Il fronça les sourcils, se remémorant le jour où Heather, sa sœur, avait donné naissance à son troisième enfant et que toute la famille campait dans la salle d'attente.

— Il n'y a personne auprès de cette enfant ! Comment est-ce possible ?

Elle le considéra avec douceur.

— Parce qu'elle n'a plus personne, Jared. A part nous, elle est seule au monde.

— Suzan et Brady avaient tout de même des amis qui…

— … ont eux-mêmes leur vie et leur famille. Tout le monde n'a pas la chance d'avoir une famille aussi nombreuse que la tienne et bien des gens finissent tout seuls dans une chambre d'hôpital. Même des bébés.

Jared pencha la tête sur le côté. Il comprenait le sens de la phrase de Kate, mais était incapable de l'accepter.

— Ce n'est pas juste.

— Nous allons établir un roulement, toi et moi, pour qu'elle ne soit plus seule.

« Un roulement. » Cela signifiait qu'ils allaient, de nouveau, devoir se séparer, alors qu'ils venaient à peine de se retrouver. Mais Kate considérait-elle leur rencontre comme des retrouvailles ? Vraisemblablement pas. Plutôt comme une mise en présence tardive et gênante. Décidément, il devait lui prouver par tous les moyens que leur mariage pouvait encore être sauvé.

— Quelque chose ne va pas ? s'enquit-elle en remarquant son air contrarié.

— L'émotion, sans doute, répondit-il en reportant son attention sur la petite, puis sur les machines qui émettaient des bips réguliers et enfin sur les écrans où défilaient des tracés horizontaux sans fin, coupés de brusques escalades et d'aussi brusques retombées.

Puis il se tourna de nouveau vers Kate.

— Pourrais-tu assurer la première partie du… roulement ? Il faut que je retourne voir Don Phillips pour signer le reste des papiers. Ils doivent être prêts à présent.

— Pas de problème, répondit-elle en posant sa veste sur le dossier de la chaise.

Jared hésita. Il répugnait à laisser Kate seule. Elle semblait exténuée, ses traits étaient tirés et il se demanda si elle avait mangé car il ne serait pas de retour avant au moins deux heures. Que se passerait-il si elle ou le bébé avaient besoin de quelque chose ?

— Qu'attends-tu pour y aller ? demanda-t-elle alors un

peu brusquement. Ta présence n'est pas indispensable, tu sais. Nous sommes tout de même dans un hôpital et ils ne t'ont pas attendu pour s'occuper de la petite. Quant à moi, je suis une grande fille. Plus les documents seront signés rapidement, plus tôt nous obtiendrons la tutelle de Cassidy.

— Si tu as besoin de quoi que ce soit…

— … J'appellerai.

Il hésita encore. Kate ne demandait jamais rien à personne. Elle en était incapable. Mais, pour Cassidy, sans doute le ferait-elle. Du moins voulait-il le croire.

Et il s'éloigna vers la porte.

— Jared ?

Il se retourna.

— La journée a vraiment été terrible, alors…

Elle s'humecta les lèvres.

— … fais attention à toi, s'il te plaît.

L'inquiétude contenue dans sa voix lui redonna espoir. Après tout, peut-être ne lui était-il pas aussi indifférent qu'il le croyait. Peut-être lui restait-il une chance…

— A tout à l'heure, Kate. Je reviens aussi vite que possible.

3

Une heure plus tard, Kate parvenait à peine à garder les yeux ouverts. Une nuit sans sommeil et un excès d'émotions l'avaient épuisée autant physiquement que mentalement. Mais ce n'était pas une raison pour s'endormir. La petite risquait à tout moment de se réveiller et d'avoir besoin d'elle.

Bien sûr, les infirmières passaient régulièrement dans la chambre, mais, tant que Cassidy ne serait pas totalement remise, Kate se sentait investie d'une responsabilité presque sacrée.

Etirant ses bras au-dessus de sa tête, elle soupira. Une bonne dose de caféine lui aurait fait le plus grand bien, mais, là encore, elle ne voulait pas laisser Cassidy toute seule.

Les minutes passèrent avec une lenteur effarante. De temps en temps, Kate sentait sa tête dodeliner ou partir en arrière. Elle se redressait alors sur son siège et regardait en direction du lit, puis des machines et des écrans.

Cassidy dormait toujours. Si petite. Si fragile.

Sans défense.

Et Kate mourait de trac à la pensée de se révéler incapable de s'occuper d'elle correctement ou d'être surprise par Jared, à son retour, endormie sur sa chaise. Or, c'était lui qui avait toutes les cartes en main. S'il ne l'estimait pas à la hauteur, jamais elle ne reverrait Cassidy.

Pauvre chérie… Elle n'avait pas du tout bougé depuis que l'infirmière était venue la tourner dans son lit. Ni émis le moindre bruit.

Un frisson désagréable saisit Kate derrière la nuque.

« Regarde si elle va bien. »

Il lui avait semblé entendre la voix de Suzan et un poids énorme s'abattit sur ses épaules. Elle avait passé toute son enfance entre peur et insécurité, et le reste de sa vie à combattre ses hantises pour devenir une adulte comme les autres et atteindre les buts qu'elle s'était fixés. Mais, depuis ce matin, elle se sentait prise dans un tourbillon fou, capable de détruire ce qu'elle avait mis tant d'années à construire.

Lorsque Suzan lui racontait qu'elle se levait au milieu de la nuit pour s'assurer que Cassidy respirait bien, elle lui faisait la leçon.

« Tu ferais mieux de dormir ! lui avait-elle répondu un jour en levant les yeux au ciel, et de garder tes forces pour le moment où elle se mettra à hurler en réclamant son biberon ! »

Suzan avait souri sans répondre et, à présent, Kate comprenait son anxiété.

Elle croisa et décroisa nerveusement les jambes. Comment prendre possession de ce nouveau rôle qu'elle ne parvenait pas à définir clairement ?

Puis elle repensa à Jared. Où était-il ? Regardant sa montre, elle constata alors, stupéfaite, qu'il était parti depuis à peine une heure. Avec toute la paperasserie qu'il devait signer avec Don Phillips, il ne serait pas de retour de sitôt.

Elle laissa échapper un long soupir.

Jared.

Même s'ils étaient rarement d'accord, sa présence, en ces moments douloureux, la réconfortait et la distrayait. Surtout quand il la considérait avec son air sérieux alors que sa bouche souriait tendrement. Cela faisait des mois qu'elle ne l'avait pas vu sourire ainsi.

Le voyant d'une des machines auxquelles Cassidy était reliée se mit à clignoter. Kate retint sa respiration. Si quelque chose se passait mal, une alarme retentirait et l'infirmière viendrait. Pourquoi s'angoisser ? Elle n'allait pas passer son existence à attendre la prochaine catastrophe ni vivre dans la hantise qu'il arrive un nouveau malheur à Cassidy !

Si seulement Jared…

Elle serra les mâchoires. Il fallait aussi arrêter de penser à Jared tout le temps.

Elle n'avait pas besoin de lui et, du reste, s'en passait très bien. En plus, ne lui avait-il pas clairement prouvé qu'il pouvait la quitter sans regret à partir du moment où elle refusait de vivre comme il l'entendait ?

Et leur séparation ne l'avait pas tuée. Elle pouvait donc continuer seule. Comme elle l'avait toujours fait.

La seule personne qui comptait, à présent, était Cassidy.

Se débarrassant de ses chaussures, elle marcha doucement jusqu'au berceau et se pencha sur le bébé. Sa petite poitrine, qui se soulevait à un rythme régulier, et son air apaisé lui réchauffèrent le cœur. Comment un être aussi minuscule pouvait-il procurer un tel bien-être ? Et elle dut lutter contre son envie de caresser sa joue veloutée.

Elle releva les yeux et contempla, de nouveau, les machines et leurs signaux lumineux. En restant debout, elle ne risquait pas de s'endormir. Ensuite, Jared reviendrait et ce serait à son tour de veiller sur Cassidy.

Mais soudain, avec une clarté aveuglante, elle se rappela qu'elle était responsable de Cassidy à part entière, que ce petit bébé la liait à Jared jusqu'à la fin de sa vie et qu'aucun divorce n'y changerait rien. Oui, à partir de maintenant et pendant dix-huit ans, ils devraient composer ensemble, débattre des problèmes et prendre des décisions pour tout ce qui la concernerait. Cassidy dépendait d'eux et uniquement d'eux. Ils devraient la nourrir, lui offrir un toit, la conseiller, lui payer ses études et, surtout, l'aimer.

Cette prise de conscience fut, pour Kate, comme un rappel à l'ordre et elle resta immobile, assaillie par une multitude de doutes. Elle avait tant de mal à s'entendre avec Jared qu'ils ne seraient probablement d'accord sur rien concernant la petite : son alimentation, les programmes qu'elle aurait le droit de regarder à la télévision ou la façon dont ils passeraient les week-ends ensemble. Devraient-ils se battre jusqu'à ce qu'elle devienne adulte ?

Kate chancela.

Franchement, à quoi Suzan avait-elle pensé en rédigeant son testament ?

Elever un enfant n'avait rien à voir avec le fait de garder, pour quelques heures, les neveux et nièces de Jared, Kate le savait trop bien. Pendant des années, elle avait rêvé de devenir mère sans jamais passer à l'acte. Privée de parents lorsqu'elle était petite, elle n'avait aucune notion de ce qu'était une mère.

Et Jared ? Lui non plus n'avait jamais été père et, même s'il aimait les enfants, il n'en avait jamais eu. En revanche, il avait eu la chance de connaître ses parents et d'avoir des frères et sœurs.

Kate s'adossa contre le mur, le regard rivé sur le bébé. Pour rien au monde, elle n'aurait voulu laisser tomber sa meilleure amie, mais…

Comment allait-elle se débrouiller ?

— Que vas-tu faire ? demanda Margery Reed sur un ton si soucieux que même la mauvaise qualité de la communication téléphonique ne pouvait masquer son angoisse.

Jared aurait voulu la rassurer, mais aucun mot ne lui vint. Il démarra sans répondre dès que le feu passa au vert.

— Compte tenu des circonstances, poursuivit-elle en faisant clairement allusion au divorce, élever un enfant va être extrêmement difficile.

Comme toute la famille Reed, Margery avait été prise de court lorsque Kate avait demandé le divorce car, persuadée qu'elle suivrait son fils n'importe où, elle avait poussé celui-ci à accepter la promotion s'offrant à lui à Seattle. Du reste, lui aussi croyait que Kate n'émettrait pas la moindre objection. Mais ils s'étaient tous trompés.

— Kate va avoir du mal à s'occuper toute seule d'un nourrisson.

— Ne t'inquiète pas, maman, répondit-il, incapable de lui annoncer qu'en cas de divorce il obtiendrait, seul, la tutelle de la petite. Nous trouverons un arrangement.

— J'ai l'impression d'écouter ton père.

Jared sourit, mais, entendant au même instant dans le combiné l'horloge de sa mère égrener huit coups, il songea à Kate. Avait-elle dîné ? Certainement pas.

— Comme grand-père me le répétait souvent, déclara-t-il alors avec une pointe de nostalgie dans la voix : « La seconde place est pour les autres. »

Margery eut un petit rire.

— Bientôt, tu le diras à ton tour à Cassidy.

— Probablement, marmonna-t-il en guise de réponse.

— Ne t'en fais pas, mon chéri, je ne doute pas que tu seras un papa formidable.

Brady avait écrit, mot pour mot, la même chose dans sa lettre. Pourtant, Jared n'en était pas convaincu. Saurait-il se montrer à la hauteur des espoirs que l'on mettait en lui ?

— En attendant, poursuivit Margery, je rêve de rencontrer ma petite-fille ! Veux-tu que ton père et moi venions un peu à Boise pour nous occuper d'elle ? Nous pouvons être là dès demain, voire ce soir si cela t'arrange.

Oui. S'il te plaît. La présence de sa mère aurait délivré Jared d'un grand poids. Mais il ravala ces mots avant de les avoir prononcés. Tout cela ne regardait que lui. Lui et Kate. Si sa famille s'en mêlait, ils perdraient toute chance de devenir de vrais parents.

Bien sûr, l'échec les attendait peut-être au bout du chemin, mais comment le savoir ? De toute façon, il ne désirait renoncer ni à son mariage ni à la responsabilité que Brady et Suzan lui avaient confiée.

De plus, Kate s'était toujours montrée réticente à suivre les conseils et les commandements de la famille Reed. Parfois, elle lui rappelait un chaton sauvage qu'il avait trouvé dans le garage de ses parents lorsqu'il était enfant. Comme elle, il avait envie d'être apprivoisé, mais se mettait à siffler et à se cabrer dès qu'on lui portait un peu trop d'attention.

Quoi qu'il en soit, il ne voulait pas que Cassidy se retrouve sous la responsabilité de ses parents. C'était à lui et à Kate qu'il incombait de s'en occuper.

— Merci, maman, mais avant de t'appeler à la rescousse, voyons d'abord ce que nous pouvons faire pour Cassidy.

Il y eut un imperceptible silence.

— « Nous » ? Tu veux dire Kate et toi ?

— Exactement. Nous avons été désignés conjointement pour devenir ses tuteurs.

— Mais… et le divorce ?

— Il n'a pas encore été prononcé, que je sache. De plus, la petite a besoin de nous deux.

— Es-tu sûr que…

— Que quoi ?

— Rien, excuse-moi. Cela ne me regarde pas.

Jared sourit. C'était bien la première fois que sa mère s'arrêterait à ce genre de considération.

— Qu'allais-tu dire, maman ?

— Avec l'arrivée de Cassidy dans votre vie, penses-tu que Kate va réviser son jugement concernant le divorce ?

— Je l'espère. En tout cas, ce serait souhaitable pour la petite.

— Et pour toi ?

Jared sourit de plus belle. Sa mère n'avait jamais hésité à poser les bonnes questions au bon moment, quitte à se montrer indiscrète. Et, dans ce cas, il était impossible de biaiser.

— Oui, pour moi aussi.

— Tu sais que nous adorons Kate, mais sois prudent, mon chéri. Nous ne voulons pas que tu souffres de nouveau.

Il appuya sur l'accélérateur.

— Ne t'inquiète pas. A présent, je dois raccrocher. Mais je vous rappelle bientôt pour vous tenir au courant.

— Tu sais que nous sommes toujours là pour toi. Je t'embrasse.

— Moi aussi. Au revoir, maman.

Il mit fin à la communication, conscient que sa famille entière se tenait prête à lui prodiguer avis et conseils. Cela se passait toujours ainsi au sein du clan Reed.

« Ta famille sera toujours là en cas de coup dur. »

C'était les termes que Brady avait employés dans sa lettre, signifiant ainsi que, par voie de conséquence, Cassidy ne se retrouverait jamais seule au monde comme l'avait été sa mère. Et Kate…

Mais on n'en était pas là. Pour le moment, Jared voulait concentrer tous ses efforts sur Kate afin qu'elle renonce au divorce et leur accorde une nouvelle chance. Et le jeu en valait la chandelle même si, avec elle, rien n'était jamais acquis.

Jared se gara sur le parking de l'hôpital, sa confiance retrouvée. Non seulement il allait reconquérir sa femme, mais il aurait aussi la famille dont il avait toujours rêvé.

L'entêtante odeur de médicaments régnant dans l'hôpital avait fini par donner la nausée à Kate. Son estomac gargouillait et elle se sentait déshydratée. Peut-être pourrait-elle demander quelques biscuits à l'infirmière ?

— Comment va Cassidy ?

Le son de la voix de Jared lui procura un immense plaisir. Elle se tourna vers la porte et se sentit frissonner de joie. Evidemment, la tasse de café fumant et le sandwich qu'il tenait à la main n'y étaient pas pour rien…

Quels que soient ses défauts, Jared s'assurait toujours qu'elle mangeait correctement.

— Elle va bien, mais dort encore.

— Il vaudrait peut-être mieux baisser la voix pour être sûrs de ne pas la réveiller.

— L'infirmière m'a expliqué que, si elle n'entendait jamais le moindre bruit autour d'elle, elle deviendrait incapable de s'endormir dans des conditions normales. Elle m'a même conseillé d'écouter un peu de musique dans la maison.

La maison. Laquelle ? Celle de Portland ou celle de Seattle ?

— Le raisonnement me paraît juste, répondit-il en posant la nourriture et la boisson sur la table. En attendant, tu dois mourir de faim. Je t'ai apporté un sandwich club, une bouteille d'eau et du café chaud.

— Un club ! Celui que je préfère !

— Je sais…

Et elle se souvint des trop rares pique-niques qu'ils avaient faits dans le grand parc, près de l'étang.

— De toute façon, j'ai si faim que j'avalerais n'importe quoi.

— Merci d'être restée auprès de Cassidy, déclara-t-il en lui tendant son sandwich.

Kate l'attrapa d'une main et mordit dedans à belles dents tout en saisissant son café de l'autre.

Et elle ne prononça plus un mot pendant dix minutes, complètement absorbée par la nourriture.

— Mmm, que c'est bon ! s'écria-t-elle enfin en ralentissant un peu son rythme. Je te le dois.

— Tu me rembourseras plus tard si tu y tiens. Rien ne presse.

Elle n'osa pas répondre qu'elle ne faisait pas allusion à l'argent, mais à une dette d'un genre tout différent. Après leur mariage, ils avaient mis au point un système aussi pratique que juste. Chacun déposait, tous les premiers du mois, une somme égale sur un compte joint permettant de régler les factures courantes tandis que le reste demeurait sur des comptes séparés. La méthode avait si bien fonctionné qu'elle leur avait évité, au moment du divorce, les tracasseries financières incombant en général à ce genre de situation.

Ils terminèrent leur petit repas improvisé dans un silence serein tel qu'ils n'en avaient pas connu depuis longtemps.

— Don avait-il eu le temps de préparer tous les formulaires ?

— Oui, j'ai tout signé. Il pense que nous pourrons démarrer la procédure d'adoption dans trois ou quatre jours.

— Vaste programme…

— En effet. J'y ai d'ailleurs beaucoup réfléchi.

— Ça ne va pas être facile. On ne s'improvise pas parents du jour au lendemain.

— C'est vrai, mais Cassidy ne doit pas en souffrir. Même si elle ne peut pas l'exprimer, la perte de ses parents va être très dure pour elle. Sa vie entière va être bouleversée : ses habitudes, les odeurs qui l'entouraient, les voix qui la berçaient et lui parlaient, le rythme même de son existence. Pour qu'elle souffre le moins possible, il faut qu'elle reste notre priorité absolue.

— Je suis bien d'accord. Nous ne prendrons aucune décision la concernant sans en avoir préalablement discuté.

Comme Jared acquiesçait de la tête, elle se sentit presque abasourdie par leur entente aussi insolite qu'inattendue. Pour une fois, ils ne s'emportaient pas et n'éprouvaient pas le besoin d'élever la voix. Jusqu'à quand ce miracle durerait-il ?

Elle le saurait dès qu'elle aurait posé la question qui lui brûlait les lèvres.

— J'aimerais emmener Cassidy avec moi à Portland dès qu'elle pourra quitter l'hôpital, et la garder jusqu'au divorce.

A sa grande surprise, Jared acquiesça.

— Excellente idée. De cette façon, ma famille pourra la garder pendant que tu seras à ton travail. A moins que tu aies prévu d'autres arrangements.

Kate resta muette. Garder l'enfant dans la journée. Elle n'y avait pas songé. Il ne s'agissait pourtant pas d'un problème mineur.

La suggestion de Jared lui parut bonne. Pourquoi, en effet, faire appel à une nourrice alors que le clan Jared vivait à Portland ? Cassidy avait besoin d'être entourée, pas de vivre cloîtrée.

— Non, je n'avais rien prévu. Penses-tu que ta famille sera d'accord ?

Il éclata de rire.

— Ils vont même se disputer l'honneur de pouvoir la pouponner !

— Tant mieux, cela lui fera le plus grand bien d'être entourée. C'est exactement ce que Suzan aurait voulu.

Mais elle ne livra pas le fond de sa pensée. Les Reed n'allaient-ils pas la regarder de travers ? Bien sûr, ils continuaient à la voir et à l'inviter très gentiment chez eux malgré sa séparation d'avec Jared, mais elle savait que la situation les rendait malheureux.

— Je pourrais aussi venir t'aider le week-end, reprit-il, presque incidemment.

— P… pourquoi pas ?

— Oui, pourquoi pas…, répéta-t-il en rivant les yeux sur les siens.

La température grimpa de quelques degrés. Kate s'humecta les lèvres. Elle avait besoin d'un peu d'eau, de café froid.

Ou, peut-être… d'un baiser.

Elle ferma les paupières. Apparemment, la fatigue et l'émotion commençaient à avoir raison d'elle.

— Et après le divorce ? demanda-t-elle très vite pour couper court à son trouble.

— J'y ai aussi pensé, répondit Jared. L'idéal, pour Cassidy, serait d'être élevée par un couple marié.

— Je sais que c'est ce qu'auraient voulu Suzan et Brady. Seulement, dans notre cas, ce n'est pas possible.

Un ange passa. Puis Jared répondit :

— Si, à condition que nous renoncions au divorce.

Ses mots semblèrent résonner longuement dans la pièce tandis que Kate le considérait, interloquée.

Pas de divorce ! C'était l'idée la plus saugrenue qu'elle ait jamais entendue, et elle en aurait ri si le visage de Jared n'était pas resté aussi grave. A l'évidence, il ne plaisantait pas.

Bien sûr, sa suggestion était très noble et ne visait qu'à rendre le bébé plus heureux, mais elle n'en restait pas moins complètement irréaliste.

— Quelle différence cela ferait-il ? demanda-t-elle. Nous nous voyions déjà à peine lorsque nous vivions ensemble, mais, à présent que nous nous trouvons dans deux villes différentes, rester mariés ne marcherait jamais.

— Ne veux-tu pas conserver la tutelle de Cassidy ?

Elle lui jeta un regard de biais. L'allusion était mesquine.

— Pourquoi poses-tu la question puisque tu connais la réponse ? Je dis simplement que, compte tenu des circonstances, il ne servirait à rien de rester mariés.

— Dans ce cas, changeons les circonstances.

Elle se sentit traversée par un brusque espoir. Jared avait-il l'intention de revenir à Portland ?

— Tu as des suggestions ?

— Je…

Il s'arrêta, cherchant ses mots.

— … Les choses, entre nous, pourraient sans doute être différentes.

Elle baissa la tête, déçue, et songea à son alliance et à sa bague de fiançailles qu'elle avait mises en sécurité dans un coffre à la banque. Sa perte de poids avait été un bon prétexte pour s'en séparer et elle n'envisageait pas de les porter de nouveau un jour. De même qu'elle n'avait pas l'intention d'accueillir de nouveau Jared dans sa vie au risque d'une nouvelle rupture et d'une nouvelle souffrance.

— Il faudrait, en effet, qu'elles le soient, répondit-elle prudemment tandis qu'une idée incroyable commençait à germer dans son esprit.

Et elle comprit rapidement que sa réalisation pouvait aussi bien tout arranger que les mener au désastre. Cependant, si elle voulait garder Cassidy, elle n'avait pas le choix.

Elle passa nerveusement son pouce contre son annulaire nu.

— A quoi penses-tu, Katie ? demanda Jared sans la quitter des yeux.

— A un mariage de raison.

Il fronça durement les sourcils.

— Un quoi ?

— Un mariage de convenance, de raison, appelle cela comme tu veux. Pour le bien de Cassidy et pour cela seulement.

Un muscle tressaillit sur la joue de Jared.

— Et tu serais d'accord ?

— Evidemment, puisque je te le propose. Et toi ?

4

— Jared ?

Il enfonça les mains dans ses poches. Un simple « oui » aurait suffi à tout arranger, mais il n'arrivait pas à le prononcer. Avec Kate, il espérait tellement plus qu'un mariage de raison !

Elle se mordilla la lèvre inférieure, une habitude qu'il lui connaissait depuis qu'il l'avait rencontrée.

— Jared ? répéta-t-elle. Que penses-tu de ma proposition ?

« Je la trouve insensée. »

Lorsqu'elle lui avait annoncé qu'elle ne le suivrait pas à Seattle, il en avait été profondément bouleversé ; lorsqu'elle avait demandé le divorce, il avait été dévasté. Et maintenant...

Il serra les mâchoires. Impossible de la suivre.

Ce matin, se sentant plus proche d'elle qu'il ne l'avait été depuis des mois, il pensait encore que tout était possible entre eux, mais il réalisait à présent que presque tous leurs désirs divergeaient et que leurs raisons de vouloir sauver leur mariage étaient diamétralement opposées.

Ce que Kate avait en tête ne l'inspirait pas du tout. Le rapprochement qu'elle proposait risquait d'engendrer de véritables catastrophes et il ne voulait pas de cela, surtout quand l'avenir d'un bébé était en jeu.

Il lui retourna la question avec prudence.

— Et toi, comment vois-tu les choses exactement ?

— Le plus simplement du monde. L'un de nous garderait Cassidy pendant la semaine — moi, de préférence, puisque ta famille pourrait s'en occuper dans la journée — et nous passerions les week-ends ensemble pour que personne ne sache que nous sommes séparés.

Il hocha la tête, pesant le pour et le contre. Pour le moment, sa marge de manœuvre était si réduite qu'il avait tout intérêt à accepter la proposition de Kate. Cela lui permettrait au moins de la voir le week-end.

— Nous pourrions habiter en alternance à Portland et Seattle, reprit-elle en s'animant à mesure qu'elle parlait.

Séparés la semaine et réunis le week-end, c'était mieux que rien. En outre, il aurait été vain de lui en demander plus. Jared prit une profonde inspiration avec le sentiment qu'un pan du voile se déchirait. Avec le temps et leur indéniable attirance physique, le contact se rétablirait entre eux. Du moins, c'est ce qu'il voulait croire à tout prix.

— Si je comprends bien, résuma-t-il d'un air faussement tranquille, toi et moi passerions tous nos week-ends ensemble. Avec Cassidy…

— Oui, enfin… nous partagerions la même maison et serions toujours légalement mariés. Simplement, nous ne ferions pas tout à fait ce que… font les autres couples.

— Je suppose que tu continueras à porter ton nom.

— Bien sûr. Nous aurions également deux comptes en banque séparés.

— Comme avant…

Elle tapota doucement le sol du bout de sa chaussure.

— Cela signifie aussi que…

— Quoi ?

Elle hésita.

— Pas de sexe.

— Tu veux dire que…

— Pas du tout de sexe.

— Pendant combien de temps ?

Elle se mordit la lèvre sans répondre.

— Kate ?

— Pendant tout le temps.

— Tout le temps !

Elle rosit.

— Exact.

— Mais… nous sommes mariés !

— Et, je te le rappelle, en instance de divorce. Si nous restons ensemble, ce sera seulement pour Cassidy. Voilà pourquoi je dis qu'il s'agira, entre nous, d'un mariage de convenance.

Il serra les poings. Aucun homme au monde n'accepterait un tel marché. En tout cas, il n'imaginait pas possible de vivre sous le même toit que Kate sans jamais la toucher.

— Pourrons-nous nous embrasser ?

— Je… je pense que les baisers ne s'inscrivent pas non plus dans le cadre de ce que je te propose.

Il retint un rire sarcastique. Ce mariage ne ressemblait plus qu'à un vulgaire contrat ! Et il ne voulait pas construire son existence à venir sur des bases pareilles.

— Et tu y crois vraiment ?

— Oui, puisque ce sera pour Cassidy.

Il ne la crut pas. Kate avait trop de tempérament pour se passer de relations physiques pendant très longtemps. De plus, il savait qu'elle le désirait autant que lui la désirait. Il en aurait mis sa main au feu. Sa main qu'elle tenait toujours dans la sienne.

— Je vais être honnête avec toi, Kate : je ne crois pas pouvoir supporter un tel arrangement.

Retirant sa main, elle le considéra d'un air moqueur.

— Je sais que c'est beaucoup te demander que de mettre ta petite personne de côté pour ne considérer que le bien-être du bébé, mais tous les parents doivent passer par là.

« J'espère que Kate et toi avez résolu vos problèmes. »

Les termes que Brady employait dans sa lettre revinrent subitement à l'esprit de Jared. Le mari de Suzan voulait que sa fille soit élevée par un couple marié. Quant à lui, il voulait récupérer sa femme. Il y avait donc…

Mais, soudain, une idée lui traversa l'esprit. En attisant la jalousie de Kate, peut-être parviendrait-il à la faire changer d'avis ?

— Et… s'il y a quelqu'un d'autre ? demanda-t-il sur un ton faussement anodin.

Elle se redressa, comprenant à demi-mot. La question avait fait mouche.

— Qu… quoi ?

— Que fais-tu des relations que nous pourrions lier avec d'autres gens ? En agissant discrètement pour que cela n'affecte pas Cassidy, rien ne nous empêcherait, en effet, de fréquenter d'autres personnes…

— Je… n'avais pas songé à cette éventualité.

Et ses sourcils froncés démontraient clairement qu'elle ne l'appréciait guère.

— Je ne dis pas que cela se passera tout de suite, bien sûr, ajouta-t-il très vite en profitant de son trouble, mais plus tard, une fois que Cassidy se sera habituée à sa nouvelle vie et que notre « mariage » aura pris sa vitesse de croisière.

— Tu serais donc prêt à envisager un tel arrangement…

— Quoi ? Nouer des liens à l'extérieur ?

— Non, rester marié pour le bien de Cassidy.

Il serra les poings au fond de ses poches et compta jusqu'à dix.

— Oui, répondit-il enfin, bien que tes consignes concernant notre vie intime me contrarient beaucoup.

Elle le regarda bien en face.

— Fréquentes-tu quelqu'un en ce moment ?

La question était claire et, compte tenu des circonstances, ne paraissait pas déplacée. Il décida de répondre franchement.

— Tant que le divorce n'était pas définitif, cela ne me paraissait pas une bonne idée.

— Oh.

— Et toi ?

— Moi ? Non. Entre mon travail et le reste, je n'ai pas beaucoup de temps.

— Alors, tu es d'accord ?

— Oui, je suis d'accord. Notre mariage restera légal même si, à partir de maintenant, il repart sur de nouvelles bases. Pour Cassidy.

Jared hocha la tête. Cela ne l'empêcherait pas de poursuivre son plan. Un jour, avec Kate, ils piqueraient ensemble un gros fou rire en se remémorant cette conversation car, ce jour-là, ils partageraient non seulement le même toit mais aussi le même lit.

— C'est, en effet, ce que nous pouvons faire de mieux pour elle.

« Et pour nous deux, Katie. »

Plus tard, ce soir-là, Kate, installée sur la terrasse de son hôtel, regardait la lune dériver lentement dans le ciel d'un noir de velours. Une brise légère soulevait son long T-shirt. Pourquoi n'allait-elle pas se coucher ? Parce que, chaque fois qu'elle fermait les yeux, un millier de pensées pénibles l'assaillaient.

Ne s'était-elle pas jetée dans la gueule du loup en proposant à Jared cet arrangement boiteux ?

Le bruit de la rivière coulant à quelques dizaines de mètres la ramena à la réalité. Elle serra la balustrade entre ses mains.

Jamais elle n'aurait cru que Jared lui proposerait de renoncer au divorce. Probablement parce qu'il ne désespérait pas de la faire s'installer, avec lui, à Seattle. Mais il n'en était pas question.

Elle passa une main dans ses cheveux.

Qu'avait-il derrière la tête ? Certainement pas de reconstruire leur mariage. Autrement, il n'aurait pas évoqué la possibilité de connaître quelques aventures. Le sexe avait toujours beaucoup compté pour lui… autant que pour elle. Mais leurs sentiments, eux, avaient beaucoup changé.

Envisager une vie commune dans ces conditions n'allait donc pas être facile. Car, même s'ils arrivaient à renoncer à l'amour physique, leur désir demeurerait. A quoi bon le nier ? Chaque fois qu'ils s'effleuraient, la tension montait.

Cela signifiait qu'elle allait devoir rester à distance respectueuse de Jared.

Ou trouver un autre homme.

L'idée s'insinua en elle, la rendant à la fois triste et curieuse.

Non, vraiment, la situation était trop invraisemblable. Il fallait qu'elle en parle à quelqu'un. Elle tourna la tête et considéra longuement son téléphone mobile comme pour l'interroger. Mais celui-ci ne lui fournit qu'un nom.

Celui de Suzan.

Elle ferma les paupières, submergée de douleur, de confusion et de frustration.

Pourtant elle savait qu'elle ne pleurerait pas. Même dans l'anonymat de sa chambre d'hôtel, même dans la nuit noire. Car elle devait se montrer forte — quelle que soit sa peine. Seule Cassidy comptait, ainsi que ce que sa mère avait souhaité pour elle.

Peu à peu, Kate sentit ses forces revenir. Grâce à elle, et si elle s'y prenait bien, Cassidy connaîtrait ce que ni elle ni Suzan n'avaient connu dans leur enfance : des grands-parents, des tantes, des oncles et des cousins. A côté de cela, ses petits problèmes avec Jared ne comptaient pas.

Ou si peu qu'elle se sentait prête à affronter n'importe quel obstacle pour faire le bonheur de la petite. Y compris à passer les dix-huit prochaines années de sa vie avec l'homme dont elle avait voulu divorcer.

Oui, pour cela, elle était prête à tout. Même à vivre avec Jared sans faire l'amour avec lui. Elle se conduirait de manière logique, pratique et éminemment rationnelle jusqu'à devenir une mère irréprochable.

Le lendemain matin, Kate se dirigea vers la chambre de Cassidy avec les pâtisseries qu'elle avait achetées en route et les deux cafés provenant du distributeur du rez-de-chaussée. Après une nuit presque sans sommeil, la caféine lui ferait du bien. En apercevant la porte de la chambre du bébé, elle comprit soudain, avec une clarté aveuglante, qu'elle était venue pour voir Jared beaucoup plus que Cassidy.

Elle poussa la porte et resta stupéfaite.

Le bras posé sur la couverture rose du petit lit, Jared était déjà là, endormi dans le fauteuil. Elle se sentit fondre devant ce spectacle et, l'espace d'un instant, eut l'impression que tous ses problèmes avec lui allaient se résoudre. Mais cette impression ne dura pas. Ses rapports avec Jared étaient difficiles et même l'adorable Cassidy ne parviendrait pas à combler le gouffre qui les avait menés au divorce.

Car, si Jared pouvait se montrer bon et altruiste, il était, en même temps, très égocentrique. Autrement, jamais il n'aurait pris la décision de s'installer à Seattle avant même de lui avoir demandé son avis. Conserver son travail, emmener sa femme avec lui et avoir un enfant, c'était tout ce qui l'intéressait. Mais savoir ce qu'elle voulait *elle*, il n'en avait pas été question.

Et, lorsqu'elle avait commencé à lui exprimer ses réticences, il lui avait proposé d'aller voir un psychothérapeute — ami de son père — soi-disant spécialisé dans les couples en difficulté.

La panique monta en elle. Elle considéra Jared et Cassidy sans un mot, sensible, malgré elle, à leur beauté et à leur innocence.

Sortant doucement des fruits et des gâteaux de son sac, elle les posa sur la table ainsi que les cafés. L'instant d'après, Jared ouvrait les yeux et s'étirait.

— Mmm..., ça sent bon le café et la pâtisserie.

Elle hocha la tête, ignorant son ravissant sourire.

— J'ai pensé que tu aurais faim.

— Merci, dit-il en se frottant les yeux.

Et ce geste lui rappela les jours où il rentrait de voyage et s'endormait, épuisé, avant de s'éveiller quelques heures plus tard en l'appelant. Comme aujourd'hui, il se frottait les yeux et étirait ses longs membres engourdis par le sommeil. Et elle sentit une chaleur insolite l'envahir.

— Quelque chose ne va pas ? demanda-t-il en la considérant attentivement.

Pas de sexe. Pas de baisers, se remémora-t-elle. Juste quelques relations extraconjugales à condition qu'elles restent discrètes.

— Pourquoi cela n'irait-il pas ? répondit-elle, sur la défensive.

— Je te connais... Quand tu fais cette tête-là, c'est qu'il y a un problème.

Elle haussa les épaules d'un air vague.

— Il y en a tant...

Il attrapa sa tasse de café et un muffin.

— As-tu réussi à dormir un peu ?

— Vaguement. Quatre ou cinq heures. Et toi ?

— Pas longtemps non plus, mais bien, répondit-il en se frottant le cou. Pourtant, le sofa n'est pas un modèle du genre.

— Et Cassidy ?

— Elle a mis beaucoup de temps à accepter son biberon.

— Est-ce toi qui le lui as donné ?

Il sourit tendrement.

— Oui.

— Tu as de la chance. L'infirmière m'a refusé cet insigne honneur.

— Parce que tu n'as pas l'art et la manière, repartit-il, un rire au fond des yeux.

Ce n'était qu'une blague, mais elle eut pour effet de plonger Kate dans un abîme de confusion. Parce qu'elle avait voulu prendre la petite dans ses bras mais que l'infirmière s'était interposée.

— Ne sois pas triste, Katie. L'infirmière ne m'a confié Cassidy que parce qu'elle devait débrancher les appareils.

Kate déglutit avec peine. Quand cesserait-elle de se sentir sans arrêt en état d'infériorité ? Et elle se tourna vers le bébé.

— Oui, c'est vrai : elle n'est plus reliée à ses appareils. Cela signifie donc que son état s'est encore amélioré et qu'elle sera bientôt en état de...

Elle s'interrompit en se mordillant la lèvre inférieure tandis que Jared lui prenait doucement la main.

— J'ai rendez-vous tout à l'heure avec Don pour parler de la tutelle de Cassidy. Tout se passera bien, je te le promets.

Elle le considéra tristement.

En d'autres temps, il avait juré de toujours l'aimer. Mais son serment n'avait duré que trois ans.

— Les promesses ne sont plus de rigueur entre nous, Jared. Il *faut* que tout se passe bien, un point c'est tout.

Et elle baissa aussitôt les yeux, incertaine. Avec tout ce qu'elle avait enduré dans le passé avec Jared, elle ne s'engagerait pas une seconde fois s'il ne respectait pas leur contrat.

— Tu devrais partir, à présent.

Il avala une nouvelle gorgée de café.

— Il me reste un peu de temps.

Elle passa devant lui sans le regarder. Maintenant, elle n'aspirait qu'à rester seule avec Cassidy, loin de cette présence qui ne cessait de la troubler.

— A quelle heure as-tu rendez-vous avec Don ?

Il tourna la tête vers le petit lit.

— J'ai le temps. Cassidy a besoin d'avoir sa famille avec elle.

Sa famille.

Elle se laissa tomber sur la chaise près de la petite table, le cœur serré. Cinq ans plus tôt, elle avait intégré le clan Reed par son mariage et, à présent, avec Jared et Cassidy, c'était à son tour de fonder sa propre famille.

Soudain, le bébé poussa un cri qui transperça le silence de la pièce. Kate se releva d'un bond tandis que Jared se précipitait vers le lit et prenait Cassidy contre lui comme s'il avait fait cela toute sa vie. Les cris reprirent de plus belle. Il berça Cassidy dans ses bras… et le silence se fit de nouveau.

Kate le considéra, stupéfaite.

— Bonjour, princesse…, dit Jared en la serrant tendrement. As-tu fait de beaux rêves ?

Kate se sentit la bouche sèche. Contrairement aux autres femmes, elle n'avait jamais ressenti le besoin irrépressible d'avoir un enfant. Mais, en voyant Cassidy dans les bras de Jared, elle eut l'impression que *lui* en voulait vraiment un car il jouait le rôle de père à merveille…

— Veux-tu la prendre un peu ? lui demanda-t-il gentiment.

— Oui, je…

Il lui tendit le bébé qui fit une petite grimace.

— Elle t'aime bien, dit Jared.

— Je crois plutôt qu'elle a faim.

Au même instant, Cassidy lui enserra l'index dans sa main minuscule. Kate fronça les sourcils. Même si le bébé ne savait pas ce qu'il faisait, son geste était si émouvant qu'elle craignit de s'habituer très vite à cette petite… et de la perdre.

Car, jusqu'à présent, elle avait perdu tous ceux qu'elle avait aimés : sa mère, son père et, aujourd'hui, sa sœur d'adoption. Il n'y avait donc aucune raison pour que cela change.

— Reprends-la, dit-elle en détournant les yeux.

Il s'exécuta en la considérant d'un air étrange.

— Tout va bien se passer, Katie.

Elle aurait tant voulu le croire. Mais elle n'était plus sûre de rien à présent.

Ni d'elle.

Ni des autres.

5

Jared ne prit vraiment conscience du tournant que venait de prendre son existence que deux jours plus tard, en se glissant au volant de son véhicule, une vieille Corvette des années soixante.

Avec, à sa droite, Kate. Derrière lui, Cassidy.

Sa famille…

Il jeta un coup d'œil à la jeune femme. Elégamment vêtue d'un pantalon fuseau marine et d'un chemisier blanc, elle portait de très jolis bijoux. Mais deux choses manquaient toujours à cette superbe tenue : son alliance et sa bague de fiançailles.

— On y va ? demanda-t-il.

Cassidy poussa un cri avant que Kate ait eu le temps de répondre.

Il jeta un œil dans son rétroviseur. On aurait dit que le bébé avait très envie de quitter l'hôpital.

— J'espère que j'ai assez serré sa ceinture, murmura Kate, brusquement soucieuse.

— Oui, ne t'inquiète pas. Les infirmières ont vérifié avant de fermer la portière et j'avais moi-même examiné deux fois l'installation du petit siège.

Un siège qu'il avait pris soin d'acheter identique à celui qui avait sauvé la vie de la petite le jour de l'accident.

Kate se retourna.

— Dommage que l'on ne puisse pas la voir.

— C'est vrai, mais, jusqu'à un an, les sièges doivent être orientés vers le fond de la voiture.

— Je sais. Nous achèterons un miroir que nous placerons sur la plage arrière. Ou alors je m'assiérai à côté d'elle.

— Suzan le faisait-elle ?

— Non, mais si elle avait vécu…

Sa voix s'étrangla. Jared faillit lui prendre la main, puis se retint. Avec ce qui les attendait, ils devaient concentrer toute leur énergie et éviter de trop penser à Suzan et Brady.

— Tu dois faire comme tu le sens, Kate. Si tu préfères monter derrière…

— Non, allons-y. Cassidy a l'air calme, inutile de la déranger.

— Tu sembles nerveuse.

— Pourquoi le serais-je ?

— Parce que nous sommes seuls à présent, sans bouton d'alarme ni médecin ou infirmière à proximité.

Elle sourit.

— Apparemment, le plus nerveux des deux n'est pas celui qu'on croit… N'oublions pas que tous les couples qui ont leur premier bébé sont, comme nous, ignorants et inexpérimentés. Or, ils se débrouillent quand même. Et nous allons nous débrouiller aussi.

— Sauf qu'ils ont eu neuf mois pour se préparer à devenir parents, ce qui n'a pas été notre cas. Je trouve d'ailleurs que, compte tenu des circonstances, l'hôpital aurait pu nous remettre un manuel au lieu de nous laisser partir les mains vides.

— C'est exactement ce que je me suis dit lorsque l'infirmière nous a souhaité bonne chance avant de tourner les talons. Mais peu importe. Nous utiliserons le livre de Suzan. Elle le consultait assez souvent et je l'ai déjà parcouru.

— Formidable. Au moins, l'un de nous saura ce qu'il faut faire.

Elle lui jeta un regard vif.

— Tu m'as l'air de très bien te débrouiller avec Cassidy. Elle se sent bien avec toi.

Il prit un air comique.

— Cela prouve qu'elle a bon goût…

Kate hocha la tête. Si seulement elle avait pu éprouver la même confiance en soi que Jared.

— Je n'ai fait que la tenir un peu dans mes bras, reprit-il plus sérieusement.

— Tu l'as aussi bercée, tu lui as chanté de petites chansons et fait des câlins. Je le sais, l'infirmière me l'a dit.

— C'était le moins que je pouvais faire, répondit-il sans esquiver.

— Quoi qu'il en soit, à partir d'aujourd'hui, le travail ne va pas manquer : vaccins, petits bobos et vraies maladies, suivi médical, couches, biberons, alimentation. Que ferons-nous si elle se révèle aussi difficile que Brady à nourrir ?

— Nous déguiserons les légumes en bœuf et elle croira manger de la viande, répondit-il, ravi.

Kate avait dit *nous*, pas *je*. C'était bon signe. Bientôt Cassidy aurait une maman et un papa unis qui vivraient ensemble et s'aimeraient… comme avant.

— Que dis-tu ?

Il sursauta, se demandant s'il n'avait pas parlé tout haut.

— Tu agis comme une vraie maman.

— Vraiment ?

Et sa voix contenait tant d'espoir qu'il se sentit tout ému.

— C'est la chose la plus gentille que tu m'aies jamais dite.

Il éclata de rire, heureux.

— Je saurai m'en souvenir quand je voudrai obtenir quelque chose de toi.

— N'oublie tout de même pas les fleurs et les chocolats.

Il lui posa la main sur le genou, riant de plus belle. Mais elle le repoussa aussitôt.

— Excuse-moi, dit-il, j'ai fait cela naturellement. J'avais oublié notre accord.

Au même instant, une ambulance les dépassa.

Cassidy se mit aussitôt à crier.

— Apparemment, observa Jared, elle n'aime pas beaucoup les sirènes d'ambulance.

— Le bruit la dérange. Surtout lorsqu'elle dort. J'aurais dû m'installer près d'elle.

Les cris se transformèrent en pleurs malgré les paroles rassurantes de Kate et de Jared.

— Nous sommes presque arrivés, déclara-t-il bientôt en regardant les panneaux indicateurs. Le livre que tu as lu ne dit pas comment calmer les bébés quand ils pleurent ?

— Il dit surtout que les raisons sont diverses. Cassidy a peut-être faim, sa couche est peut-être mouillée, elle est peut-être fatiguée, que sais-je ?

— Je vais prendre la prochaine sortie.

— Elle se trouve à vingt kilomètres, c'est trop loin. On ne peut pas la laisser pleurer jusque-là.

— La radio ! s'écria-t-il alors comme s'il venait de découvrir le théorème d'Archimède.

— Le bruit risque de la faire pleurer encore davantage.

— Que proposes-tu d'autre ? On ne peut pas s'arrêter ici, c'est trop dangereux.

Comme elle ne répondait pas, il alluma l'autoradio.

De vibrantes petites notes de piano s'élevèrent dans la voiture.

— Mozart…, murmura Kate. Sais-tu que tu es gâtée, Cassidy ?

Mais la petite s'en moquait et continua de pleurer.

Jared changea de station. De la country. Les pleurs ne se tarirent pas. Autre station. Guitare électrique. Le bruit, à l'intérieur de l'habitacle, devenait insupportable. La tension monta. Le bébé hoquetait à travers ses pleurs.

Jared, néanmoins, n'avait pas dit son dernier mot. Tout en passant les stations de plus en plus vite, il entendit les résultats de la Bourse et arrêta sa recherche en se rappelant brusquement que Brady les écoutait souvent.

Et Cassidy s'arrêta de pleurer…

Kate regarda Jared, époustouflée.

— Comment savais-tu que cela la calmerait ?

— Parce que Brady écoutait souvent les cours de la Bourse en voiture.

Elle leva les yeux au ciel.

— Mon Dieu ! Il va falloir écouter cette horreur…

— Eh oui…

Il appuya sur un bouton.

— Ça y est. Je l'ai programmée dans ma sélection.

— Moi, j'écoute peu la radio quand je conduis.

— La faute au téléphone mobile. Tu reçois trop d'appels.

— Pas *trop*, corrigea-t-elle, juste ce qu'il faut pour optimiser ma production.

— Quel jargon !

— Peut-être, mais, maintenant, avec Cassidy, il va falloir se soucier de nos finances.

— Tu es trop anxieuse, Kate. A nous deux, nous ne manquerons pas d'argent.

— Tu as l'air bien sûr de toi. L'avenir ne t'inquiète donc pas ?

— Nous ferons de notre mieux.

— Et si cela ne suffit pas ?

Et elle laissa aller sa tête contre son dossier avant de poursuivre dans un souffle :

— En fait, je ne cesse de songer à tout ça.

— Quoi, « tout ça » ?

— Par exemple, à ce que Cassidy se rappellera quand elle sera grande. Se souviendra-t-elle de Suzan et Brady ?

— Nous entretiendrons le souvenir de ses parents en lui parlant d'eux pour qu'elle ne les oublie jamais. Et puis nous l'emmènerons dans le Maine pour qu'elle voie régulièrement ses grands-parents.

— Tu as l'air d'avoir déjà réfléchi au problème.

— Bien sûr, comme toi. Et c'est parce qu'ils savaient que nous le ferions que Suzan et Brady nous ont choisis comme tuteurs. Qui, mieux que leurs meilleurs amis, peuvent les garder dans leur mémoire et celle de leur petite fille ?

Comme Kate tournait vers lui un regard plein de compréhension et de complicité, il dut serrer les mains sur son volant pour maîtriser son émotion.

— J'ai d'ailleurs mis de côté un maximum d'affaires appartenant à ses parents pour les lui montrer à mesure qu'elle grandira. Mais je n'ai sans doute pas pensé à tout. Les hommes ne sont pas très doués pour ce genre de choses.

— Tu n'es pas un homme comme les autres, Jared Reed,

répondit-elle doucement en posant la main sur la sienne. La plupart d'entre eux n'auraient pas fait la moitié de ce que tu as fait cette semaine et bien moins auraient pensé à sauver les futurs souvenirs d'une petite fille de quatre mois seulement.

Elle retira sa main, tandis que Jared s'efforçait de fixer la route. Ce que venait de dire Kate lui donnait tant d'espoir qu'il ne douta plus de pouvoir la convaincre d'oublier le passé et de fonder une vraie famille telle que Suzan et Brady l'avaient rêvée. Pour Cassidy, bien sûr, mais aussi pour eux.

Assise dans la chambre de Cassidy, Kate regardait l'enfant, confortablement installée dans son landau, essayant de trouver dans ce spectacle une vraie raison d'espérer. Après deux jours passés à rassembler les affaires de Suzan et Brady, elle se sentait malheureuse et complètement perdue.

— Nous devons nous dépêcher, dit-elle à Jared, autrement nous allons rater l'avion. Encore que, avec cette météo, le décollage risque fort d'être retardé.

Depuis le matin, en effet, de violents éclairs déchiraient le ciel et une pluie dense dégringolait du ciel.

Mais cela ne dérangeait pas Kate. Au contraire. Après le beau temps qui régnait depuis la disparition de Suzan et Brady, elle avait l'impression que le ciel était enfin au diapason de son âme.

Seule Cassidy semblait gagnée par le désir de vivre. Gaie et dispose, elle jouait avec les hochets disposés devant elle. Du reste, pourquoi s'en serait-elle privée ? Elle était si petite qu'elle ne se rendait compte de rien et jouait tout naturellement dans la chambre que ses parents avaient mis des mois à décorer avec amour. Inconsciente du changement opéré dans son existence, elle s'épanouissait dans son cocon familial.

Malheureusement, elle n'allait pas y rester longtemps.

Dès lundi, la maison serait mise en vente.

Pauvre petite. Elle n'avait pas la moindre idée du tournant qu'avait pris son existence après l'accident qui lui avait volé ses parents.

— Hé, Katie !

Mais il insista.

— Pourquoi ?

— Parce que Suzan et Brady avaient l'habitude des couches jetables et qu'il est inutile de changer ses habitudes.

« Et les miennes. »

— Tu as raison. As-tu besoin de quoi que ce soit ? ajouta-t-il.

« De toi. »

Et d'une demi-journée supplémentaire par vingt-quatre heures pour lui permettre de tout boucler sans se coucher, chaque soir, harassée et titubante.

— Non, ça va. J'essaie de m'organiser.

Et ce n'était pas facile. Comment faisaient les autres parents ? D'abord, ils étaient souvent deux pour s'occuper de la maison et, en neuf mois, avaient eu le temps de s'entraîner. Mais pas elle. Résultat : sa vie quotidienne ressemblait peu à l'image d'Epinal, colportée par les magazines, de la maman sereine devant son bébé éternellement souriant et toujours propre.

Mais, à présent, elle se rendait mieux compte de l'incompréhension qui régnait, à son travail, entre les femmes ayant un enfant et celles qui n'en avaient pas.

Prise au dépourvu pour la première fois de sa vie, elle courait toute la journée sans arriver à faire la moitié de ce qu'elle devait.

Mais elle ne pouvait l'avouer à Jared. Il risquait de mal la juger et de reprendre la petite ou de la confier à ses parents. En outre, il savait parfaitement que, en tant que chef d'entreprise, elle devait assumer ses responsabilités sans se plaindre. Elle n'avait pas habitué ses clients et ses employés à entendre des jérémiades.

— Tu as l'air fatiguée…, reprit-il, hésitant.

Bien sûr qu'elle l'était ! Avec quatre heures de sommeil par nuit, cela n'avait rien d'étonnant… Tout à l'heure, elle s'était littéralement endormie devant son déjeuner.

— La semaine a été fatigante.

— Je sais ce que c'est.

Non, il ne le savait pas. Tant qu'il ne serait pas passé par là, il ne le pourrait pas.

— Où te trouves-tu ? demanda-t-elle.

— A Raleigh, en Caroline du Nord.

— Je croyais que tu devais aller à Chicago.

— J'ai dû changer mes plans. Mais je serai à Portland vendredi et rentrerai à Seattle dimanche soir.

Kate regarda les cartons provenant de Boise qu'elle n'avait pas encore débarrassés. Il allait falloir tout ranger avant l'arrivée de Jared.

— Veux-tu que je vienne te chercher à l'aéroport ?

— Non merci, mes parents seront là. Sinon, je prendrai la navette. Ne t'inquiète pas pour moi.

— Mais si, je m'inquiète.

La phrase lui avait échappé. Trop tard pour la retenir.

— Enfin…, se hâta-t-elle d'ajouter, cela m'arrive de temps à autre.

— Il m'arrive aussi de me faire du souci pour toi, nous sommes donc à égalité.

Kate n'en croyait rien, cependant la déclaration de Jared lui fit plaisir.

— Je vais te quitter, à présent, dit-il. J'ai beaucoup de travail. Je te rappellerai.

— Si tu as le temps. Autrement, ce n'est pas la peine. J'ai moi-même un travail fou.

— Je trouverai bien quelques minutes.

— Pour Cassidy.

— Et pour toi. Mes deux femmes me manquent.

— Tu leur manques aussi.

Il eut un rire heureux.

— Fais de gros baisers à la petite de ma part et n'oublie pas d'en garder quelques-uns pour toi.

Et il raccrocha.

« Pas de baisers », lui avait-elle dit dès le début de leur accord. Pourquoi lui semblait-il alors sentir le contact des lèvres douces de Jared sur son visage et sur ses lèvres ?

Elle se prit la tête entre les mains. Qu'allait-elle faire maintenant ?

6

La lumière du porche était éteinte et la porte verrouillée. Or, depuis sa séparation d'avec Kate, Jared n'avait plus la clé de la maison. Il fit une petite grimace, contraint à appuyer sur le bouton de la sonnette.

Trente secondes s'écoulèrent. Puis trente autres.

Que se passait-il ? En arrivant, il ne doutait pas d'être attendu et même… fêté. Kate avait-elle changé d'avis ? Mâchoires serrées, il sonna une seconde fois.

Une nouvelle minute passa. A bout de patience, il sortit son téléphone mobile, mais la porte s'ouvrit soudain sur Kate, tenant dans ses bras une Cassidy en larmes.

— Désolée d'avoir été aussi longue.

Il eut aussitôt envie de la prendre dans ses bras, mais se retint. C'était trop tôt. Un seul geste déplacé et il la perdrait.

— Il me semble que tu ne pouvais pas faire plus vite, répondit-il seulement en avisant le bandage de Cassidy autour de son crâne, ses joues baignées de larmes et l'air exténué de Kate.

— J'étais en haut quand tu as sonné. J'essayais de la calmer, mais je n'y suis pas arrivée.

Il posa son doigt sur la petite joue écarlate. Sans succès.

— Elle n'est pas malade ?

— Non, c'est pareil tous les soirs. Dès que je la mets au lit, elle pique une véritable crise de nerfs.

— Elle a peut-être faim.

— Je ne la couche pas le ventre vide, figure-toi. Elle a eu son biberon il y a une demi-heure.

— A-t-elle fait son rot ?

— Bien sûr.

— Peut-être a-t-elle besoin d'être changée ?

Kate leva les yeux au ciel.

— Je l'ai changée ! Si tu es venu pour me dire ce genre de choses, ce n'est pas la peine.

— Excuse-moi, mais je cherche. Les bébés de mes frères et sœurs sont si calmes que je ne suis pas habitué.

— Elle veut qu'on s'occupe d'elle sans arrêt et, quand vient le soir, ne supporte plus qu'on la délaisse cinq minutes.

Il hocha la tête, comprenant pourquoi les yeux de Kate étaient cerclés de larges cernes et sa blouse de soie toute froissée. Jamais il ne l'avait vue dans cet état.

Cependant, elle restait infiniment belle et désirable.

Et, soudain, il remarqua que sa bague de fiançailles avait retrouvé sa place à son annulaire. Le diamant qu'il lui avait offert scintillait de tous ses feux contre son alliance.

Il posa sa valise dans l'entrée, ferma la porte et la verrouilla avec un indicible sentiment de bien-être. Enfin, il se trouvait chez lui, avec sa femme et sa fille, comme dans ses rêves les plus chers. Et il ne devait pas rater son entrée.

— Veux-tu que je la prenne ? demanda-t-il à Kate en se débarrassant de son manteau.

Elle lui tendit le bébé à regret, comme si, par ce geste, elle reconnaissait son échec à bien s'occuper de lui, et lui frôla involontairement la main. Un courant passa tout de suite entre eux. Electricité statique ou attirance physique ? Sûrement un peu des deux. Quoi qu'il en soit, ce court contact les laissa stupéfaits.

— Bonjour, beauté, déclara-t-il très vite à Cassidy pour évacuer sa gêne.

La petite ne le regarda même pas et continua à hoqueter.

— Est-ce ainsi que tu me dis bonjour ?

Comme elle continuait à crier, il la serra doucement contre lui, respirant sa douce odeur.

Alors, l'incroyable se produisit et le petit corps crispé se détendit entre ses bras.

— Il me semble que tu as mené la vie dure à Kate…

Celle-ci s'approcha de lui.

— En dehors des moments où elle refuse de dormir, elle ne me pose aucun problème.

— Ah-gouh…

Jared se sentit fondre.

— Vraiment ? Tu es adorable.

— Méfie-toi, sinon elle va t'entortiller autour de son petit doigt.

— Je n'y verrais aucun inconvénient, répondit-il en se dirigeant vers la salle à manger.

La maison, comme d'habitude, ressemblait à une demeure modèle. Même les magazines étaient parfaitement alignés sur la table.

— Les déménageurs sont-ils venus ?

— Oui.

Il regarda autour de lui, surpris.

— Où as-tu rangé le contenu des cartons ?

— Dans la chambre de Cassidy ou au grenier.

— Quel travail !

Puis il jeta un regard circulaire. A première vue, il y avait peu de changements. Encore que…

— Tu as fait repeindre !

— Oui, le mois dernier. J'avais envie de renouvellement.

Il retint les commentaires acerbes qui lui montaient aux lèvres. Après tout, il ne s'agissait que de décoration intérieure, pas d'une trahison.

— Le vert que tu as choisi est très joli.

— Je suis heureuse qu'il te plaise.

Regardant plus attentivement, il remarqua que Kate n'avait pas seulement changé la couleur des murs, mais que les photos de leur mariage avaient disparu, remplacées par de petites estampes mises en valeur par de ravissants cadres en laque de Chine noire. Les reproductions qu'ils avaient achetées ensemble par un après-midi pluvieux chez Pottery Barn avaient, elles aussi, disparu.

— Alors ? demanda-t-elle. Cela te plaît ?

— Il y a pas mal de changements, répondit-il avec

l'impression subite de ne plus se trouver chez eux, mais bien chez elle.

Et cela ne lui plaisait pas. Evidemment, c'était d'un commun accord qu'ils avaient décidé de se séparer, mais elle aurait pu attendre que leur divorce devienne officiel.

— Où sont nos photos de mariage ?

— Chez l'encadreur. J'avais envie de les rafraîchir un peu.

Il retint un soupir de soulagement tandis que le bébé bâillait dans ses bras.

— J'ai l'impression qu'elle est en train de s'endormir, remarqua Kate à voix basse, mais je n'ose y croire. Ce serait trop beau.

— Allons la mettre tout de suite au lit.

Adossée contre le chambranle de la porte, Kate regarda Jared coucher le bébé. Apparemment, il s'y prenait fort bien. Avec son costume marine, sa chemise bleu ciel et sa cravate à fines rayures, il faisait davantage penser à un top model qu'à un nouveau père. Et Kate se prit presque à l'envier d'avoir réussi là où elle avait échoué.

Elle retint son souffle lorsqu'il l'étendit dans le berceau. C'était le moment critique où la petite en profitait généralement pour se mettre à hurler. Mais, cette fois, elle demeura parfaitement silencieuse. Incroyable. Il avait certainement fait du baby-sitting dans le passé. En tout cas, il agissait comme s'il avait l'habitude des bébés.

— Et voilà, déclara-t-il en reculant d'un air satisfait lorsqu'il eut fini. Mission accomplie.

Sa sérénité donna à Kate l'envie de crier. L'espace d'un instant, elle faillit même quitter la pièce, mais se ravisa. Elle était fatiguée. Après une bonne nuit de sommeil, il n'y paraîtrait plus.

— Si je ne te connaissais pas, je vous soupçonnerais d'être de mèche, tous les deux.

— Mais tu me connais…, repartit-il en l'entraînant, tout sourires, vers la porte. Viens, j'ai envie de parler un peu avec toi. Cela fait si longtemps que nous ne nous sommes pas vus ici !

Kate se souvint alors de leur dernière rencontre. Un

vendredi soir tout semblable à celui-ci. Jared rentrait d'un déplacement professionnel. Elle l'avait aidé à se déshabiller et, cinq minutes plus tard, s'était trouvée suspendue à son cou. La lampe de chevet était tombée par terre, les murs s'étaient mis à tourner…

Elle prit une longue inspiration. Si elle ne voulait pas succomber de nouveau à son charme, elle avait tout intérêt à repousser ce genre de souvenirs.

A l'époque où, encore mariés, ils se voyaient pourtant à peine, il avait été relativement facile pour elle de se croire toujours amoureuse de lui, mais, aujourd'hui, elle n'avait pas envie de retomber dans le piège.

Pénétrant dans la cuisine, elle sortit un sachet en papier du réfrigérateur.

— Tiens, c'est un sandwich. Je te l'ai acheté au cas où tu n'aurais pas mangé.

Il s'en empara avec un sourire.

— Merci.

— Pourquoi ris-tu ?

— Je ne m'attendais pas à cela.

— A quoi t'attendais-tu donc ?

— A une tasse de café et, éventuellement, un sourire.

— Dans ce cas, tu peux te vanter d'avoir touché le gros lot puisque tu as eu les deux avec un sandwich en bonus. J'ai aussi mis de la bière à rafraîchir.

— Après tous ces hurlements, je préférerais un petit whisky.

Et il se percha sur l'un des tabourets du mini-bar pour manger son sandwich.

— Si tu avais du déca, déclara-t-il après l'avoir fini, j'apprécierais beaucoup.

Elle acquiesça, soulagée de constater que, même platonique, leur relation restait très agréable. Et il fallait que cela dure. Jusqu'à ce qu'ils rencontrent quelqu'un d'autre. Elle ferma très fort les yeux. Non, elle ne voulait pas songer à cela. Pas encore.

Jared desserra sa cravate tandis que Kate allait chercher deux tasses dans le placard. Lorsqu'elle leva les bras, il eut envie de glisser les siens autour de sa taille. Le désir revenait, inextinguible. Et, d'après le regard qu'elle lui lança, il n'était pas le seul touché.

— Pas de dessert ? demanda-t-elle, la bouche sèche. J'ai acheté un paquet de cookies.

— Super, je ne résiste pas aux cookies.

— C'est pour cela que je les ai achetés, repartit-elle sans la moindre gêne.

Après tout, elle avait le droit de lui faire plaisir sans que cela donne lieu à des sous-entendus.

Et elle lui tendit le paquet. Une fois encore, leurs doigts se frôlèrent et, une fois encore, elle ressentit une délicieuse chaleur s'insinuer dans ses veines.

Il fallait que cela cesse immédiatement. Elle retira sa main, évitant son regard.

— Quelque chose ne va pas, Katie ?

— Non, tout va bien.

Et elle lui tendit le stick de décaféiné qu'il versa dans sa tasse avant de la remplir d'eau.

— Sans sucre ni lait, je suppose, dit-elle.

— En effet, comme d'habitude.

Elle sourit, sachant à quel point les traditions étaient importantes pour lui, des plus insignifiantes — le café noir — aux plus importantes — attribuer aux aînés le prénom de leur grand-père ou de leur grand-mère.

Elle, en revanche, se moquait de tout cela et aurait pu appeler son enfant Cynthia ou John, se nourrir de riz thaï, boire du café au lait ou à la fleur d'oranger.

Elle frissonna.

— Tu as froid ? demanda Jared.

Elle fit non de la tête. Elle avait chaud et même très chaud.

— As-tu pris rendez-vous avec le pédiatre pour savoir pourquoi Cassidy refuse de dormir le soir ?

— Pas encore.

— Pleure-t-elle aussi quand elle est chez mes parents ?

— Non, elle fait des siestes tout à fait normales. C'est le soir que ça se complique.

— Son horloge interne est peut-être déréglée.

— Je ne crois pas. Si c'était le cas, Suzan m'en aurait parlé. Or, elle m'avait, au contraire, affirmé qu'elle faisait ses nuits.

— C'est peut-être dû à son séjour à l'hôpital où l'infirmière arrivait dès qu'elle se mettait à pleurer.

Kate le considéra avec attention. Il prenait les problèmes de la petite vraiment à cœur et cela lui faisait plaisir.

— Je crois surtout qu'elle est très perturbée depuis l'accident. Elle a subi un choc violent et perdu ses deux parents. Cela fait beaucoup pour un petit bébé.

Jared termina son café et s'essuya la bouche.

— Peut-être va-t-elle aller mieux maintenant que nous sommes tous les trois ensemble.

Kate se raidit. « Tous les trois ensemble. » De quoi parlait-il ? Ils ne seraient effectivement ensemble que deux jours par semaine.

— Espérons-le, répliqua-t-elle seulement.

— Où vais-je dormir ce soir ?

— Dans la chambre d'amis, répondit-elle sans l'ombre d'une hésitation.

Jared ne releva pas, mais son regard se fit plus sombre. Kate décida de ne pas y prêter attention. Pourquoi avait-il posé la question puisqu'il connaissait la réponse ? Elle attendit qu'il ajoute quelque chose, mais il garda le silence et cela lui fit prévoir le pire sur la façon dont allait se dérouler le week-end.

Etendu sur son lit, les pieds dans le vide, Jared regarda l'heure. Minuit. Dormir s'avérait particulièrement difficile quand la femme avec qui il n'avait pas passé une seule nuit depuis deux mois et vingt-trois jours se trouvait dans la pièce voisine.

Il avait tant envie de poser les mains sur sa peau douce et de serrer son corps contre le sien !

Mais, soudain, ses paupières se firent lourdes. Le sommeil le gagnait. Il s'endormit d'un coup.

Un cri perça le silence de la maison.

Cassidy.

Jared ouvrit les yeux et regarda son réveil. 2 heures.

Se levant d'un bond, il courut vers la chambre de la petite. Kate était déjà là, la berçant dans ses bras. Avec sa longue chemise de nuit blanche et ses cheveux défaits, elle paraissait particulièrement fragile.

— Puis-je t'aider ?

Elle releva brusquement la tête.

— Je ne t'avais pas entendu entrer.

— Désolé.

— Je vais lui préparer un biberon.

— Veux-tu que je m'en occupe ?

— Non, j'ai l'habitude. Mais je crois qu'elle est mouillée.

— Je vais la changer pendant que tu vas dans la cuisine. A deux, nous gagnerons du temps.

A deux…

— Le paquet de couches est là, déclara-t-elle en tendant le bras vers la table. Je reviens dans cinq minutes avec le biberon.

Il hocha la tête, dissimulant son sentiment de victoire. Enfin, elle acceptait son aide…

Puis, étendant le bébé sur le dos, il lui retira sa couche. Toute sa satisfaction disparut dans l'instant. Finalement, il aurait mieux fait d'opter pour le biberon…

Dès qu'il eut terminé, il prit Cassidy contre lui mais, agitée et remuante, elle se remit à pleurer.

Kate revint avec le biberon.

— Je vais le lui donner, déclara-t-il aussitôt. Tu en as assez fait depuis une semaine.

Et il lui prit la petite bouteille des mains en lui frôlant, cette fois, les doigts. Elle retira vivement sa main.

— Tu peux aller te recoucher, si tu veux, dit-il alors, secrètement heureux de l'avoir fait réagir.

— Sûr ?

— Oui.

— Je te préviens qu'elle ne va pas se rendormir tout de suite. Elle risque même de rester éveillée assez longtemps.

— Raison de plus pour que tu ailles te reposer.

Elle se mordilla lèvre.

— Si tu as besoin de moi, n'hésite pas.

Oui, il avait besoin d'elle. Et même terriblement.

— D'accord.

Comme elle quittait la pièce, il se la représenta en train de se glisser entre les draps.

Sa chemise de nuit remontait le long de ses jambes…

Cassidy but avidement et fit son rot sans problème mais, dès que Jared la recoucha, elle reprit ses hurlements comme Kate l'avait prédit.

— Tu veux sans doute que je te berce un peu, déclara-t-il sans se décourager, en s'installant dans le rocking-chair qu'il avait aidé Brady à retaper.

Cassidy sembla se calmer mais, cinq minutes plus tard, alors qu'il pensait avoir gagné la partie, elle se remit à crier.

Il se leva et se mit à arpenter la pièce en silence. Les pleurs s'arrêtèrent, puis reprirent…

Jared regarda le bébé, complètement perdu. A présent, il comprenait ce que Kate avait enduré depuis une semaine.

— Ecoute, bébé, tu es bien mignonne, mais il est tard. Je t'ai donné ton biberon, t'ai changée et bercée. A présent, il faut dormir.

Mais la petite, qui se moquait de ses explications, continua à pleurer.

— Je vais m'en occuper, dit alors calmement une voix derrière lui.

— Kate ! s'écria-t-il en se retournant. Je te croyais endormie !

— Je l'étais, mais les pleurs de Cassidy m'ont réveillée.

Ses cernes sous les yeux étaient encore plus marqués que tout à l'heure. A vrai dire, elle semblait à bout de forces.

— Ne t'inquiète pas, reprit-il en concentrant de nouveau son attention sur la petite, je vais arriver à la calmer.

— Sûrement, répondit-elle, très lasse, mais quand ? La journée va être longue demain et nous avons besoin de repos.

— Comme tu voudras.

Elle lui prit doucement Cassidy des bras et entonna une berceuse tandis qu'il s'appuyait au chambranle de la porte pour mieux l'écouter. Il ne l'avait presque jamais entendue chanter et resta captivé.

A présent, il n'y avait aucun doute. Il aimait Kate et Cassidy, et avait besoin d'elles comme elles avaient besoin de lui. Et, si Kate ne le réalisait pas encore, il saurait le lui faire comprendre.

7

En général, Cassidy se réveillait à 6 heures, mais, avec Jared dans la maison, Kate préféra anticiper.

Elle prit sa douche à 5 h 30, revêtit un pantalon de coton gris et une blouse rose pâle, attacha un collier de perles autour de son cou et une paire de boucles à ses oreilles, et termina par une touche de blush sur ses joues.

C'était vraiment tôt pour un dimanche, mais déambuler dans la maison en chemise de nuit ne lui paraissait pas vraiment indiqué depuis qu'elle avait vu, la veille, le regard de Jared s'attarder sur les courbes de son corps nu sous sa chemise.

A 6 heures précises, elle pénétra dans la chambre du bébé. La vue du berceau vide la mit instantanément en émoi.

— Cassidy ! cria-t-elle d'une voix étranglée.

— Je suis en bas avec elle ! répondit immédiatement la voix de Jared.

Kate se rua dans l'escalier, puis dans la cuisine et s'arrêta net sur le seuil. La petite était installée dans sa chaise haute et Jared la nourrissait à la cuillère.

— Mais… que fais-tu ? demanda-t-elle, le souffle court.

— Je lui donne son petit déjeuner.

— Elle n'a pas encore droit aux aliments solides !

Il prit l'air pantois.

— C'est parce qu'il y avait un sachet de céréales pour faire de la bouillie dans le placard.

Furieuse, elle posa les mains sur ses hanches.

— C'est ta sœur qui l'a confié à ta mère pour qu'elle me le donne.

— Je sais, maman me l'a dit.

— Tu as appelé ta mère ?

Mais elle regretta aussitôt sa question. Jared passait son temps au téléphone avec sa famille. En fait, ils ne cessaient de s'appeler.

— Oui, répondit-il en enfournant la cuillère dans la bouche de la petite. Et c'est pourquoi, après avoir vérifié ses conseils dans le livre de Suzan, j'ai décidé d'augmenter les rations de Cassidy. A quatre mois, elle peut passer à une alimentation plus solide.

— Pour contourner les risques d'allergie, il est recommandé d'attendre qu'elle en ait six.

— Ma mère a nourri tous ses enfants à la bouillie à partir de quatre mois et nous ne nous en portons pas plus mal.

— Tu oublies qu'à notre époque les aliments étaient moins trafiqués.

— Peut-être, mais l'important est que Cassidy se régale et c'est le cas. Regarde comme elle est contente ! En outre, elle dormira sûrement mieux après avoir absorbé une nourriture un peu plus substantielle.

Les lèvres de Kate formèrent un pli agacé.

— Si nous voulons arriver ensemble à quelque chose, nous ne pouvons pas nous en tenir aux décisions unilatérales. Avant de changer son régime, tu aurais dû m'en parler.

— J'y ai pensé, mais tu étais sous ta douche et je ne suis pas sûr que tu aurais apprécié de me voir débouler dans ta salle de bains.

« Evidemment… »

— Dans ce cas, il fallait attendre un peu. Du reste, rien ne pressait. Cassidy ne mange jamais avant 6 heures. Or, il est 6 heures et elle en est déjà à la moitié de son repas.

Il y eut un silence gêné. Kate avait raison, mais Jared ne l'aurait reconnu pour rien au monde.

— Je te rappelle que nous sommes tous deux ses tuteurs.

— Je ne te parle pas de nous, Jared, mais d'elle. Nous n'avons pas le droit de la balader au gré de nos caprices.

— Tu dois me laisser prendre quelques initiatives, Kate.

— Je ne demande que cela.

— Dans ce cas, pourquoi ne m'as-tu pas laissé m'occuper de la petite la nuit dernière ?

— Parce que tu étais toi-même très fatigué.

— Je ne vais rester là que deux nuits par semaine. Si tu t'interposes sans cesse, je n'apprendrai jamais rien.

Et il essuya la bouche de Cassidy avec le torchon à vaisselle.

— Encore faudrait-il que tu acceptes de prendre des leçons !

— Lesquelles ? demanda-t-il, sur la défensive.

— Par exemple, que l'on n'essuie pas la bouche d'un bébé avec le torchon réservé à la vaisselle, mais avec une serviette réservée à cet effet. D'autre part, si tu m'avais demandé mon avis avant de la passer brutalement du biberon à la bouillie, je t'aurais expliqué que Suzan avait développé une allergie à l'arachide lorsqu'elle était bébé et que c'est la raison pour laquelle il vaut mieux attendre encore quelques semaines avant de faire passer sa fille à de la nourriture solide.

Il baissa le nez, vexé.

— Comment aurais-je pu le savoir ?

— En te renseignant avant de prendre des décisions de ce genre. Tu n'es pas arrivé depuis vingt-quatre heures que tu te mêles déjà de modifier son régime alimentaire !

— Dans le livre, ils disent que…

— Je sais, tu me l'as déjà dit, mais ces livres ne sont que des indicateurs, pas des bibles. Il faut adapter leurs conseils au cas par cas.

Au même instant, Cassidy frappa de sa main sur sa chaise. Apparemment, la discussion l'ennuyait ferme.

Ils tournèrent la tête vers elle et éclatèrent de rire en même temps. Elle avait le visage constellé de minuscules taches de bouillie.

— On dirait un bébé en papier mâché ! s'écria Kate.

Et, attrapant une serviette, elle lui débarbouilla les joues.

*
* *

Deux heures plus tard, Kate et Jared se promenaient tranquillement aux abords de la maison, avec Cassidy dans son landau, le long des jolis bungalows et des cottages, sous le ciel légèrement brumeux de mai. Miracle, la petite dormait ! Apparemment, il lui suffisait de ne pas être dans son berceau pour trouver normalement le sommeil.

— Pour le dîner de ce soir, déclara Kate, j'hésite entre un barbecue, une pizza et un repas chinois.

— Le plus facile à préparer sera le mieux, répondit Jared avec pragmatisme.

Marcher côte à côte avec Kate lui rappelait les premiers temps de leur mariage, lorsqu'ils se promenaient main dans la main, même si, à l'époque, ils ne poussaient pas de landau et parlaient presque exclusivement de leur travail.

— Dans ce cas, reprit-elle, nous achèterons une pizza aux poivrons et aux champignons.

— Et si on y faisait ajouter un peu de saucisse et des olives ?

— Mmm… excellente idée.

— Pâte épaisse ?

— Tu la préfères fine.

— Oui, mais toi, épaisse.

Ils se regardèrent, conscients des efforts qu'ils déployaient pour tomber d'accord. Peut-être en faisaient-ils un peu trop.

Et les raisons qui les motivaient n'étaient pas forcément très claires. Espéraient-ils empêcher la passion de reprendre le dessus en se protégeant derrière un comportement correct ou cédaient-ils à la facilité parce qu'ils étaient l'un et l'autre trop fatigués pour réinventer leur histoire ?

— Nous déciderons au dernier moment, répondit-il, respectant leur nouvelle ligne de conduite sans pouvoir s'empêcher de la maudire.

Car il avait envie de partager autre chose avec Kate que ces conversations insignifiantes et cette amabilité de pure convenance.

Comme ils atteignaient le coin d'une allée qu'il connaissait bien, il s'arrêta, surpris.

— Où est passée la maison des Pahl ?

— Ils l'ont mise en vente quelque temps après notre séparation. Quelqu'un l'a achetée et fait détruire.

Jared regarda autour de lui. Il y avait d'autres changements. Une demeure avait été rasée, une autre était à vendre, une troisième était en voie de réhabilitation et la quatrième couverte d'échafaudages.

— Les temps changent, murmura-t-il avec une pointe de regret dans la voix. J'ai d'ailleurs remarqué qu'il y avait davantage de voitures dans le quartier.

— Parce qu'il y a plus de locations. Les gens s'en vont, d'autres arrivent, retapent les maisons ou les détruisent. Il y a plus de mouvement, plus de vie.

Jared la regarda, heureux de la voir s'animer. Pour autant, il n'avait pas envie de revenir s'installer à Portland. Mais il était hors de question de le lui dire tout de suite.

Lorsqu'ils furent de retour chez Kate, celle-ci profita de la présence de Jared pour aller travailler dans son bureau tandis qu'il racontait une histoire au bébé. Puis ils préparèrent le repas ensemble, déjeunèrent et, après avoir débarrassé, s'installèrent par terre pour jouer avec Cassidy. La tension était réelle entre eux, mais, pour assurer le bien-être de la petite, ils formaient bloc autour d'elle. Depuis l'incident du matin, pas une parole plus haute que l'autre n'avait été prononcée.

— A présent, annonça Jared en soulevant le bébé dans ses bras, c'est l'heure de la sieste.

Puis, se tournant vers Kate, il ajouta :

— Ma mère dit que, chez elle, elle dort deux heures chaque après-midi.

— Pourquoi ne pas faire une autre promenade ? suggéra Kate. Elle s'endormira sans problème et cela nous fera prendre l'air.

— Tu disais qu'il ne fallait pas trop changer ses habitudes.

— En effet.

— Dans ce cas, autant l'emmener chez mes parents pour qu'elle y fasse sa sieste, comme les autres jours.

Kate acquiesça immédiatement.

— Tu as raison, c'est une bonne idée.

Mais sa hâte à répondre arracha à Jared un demi-sourire. Apparemment, elle n'était qu'à moitié d'accord.

Elle se leva.

— Je vais la préparer.

— Je peux le faire aussi.

— Oui, mais…

Cette fois, Jared ne se laissa pas faire.

— Puisque je l'ai dans les bras, je la garde.

— Je vais préparer son sac.

Il rit.

— On dirait vraiment que nous partons pour la guerre.

— Tu as la mémoire courte, rappelle-toi la nuit dernière.

— Je suis certain que tout va bien se passer.

Et il secoua gentiment la petite.

— N'est-ce pas, bébé, que tu vas nous montrer comme tu dors bien ?

— Elle aura du mal à te le prouver si tu continues à lui chatouiller les doigts de pied…, remarqua Kate avec un petit sourire.

— Tu préférerais peut-être que je chatouille les tiens ? repartit-il du tac au tac.

Elle fit mine de réfléchir.

— Je me demande si c'est bien le moment.

Il ne répondit pas. Au moins, elle n'avait pas dit non. C'était un progrès.

Il changea Cassidy, puis la déposa dans son couffin en l'embrassant sur le front juste au-dessous de son bandage.

— Dors bien, princesse.

Et il eut envie d'ajouter : « Maman et papa ont besoin de se retrouver un peu seuls tous les deux. »

L'enfant le considéra de ses grands yeux bien ouverts. Puis, soudain, sans raison apparente, elle se mit à hurler comme si elle voulait alerter tout le voisinage.

— Reprends-la, dit Kate en se précipitant vers le couffin.

— Non.

Et il caressa doucement la tête de la petite.

— Nous sommes là, mon ange, tu n'as rien à craindre, tu peux t'endormir en toute sécurité.

Le petit visage rouge vira au cramoisi.

— Cette fois, dit Kate, ça suffit !

Elle prit la petite dans ses bras. Mais celle-ci continua à hurler.

Kate essaya tout : apaisement, berceuses, raisonnements, menaces. Rien n'y fit. Une demi-heure plus tard, ils en étaient toujours au même point et Jared avait, à son tour, envie de hurler.

— Ça ne peut pas durer, déclara-t-il finalement, à bout de nerfs, il faut faire quelque chose.

— Si tu as une idée, autant nous en faire profiter tout de suite.

Elle avait parlé sur un ton égal comme si elle avait, pour sa part, dépassé le stade de la colère.

— Non, mais je vais regarder dans le livre de Suzan.

Elle sourit.

— Tu ne trouveras rien. Comme je te l'ai déjà dit, il faut adapter les solutions au cas par cas.

— Je me demande vraiment comment tu as fait depuis que la petite est sortie de l'hôpital, dit-il en poussant un profond soupir. En tout cas, il est hors de question pour moi de me laisser mener par le bout du nez par un bébé de quatre mois.

Sur ces mots, il se dirigea vers la pièce voisine, attrapa le gros livre de Suzan et se plongea dedans. Mais, comme Kate l'avait prévu, il ne trouva rien qui explique pourquoi un nourrisson bien traité, nourri et changé quand il le fallait piquait de brusques et violentes crises de nerfs.

A bout de ressources, il attrapa son téléphone et appuya sur le second numéro en mémoire.

— Allô, maman ?

Aussitôt, il lui expliqua la situation.

— Je ne sais que te dire, mon chéri, répondit Margery, mère de cinq enfants et sept fois grand-mère. Lorsque la petite est ici, elle fait des siestes tout à fait normales. As-tu vérifié si elle n'avait pas de température ?

Jared raccrocha sans un mot et se précipita vers la chambre de Cassidy.

— Où est le thermomètre ? demanda-t-il en cherchant des yeux autour de lui.

Kate, qui faisait des allées et venues dans la pièce en essayant de calmer la petite, ne ralentit pas son allure.

— Elle n'a pas de fièvre. Je m'en suis assurée tout de suite.

— Dis-moi où il est, s'il te plaît.

— Dans la salle de bains. Second tiroir.

Jared revint une minute plus tard avec l'instrument et le glissa sous le bandage du bébé. Rien ne se passa.

— Tu dois d'abord appuyer sur le bouton, lui expliqua patiemment Kate. Quand l'appareil émettra deux bips, cela signifiera que tu pourras le retirer.

— Merci, répondit-il, brusquement calmé, et pardonne mon énervement. Sans toi, je sais bien que je serais perdu.

Il récupéra le thermomètre au second bip. Trente-sept.

— Elle n'a pas de fièvre.

Et ses épaules s'affaissèrent.

— Je n'ai plus d'idées. Comment as-tu pu t'en tirer toute seule ? Qu'allons-nous faire à présent ?

Elle attrapa sa veste.

— Ce que je t'ai proposé il y a dix minutes : une balade.

Comme Kate l'espérait, son plan fonctionna à merveille. A peine eurent-ils atteint le bout de la rue que Cassidy s'endormit dans son landau.

Mais, le soir même, l'enfer recommença. Dès que Jared fit mine de poser la petite dans son berceau, elle se remit à hurler et, cette fois, il était trop tard pour une promenade.

Cédant à l'insistance de Jared, Kate lui laissa le soin de résoudre l'énigme et alla se coucher, complètement groggy. Comme elle se glissait entre les draps, elle se rappela soudain qu'après la naissance de Cassidy, Suzan avait maigri et semblait très fatiguée. Mais, n'osant pas se plaindre de son enfant, elle n'avait jamais reconnu que Cassidy était la cause de son état et Kate n'avait pu évaluer ses efforts à leur juste mesure. Mais, aujourd'hui, elle comprenait.

Deux minutes plus tard, Jared pénétrait dans sa chambre sans même prendre le soin de frapper. Il était hagard. Dans ses bras, la petite criait toujours.

— J'ai peur d'avoir atteint le point de non-retour, déclara-t-il en s'asseyant lourdement sur le lit. A vrai dire, je n'en peux plus. Cela te dérangerait-il si je m'étendais deux minutes avec elle ?

Le voyant vaciller, Kate se poussa un peu. De toute façon, il n'y avait rien d'autre à faire.

Il posa la petite entre eux et se laissa littéralement tomber sur le lit. Les pleurs se transformèrent en hoquets et se tarirent.

— Apparemment, murmura-t-il, elle préfère ce lit au sien.

— Je n'y comprends rien, répondit Kate en se tournant sur le côté, face au bébé. Comment un petit être aussi adorable peut-il se transformer en quelques secondes en monstre hurleur ?

— Je l'ignore mais au moins, maintenant, elle a l'air heureuse.

Comme pour lui donner raison, Cassidy éclata de rire au même instant, en gigotant.

— Incroyable…, murmura Kate.

Emu, Jared contourna la tête du bébé pour enlacer les doigts de la jeune femme.

— Dommage qu'elle ne soit pas tout le temps comme ça.

— Peut-être a-t-elle enfin compris qu'elle se trouvait en sécurité, chuchota Kate, la bouche sèche, plus émue qu'elle ne l'aurait voulu par le contact de la main de Jared.

— Je l'espère.

Elle ferma les yeux. Après tant de nuits en solitaire, elle avait presque oublié la douceur de son contact.

— Je sens que je suis en train de m'endormir, chuchota-t-elle.

— Dans ce cas, répondit-il d'une voix presque inaudible, nous sommes deux. Et peut-être trois…

Elle rouvrit à grand-peine les paupières. Cassidy semblait enfin dormir. Finalement, la paix et le silence régnaient dans la maison.

— Et si elle se réveille ? demanda-t-elle, dans un dernier sursaut de conscience.

— De toute façon, avec toi et moi de chaque côté du lit, elle ne risque pas d'aller bien loin. Dors bien, ma chérie.

« Ma chérie… »

— Merci, Jared, toi aussi.

Et elle s'abîma dans le sommeil.

Le reste du week-end se passa comme prévu. L'adorable bébé qu'était Cassidy se transformait en une boule de fureur chaque fois que Kate ou Jared faisaient mine de la coucher dans son berceau. L'heure de la sieste et celle du coucher devenaient autant de batailles dont Cassidy, par le seul pouvoir de ses cris et de ses pleurs, sortait chaque fois victorieuse.

Car Kate ne voulait pas qu'elle prenne l'habitude de dormir avec elle. Et Jared partageait d'autant plus son avis qu'il tenait secrètement à rester la seule personne admise dans le lit de sa femme.

Lorsque le dimanche soir arriva, il avait perdu tous ses repères, et se sentait perdu, déboussolé, sans le moindre désir de regagner Seattle. Laisser Kate seule avec Cassidy ne lui paraissait, à présent, plus envisageable.

— Je suis vraiment désolé de devoir partir, déclara-t-il en regardant la petite jouer avec son hochet.

— Tu as ton travail.

Loin de l'aider, l'indulgence de Kate aggrava son malaise et son sentiment de culpabilité.

— Il faut trouver ce qui met Cassidy dans cet état quand on la couche.

— C'est vrai que son attitude n'est pas normale. Elle n'agit jamais de la sorte chez tes parents. Peut-être parce qu'elle y passe davantage de temps que chez moi et s'y sent plus à l'aise.

— C'est possible. Cela dit, je les imagine mal venir s'installer ici.

Elle soupira. S'ils ne résolvaient pas le problème, elle ne pourrait soutenir longtemps le rythme d'enfer que lui imposait le bébé.

— C'est évident. Cela dit, j'ai besoin de trouver du temps pour moi et surtout pour mon travail.

Son travail… Les mâchoires de Jared se crispèrent. Kate

n'avait donc pas changé. Son entreprise passait avant tout. Avant sa propre santé, avant lui et avant Cassidy. Mais c'était son choix et il n'avait aucun reproche à lui faire car, en tout état de cause, elle en faisait beaucoup plus que lui.

Il la considéra gravement.

— Tu ne peux pas continuer ainsi, Kate.

— Tout va bien se passer, répondit-elle après un silence. En fait, j'ai surtout besoin de prendre un peu de distance pour cesser de courir partout dès que Cassidy se plaint un tant soit peu.

Jared ne se sentit pas convaincu. Quelque chose devait changer entre eux. Autrement, le merveilleux avenir qu'il avait imaginé au sein d'une famille idéale resterait un rêve.

Il fallait qu'il franchisse le pas.

— Je vais prendre un congé à mon travail et rester à la maison m'occuper de Cassidy.

Kate resta bouche bée.

— Que dis-tu ?

— Que je vais libérer mon temps pour la petite. Cela ne pourra lui être que bénéfique.

— Tu ferais cela pour elle ?

— Pas seulement pour elle, mais aussi pour toi. Et pour moi car je ne supporte pas de te laisser assumer la situation toute seule ou presque.

— C'est très gentil de ta part, mais, jusqu'à maintenant, je me suis très bien débrouillée sans toi.

— Rappelle-toi que nous sommes deux dans cette histoire.

Les yeux de Kate s'emplirent de gratitude et il comprit qu'il avait pris la bonne décision.

— Bien sûr, je vais devoir en parler à mon patron, mais tout le monde s'est parfaitement arrangé lorsque j'étais à Boise. Il n'y a pas de raison pour que cela ne se poursuive pas une ou deux semaines de plus. De plus, comme je n'ai pas pris un seul jour de vacances depuis notre lune de miel, il me reste pas mal de congés en retard.

Et il songea, au passage, que ce constat n'était pas très réjouissant. Apparemment, sa vie, pas plus que son mariage, n'était très réussie.

— Te rappelles-tu Maui ? reprit-il soudain.

— Comment pourrais-je l'oublier ? Nous nous trouvions à l'aéroport sur le point de partir quand…

— … Ton mobile a sonné. Je t'avais pourtant demandé de le fermer…

— … Tout en sachant que cela m'était impossible. Mon plus gros client venait d'avoir un problème terrible.

— Tu ne l'aurais pas su si tu m'avais écouté.

— Je l'aurais su plus tard, trop tard, et me serais trouvée obligée de prendre le premier avion pour rentrer.

— Tu aurais pu confier l'affaire à l'un de tes collaborateurs.

Les répliques fusaient de plus en plus vite entre eux. Les vieilles rancunes refaisaient surface, incontrôlables.

— Il ne s'agissait pas d'une « affaire », mais d'une crise pouvant mettre mon entreprise en péril ! Comment voulais-tu que je parte en vacances alors que sa survie était en jeu ? Au moins, j'ai récupéré l'argent des billets, ce qui n'a pas été le cas lors de notre voyage annulé pour Cancun.

Jared baissa la tête, marquant le coup.

— Mon patron m'ordonnait de rentrer à New York, je n'avais pas le choix ! Nous avions d'ailleurs décidé de repousser ce voyage, mais…

— … Nous ne l'avons pas fait.

Il déglutit avec difficulté, sachant qu'ils ne le feraient sans doute jamais, et reprit la parole, pantois.

— Comme aucun long voyage ne se profile à l'horizon, je préfère prendre mes congés tout de suite.

Et il s'arrêta de nouveau, marquant une imperceptible hésitation.

— A partir du moment où, bien sûr, ma présence pendant la semaine ne te dérange pas.

— Non, évidemment.

— J'essaierai de ne pas rester dans tes pattes.

Et ce ne serait pas facile car ils savaient à peine comment vivre ensemble. A l'époque de leur mariage, ils avaient partagé peu de temps, se comparant parfois à deux avions se croisant dans la nuit. A part la semaine de Thanksgiving et celle entre Noël et le jour de l'an, ils étaient presque toujours séparés. Ce que proposait Jared était donc une sorte de première.

Il ferma les yeux en se disant qu'il allait devenir un homme au foyer.

Temporairement, bien sûr. Mais, en deux semaines, il avait le temps d'apprendre à bien s'occuper de la petite et, surtout, de veiller discrètement à ce que Kate dorme et mange convenablement.

— J'en parlerai à mon chef dès demain matin.

— Ta présence sera formidable pour Cassidy.

Pour elle aussi, songea-t-il aussitôt. Et Kate le découvrirait très vite. Il frappa dans ses mains, se sentant soudain plus heureux qu'il ne l'avait été depuis longtemps.

— Appelle-moi « monsieur Maman ».

Elle sourit.

— Difficile… Je n'ai jamais pensé à nous comme « M. Maman et Mme Papa » !

— Et comme « M. et Mme Jared Reed » ?

Son sourire disparut.

— Pas davantage.

— Tu refuses, mais tu ne proposes rien.

Elle le regarda droit dans les yeux.

— Mais si. Pourquoi pas M. et Mme Kate Malone ?

8

Le mercredi soir, en arrivant devant chez elle, Kate vit de la lumière.

Jared était là.

Saisie par un étrange mélange d'appréhension et de soulagement, elle gara sa voiture dans le garage derrière celle de Jared, ferma le contact, mais ne descendit pas.

Elle avait besoin de faire le point.

Une chose était sûre : la présence de Jared la réconfortait. Depuis son départ, dimanche soir, la situation n'avait fait qu'empirer avec Cassidy. En même temps, Kate craignait que l'arrivée de ce mari avec lequel elle ne partageait plus rien lui fasse perdre le contrôle de la situation.

Le bébé poussa subitement un petit cri dans son siège. Elle le regarda dans le rétroviseur grâce au miroir qu'elle avait installé sur la plage arrière et se sentit submergée de tendresse.

— Donne-moi une minute, d'accord ?

Et elle décida de prendre le petit glapissement de Cassidy pour un acquiescement.

Jetant un œil vers la maison, elle aperçut la silhouette de Jared en train de s'affairer dans la cuisine et eut brusquement envie de se précipiter à l'intérieur pour se jeter dans ses bras. Comment faire pour lutter contre cette stupide attirance ? Le remède était simple : enfermer son cœur dans un carcan et laisser sa sensualité à la porte avant de franchir le seuil de sa demeure.

Elle se glissa à l'extérieur du véhicule.

— Prête à rentrer à la maison ? demanda-t-elle, ouvrant la portière arrière.

— Ah-gouh ! répondit comme d'habitude le bébé en agitant ses petits bras.

— C'est vraiment ton mot préféré !

— Ah-gouh !

Elle sortit Cassidy de son siège et se dirigea vers la maison. Une délicieuse odeur d'ail et de basilic lui chatouilla les narines. Jared avait fait la cuisine. Et cela lui rappela qu'elle n'avait pas pris de vrai repas depuis dimanche, se nourrissant, depuis trois jours, exclusivement de café, de fruits et de crudités.

— Nous arrivons juste à temps pour le dîner, glissa-t-elle à l'oreille de la petite.

En entrant, son premier regard alla vers la cocotte posée sur le feu. Une passoire emplie de pâtes fraîches attendait sur le plan de travail ainsi qu'une bouteille de chianti dans son seau à glace.

— Que ça sent bon ! s'exclama-t-elle en oubliant ses craintes. Quand es-tu arrivé ?

— Vers 15 heures, répondit Jared.

Puis il versa les pâtes dans l'eau bouillante tout en réglant la minuterie.

— Mon chef a eu besoin de moi, ce matin.

— T'a-t-il accordé le congé que tu lui demandais ?

— Oui. Nous devrons simplement refaire le point à la fin de la semaine, mais il sait d'ores et déjà que je compte sur quinze jours de congé.

Kate posa son attaché-case sur la table et attrapa le biberon en train de chauffer au bain-marie. La température était idéale.

— Bravo, tu as tout organisé.

Et elle commença à nourrir Cassidy tandis que Jared sortait une cuillère de bois du tiroir pour touiller sa sauce. Elle retint un sourire. C'était la première fois qu'elle le voyait à l'œuvre aux fourneaux. A l'évidence, il ne s'était pas contenté de lui préparer un repas froid, mais avait concocté un vrai repas. Quel plaisir… Et elle eut honte en songeant au sandwich qu'elle avait acheté lorsqu'il était arrivé.

— Veux-tu que je t'aide ?

— Non merci, j'ai presque terminé.

Elle le regarda se concentrer sur ses préparations.

— Tes parents ne m'ont pas parlé de ton arrivée quand je suis allée récupérer la petite tout à l'heure.

Il glissa deux toasts dans le grille-pain.

— Parce qu'ils ne sont pas au courant.

Elle faillit laisser tomber le biberon de surprise. En temps normal, Jared leur rapportait tout, les mauvaises nouvelles, les bonnes et même les insignifiantes.

— Pourquoi ne leur as-tu rien dit ?

— Parce que je préférais le faire de vive voix. Je leur parlerai demain pendant que tu seras à ton bureau.

L'arrangement convenait à Kate. Cela lui éviterait de devoir se justifier. Et puis, même si elle les aimait beaucoup, elle ne se sentait plus franchement à l'aise avec eux depuis l'enclenchement de la procédure de divorce.

Elle fit faire son rot à Cassidy.

— A ton avis, comment vont-ils réagir ?

— Ma mère ne verra probablement aucun inconvénient à ce que je m'installe à Portland pendant une quinzaine de jours, mais mon père va sans doute se poser plus de questions.

En d'autres termes, cela signifiait que Vésuve — c'était ainsi que la famille Reed surnommait le père de Jared — allait probablement entrer en éruption. Il n'avait jamais compris que Kate ait refusé de suivre son mari à Seattle et encore moins qu'elle ait demandé le divorce. Et aujourd'hui il allait s'étrangler de surprise en apprenant que son fils était venu faire du baby-sitting chez sa femme.

— A quelle heure t'attendent-ils ?

— Ce sont eux qui viendront ici, répondit-il en versant sa sauce dans un bol. Je les ai invités.

Elle releva la tête, mal à l'aise. Cela faisait des mois que les Reed n'étaient pas venus chez elle.

— Pourquoi ici ?

— Parce que je serai sur mon terrain et que c'est un avantage.

L'humeur de M. Reed était à la tempête.

— Les voisins vont t'appeler « Monsieur Malone », siffla-t-il entre ses dents dès que son fils eut résumé la situation. Franchement, je ne parviens pas à croire que, avec tous tes diplômes, tu veuilles passer tes journées à changer des couches, faire le ménage et la vaisselle.

— C'est pourtant ce que j'ai fait aussi longtemps que nos enfants ont été petits, répliqua aussitôt Margery avant que Jared ait eu le temps de répondre, et cela n'a rien de dégradant. Que je sache, tu ne t'en es d'ailleurs jamais plaint.

— Oui mais, en tant que femme, répondit Frank sans vergogne, cela faisait partie de tes responsabilités.

Elle secoua la tête.

— Les temps ont changé depuis l'époque de notre jeunesse, mon cher.

Frank retint un soupir agacé et Jared comprit, comme il s'y attendait, que son père ne le soutiendrait pas. Mais cela ne le découragea pas.

— Kate se fait aider pour le ménage, remarqua-t-il. Je n'aurai donc pas à nettoyer par terre ni à briquer les toilettes.

— Peu importe. Il est anormal qu'un homme reste à la maison tandis que sa femme travaille.

— Pour toi peut-être, papa, mais nous sommes en démocratie et chacun, Dieu merci, fait comme il l'entend. Encore quelques brioches ?

— Volontiers, répondit son père en tendant sa petite assiette.

Et Jared constata, en réprimant un sourire, qu'à partir du moment où il s'agissait de lui, son père trouvait tout à fait normal d'être servi par un homme.

— N'oublie pas que je n'ai pas abandonné mon poste, je prends des vacances, c'est tout.

Frank étala un peu de confiture sur sa brioche.

— Seras-tu rémunéré ?

— On dirait que tu n'as jamais entendu parler des congés payés.

— Et quand reprendras-tu ton travail ?

— Dans une quinzaine de jours.

Les rides, sur le front de son père, se creusèrent.

— C'est une excellente idée, déclara alors Margery, coupant court aux ronchonnements de son mari. De cette façon, nous ne verrons pas seulement Cassidy et Kate mais aussi Jared !

— Pourquoi ne nous confies-tu pas Cassidy tout le temps ? demanda alors Frank.

Sa femme eut un charmant éclat de rire.

— Si je comprends bien, tu trouves anormal que Jared s'occupe d'un bébé à plein temps, mais tu serais prêt à le faire toi-même !

Frank se troubla à peine.

— Je suis à la retraite, moi !

— Je crois surtout que tu es tombé amoureux de Cassidy. Moi aussi, du reste.

Et Jared ne douta pas qu'elle disait la vérité. Depuis leur arrivée, deux heures plus tôt, ils n'avaient pas laissé le bébé une seule seconde tout seul.

— Que pense Kate de la situation ? demanda-t-elle presque timidement.

— Je ne suis arrivé qu'hier, tu sais… Elle n'a pas encore eu le temps de se faire une idée, mais le week-end a été… encourageant.

Et il songea au contentement de Kate après le repas qu'il lui avait servi.

— Vraiment ? dit Margery dans l'espoir d'en apprendre davantage.

— Oui, d'autant qu'il n'est pas facile pour un couple de voir tout son temps et toute son énergie prise par un bébé qui refuse de dormir, crie et pleure les trois quarts du temps.

Ses parents éclatèrent de rire.

— Qu'ai-je donc dit de si drôle ?

— Bienvenue dans le monde des parents ! s'exclama alors Margery. Multiplie ce que tu es en train de vivre par cinq et tu auras une vague idée de ce que nous avons enduré pendant que nos chers bambins poussaient.

— Ne me dites pas que c'est seulement cela « être parents » ! rétorqua-t-il, horrifié.

— Disons, pour te rassurer, qu'il arrive parfois aux enfants de dormir, répondit Frank.

— Et de ne pas pleurer, renchérit Margery en nettoyant le menton de Cassidy. Mais n'oublie pas qu'une fois que tu as des enfants, la vie tend à s'organiser autour d'eux : il devient difficile pour le couple de se retrouver et de se renouveler.

Jared baissa les yeux sans répondre. Son couple battait de l'aile avant l'arrivée de Cassidy et, à l'air compassé de ses parents, il sut qu'ils songeaient au refus de Kate de le suivre à Seattle et à sa demande de divorce.

— Kate et moi avons décidé d'élever la petite ensemble, déclara-t-il en relevant fièrement la tête.

— C'est ce que tu nous as dit en arrivant, répliqua Frank sans élan.

— Et nous avons bien l'intention d'y parvenir.

— Cela nous ferait tellement plaisir ! déclara alors Margery. Vous pouvez d'ailleurs compter sur nous autant que vous en aurez besoin.

Mais il lut dans leur regard qu'ils ne croyaient plus à ce mariage ni à ses chances de réussite.

Et leur scepticisme lui noua le cœur.

— Tout se passera bien, vous verrez…

Kate pénétra dans le salon. Assis sur une chaise, Jared triait le linge qu'il venait de repasser. Et elle le trouva infiniment séduisant avec sa mèche dans l'œil et sa barbe naissante.

— Kate ! s'écria-t-il en levant les yeux. Que fais-tu de si bonne heure à la maison ?

Bonne question à laquelle elle aurait aimé pouvoir apporter une réponse tout aussi bonne.

— Je… euh… j'ai donné à mes employés leur demi-journée.

— Tu n'es pas malade au moins ?

Etrange. Depuis ce matin, on lui avait demandé plusieurs fois la même chose.

— Pas du tout. J'ai même abattu pas mal de travail.

— Dans ce cas, pourquoi as-tu laissé ton personnel partir ?

— Parce que je voulais rentrer à la maison et que je ne me sentais pas le droit de m'octroyer ce plaisir alors que les autres resteraient travailler.

Puis, se penchant vers Cassidy :

— Salut, bébé, as-tu passé une bonne journée ?

La petite lui adressa un grand sourire en guise de réponse et elle sut qu'elle avait pris la bonne décision en avançant l'heure de son retour.

— Raconte-nous plutôt ce que tu as fait aujourd'hui, dit Jared. Je meurs d'envie d'entendre autre chose que des « ah-gouh » et des « beuh-beuh » !

Elle le considéra sans répondre, le cœur soudain battant, incapable de s'arracher à son beau regard mordoré.

— Kate ?

Elle tressauta et répondit très vite :

— J'ai décroché un contrat avec un nouveau client.

— Félicitations.

— Merci, répondit-elle aux anges.

Cela faisait si longtemps qu'elle n'avait pas partagé sa joie avec quelqu'un d'extérieur à son entreprise !

Car, à part Suzan, Kate avait peu d'amis — un couple qu'elle connaissait de longue date et une copine de collège. Le reste était plutôt des amis de Jared qui avaient tous pris son parti lorsqu'elle avait demandé le divorce.

— Ce contrat a été le fruit d'une longue et incessante cour, reprit-elle.

— Ce sont souvent les plus fructueuses.

— J'espère que tu as raison.

— Moi aussi.

Et il la regarda si intensément qu'elle se demanda si ce n'était pas d'eux et non de son client qu'il parlait.

— Si nous ouvrions une bouteille de champagne pour fêter l'événement ?

Elle acquiesça sans un mot.

La dernière fois qu'ils avaient bu du champagne, c'était au lit, en accompagnement de fraises des bois et de myrtilles qu'ils avaient ramassées eux-mêmes.

— Ou alors, reprit-il en considérant sa gêne, je pourrais vous emmener dehors, Cassidy et toi. Encore que la petite soit vraiment… euh… petite. Je propose donc de la déposer chez mes parents en passant.

— Cela va lui saper toutes ses habitudes.

Il prit un air déçu.

— Attends, s'écria-t-elle alors, j'ai une idée : attendons qu'elle se soit endormie pour l'emmener chez tes parents. Nous pourrons alors sortir tranquillement.

— Génial ! Je les appelle tout de suite.

Et, sans lui laisser le temps de dire ouf, il attrapa son téléphone.

Il raccrocha une minute plus tard.

— Ils seront là à 19 h 30.

— J'espère seulement qu'elle ne mettra pas une heure à s'endormir.

— Elle a fait une vraie belle sieste dans son berceau, répliqua-t-il d'une voix fière.

— Sans pleurer ?

— Un peu, mais cela n'avait rien à voir avec ses hurlements des autres jours. En plus, je lui avais acheté une tétine sur les conseils de maman et cela a très bien marché.

— Bravo.

— C'est à ma mère que revient tout le mérite.

— Je la remercierai quand je la verrai tout à l'heure. A propos, comment ça s'est passé avec elle et ton père ce matin ?

— Ils ont beaucoup aimé mes brioches.

— C'est malin…

— Ma mère a été adorable et m'a soutenu. Elle trouve très bien que je m'occupe de Cassidy et a même affirmé que j'étais le premier élément de la famille à agir comme un homme du XXIe siècle en faisant passer ma famille avant ma carrière.

— Elle est merveilleuse. Et ton père ?

— Comme tu peux t'en douter, il n'était pas franchement enthousiaste.

Et il eut un petit rire frondeur, mais Kate ne fut pas dupe. Elle savait combien l'avis de Frank comptait pour lui.

— Je suis désolée.

— Ce n'est pas grave, il finira par se rendre à mes arguments.

Kate n'en doutait pas. Jared avait toujours été l'enfant chéri de ses parents, celui qui ne les avait jamais déçus. De ce fait, Frank se rallierait très vite aux arguments de son fils.

— Si cela peut te consoler, sache que je partage complètement l'opinion de ta mère. Ce que tu fais pour Cassidy est merveilleux.

Il riva les yeux dans les siens et lâcha dans un souffle :

— Merci.

Elle détourna le regard, convaincue de n'avoir rien fait valant une telle reconnaissance.

— Gah ! fit Cassidy au même instant.

Heureuse de la diversion, elle la prit dans ses bras.

— Allez, ma chérie, dodo ! Oh, mais… Jared, tu es sorti avec elle aujourd'hui ?

— Bien sûr, je l'ai emmenée faire les courses.

— Et… elle était habillée comme ça ?

— Oui, pourquoi ?

— Parce que tu lui as mis son pull à l'envers. Le col en V va devant, pas derrière.

— Mon Dieu ! Je comprends mieux pourquoi les femmes la regardaient dans les allées du magasin. Et moi qui croyais que c'était pour mon charme qu'elles détournaient la tête ! En fait, elles devaient me plaindre. « Le pauvre… Il ne sait même pas habiller sa fille ! »

— Ce n'est pas grave. J'ai été un peu surprise, sans plus.

Et elle étudia d'un air morfondu le pull rose, le pantalon bleu et les chaussettes vertes de la petite. Sans aucun doute, elle ne l'aurait pas vêtue de la sorte, mais cela n'avait, finalement, guère d'importance.

— Elle n'est pas bien habillée…, murmura Jared en décryptant l'expression de son regard.

— Tu aurais pu faire pire. En fait, j'ai un peu tendance à me comporter en maman louve solitaire, toujours aux aguets.

— Tu n'as plus de raison de l'être, répondit-il avec un sourire, puisque, à présent, papa loup est près de toi.

— Te lever la nuit dernière à 3 heures pour lui donner son biberon n'a pas dû être facile.

— Mais si ! C'est précisément l'heure à laquelle les papas loups se postent à la fenêtre pour hurler à la lune.

— Et Cassidy te donne le la ! repartit-elle en éclatant de rire.

— Quoi qu'il en soit et, pleine lune ou non, tu n'as aucun souci à te faire lorsque je m'occupe d'elle.

— Je sais, répondit-elle doucement.

En effet, depuis qu'il était là, elle perdait peu à peu l'habitude de vouloir tout faire elle-même et de se lever pour un oui ou pour un non, courant à travers la maison dès qu'il manquait quelque chose. Oui, Jared faisait de son mieux pour l'aider et avait déjà accompli des progrès fantastiques. A tel point qu'elle se sentait parfois gênée de ne pas en faire plus.

En fait, il faisait bien plus que la seconder et accomplissait davantage de tâches ménagères qu'elle.

— Je te promets de ne pas intervenir quand tu t'occuperas de la petite, même si tu ne t'y prends pas comme moi.

— Quant à moi, je te promets de l'habiller correctement et de ne plus lui mettre ses pulls à l'envers.

Et il lui tendit la main avec un sourire qui la fit fondre.

— Marché conclu ?

Elle mit la main dans la sienne.

— Marché conclu.

9

Jared sourit. Le seul et vrai marché qu'il avait en tête était d'arriver à ce que Kate redevienne sa femme. Comme avant. Et, pour cela, il devrait se montrer patient. Après tout, cela faisait seulement vingt-quatre heures qu'il se trouvait chez elle, dans cette maison qu'il avait désertée. Et ce n'était pas facile. Chaque fois qu'il la voyait, il avait envie de la prendre dans ses bras.

— Je suis très contente que nous soyons sortis ce soir, déclara-t-elle, rayonnante, lorsque le serveur eut débarrassé leurs assiettes.

— Moi aussi.

Elle ramena ses cheveux derrière l'oreille en un geste qui lui donna l'air d'une gamine.

Il se troubla. Que se passait-il donc ? Ne s'agissait-il vraiment, entre eux, que d'une attirance physique ? Et, si oui, serait-elle la solution à leurs problèmes ? Non, ce serait trop simple.

L'air, autour d'eux, sembla se charger d'électricité.

— Il faudra recommencer, dit-il en attrapant son verre d'eau fraîche.

Une étincelle de joie étincela dans le regard de Kate.

— Surtout si nous pouvons trouver un endroit aussi calme que celui-ci.

Il sourit.

— Il est vrai qu'avec les pleurs de Cassidy nous manquons un peu de silence en ce moment.

— Surtout toi qui passes tes journées avec elle. Au risque de me répéter, ce que tu fais est vraiment incroyable.

— Non, c'est toi qui es incroyable. Si je n'étais pas venu t'aider, tu te débrouillerais très bien toute seule.

— Cela va peut-être te paraître bizarre mais, lorsque je suis au travail, il me semble parfois l'entendre pleurer.

— Cela ne me paraît pas bizarre. Tu as changé, Katie.

— Comment cela ?

— Eh bien, tu as donné leur après-midi à tes employés et es rentrée directement à la maison. Depuis combien de temps cela ne t'était-il pas arrivé ?

Elle éclata de rire.

— Cela ne m'était jamais arrivé !

— Eh bien, cela se reproduira, j'en suis sûr.

Et il se projeta dans l'avenir avec Kate et un autre enfant.

— En devenant une maman, tu es également devenue une femme plus tolérante.

Elle haussa les épaules.

— C'est possible. Tout est devenu si différent depuis la mort de Suzan !

Jared la considéra d'un air étrange, cherchant à comprendre ce que signifiait cette phrase énigmatique.

— Que veux-tu dire ?

— A quand remonte notre dernière sortie dans un petit resto sympa ?

— C'était à Boise pour un couscous, il y a…

— Oui, mais ici, à Portland ?

Jared réfléchit. Cela remontait à avant leur séparation et aucun souvenir précis ne lui revint.

A cet instant, le sommelier s'approcha de leur table avec deux coupes de champagne.

— J'ai cru comprendre que vous célébriez un événement spécial.

Et il posa les verres devant eux avant de s'esquiver.

— Je me demande si c'est bien raisonnable, dit aussitôt Kate. Cassidy…

— … Dort profondément.

— Tu sais bien qu'elle a du mal à…

— Mes parents nous auraient appelés s'ils avaient rencontré un problème. Et puis j'ai seulement commandé deux verres, pas une bouteille !

Elle souleva le sien en souriant, convaincue.

— Tchin-tchin.

Le serveur arriva au même instant. Sur son plateau, des profiteroles au chocolat, un cappuccino pour Kate et un déca pour Jared.

— Mmm ! fit-elle, les yeux brillants. Je suis absolument incapable de résister à des profiteroles ! Jared, tu me gâtes trop !

Il la regarda dans les yeux.

— Ce n'est qu'un début.

— Promesses…

— Nous verrons bien…

Elle attrapa, du bout de sa cuillère, un petit chou enrobé de glace avant de le rouler dans le chocolat fumant, et le porta à sa bouche.

— Alors ? demanda Jared, subjugué par le spectacle.

Elle ferma les paupières.

— Un pur délice…

— Tu es donc satisfaite de ta soirée ?

— Plus que ça car je sais que je vais retrouver Cassidy. Elle est si facile à aimer… même si elle fait la sérénade pour s'endormir le soir.

Il lui prit la main.

— En ouvrant tout grand ton cœur à ce nourrisson, tu m'as vraiment surpris, Katie.

— Pourquoi ? J'ai toujours eu envie d'un enfant.

— C'est vrai mais tu avais reculé l'échéance et j'avoue que je m'étais posé des questions.

— Désolée. Je ne voulais pas t'envoyer des signaux contradictoires.

— Disons que je n'ai pas été assez fin pour tout décrypter. Quoi qu'il en soit, tu es quelqu'un de formidable et je suis fier que tu sois ma femme.

Elle le considéra sans répondre, le regard vibrant.

Lorsqu'ils quittèrent le restaurant, une demi-heure plus

tard, Jared était aux anges. Ce soir, peut-être, ils redeviendraient mari et femme. Et il lui passa le bras autour de la taille. Elle ne le repoussa pas. C'était bon signe.

— Merci, Jared. Cette soirée a vraiment été très... spéciale pour moi. J'aimerais tant pouvoir t'offrir quelque chose en retour.

— Tu peux.

— A quoi penses-tu ?

— A un baiser.

Le front de Kate se plissa.

— Un baiser ?

— Oui, pour me souhaiter bonne nuit.

— Un baiser amical dans ce cas.

— Bien sûr.

Elle leva la tête vers lui et l'embrassa furtivement au coin des lèvres.

— Etait-ce assez amical pour toi ?

Il sourit, amusé par son trouble.

— C'était parfait, répondit-il en espérant qu'il ne s'agissait toutefois que d'un début.

Si les journées suivantes passèrent vite pour Kate, il n'en fut pas de même pour les nuits. Ce petit baiser à Jared avait été une erreur car, depuis, elle ne songeait plus qu'à recommencer à l'embrasser.

Elle regarda son réveil. 3 heures. Pourquoi ne dormait-elle pas ? La réponse allait de soi : parce que Jared se trouvait à quelques pas d'elle, dans la chambre voisine. Et peut-être aussi parce que Cassidy n'avait pas du tout pleuré depuis qu'elle était couchée et que ce n'était pas normal.

Kate repoussa son drap d'un geste vif et se dirigea vers la chambre du bébé.

La tête bien calée sur l'oreiller, Cassidy dormait paisiblement. Les lèvres de Kate s'étirèrent en un sourire attendri.

— Merci, Suzan, murmura-t-elle. Merci infiniment.

Soudain, elle sentit une présence derrière elle.

Jared…

Parviendraient-ils à s'aimer sans réserve et sans conditions comme elle aimait Cassidy ? Et pour toujours ?

— Je t'ai entendue te lever, dit-il doucement tandis qu'elle se glissait hors de la pièce. Que s'est-il passé ? Cassidy a crié ?

— Non, mais je me suis sentie inquiète. J'ai eu tort, d'ailleurs, car elle dort comme un ange.

— Peut-être va-t-elle enfin faire ses nuits.

— Ce serait bien.

Mais elle songea alors que, dans ce cas, il n'aurait plus aucune raison de rester à Portland. Or, elle ne se sentait pas encore prête à le voir partir.

— En attendant, il faudrait que tu retournes te coucher. Si je me rappelle bien, tu as une réunion importante demain matin.

Elle faillit lui répondre qu'elle en avait une tous les matins, mais se ravisa. Jared essayait de se montrer coopératif et elle ne voulait pas le décourager.

Et puis, pour être tout à fait honnête, elle aurait surtout voulu qu'il la soulève dans ses bras et la porte, comme il le faisait quand ils vivaient ensemble, jusqu'à leur lit.

— Ne t'inquiète pas, déclara-t-il sans soupçonner son désir, si Cassidy se réveille cette nuit, je m'en occuperai.

Kate le remercia et regagna sa chambre sans se retourner, luttant contre son envie de se jeter dans ses bras.

Mais que se passait-il donc avec son futur ex-mari ? Fallait-il vraiment qu'ils soient en instance de divorce pour que tout se passe enfin bien entre eux ? Que Jared s'occupe de la maison et l'emmène dîner dehors ? Qu'ils discutent et rient ensemble sans arrière-pensées, oubliant presque l'attirance physique qui les poussait inéluctablement l'un vers l'autre ?

Car, plus Jared lui répétait qu'elle était devenue une vraie maman, plus elle le soupçonnait de chercher à oublier, par ce constat, son désir pour elle. De son côté, jamais elle ne s'était sentie aussi peu mère que depuis que son mari se promenait torse nu dans la maison avec son jean taille basse…

Poussant chacun leur landau, Jared et ses sœurs cheminaient de front sur les quais de Portland.

— Comment ça se passe depuis ton arrivée ? demanda Heather.

— Très bien. Cassidy est adorable.

— Et avec Kate ? Avez-vous… enfin… les choses ont-elles un peu évolué ?

— Pas autant que je l'aurais voulu.

Sa sœur arqua les sourcils d'un air effronté.

— Qu'espérais-tu ? Qu'elle pénètre dans ta chambre en tenue d'Eve et te saute dessus ?

— Quelque chose comme ça, oui…

Ses sœurs éclatèrent de rire. Pourtant, il n'y avait pas de quoi car, entre Kate et lui, il ne s'agissait pas seulement de sexe. Depuis que Cassidy était entrée dans leur vie, Kate et lui formaient une vraie famille et leurs liens se consolidaient de jour en jour. Et il ne voulait pas perdre ce précieux acquis lorsqu'il rentrerait à Seattle.

— Kate est ma femme, reprit-il d'une voix sourde.

Hannah soupira.

— C'est vrai, mais vous n'avez jamais formé un couple très conventionnel…

— Et puis, ajouta Heather, vous êtes en instance de divorce. Vos retrouvailles ne doivent pas être très faciles.

Il serra les poings.

— Rien ne me fera renoncer.

— As-tu songé à ce qui se passera si tes efforts se soldent par un échec ?

Il secoua la tête d'un air têtu.

— Non. Quoi qu'il arrive, je saurai convaincre Kate.

Et il fronça les sourcils en songeant au dernier obstacle en date : son patron l'avait appelé le matin même et l'attendait, lundi à la première heure, à Seattle.

Cela ne lui laissait donc plus que trois jours pour reconquérir sa femme.

Quand la sonnerie du réveil retentit, le vendredi matin, Kate l'éteignit d'une main tâtonnante. Elle avait besoin de dormir. Mais ses yeux s'ouvrirent brusquement, ignorant sa fatigue.

Sa réunion…

Elle regarda son réveil. Oh non… Elle était déjà presque en retard. Cela devait faire plusieurs fois qu'elle appuyait sur le retardateur de sonnerie.

Repoussant son drap d'un geste vif, elle se rua hors du lit et courut vers la salle de bains.

Pas de serviette. Elle l'avait mise au sale la veille et avait oublié de la remplacer. Elle se précipita vers la buanderie, attrapa la première qui lui tombait sous la main et sortit.

Le choc contre Jared qui entrait fut rude. Elle recula et le considéra, sidérée. Il portait un short et les cheveux en bataille. Rien d'autre.

Elle déglutit avec beaucoup de difficulté.

— Bonjour, dit-il en souriant. Tu es en retard ?

Elle ne répondit pas, la gorge aussi sèche que si elle venait de traverser le Sahara.

— Kate ?

Elle lui montra la serviette, incapable de répondre.

— Je venais aussi en chercher une, déclara Jared. Tout à l'heure, je ferai une machine.

Elle essaya de sourire. La vue de Jared, presque nu, la troublait. Et il n'y avait rien d'anormal à cela. Son mari était un très bel homme.

Qui partirait pour Seattle dimanche soir…

Elle le vit qui la détaillait de haut en bas et réalisa soudain qu'elle ne portait, de son côté, qu'un T-shirt lui arrivant bien au-dessus des genoux.

Il fallait absolument mettre fin à cette situation.

— Je dois aller prendre ma douche.

— Moi aussi, repartit-il du tac au tac.

Mais l'invitation contenue dans ses yeux lui fit battre le cœur.

— Veux-tu que nous la prenions ensemble ?

Elle détourna les yeux.

— Non merci, je suis déjà très en retard.

— Dans ce cas, je te laisse la place.

Elle s'éloigna sans un mot.

— Hé… Kate !

Sans s'arrêter, elle jeta un coup d'œil par-dessus son épaule.

— Oui ?

— Laisse-moi un peu d'eau chaude.

— Ne t'inquiète pas, tu en auras autant que tu veux !

Car, pour se remettre les idées en place, c'était bien d'une douche glacée qu'elle avait besoin.

Jared se frotta le menton. Depuis sa brusque rencontre avec Kate, ce matin, dans la buanderie, le doute n'était plus possible. Elle avait vraiment envie de lui.

Il avait gagné.

Dès ce soir, il irait lui parler.

Soudain, son téléphone mobile sonna. Le nom de son avocat s'afficha sur le minuscule écran. Il décrocha, un peu surpris.

— Oui ?

A mesure que son conseiller parlait, son visage se décomposait.

Quand la conversation fut terminée, il reposa son appareil avec brusquerie, furieux et blessé à la fois.

Puis il se dirigea vers le berceau où Cassidy s'était remise à pleurer et attrapa le biberon qu'il secoua avec une énergie décuplée.

Lorsque Kate rentra, un quart d'heure plus tard, il alla l'attendre à la porte.

— Bonjour, dit-elle en lui adressant un grand sourire.

Puis elle embrassa le bébé avant de lui déposer un petit baiser sur la joue.

— Comment s'est passée ta journée ?

Il eut l'impression que le col de sa chemise se resserrait autour de son cou.

— Très bien jusqu'à ce que mon avocat m'appelle, très fier, pour m'annoncer que le jugement de notre divorce avait été prononcé et que notre mariage serait dissous sous peu.

Kate devint blême.

— Oh non ! J'ai oublié de demander à mon avocat de bloquer la procédure !

Son air choqué le rassura. Un peu.

— Tu as vraiment oublié ?

— Evidemment ! Tu ne penses tout de même pas que je l'ai fait exprès !

Au risque de perdre Cassidy ? Impossible. Mais cette petite trahison, intentionnelle ou non, lui faisait si mal qu'il n'eut pas la générosité de lui pardonner tout de suite.

— Non, je pense que tu ne l'as probablement pas fait exprès, mais…

— Je ne l'ai *absolument* pas fait exprès ! l'interrompit-elle. Entre Cassidy, ton arrivée et mon travail, j'ai été débordée, tu le sais. Mais, à partir du moment où j'avais accepté notre arrangement, je n'allais pas revenir dessus.

Elle était si sincère et furieuse contre elle-même qu'il oublia instantanément ses griefs.

— Je te crois.

— Qu'allons-nous faire à présent ?

— La dissolution ne deviendra effective que dans trente jours, répondit-il en se rappelant les explications de son avocat. Il nous suffit donc de signifier notre décision à l'administration et le jugement ne prendra jamais effet.

Elle attrapa le téléphone.

— Dans ce cas, faisons-le tout de suite.

Sa détermination lui fit chaud au cœur.

— Malheureusement, il est déjà 18 heures. Tout est fermé jusqu'à lundi.

— Lundi, tu seras à Seattle, rétorqua-t-elle en le regardant gravement dans les yeux.

— De toute façon, nous restons en contact, comme prévu.

Mais il comprit qu'à présent cette certitude ne lui suffisait plus.

10

— Je ne parviens pas à croire que l'heure du départ soit déjà si proche, déclara Jared en commençant à faire sa valise.

Kate hocha la tête.

— Le temps a passé si vite.

Jared embrassa la petite chambre du regard.

— Je voudrais pouvoir mettre toute la maison dans ma valise et l'emporter avec moi à Seattle. En fait, je ferais n'importe quoi pour que nous soyons toujours ensemble.

— Tu sais bien que nous nous reverrons chaque week-end.

— Cela te suffirait ?

Elle releva le menton.

— Cela doit me suffire.

— Vraiment ?

— Je t'en prie, Jared, ne rends pas les choses plus difficiles qu'elles ne sont.

L'émotion contenue dans sa voix l'engagea à poursuivre.

— Je ne veux pas rendre les choses plus difficiles, je veux simplement que nous soyons ensemble.

Sans paraître entendre, elle attrapa un T-shirt dans son armoire et le plia avec soin.

— N'oublie pas de laisser quelques affaires ici pour ne pas avoir à tout rapporter vendredi prochain.

Il plissa les lèvres.

— Ton sens pratique m'étonnera toujours.

— Je dois en avoir depuis que Cassidy est entrée dans ma vie.

— Je comprends, répondit-il, un peu honteux de ses sarcasmes. T'occuper d'elle toute seule ne va pas être facile.

Et il se félicita d'avoir permis à Kate de reprendre un peu de forces et de poids pendant qu'il était là.

Mais n'allait-elle pas recommencer à oublier de manger et de dormir dès qu'il serait parti ?

— Je déteste l'idée de devoir te quitter.

— Et moi, je déteste savoir que tu seras parti demain. C'était si bien de t'avoir ici pendant deux jours. Comment vais-je faire sans toi ?

— Tu n'as qu'à venir avec moi.

— A Seattle ?

— Oui.

L'espace d'un instant, il la vit hésiter, mais cela dura à peine.

— Tu veux dire le week-end prochain ?

— Non, pour de bon.

— J'avoue trouver l'idée tentante, mais, en l'occurrence, il ne s'agit pas seulement de nous.

— Ce serait bon aussi pour Cassidy.

— Je pensais à mon entreprise, corrigea-t-elle avec détermination. N'oublie pas que vingt personnes dépendent de moi pour vivre et faire vivre leur famille.

— Emily Butler pourrait prendre ta place pendant quelque temps. Elle a la carrure nécessaire pour le faire.

— C'est vrai, mais elle est enceinte et doit partir en congé cet été.

— Il doit bien y avoir quelqu'un d'autre capable de…

— Non. J'ai créé cette entreprise toute seule, je la dirige seule et c'est mon nom seul que j'engage. C'est ainsi. Je n'y peux rien.

— Tu es aussi ma femme et la mère de Cassidy.

Elle fronça les sourcils.

— Compte tenu des circonstances, tu ne peux me demander de choisir, ce serait trop injuste.

— Malheureusement, la vie l'est parfois.

— Je ne peux abandonner ma carrière, mon entreprise et ma maison, tous ces rêves que j'ai passé ma vie à construire, sur un coup de tête. Et, même si je le faisais, les conséquences sur mon équilibre seraient si catastrophiques que Cassidy et toi devriez en supporter les répercussions. Ce n'est pas ce que tu veux, n'est-ce pas ?

— Avoir une famille fait-il partie de tes rêves ?

— Tu le sais bien.

— Dans ce cas, comment peux-tu t'éloigner d'elle ?

Elle le considéra avec hauteur.

— Tu n'obtiendras rien de moi en essayant de me culpabiliser. La vie n'est simple pour personne. En ce qui me concerne, je fais de mon mieux pour mener plusieurs batailles de front en sachant que mon équilibre est à ce prix.

— Nous devons en parler.

— La dernière fois que nous en avons parlé, notre… discussion s'est terminée devant le juge. Je ne prendrai aucune décision sous la contrainte. Tu n'as pas à me dicter ma conduite. Nous sommes deux, dans cette affaire, je te le rappelle. Alors, remets-toi aussi en question de ton côté et souviens-toi aussi que c'est toi qui as quitté Portland pour Seattle parce que ton travail t'y contraignait, pas moi !

Kate avait raison. Aveuglé par son désir de ne pas la perdre, il était en train de devenir injuste et odieux.

— Je sais… je ne devrais pas te parler ainsi, mais j'ai peur de te perdre. Demain, je serai parti et je n'ai pas encore trouvé le moyen de te ramener à moi. Or, c'est toi que je veux. Toi et Cassidy.

— Nous sommes là.

— Pas comme je voudrais. Notre mariage pourrait être réussi si tu me suivais à Seattle.

— Il pourra l'être aussi si je reste à Portland.

Cette nuit-là, Kate parvint à peine à fermer l'œil. Jared lui avait offert la vie de famille dont elle rêvait tout en la lui présentant comme un ultimatum. Et elle ne pouvait accepter cela.

— Joyeuse fête des Mères !

Pathétique. Jared allait partir et tout ce qu'elle parvenait à faire était rêver de lui.

Mais, ouvrant brusquement les yeux, elle le vit, assis sur son lit, qui la considérait tendrement. Et il était si beau, avec ses cheveux humides, dans son T-shirt kaki et son short noir, qu'elle se retint pour ne pas l'attirer contre elle.

Une odeur de chocolat et de roses vint lui effleurer les narines.

— Tu sais, à propos de notre conversation d'hier soir…

— Pas maintenant, répondit-il.

Mais quand ? Avait-il oublié que, dans quelques heures, il serait parti ?

Il posa soudain devant elle un petit plateau contenant une boîte noire, une rose rouge et une enveloppe blanche.

— C'est pour toi.

Des cadeaux après leur dispute ! Cela ne rimait à rien. Elle le considéra, confuse.

— Joyeuse fête des Mères, répéta-t-il.

Elle sentit les larmes lui monter aux yeux.

— Pensais-tu que j'allais oublier ? demanda-t-il en lui caressant la joue.

— Je ne pensais rien de tel car j'avais moi-même oublié cette fête.

— Parce que tu as été trop occupée à ton travail ?

— Non, ce n'est pas cela, mais pendant mon enfance, j'ai eu tant de mères différentes que cette journée ne représentait pas grand-chose pour moi.

— Il s'agit donc de l'avènement d'une tradition entre nous.

— Kouuhh…, fit le bébé au même moment.

— Cela aurait dû être la fête de Suzan, murmura Kate tristement.

— Suzan n'est plus là, Kate, mais je sais qu'elle aurait été fière de toi et de tout ce que tu fais pour sa fille.

— Merci.

Et, très émue, elle fit un gros baiser à Cassidy, puis se tourna vers Jared pour l'embrasser aussi, mais il tourna la tête au même instant et leurs lèvres se frôlèrent.

— Tiens, dit-il très vite en lui tendant la petite boîte noire. C'est pour toi.

Elle dénoua la ficelle d'une main hésitante et ouvrit la boîte.

A l'intérieur, reposait un bracelet en argent — non, en or blanc — avec, en son centre, un ravissant petit cœur de diamant.

— Que c'est joli ! Il me plaît beaucoup !

— Laisse-moi l'attacher à ton poignet.

— C'est si gentil de ta part ! Merci mille fois !

— Et maintenant, lis ceci.

Et il lui tendit l'enveloppe.

Kate l'ouvrit et découvrit le dessin d'une adorable petite fille courant dans l'herbe au milieu des fleurs. Au dos de la carte s'étalait l'écriture de Jared.

« Que ce soit ici ou à Seattle, tu es ma femme et ma vie. Oublie tout ce que je t'ai dit. Je veux que nous soyons des mariés pour de bon et formions ensemble un vrai couple. Tu n'as qu'un mot (un seul) à dire.

» Je t'aime.

Jared (et Cassidy). »

Kate le regarda intensément. Jared avait fait un effort terrible pour s'excuser et cela lui donnait envie de pleurer. Il acceptait enfin d'envisager le mariage sans conditions, sans ultimatum.

— La réponse est « oui ».

A ces mots, il se jeta littéralement sur elle et la serra passionnément dans ses bras. Puis il chercha ses lèvres et l'embrassa.

De longs instants plus tard, elle le repoussa, haletante.

— Ce n'est pas vraiment ce que l'on peut appeler un « baiser amical »…

— Normal, répondit-il, très ému, puisque nous sommes mari et femme…

— Sais-tu ce dont j'ai envie ?

— Oui, répondit-il en la caressant du regard, et j'en ai envie aussi, mais il est trop tôt pour demander à Cassidy de faire sa sieste.

Kate sourit.

— Sans vouloir te décevoir, ce n'est pas à cela que je pensais.

Il plissa le front, désarçonné.

— Que veux-tu alors ?

— Manger, répondit-elle en éclatant de rire. J'ai envie d'un bon petit déjeuner.

— Cet amour de petite fille évolue de jour en jour ! s'exclama Frank en regardant Cassidy. Et Kate aussi semble très en forme, moins fragile qu'avant.

Jared hocha la tête. Elle avait l'air radieuse, en effet.

— Tu rentres à Seattle ce soir ? demanda son père.

— Oui, mais je reviens vendredi.

— Penses-tu vraiment que cet arrangement puisse fonctionner ?

— Bien sûr, répondit Jared, un peu las de rabâcher la même chose à toute sa famille. Kate et moi allons parfaitement nous entendre.

— Ta mère dit pourtant que le divorce a été prononcé.

Il fit une petite grimace.

— Elle l'a vraiment dit à tout le monde.

— Que vas-tu faire ?

— Abandonner la procédure.

— Pourquoi ne te sers-tu pas de cette menace de divorce pour obliger Kate à te suivre à Seattle ?

Jared eut une moue amère.

— Tu n'es pas le premier à me dire cela depuis le début de la journée.

— Et qu'en penses-tu ?

— Que je ne peux pas faire cela.

— Que tu ne peux pas ou que tu ne veux pas ?

Jared ne répondit pas.

— Dans la vie, on est parfois amené à faire des choses contraires à sa volonté, fils. Mais la fin justifie les moyens. Dans quelques années, Kate te sera reconnaissante.

Jared tourna les yeux vers la pelouse où Kate était en train de lancer une balle.

— Non, elle me détesterait et aurait raison.

— Tu te ramollis, fiston.

— Au contraire, j'évolue.

— Pense tout de même à ce que je t'ai dit.

— Inutile. Je ne ferai jamais une chose pareille à Kate. Ni à nous deux.

Frank leva les bras au ciel.

— Il faut pourtant bien que quelqu'un fasse quelque chose !

Et il s'éloigna.

Jared pensait que son père allait se rendre à la raison mais, à peine Heather et Hannah furent-elles parties que ce dernier s'approcha de Kate.

— Vous devriez partir avec lui pour Seattle.

Elle serra Cassidy contre elle.

— Je suis désolée, Frank, mais nous avons conclu un arrangement et nous nous y tiendrons.

— Il n'est pas bon pour mon fils.

— Laisse-la tranquille, papa ! intervint aussitôt Jared.

Mais Frank l'ignora.

— Le juge a donné son accord pour le divorce. Jared n'aurait donc qu'un mot à dire pour vous obliger à le suivre à Seattle.

Retenant son souffle, Kate posa sur Jared un regard angoissé.

— Tu ferais cela ?

— Jamais de la vie !

Et il se tourna vers son père, furieux.

— Papa, tu sais que je t'adore ainsi que le reste de la famille et que j'ai toujours écouté vos conseils, mais aujourd'hui, vous avez été plusieurs à vouloir nous dicter notre conduite. Or Kate et moi sommes assez grands pour prendre nos décisions tout seuls. Et, surtout, je n'ai jamais eu l'intention — et ne l'aurai jamais — de faire à Kate ce que tu viens de suggérer si aimablement et que, avant toi, d'autres membres de la famille m'ont soufflé. Que cela soit clair une fois pour toutes !

— Vous devriez avoir honte ! s'écria alors Margery en entourant Kate d'un bras protecteur. Pardonnez à mes enfants, ma petite Kate. Et aussi au plus vieux d'entre eux qui ferait mieux de donner l'exemple.

Frank, cramoisi, baissa la tête.

— Nous voulions simplement les aider, protesta Sam.

— C'est vrai, renchérit Heather tandis que Tucker et Hannah hochaient la tête.

Jared les écouta se justifier, chacun à leur tour, avec le sentiment étrange d'avoir, pour la première fois de son existence, pris un peu de distance avec eux. Oui, quelque chose avait changé et, s'il les aimait toujours, il savait que sa propre famille passait à présent en priorité.

— Ce n'est pas à moi que vous devriez présenter vos excuses, répondit-il en les regardant un par un. Et je tiens à dire que la fin ne justifie pas toujours les moyens, surtout si elle doit blesser la personne qui importe le plus à mes yeux. Ma femme.

Puis il entoura Kate et Cassidy de ses bras.

— Il est temps de rentrer chez nous.

Jamais Kate ne s'était sentie aussi émue. Elle était tellement habituée à se débrouiller seule que le soutien spontané et sans conditions que Jared venait de lui apporter la touchait plus que tout.

— Je n'arrive pas à croire que tu aies dit tout cela, déclara-t-elle dès qu'ils furent installés dans la voiture. Et je veux te dire merci.

— J'aurais dû le faire plus tôt, mais je n'avais pas réalisé à quel point…

Il s'interrompit, remarquant soudain, à son poignet, le bracelet qu'il lui avait offert la veille.

Elle sourit, attendrie, à présent persuadée que rien n'était joué entre eux et qu'elle l'aimait toujours.

Jared avait tellement changé !

— Quoi qu'il en soit, reprit-il, sache que je ne te forcerai jamais à t'installer à Seattle.

Elle hocha la tête et réfléchit intensément. Bien au-delà des mots et des déclarations, elle savait qu'ils formaient maintenant une vraie famille et que, pour faire aboutir leur beau projet, ils devaient cesser de vivre chacun pour soi et se tourner l'un vers l'autre.

— Et si Cassidy et moi nous installions à Seattle ? Si j'y installais un bureau ?

Se garant soudain sur le bord de la route, Jared se tourna vers elle, les yeux brillants.

— Tu ferais cela ?

— Je serais prête à essayer en tout cas. Simplement, je dois être sûre de pouvoir faire garder Cassidy dans les meilleures conditions car il sera impossible que je m'en occupe à plein temps.

— Es-tu sûre que c'est ce à quoi tu aspires ? murmura Jared comme s'il n'osait y croire.

Elle hocha la tête avec détermination.

— Oui, j'en suis sûre.

Se penchant alors vers elle, il l'étreignit avec passion.

— Oh, Katie, merci… pour moi, pour Cassidy, pour nous trois. Un grand merci du fond du cœur !

11

Jared avait obtenu exactement ce qu'il voulait. Cela faisait aujourd'hui quinze jours que Kate avait emménagé chez lui avec Cassidy. Pourquoi, dans ce cas, ne se sentait-il pas plus heureux ?

Il regarda par la fenêtre de sa chambre d'hôtel donnant sur le San Francisco's Union Square. Sa réunion avec son P.-D.G. s'était bien passée ; demain, il avait d'importantes réunions, après-demain, une conférence, et, dans trois jours…

S'il finissait suffisamment tôt, il pourrait attraper un avion en fin de matinée pour arriver tôt à la maison.

A la maison.

En quinze jours, il en avait à peine passé cinq avec Kate et Cassidy, et ne voyait pas comment il pourrait faire mieux. Son travail requérait tant de déplacements et de voyages, et sa clientèle était si exigeante !

Quittant sa place près de la fenêtre, il marcha vers le lit. Il avait certainement une foule d'e-mails à lire, mais n'avait pas le courage d'allumer son ordinateur. A la place, il attrapa son téléphone mobile et appuya sur le premier numéro en mémoire.

Après la quatrième sonnerie, il entendit un joyeux « allô ! » qui le fit fondre.

— Bonjour, beauté !

— Jared ? Donne-moi une seconde.

Le silence se fit. Jared se mordilla la lèvre en se demandant ce que faisait Kate.

— Me voilà ! déclara-t-elle joyeusement en revenant quelques secondes plus tard.

— Tu as eu l'air surprise de m'entendre. A une heure pareille, pourtant, qui d'autre que moi pouvait t'appeler ?

— Je ne sais pas. Peut-être un bel étranger, brun, grand et mince.

— Eh bien, ce n'est que moi. Comment vont les deux amours de ma vie ?

— Cassidy est un peu patraque. Elle fait sa première dent.

— Dommage que je ne sois pas là pour voir ça.

— Elle en aura d'autres, ne t'inquiète pas.

— Ce n'est pas pareil.

— Si tu veux, je peux prendre une photo et te l'envoyer par e-mail.

Il fit une petite grimace.

— Je n'ai pas envie de voir Cassidy grandir par ordinateur interposé. Et toi, comment vas-tu ?

— Beaucoup de boulot, mais j'essaie de tout mener de front. De toute façon, je n'ai pas le choix.

— Manges-tu correctement ?

— En principe.

La réponse était curieuse et ne rassura pas Jared.

— Comment te sens-tu ?

— Fatiguée, bien sûr, et toi ?

— Encore trois jours avant de vous revoir. Le temps me semble long.

Le silence s'établit sur la ligne.

— Kate ?

— Excuse-moi, mais j'ai cru l'entendre pleurer.

— Je vais te laisser.

— D'accord, j'ai encore pas mal de travail. Bonne…

— Attends ! Je voulais te dire que tu me manquais ainsi que Cassidy.

— Tu me manques aussi. Beaucoup.

— Je te rappelle demain.

— Entendu. Dors bien.

— Merci.

Et il raccrocha, avec l'impression très nette que Kate était plus fatiguée qu'elle ne voulait l'admettre.

Encore trois jours avant de la revoir. Soixante-douze heures. Et il n'y avait pas moyen de raccourcir le délai.

Kate garda le téléphone à la main bien après avoir coupé la communication. Si seulement Jared était là !

Puis elle passa dans l'annexe de la maison où elle avait installé sa petite succursale. Deux de ses employés avaient la tête penchée sur leur ordinateur. Non loin, Cassidy jouait dans son couffin couleur lilas.

Kate se pencha vers elle en souriant.

— C'était ton papa. Il a dit que nous lui manquions beaucoup.

Sean Owens, une jeune employée de vingt et quelques années, remonta ses lunettes finement cerclées de noir sur son nez.

— Quand Jared rentre-t-il ?

— Aussitôt qu'il le pourra, répondit-elle, fidèle à sa discrétion dès qu'il s'agissait de sa vie privée. Vendredi au plus tard.

Maisie McFall, trentenaire et comptable de son état, leva la tête à son tour.

— Si vous étiez restée à Portland, la situation serait beaucoup plus simple.

— Ce n'est pas évident. Et puis, Jared avait fait un effort en venant passer ses week-ends chez moi. C'était donc à mon tour de faire un pas vers lui.

Et elle se pencha vers la petite, signifiant ainsi que l'aparté était terminé.

— C'est l'heure de se coucher à présent, ma puce !

Et elle la prit dans ses bras. Mais son front se barra aussitôt d'un pli soucieux.

— Mon Dieu !

— Que se passe-t-il ? demanda aussitôt Maisie.

— Elle a de la fièvre.

Deux jours plus tard, la petite était sous antibiotiques

et son infection à l'oreille presque résorbée, mais, pour sa part, Kate était sur les chapeaux de roues et très en retard dans son travail.

« C'est toi qui es incroyable, Kate. Si je n'étais pas venu t'aider, tu te débrouillerais très bien toute seule. »

Kate se rappela la phrase de Jared au moment précis où elle réalisait qu'elle ne lui avait pas parlé de l'infection de Cassidy. A quoi bon l'inquiéter ? De toute façon, là où il se trouvait, il ne pouvait rien pour elle. En même temps, depuis la veille, elle rencontrait un gros problème avec un client et craignait de devoir passer la moitié de la nuit à travailler.

Elle se passa la main dans la nuque avec une petite grimace en songeant qu'elle aurait bien besoin d'une énième tasse de café. Elle avait M. Leclerc à recevoir et puis M. Simpson qui avait avancé son rendez-vous de deux heures. Ensuite, il lui resterait à plancher sur le dossier Barkyn avant de s'occuper de son client à problème. Sans parler de Cassidy…

Elle se dirigea vers la machine à café et se sentit vaciller. Il y eut un craquement sourd sur sa droite. Quelque chose tomba et se brisa à terre.

— Kate ? demanda une voix derrière elle.

Elle voulut tourner la tête, mais ses jambes se dérobèrent.

Puis ce fut le trou noir.

Jared pénétra dans l'hôpital, mortellement inquiet.

Une infirmière le guida à travers les couloirs des urgences jusqu'à la salle d'attente où il retrouva Sean et Maisie McFall, deux employées de Kate qui étaient presque devenues ses amies. Entre elles, Cassidy endormie dans sa poussette. L'air paisible du bébé le rasséréna un peu. Au moins, Cassidy allait bien.

— Où est Kate ? demanda-t-il. Comment va-t-elle ?

— Elle est avec le médecin, répondit Sean. Sa tête a heurté quelque chose dans sa chute et on l'a mise sous observation.

Il se tourna vers Maisie.

— Je veux la voir tout de suite. Pouvez-vous garder encore un peu la petite ?

— Bien sûr, monsieur Malone.

Il ne la corrigea pas.

— C'est un grand bébé à présent, poursuivit-elle, elle prend son médicament toute seule.

— Son médicament ? Pour sa dent ?

— Non, pour son otite.

Il fronça les sourcils. Apparemment, les employées de sa femme en savaient plus que lui sur son enfant.

— Si vous avez besoin de moi, vous me trouverez dans la chambre de Kate.

Et il repartit dans les couloirs en se rappelant le jour pas si éloigné où, revenant de chez Don avec Kate, il avait vu la petite pour la première fois reliée à ses appareils.

Il repoussa très vite ce souvenir. Kate avait besoin de lui et il ne devait penser qu'à l'instant présent.

Il pénétra doucement dans la chambre. Couchée dans son lit, un bandage autour de la tête et une perfusion dans le bras, Kate était blanche comme un linge. Tout cela serait-il arrivé s'il avait été près d'elle ? A cette pensée, une terrible nausée lui noua l'estomac.

Le médecin, un jeune Indien aux fins cheveux noirs, s'éclaircit la gorge.

— Bonjour, fit alors Kate faiblement en sortant de sa léthargie. Cassidy ?

— Elle va bien, répondit Jared. Elle fait la sieste. Sean et Maisie sont près d'elle et mes parents ne vont plus tarder.

— Merci.

Jared se tourna alors vers le médecin.

— Bonjour, docteur, je suis Jared Reed.

— Dr Pradhan. Votre femme a subi un choc crânien assez sévère mais tout danger est écarté. Il n'y a pas de fracture du crâne ni d'hémorragie. Cela dit, je préfère la garder en observation jusqu'à demain matin.

— C'est sérieux ?

— Je ne crois pas, mais il faut être prudent. Les effets à court ou moyen terme d'une perte de conscience ne doivent jamais être pris à la légère. Mais, pour le moment, tout va aussi bien que possible.

Jared eut envie de crier. Il détestait voir Kate dans cet état alors qu'il s'en sentait indirectement responsable.

— Que pouvons-nous faire, docteur ?

— Pour le moment, seulement attendre.

Kate ouvrit les yeux et les referma aussitôt, aveuglée par la lumière du jour. Dieu, qu'elle avait mal ! Soudain, quelqu'un lui mit une paire de lunettes de soleil. Elle rouvrit les paupières et sourit.

— Jared…

Il était revenu. Elle sentit son cœur se gonfler de joie.

— Tu es là.

Il lui fit un sourire doux comme une caresse.

— Bien sûr, où pourrais-je me trouver sinon auprès de toi ?

— Tu m'as manqué. J'ai très soif. Peux-tu me donner un peu d'eau ?

Comme Jared se levait pour emplir un verre, elle remarqua un gros bouquet de fleurs sur la table à côté d'une énorme boîte de ses chocolats préférés.

Dès qu'elle eut terminé de boire, son esprit s'éclaircit et tout lui revint à la mémoire. Alors, le sang quitta ses joues. Elle avait échoué, failli, perdu.

Jared lui prit le verre des mains.

— Que se passe-t-il, Katie ? Quelque chose ne va pas ? De quoi as-tu besoin ?

« De toi. »

— Où est Cassidy ?

— Avec mes parents. Toute ma famille est là, d'ailleurs, et Cassidy s'est très vite habituée à eux.

Kate étouffa un sanglot.

— Je suis désolée. Si elle avait été dans mes bras lorsque je suis tombée…

— Mais tu ne la tenais pas ! répliqua-t-il calmement. Elle va très bien et, dans quelques jours, tu seras toi-même complètement remise.

Elle hocha la tête tandis qu'il posait sa main chaude sur la sienne.

— Je ne parviens pas à comprendre comment tout cela a pu arriver. Nous avons parlé tous les jours au téléphone, voire plusieurs fois dans la même journée. Or, si nous avons évoqué ta fatigue, tu ne m'as jamais dit que Cassidy avait une otite aiguë ni que tu rencontrais un problème avec un de tes clients. Pourquoi, Katie ?

Elle serra les poings, incapable de répondre. Jared avait tant fait pour que leur couple se reconstitue qu'elle n'avait pas le droit de le décevoir. En reconnaissant sa faiblesse, elle risquait de le perdre comme elle avait perdu tous ceux qui l'avaient abandonnée dans sa vie.

Avait-elle suffisamment confiance en lui pour s'exposer à son jugement et ne pas redouter qu'il la quitte ? Probablement pas.

Elle baissa les yeux. Jamais elle ne prendrait le risque de perdre les deux êtres auxquels elle tenait plus que tout au monde.

— Kate, dit Jared sur un ton pressant, réponds-moi !

Elle serra les lèvres, submergée par la panique.

— Parle-moi, Katie, je t'en supplie !

Mais aucun son ne sortit de ses lèvres. Elle était bloquée, complètement tétanisée.

Percevant sa confusion, Jared lui posa les mains sur le visage et lui caressa doucement les joues.

— Si tu ne me fais pas suffisamment confiance pour te confier à moi, nous n'y arriverons jamais.

12

La réflexion de Jared fit monter les larmes aux yeux de Kate. Devait-elle continuer à se protéger ou, au contraire, s'exposer ? Les deux choix comportaient des dangers risquant de peser lourd sur leur avenir. Mais le plus grave n'était-il pas ce silence ?

Comme elle se mordillait nerveusement la lèvre, Jared reprit patiemment :

— Je fais tout mon possible pour que ça marche entre nous, mais tu dois m'aider. Tout seul, je n'y arriverai pas.

Elle ferma les yeux et se lança subitement comme on se jette à l'eau.

— Le jour de ton départ pour San Francisco, je me suis retrouvée confrontée à un problème inextricable avec l'un de mes plus gros clients.

— Tu ne m'en as rien dit ! Pourquoi ?

— Parce que je pensais en venir à bout comme je l'ai toujours fait avec les problèmes que j'ai rencontrés jusque-là. Ce n'était pas le premier et ce ne sera pas le dernier. Seulement, Cassidy est tombée malade au même moment et, comme je ne voulais laisser à personne le soin de s'en occuper, j'ai dû travailler la nuit. Si j'avais été à Portland, les choses auraient été plus simples, mais…

— Tu aurais pu m'appeler.

— Pour te dire quoi ? « Jared, tu dois venir tout de suite pour me permettre de rentrer à Portland car, là-bas, ils ne sont pas capables de se débrouiller sans moi. »

— Oui, répondit-il avec fermeté. J'aurais tout laissé tomber si j'avais su que ma présence ici t'était indispensable.

— Tu as ta vie et tes propres responsabilités.

— J'ai surtout une responsabilité envers toi car tu es ma femme. Quand on m'a appris que tu avais été emmenée aux urgences, j'ai eu l'impression de faire un cauchemar.

— Je ne savais pas que j'étais si faible. Et puis, de toute façon, il m'était impossible de…

— De quoi ?

— De te dire ce qui m'arrivait.

— Pourquoi ?

— Parce que j'avais accepté de venir à Seattle et que je craignais de gâcher notre mariage en me montrant incapable de gérer à la fois mon travail et ma vie privée.

— Mais il s'agissait d'une crise passagère !

— C'est vrai, mais je craignais quand même de te le dire.

Kate considéra Jared, sachant que son avenir dépendait de l'échange qui allait suivre.

— Que craignais-tu exactement ? insista-t-il.

— De te décevoir et de te perdre une seconde fois.

— Me perdre ! Tu n'as donc pas compris que c'était impossible ?

— Non, ce n'est pas impossible. En réalisant que j'étais faible, vulnérable et imparfaite, tu pouvais me quitter.

Il la considéra sans rien dire et elle baissa la tête. A présent, tout était joué entre eux. Elle avait reconnu, pour la première fois de son existence, qu'elle ne ressemblait pas à cette femme forte que les autres s'obstinaient à voir en elle et attendait son châtiment.

— Voyons, Kate ! s'écria-t-il enfin. On ne quitte pas quelqu'un parce qu'il est vulnérable ou fragile !

— C'est pourtant ce qui m'est arrivé toute ma vie. Quand, dans mes différentes familles d'adoption, je faisais quelque chose qui ne plaisait pas, on menaçait de me chasser.

Il entrouvrit des lèvres stupéfaites.

— Tu veux dire que tes parents adoptifs t'auraient rejetée sur un simple mouvement d'humeur, sans motif sérieux !

Elle opina tristement de la tête.

— La plupart d'entre eux auraient pu le faire, oui. Pas tous, heureusement, mais j'en ai connu tant ! Heureusement, la famille au sein de laquelle Suzan et moi avons vécu pendant notre dernière année de lycée était formidable et, lorsqu'elle a dû déménager pour s'installer dans un autre Etat, nous avions dix-huit ans et étions donc assez âgées pour nous prendre en charge.

— J'ignorais tout cela…

— L'autre famille, au sein de laquelle j'ai été heureuse, m'a accueillie lorsque j'avais dix ans. Six mois plus tard, hélas, le père perdait son travail alors que sa femme attendait un enfant. Ce doit être à ce moment-là que j'ai commencé à vouloir devenir parfaite. Afin de ne plus être un poids pour personne. Voilà comment j'ai essayé de me transformer en fille parfaite, en élève parfaite, puis en étudiante parfaite, en chef d'entreprise parfaite, et enfin en épouse parfaite. Mais là, j'ai échoué…

Sa voix se brisa tandis que le regard de Jared se voilait.

— Oh, Katie !

Elle ne cilla pas. C'était son amour qu'elle voulait, pas sa pitié.

— J'avais cru avoir réussi… jusqu'au moment où tu m'as quittée parce que je ne voulais pas aller à Seattle avec toi. L'histoire me rattrapait parce que j'avais failli dans mon effort. Alors, je suis venue te rejoindre à Seattle pour devenir la mère parfaite de Cassidy. Mais, à l'évidence, ça ne marche pas non plus. Apparemment, la perfection n'est pas de ce monde. En tout cas, elle n'est pas de mon ressort.

Jared considéra sa femme d'un air hébété. Comment avait-il pu vivre à son côté sans jamais deviner ce qui se passait en elle ni percevoir sa souffrance ? C'était lui qui avait failli, pas elle.

— Tu sais tout faire et résoudre n'importe quel problème, Kate, et je t'ai toujours admirée pour cela, mais ce n'est pas pour cette raison que je t'aime. Les faiblesses ne sont pas des défauts. Les tiennes te définissent autant que tes forces. Je n'ai pas été assez attentif et t'ai laissée t'embourber dans des difficultés qui n'avaient pas lieu d'être. Mais nous avons toute la vie devant nous pour apprendre à mieux nous connaître.

Les yeux de Kate s'emplirent d'espoir.

— « Toute la vie » ?

Il lui adressa un sourire plein d'amour.

— Tu n'imagines tout de même pas te débarrasser de moi aussi facilement ! A présent, je voudrais te dire quelque chose d'important.

— Je t'écoute.

— Toute ma vie, j'ai été porté par l'obsession de la réussite. Que ce soit à propos d'un jeu vidéo, d'un simple pari ou de quelque chose d'aussi important que notre mariage, rien ne m'intéressait que de parvenir au sommet et de m'y fixer. Voilà pourquoi je tenais tant à ce que notre couple fonctionne et pourquoi je me suis accroché même après ta demande de divorce. C'est aussi pour cela que je suis venu t'aider à Portland.

— Et maintenant ?

— Je m'aperçois que mon amour pour toi est beaucoup plus vrai aujourd'hui qu'il ne l'a jamais été car c'est pour nous trois que je veux réussir, et non plus pour assouvir je ne sais quelle soif de victoire. La seule chose à laquelle je tienne et dont j'aie besoin aujourd'hui, c'est toi. Je veux m'endormir près de toi chaque nuit et me réveiller près de toi chaque matin.

— A Seattle…

Il secoua la tête. Kate était beaucoup plus fragile et vulnérable que lui, et il pouvait lui donner ce dont elle avait besoin.

— Pas forcément.

— Que veux-tu dire ?

— Que ce n'est peut-être pas le meilleur endroit pour nous.

Silence.

— Je pense qu'il serait préférable que nous nous installions à Portland.

Elle ouvrit de grands yeux.

— A Portland ! Et ton travail ?

— Mon premier travail est de prendre soin de toi et de

Cassidy. Lorsque nous serons installés, je trouverai quelque chose me permettant de travailler à la maison.

— Et ta famille ?

— C'est toi, ma famille, toi et la petite.

— Je ne veux pas m'aliéner tes parents ni tes frères et sœurs.

— Ils seront, au contraire, enchantés d'avoir Cassidy près d'eux. Quant à mon père, il sera trop content d'utiliser ses relations pour me trouver un nouvel emploi.

— C'est… c'est vrai ?

Kate avait l'air si émue, si heureuse, si apaisée qu'il se sentit fondre.

— Oui, c'est vrai. Seulement, il faut me promettre de ne plus te taire et de me parler sans crainte. Nous devons pouvoir parler librement de nos peurs, de nos craintes et… de nos rêves.

— Je te le promets.

— Je t'aime, Kate Malone.

— Je t'aime aussi. Je ne croyais pas possible d'être un jour aussi heureuse. A partir d'aujourd'hui, nous partagerons tout. Tu m'as appris le sens du mot « confiance ». Je veux rester avec toi pour toujours et donner un petit frère ou une petite sœur à Cassidy. Voire les deux…

— Et nous n'aurons pas à en discuter longtemps, repartit-il avec un large sourire, car je suis tout à fait d'accord.

Elle se jeta dans ses bras avec passion.

— Tu t'es trompée sur un point, tout à l'heure, Kate.

— Lequel ?

— Je sais, à présent, que la perfection est de ce monde.

— Et où l'as-tu rencontrée ?

Il sourit.

— Ici même, dans tes bras.

Ils éclatèrent de rire et s'embrassèrent avec une confiance que plus rien, jamais, ne viendrait ébranler.

ALISON FRASER

Cet enfant à chérir

Traduction française de
MONIQUE DE FONTENAY

HARLEQUIN

Titre original :
HER SISTER'S BABY

Ce roman a déjà été publié en 2014

1

Cass gravit les dernières marches de la bouche de métro et rentra la tête dans les épaules. Il faisait nuit et, à cette heure tardive, les rues étaient désertes. Pour comble de malchance, il s'était mis à pleuvoir et elle n'avait pas de parapluie. Avec un soupir, elle remonta le col de sa veste en suédine qui ne la protégerait pas bien longtemps et pressa le pas.

« Quelle poisse ! pesta intérieurement la jeune femme. Une voiture m'aurait été plus utile qu'une bourse d'études ! » Toutefois, elle chassa vite cette pensée à mettre sur le compte de l'épuisement. Après le week-end qu'elle venait d'assurer de garde à l'hôpital, elle n'aspirait plus qu'à rentrer chez elle et dormir huit heures d'affilée sans être appelée sur son bipeur. Cass savait qu'il fallait en passer par là pour réussir dans la carrière de médecin qu'elle avait choisie et qui, pour elle, comptait plus que tout.

Progressant rapidement, elle atteignit enfin sa rue sans prêter attention à quoi que ce soit, pas même à la luxueuse voiture de sport garée devant son immeuble, présence pourtant incongrue dans ce quartier modeste. Occupée à fouiller dans son sac à la recherche de sa clé, elle dépassa le véhicule sans lui accorder le moindre regard.

Son arrivée, par contre, n'échappa pas à l'homme assis derrière le volant. Cela faisait une heure qu'il poireautait et il n'était pas du genre que l'on fait attendre. En toute hâte, il descendit de voiture afin de rejoindre la jeune femme avant qu'elle n'ouvre sa porte. Il ne doutait pas un instant qu'elle la lui claquerait au nez s'il lui en laissait l'occasion.

Cass entendit un bruit de pas derrière elle et accéléra l'allure, taraudée par la peur instinctive qu'éprouve toute femme seule dans la nuit. Le cœur battant, elle tâtonna fébrilement au fond de son sac et trouva enfin sa clé. Tandis qu'elle s'apprêtait à la glisser dans la serrure, les pas se rapprochèrent. Sa main trembla ; la clé lui échappa et tomba sur le sol avec un petit bruit métallique.

Les pas s'arrêtèrent derrière elle.

Se retournant brusquement, elle faillit heurter de plein fouet un homme à la stature imposante, vêtu d'un imperméable sombre, et qui semblait l'avoir suivie. Alors qu'elle allait appeler au secours, il dit d'une voix apaisante :

— N'aie pas peur, Cassandra, ce n'est que moi…

La jeune femme reconnut aussitôt la voix. Malgré le temps écoulé, elle l'aurait reconnue entre toutes.

— … Drayton Carlisle ! précisa-t-il, comme si cela était nécessaire.

Pensait-il vraiment qu'elle avait oublié ? Si oui, ce serait insultant.

Cela faisait trois ans qu'ils ne s'étaient revus mais il n'avait guère changé. Elle reconnaissait sans peine son abondante chevelure brune, ses traits anguleux et ses yeux bleus moqueurs. « L'homme le plus séduisant du monde », avait coutume de dire sa sœur Penelope. Cass partageait cette appréciation. Malheureusement, Drayton Carlisle était également un ignoble individu.

— Oui… ? dit-elle.

Elle aussi pouvait se montrer hautaine bien qu'elle ne soit pas née, comme lui, dans une famille fortunée.

Drayton se baissa pour ramasser la clé.

— Me permets-tu d'entrer un instant ?

— Ai-je vraiment le choix ?

— Assurément, répondit-il en lui tendant la clé. Je ne puis te forcer à me recevoir. Mais je viens au sujet de ta sœur…

Cass ne s'étonna même pas. Quelle bêtise avait encore bien pu faire Pen ? Depuis qu'elle était devenue l'épouse de Tom Carlisle, le frère cadet de Drayton, les deux sœurs ne se voyaient plus guère.

La jeune femme scruta le visage du visiteur, espérant y lire les motifs de cette visite impromptue, mais son expression impassible ne laissait rien deviner. Comme elle hésitait encore, il insista :

— Laisse-moi entrer, je t'en prie. Nous serons mieux pour parler à l'intérieur.

— Cela ne pourrait-il pas attendre ? protesta-t-elle. Je suis vraiment épuisée.

Il nota les cernes sous ses yeux, mais répondit :

— Non, désolé, cela ne peut attendre !

Cass laissa échapper un soupir résigné, prit la clé qu'il lui tendait et ouvrit la porte.

— Entre, dit-elle, mais fais vite, j'ai besoin de repos.

— Ton week-end a été très occupé ?

— Très !

Elle refusait de lui donner des détails. Il pouvait bien penser ce qu'il voulait ; de toute façon, son opinion sur elle était faite !

— J'essaie de te joindre au téléphone depuis hier matin, expliqua-t-il.

— Je n'étais pas là.

— C'est ce que j'avais conclu.

— J'étais au travail.

— A 6 heures du matin ?

De toute évidence, Drayton doutait de ses dires. Telle était pourtant la vérité. Cass avait été de garde à l'hôpital deux nuits de suite, et n'avait guère dormi. Elle ne jugea toutefois pas utile de lui fournir la moindre explication.

— Ce que je fais de mes nuits ne te regarde en aucune façon.

Elle vit son visage se crisper mais, à sa grande surprise, il se fit conciliant.

— Tu as raison. Pouvons-nous nous asseoir un instant ?

Il ôta son imperméable et le lui tendit. La jeune femme resta debout sans bouger, tournant le dos à la porte du salon.

— De quoi as-tu peur ? Je ne vais pas te violer.

Cela, Cass le savait. Il ne l'avait jamais fait ; c'eût été

inutile. L'attirance qu'ils éprouvaient l'un pour l'autre était réciproque.

Leurs yeux se rencontrèrent, se soudèrent. Ils se souvenaient…

Cass finit par prendre l'imperméable qu'elle accrocha au portemanteau puis précéda Drayton dans le salon.

La pièce était loin d'être luxueuse ; les meubles provenaient de diverses brocantes ou lui avaient été donnés par des amis. Avec son costume à la coupe impeccable et sa chemise de soie, le visiteur la faisait paraître plus miteuse encore. L'angoisse submergea soudain la jeune femme. Qu'avait donc fait Pen pour motiver cette visite ?

Elle le regarda s'installer dans l'un des fauteuils et attendit qu'il prenne la parole.

— Tu es trempée ! Si tu désires te changer d'abord…

— Non ! Ne perdons pas de temps. Veux-tu boire quelque chose ?

— Je prendrais volontiers un whisky.

La jeune femme se dirigea vers le meuble où elle rangeait les bouteilles d'alcool.

— Tu vas devoir te contenter d'un verre de vodka, annonça-t-elle, c'est tout ce qu'il me reste.

— Une vodka fera l'affaire.

Drayton semblait avoir besoin d'un remontant. Pourquoi ? Ce qu'il avait à dire était-il donc si difficile ?

— Tu devrais également t'en servir un verre…

Cass obéit. Avant même de connaître l'objet de sa visite, elle éprouvait, elle aussi, le besoin d'un alcool fort. Le simple fait de se retrouver face à lui la perturbait terriblement ; une véritable épreuve. Elle remplit deux verres, les déposa sur la table basse et prit place dans un fauteuil en face de lui.

Drayton vida son verre d'un trait puis demeura un instant silencieux, les yeux fixés sur elle, comme s'il cherchait ses mots.

— Il est arrivé quelque chose à Pen ! dit-elle soudain.

Il acquiesça d'un signe de tête.

— Je ne sais comment te le dire…

— Elle est morte !

Les mots lui étaient venus spontanément aux lèvres. Cass pria le ciel qu'il les réfute mais n'obtint pour toute réponse qu'un nouveau signe affirmatif de la tête.

Le sang se retira du visage de la jeune femme et son cœur faillit s'arrêter de battre. Drayton se mit alors à parler, à donner des détails, mais elle ne l'écoutait plus.

« Pen est morte. »

Avec un terrible effort de volonté, Cass réussit à se concentrer de nouveau sur ce que disait son visiteur.

— Les résultats nous seront communiqués dès demain…

— Les résultats… Quels résultats ?

Il fronça les sourcils.

— Je viens de te le dire. Ceux de l'autopsie.

— Non ! Ils ne peuvent pas lui faire ça !

Cass était horrifiée ; elle avait toujours été si fière de la beauté de sa sœur !

— Une autopsie est obligatoire en cas de mort suspecte, expliqua Drayton.

En tant que médecin, Cass connaissait parfaitement cette disposition légale, mais elle avait perdu toute capacité de raisonnement. La suite de l'explication de Drayton ne fit qu'accroître son désarroi.

— Tom pense que… peut-être… elle ne t'avait pas mise au courant… pour le bébé.

— Le bébé…, répéta Cass, hagarde.

Le secret de Pen avait-il donc été découvert ?

— Le bébé qu'elle portait, expliqua Drayton. Une fille. Ils l'ont gardée, à la maternité. Elle avait besoin de soins spécifiques.

Cass secoua la tête, incrédule. Pen avait donc été de nouveau enceinte ! L'insupportable idiote !

— Tu n'étais pas au courant…

— Comment a-t-elle pu faire une chose aussi stupide ? s'exclama-t-elle rageusement.

Drayton pinça les lèvres.

— Sans doute avait-elle prévu ta réaction !

— Cela ne fait aucun doute !

Cass se souvenait de sa dernière conversation avec Pen

au cours de laquelle elle lui avait rappelé les risques qu'elle encourrait en cas de nouvelle grossesse. Comme d'habitude, sa sœur n'avait pas écouté.

— Elle avait averti Tom que tu ferais des histoires.

Il la regardait d'un air accusateur. La jeune femme aurait pu se disculper, mais à quoi bon révéler le secret de Pen, maintenant que celle-ci venait de payer de sa vie sa terrible inconséquence ?

— Quel est le diagnostic ?

Drayton fronça les sourcils en entendant le terme utilisé.

— Le diagnostic ? répéta-t-il.

— Quelles sont les chances de survie de l'enfant ?

— Pour une prématurée, elle se porte bien. Les médecins sont optimistes.

— Et comment va Tom ?

— Il fait face.

Cass en doutait. A l'inverse de son frère, Tom était faible et immature.

— J'ai organisé les funérailles, poursuivit Drayton. Elles auront lieu mercredi, dans la plus stricte intimité.

Il les avait organisées. Pas Tom !

— Pourquoi dans *la plus stricte intimité* ? se rebella Cass. Ce n'est certainement pas ce que Pen aurait voulu !

Contrairement à ce qu'il semblait croire, elle connaissait sa sœur mieux que personne. Les Carlisle ne connaissaient d'elle que le personnage qu'elle avait joué afin de pouvoir faire partie de cette famille dont la fortune l'éblouissait. Lors des funérailles de leur mère, Pen avait regretté qu'il n'y ait pas plus de monde. Elle avait alors quinze ans…

— Excuse-moi, mais il me semble que tu es plutôt mal placée pour parler au nom de ta sœur. Vous n'étiez pas particulièrement proches l'une de l'autre.

— Pen a toujours aimé être entourée. Pourquoi ne le serait-elle pas au moment d'être accompagnée à sa dernière demeure ?

— Je pensais à mon frère…

— Et moi, à ma sœur !

Ils se défiaient.

— C'est moi qui paie…

— Tu es ignoble !

— Et toi, tu es la femme la plus insensible que j'aie eu l'occasion de rencontrer.

— Merci du compliment !

— Ce n'en était pas un !

Ils se toisèrent de nouveau. Cass fut la première à détourner le regard.

— Je te raccompagne, lança-t-elle en se levant.

Drayton la suivit jusque dans l'entrée. Lorsqu'elle se retourna pour lui donner son imperméable, il la heurta par inadvertance et la rattrapa aussitôt par le bras, lui évitant ainsi de tomber. D'un mouvement brusque, Cass se dégagea de l'étreinte de ses doigts.

— Pardon, dit-il. Je ne voulais pas te faire de mal.

Le mal était fait depuis longtemps ! aurait-elle voulu lui dire. Depuis trois ans, et elle ne s'en était jamais remise.

— Tout va bien. Je ne suis pas en porcelaine.

— Ta sœur disait que tu es un roc et précisait qu'un roc n'a pas de cœur.

Il observa attentivement sa réaction et décela de la peine sur son visage. Ainsi, la femme qu'il avait brièvement connue — celle qui pouvait rire, vibrer, aimer — était toujours là, cachée sous la carapace mais bien réelle.

Cass porta la main à sa bouche et des larmes apparurent dans ses yeux.

— Pardon, s'excusa-t-il aussitôt. Je n'aurais pas dû…

— Ça n'a pas d'importance !

Pen est morte.

Cela seul comptait. Le chagrin tout à coup la submergea, menaçant de lui faire perdre son attitude froide et détachée, le résultat d'années d'entraînement.

Pen est morte.

Pas seulement absente, loin d'elle, oubliant de donner de ses nouvelles…

Pen est morte.

Jamais plus elle ne débarquerait à l'improviste — seulement

quand elle avait besoin d'un soutien moral —, irritante au plus haut point, mais également si attachante et vulnérable !

— Je dois…

Les mots ne parvenaient plus à franchir sa gorge contractée. La jeune femme se détourna avec l'intention de retourner dans le salon mais il la retint.

— Je regrette ce que j'ai dit. Tu as raison, je suis ignoble.

Ses excuses, inattendues, allèrent droit au cœur de Cass. Ainsi, il n'était donc pas aussi insensible qu'elle le pensait… Elle ferma les yeux pour refouler ses larmes, mais celles-ci ruisselèrent sur ses joues sans qu'elle pût rien faire pour les retenir.

Jurant entre ses dents, Drayton s'approcha et referma ses bras sur Cass qui tenta de le repousser, en vain. Elle martela alors sa poitrine de ses poings tout en éclatant en sanglots convulsifs. Il la laissa faire, lui offrant ainsi un moyen de se défouler. Bien vite, elle cessa de le frapper pour s'accrocher à lui comme à une bouée de sauvetage. Il la serra contre lui, lui caressant les cheveux tout en murmurant des paroles douces et apaisantes à son oreille.

Cass pleura toutes les larmes de son corps, le visage plaqué contre sa veste. Ils restèrent ainsi, soudés l'un à l'autre durant un interminable moment, dans une totale complicité qui leur semblait aussi naturelle que le fait de respirer. Ce n'était pas la première fois qu'ils se retrouvaient de la sorte corps contre corps, dans une adéquation parfaite.

Lorsque ses larmes finirent par se tarir, elle le repoussa.

— Ça va aller ! affirma-t-elle.

Drayton chercha son regard, mais la jeune femme détourna les yeux.

— Pars ! ordonna-t-elle. J'ai des appels téléphoniques à passer.

— Je peux t'aider.

— Non !

Il lui reprit le bras.

— Je suis vraiment désolé…

— Ce n'est rien, je t'assure. Il arrivait souvent à Pen

de dire sur moi des choses désagréables. Cela n'avait pas d'importance. C'était son caractère. Pour les funérailles…

— Elles seront publiques, si Tom est d'accord.

— Je ne pourrai pas m'y rendre.

— Tu plaisantes !

Cette fois, il semblait vraiment choqué.

Cass ne plaisantait pas. Jamais elle ne trouverait la force de se tenir devant la tombe de sa sœur et de la voir mettre en terre ! L'épreuve serait trop difficile, en dépit de tout ce qui les avait opposées dans le passé.

— Je suis de service toute la semaine…

Il lui lança un regard méprisant.

— Le supermarché ne peut donc se passer de toi un seul jour ?

Le supermarché ! Pen n'avait donc pas informé les Carlisle que sa sœur avait obtenu son doctorat en médecine ? Pourquoi ?

— Je ne *veux* pas y aller !

Drayton secoua la tête, incapable d'admettre que la jeune femme qui venait de s'effondrer de chagrin quelques instants plus tôt à l'annonce de la mort de sa sœur puisse refuser d'assister à ses funérailles.

— Je ne te comprends pas, répondit-il, et ce n'est pas nouveau. Je ne t'ai jamais comprise.

— As-tu jamais essayé ?

Les mots étaient tombés de ses lèvres avant qu'elle puisse les retenir. Ils étaient amers. Craignant de s'être dévoilée, Cass lui tourna le dos et ouvrit la porte d'entrée, lui signifiant ainsi son congé. Drayton enfila son imperméable et sortit.

— Nous n'avons pas réglé tous les problèmes, dit-il une fois arrivé sur le palier. Je t'appelle demain.

La jeune femme haussa les épaules. Il pouvait bien faire ce qu'il voulait ! Demain, elle serait sans doute de nouveau prête au combat, mais ce soir, elle n'éprouvait plus qu'un seul et unique désir : se mettre au lit. Pourvu qu'il parte avant quelle ne s'effondre de nouveau !

Drayton la regarda longuement, sembla vouloir encore argumenter, y renonça et s'en alla enfin.

Lorsqu'elle eut refermé la porte, Cass s'appuya contre le battant, à bout de forces.

Pen est morte.

Une autre mort à supporter… D'abord son père, puis sa mère, et aujourd'hui sa sœur. Pourquoi eux ? Pourquoi Pen, si jeune, si belle ?

Cass se dirigea vers l'un des meubles du salon et en sortit l'album de famille. Il contenait les photos du temps heureux où ils étaient tous ensemble. Avant la mort de leur père, emporté par un cancer. Pen avait neuf ans alors, elle, quinze. Des photos d'anniversaires, de vacances, de déguisements pour les fêtes de l'école…

A la vue de celles de Pen souriant à l'appareil, faisant des grimaces — image même de l'insouciance et de la joie de vivre —, les larmes lui montèrent de nouveau aux yeux. Elle pleura. Cette fois, pas seulement pour la perte de sa sœur bien-aimée et de son père, qu'elle pensait immortel, mais aussi pour celle de sa mère, toujours souriante, fauchée par une voiture sur un passage clouté.

Quel péché avait-elle donc commis pour être ainsi punie ? se demanda la jeune femme. Aurait-elle pu sauver Pen ? L'affreux sentiment de culpabilité ne la quitterait plus, elle en était certaine. Elle l'éprouvait depuis le moment où, à la mort de leur mère, elle avait dû prendre sa sœur en charge. Avait-elle fait ce qu'il fallait ?

Cass avait commencé des études de médecine, pensant qu'elle pourrait ainsi procurer une vie meilleure à sa mère. Puis il y avait eu ce stupide accident et elle avait alors pris Pen sous son aile. Les deux sœurs s'étaient accrochées l'une à l'autre pour survivre.

Après le décès de sa mère, Cass avait dû interrompre ses études et chercher un travail. Elle en trouva un à Londres, ainsi qu'un appartement à partager avec sa cadette. Hélas ! la capitale et ses tentations s'avérèrent néfastes à Pen. Attirée par la vie nocturne comme un papillon par la lumière, l'adolescente échappa vite au contrôle de sa sœur. S'il en avait été autrement, sans doute serait-elle toujours en vie.

2

Le travail apporta à Cass le dérivatif nécessaire pour l'empêcher de sombrer dans le désespoir. Après avoir finalement réussi à s'endormir au milieu de la nuit, elle fut réveillée à 7 heures par la sonnerie de son bipeur. L'un de ses collègues, malade, l'appelait à l'aide. Pouvait-elle assurer son service ? La jeune femme s'empressa d'accepter. Tout valait mieux que rester repliée sur elle-même à ressasser son chagrin.

Devant son visage impassible, aucun membre du personnel de l'hôpital ne se douta que le Dr Barker avait passé la moitié de la nuit à pleurer toutes les larmes de son corps. Elle sutura des plaies, opéra un estomac, fit repartir un cœur, le tout avec calme et efficacité.

Mais le chagrin persista. Tant qu'elle s'occupait de la peine des autres, elle parvenait à oublier la sienne, mais sa douleur resurgit en force dès qu'elle se retrouva seule chez elle.

Elle téléphona à une tante et à une cousine — les dernières parentes qui lui restaient — et leur commisération déclencha de nouveau ses larmes. Lorsque le téléphone sonna quelques minutes plus tard, Cass ne décrocha pas, ses sanglots l'empêchant de communiquer avec qui que ce soit.

Ce n'est que dans la soirée qu'elle se souvint de l'appel et consulta le répondeur. Il y avait trois messages, tous de Drayton Carlisle qui lui demandait d'un ton peu amène de le rappeler.

Ainsi, la sympathie montrée la veille avait fondu comme

neige au soleil ! Cass n'en avait cure. Comme il le reconnaissait lui-même, il ne l'avait jamais comprise, pas plus qu'il ne pouvait comprendre les relations qu'elle entretenait avec Pen. Il ignorait tout des liens tissés par les circonstances entre les deux sœurs.

Pen avait un secret. Jamais Cass ne l'aurait divulgué à quiconque mais Pen, qui n'avait jamais été capable de tenir sa langue, doutait que sa sœur le pût. Elle avait donc fini par mettre une certaine distance entre elles, afin d'écarter Cass des Carlisle et de sa nouvelle vie.

Se sentant entièrement coupable pour les erreurs du passé, Cass l'avait accepté. Elle estimait que si elle avait mieux protégé sa jeune sœur, celle-ci n'aurait pas été enceinte à seize ans.

Car tel était le secret jalousement gardé par Pen. Lorsque Cass, horrifiée, avait découvert que l'adolescente attendait un enfant, il était trop tard pour agir. En pleurs, Pen s'était effondrée dans les bras de son aînée. Luttant contre la terrible angoisse qui l'assaillait, la jeune femme s'était efforcée de la réconforter plutôt que de lui faire des reproches.

D'abord prostrée, Pen n'avait pas tardé à montrer une grande excitation à l'idée de cette nouvelle vie qui se développait en elle. Elle s'était alors employée à établir des listes de noms pour le futur bébé et aurait voulu dévaliser les boutiques spécialisées des vêtements les plus chers et les plus excentriques.

Le bébé ne devait pas survivre. Il vint au monde dans l'une des chambres de l'appartement, lutta pour rester en vie, mais mourut trois jours plus tard. Pen en conçut un immense chagrin. Cass consacra alors beaucoup de son temps et de son énergie à sortir sa jeune sœur de la dépression dans laquelle elle sombrait et finit par y parvenir.

Puisqu'elle était dotée d'une grande beauté, Pen décida alors qu'elle serait mannequin. Cass vendit ses livres et ses instruments de médecine afin de payer le photographe de talent capable de la mettre en valeur et de constituer le portfolio nécessaire à ses démarches. Cela représentait un énorme sacrifice, mais la jeune femme fut récompensée quelque temps plus tard par le sourire lumineux de Pen lui annonçant son engagement par une agence renommée.

C'est dans le cadre de cette nouvelle activité que Pen rencontra les Carlisle. Leur richesse l'éblouit. Tout d'abord énoncé sur le ton de la plaisanterie, se faire épouser par un membre de cette famille devint vite le but à atteindre. La jeune fille commença par mentionner le nom du fils aîné, Drayton, puis focalisa bientôt son intérêt sur Tom, le cadet.

Cass doutait que sa sœur — seulement âgée de dix-sept ans — puisse réussir dans son entreprise. Il s'avéra que Tom Carlisle, à peine plus vieux que Pen et tout aussi immature, perturbé par la mort prématurée de ses parents, se montra une proie facile. Il tomba éperdument amoureux du superbe mannequin.

Pen avait-elle aimé Tom ? Cass n'aurait su le dire. Un jour, la jeune fille était rentrée à l'appartement qu'elles partageaient, l'air triomphant, une bague de fiançailles au doigt. Un superbe diamant l'ornait. Pen cria victoire sans toutefois préciser quels étaient ses sentiments.

Pour Cass, Tom Carlisle était resté longtemps un inconnu, tant sa sœur évitait de donner des détails. Elle se bornait à insister sur l'immense fortune de la famille et ne se montrait prolixe que lorsqu'il s'agissait de décrire la voiture de sport qu'il conduisait et la vie de rêve que lui procurait son allocation annuelle de cinquante mille livres.

Finalement, ce ne fut pas Tom que Cass rencontra tout d'abord, mais son frère, Drayton. Celui-ci apparut un soir sur le seuil de sa porte, superbement élégant dans un costume gris sombre portant manifestement la griffe d'un grand couturier.

Il en fallait toutefois plus pour impressionner la jeune femme qui, ce soir-là, se sentait de fort mauvaise humeur, après avoir passé la journée à ranger et nettoyer l'appartement. Pen n'était pas rentrée depuis la veille, mettant ses nerfs à rude épreuve. Où pouvait-elle bien être ? Dans quelques minutes, Cass allait devoir se rendre au supermarché où elle prendrait son poste de caissière pour la soirée. Cette visite inattendue ne faisait que la mettre en retard, ce qu'elle détestait !

— Je cherche une famille Barker, dit le visiteur.

— C'est ici, répondit-elle d'un ton rogue.

— Etes-vous la sœur de Penelope ?

Il semblait surpris. Sans doute s'attendait-il à trouver une gravure de mode et non une femme en blouse de travail !

— Vous êtes Tom ?

La surprise de Cass était tout aussi grande. L'homme qui se tenait devant elle paraissait nettement plus âgé que Pen.

Il secoua la tête.

— Je suis Drayton Carlisle, son frère. Et vous êtes…

— La sœur de Pen.

— Est-elle à la maison ?

— Non, désolée !

Cass s'empara de son manteau accroché à la patère avec la ferme intention de ne pas se laisser retarder davantage.

— Va-t-elle revenir ? insista le visiteur.

Comment répondre à cette question ? Pen entrait et sortait sans fournir la moindre explication sur ses occupations.

— Je l'ignore.

— Dans ce cas, vous et moi pouvons peut-être avoir une conversation à son propos.

Nul besoin d'être télépathe pour deviner de quoi il venait l'entretenir : la famille Carlisle contestait le choix que le fils cadet venait de faire quant à sa future épouse.

La jeune femme lança un regard à sa montre.

— Ecoutez, monsieur Carlisle, je ne voudrais pas paraître impolie, mais il est l'heure pour moi de me rendre au travail et…

— Je peux vous y conduire !

Cass sortit sur le palier et ferma sa porte à clé. Le supermarché ne se trouvait qu'à quelques pâtés de maisons, mais elle allait devoir courir. Elle était vraiment très en retard. Un instant, elle fut tentée d'accepter sa proposition mais finit par répondre fermement :

— Ne vous donnez pas cette peine !

— Ce ne sera pas une peine mais un plaisir ! assura-t-il en lui emboîtant le pas.

Alors qu'ils atteignaient la rue, il pointa un porte-clé électronique vers les voitures garées le long du trottoir. Les feux de l'une d'elles clignotèrent ; la plus luxueuse. Cass demeura impassible. Pen se laissait impressionner par ces signes extérieurs de richesse, pas elle.

Se dirigeant vers le véhicule, Drayton Carlisle en ouvrit la portière côté passager et attendit patiemment qu'elle veuille y prendre place. Cass hésita puis finit par s'installer sur le siège qui sentait bon le cuir de qualité. Profiter de la richesse n'était finalement pas si désagréable !

Elle lui indiqua la direction à suivre et il s'engagea aussitôt dans le trafic très dense à cette heure de fin de journée.

— Mon frère désire épouser votre sœur, dit-il sans plus attendre. Qu'en pensez-vous ?

La question directe prit Cass de court.

— Il m'est difficile d'en penser quoi que ce soit. Je ne connais pas votre frère.

Si elle se permettait d'exprimer les doutes qui l'assaillaient, Pen lui arracherait les yeux.

— Mais vous connaissez votre sœur. Elle n'a que dix-sept ans, je crois. N'est-ce pas un peu trop jeune pour se marier ?

— Il semble que son extrême jeunesse n'ait pas été un obstacle pour certains hommes mûrs qui l'ont courtisée ! rétorqua-t-elle en lui lançant un regard meurtrier.

Il tourna la tête vers elle.

— Vous parlez de moi ?

— De qui d'autre ?

— J'ai effectivement fait la connaissance de votre sœur lors d'une soirée. Elle était très attirante et peu farouche. Mais lorsque j'ai su son âge, je l'ai renvoyée dans un taxi. Je ne mange pas de ce pain-là !

Cass fut surprise d'éprouver un intense soulagement et se demanda pourquoi. Si Pen n'avait pas partagé la couche de cet homme, elle avait partagé celle de bien d'autres…

— Je vous crois, dit-elle.

— C'est la stricte vérité. Votre sœur me semble bien trop immature pour s'engager pour la vie.

— C'est vraiment trop aimable à vous de vous intéresser ainsi à son avenir !

— C'est celui de mon frère qui m'importe.

— Surtout celui de son héritage !

Elle vit son visage se crisper.

— Ainsi, vous vous êtes renseignée sur ce point !

Cass se mordit la lèvre. Elle ne connaissait pas Tom mais savait effectivement tout sur sa fortune, la seule chose qui importait à Pen et au sujet de laquelle elle était intarissable.

La voiture arrivant au supermarché, Cass n'eut pas à répondre. Elle posa la main sur la poignée de la portière, prête à descendre.

— Merci, dit-elle.

Il la retint par le bras.

— Je suis en retard !

La protestation de la jeune femme ne le perturba pas le moins du monde.

— Tom perçoit une rente annuelle très importante. Cela fait de lui une proie intéressante, n'est-ce pas, mademoiselle Barker ?

— Je n'ai pas dit ça !

— Mais vous l'avez pensé !

La colère gagna Cass.

— Comment pouvez-vous prétendre savoir ce que je pense alors que nous nous connaissons depuis moins d'une demi-heure ?

— Vous avez raison, admit-il, je suis présomptueux. Je serais heureux que vous me fassiez part de ce que vous pensez vraiment de cette future union.

— Quel âge a votre frère ?

— Vingt-cinq ans.

— A cet âge, on est théoriquement assez grand pour prendre seul ses décisions, il me semble !

— Peut-être, mais j'ai la responsabilité de la gestion du patrimoine familial. Tom doit me rendre des comptes.

Cass se demanda si Pen connaissait ce détail.

— Voyons si j'ai bien compris le sens de votre démarche, monsieur Carlisle. Vous désirez que j'informe ma sœur que, dans la famille, celui qui tient les cordons de la bourse, c'est vous. Sans doute espérez-vous ainsi l'aider à reporter sa tendre affection sur quelqu'un d'autre.

Elle le défiait du regard. Il éclata de rire.

— Je n'aurais pu trouver formule plus adéquate. Vous êtes très intelligente, mademoiselle Barker. On a dû déjà vous en faire compliment.

— Plusieurs fois, en effet. Ce n'est pas désagréable à entendre.

Il l'examina avec surprise et intérêt.

— Vous avez un petit ami ? demanda-t-il tout de go.

— Plusieurs ! Ils font la queue…, répondit-elle en tournant la tête vers les clients qui attendaient à la caisse.

Il rit de nouveau.

— Je dois vous rendre à eux, admit-il. A quelle heure finissez-vous ?

— A 20 heures. Pourquoi ?

— Je voudrais vous offrir un verre.

Drayton Carlisle lui sourit et Cass se demanda combien de femmes avaient succombé à ce sourire. Elle-même était tentée. Ce serait amusant de voir comment il s'y prenait pour séduire. Malheureusement, à 20 heures, elle n'était pas libre. Elle faisait partie de l'équipe de nuit du fast-food local.

— Je ne peux pas.

— Vous ne *pouvez* pas ou vous ne *voulez* pas ?

— Les deux.

— Alors, une autre fois.

Il plaisantait, sans doute. Lorsque leurs yeux se rencontrèrent, Cass eut la certitude qu'il y aurait vraiment une autre fois. Il y veillerait.

L'espace d'un instant, la promesse — ou la menace — fit battre le cœur de la jeune femme plus vite et elle descendit de voiture sans avoir trouvé la réplique cinglante qu'elle aurait souhaitée.

*
* *

Lorsque, le lendemain, elle raconta l'entrevue à Pen, celle-ci affirma avec aplomb que les objections de Drayton à son mariage lui étaient dictées par la jalousie. Amoureux d'elle, il ne supportait pas qu'elle lui préférât son jeune frère.

Comme Cass exprimait sa surprise et ses doutes, Pen se mit en colère. Elle savait de quoi elle parlait : Drayton était éperdument amoureux d'elle ! Cass ne sut quel démon la poussa alors à lui révéler qu'il lui avait proposé de venir l'attendre à la sortie du travail.

Tout d'abord, Pen resta sans voix, comme sous l'effet d'un électrochoc, et regarda sa sœur comme si elle lui était brusquement devenue étrangère. Se reprenant toutefois très vite, elle éclata de rire et dénonça la naïveté de sa sœur. N'avait-elle donc pas compris que Drayton se moquait d'elle ?

Pour la première fois, Cass se fâcha. Surprise, Pen changea aussitôt de ton et s'excusa. Il n'avait nullement été dans son intention de la blesser ! Elle désirait seulement l'avertir, la protéger des agissements bien connus de l'aîné des Carlisle qui avait une réputation d'infâme séducteur. Cass ne devait pas devenir l'une de ses trop nombreuses victimes.

Pen semblait si sincère que Cass enterra aussitôt la hache de guerre et les deux sœurs tombèrent dans les bras l'une de l'autre, réconciliées.

Le mariage eut lieu et Pen écarta résolument sa sœur de sa vie de femme mariée.

Cass la rencontrait parfois dans les magasins où Pen semblait passer le plus clair de son temps, la généreuse allocation de Tom ne s'étant pas tarie.

Pen montrait alors fièrement à sa sœur ses dernières chaussures à la mode ou tout autre accessoire au prix exorbitant. Cass feignait l'admiration, en se disant qu'elle aurait pu se nourrir pendant tout un mois avec l'argent que valaient ces chaussures !

A présent que sa sœur était mariée, la jeune femme

avait repris ses études tout en travaillant, le soir, dans une pizzeria. Bien sûr, elle aurait pu demander de l'argent à Pen. En fait, celle-ci lui en avait offert mais Cass avait refusé. L'idée de dépenser l'argent des Carlisle la révulsait. Pen évitait de prononcer le nom de Drayton, devenu un sujet tabou depuis…

La sonnerie insistante du téléphone tira Cass de ses souvenirs. Elle savait qui était au bout du fil avant même de décrocher mais, désormais, elle était prête à se défendre.

— Drayton Carlisle, annonça la voix bien connue.

— Oui.

— La cérémonie a été repoussée à jeudi. Elle sera publique.

— Parfait !

— Viendras-tu ?

— Oui.

— Bien !

Il semblait soulagé.

— Comment va Tom ?

— Mal, répondit-il après une hésitation.

Il était plus honnête que la veille. Cass aurait voulu en savoir plus et demander des nouvelles du bébé, mais les mots ne franchissaient pas sa gorge contractée.

— En fait, Tom désire te voir. Si tu peux rester un moment après les funérailles, je… je t'en serais reconnaissant.

Cass fronça les sourcils en percevant de l'angoisse sous le ton policé de Drayton. Que se passait-il ?

— Je suis désolée, mais je suis de service dans la soirée.

— Tom m'a informé que tu travaillais désormais dans un hôpital. Tu fais donc les gardes de nuit ?

Il semblait penser qu'elle n'était qu'une aide-soignante. Pen n'avait pas cru bon de préciser auprès de la famille Carlisle que sa sœur était devenue médecin. Pourquoi ?

— Oui.

— Dans quel hôpital ?

— Peu importe !

— Je pourrais t'y conduire après les funérailles, ce qui te permettrait d'accorder à Tom l'entretien qu'il réclame.

La jeune femme fronça de nouveau les sourcils. Si Tom désirait lui parler, pourquoi ne le faisait-il pas par téléphone ? Les souvenirs qu'elle gardait de North Dean Hall, la riche demeure des Carlisle, étaient extrêmement perturbants.

— Je crains que ce ne soit pas possible, répondit-elle sèchement. Je ne puis me permettre le moindre retard.

— Le jour des funérailles de ta sœur ! Aucun chef de service ne pourrait te critiquer de vouloir la conduire à sa dernière demeure.

Sans doute. A condition d'en être informé. Mais il n'était pas dans les intentions de Cass de divulguer l'information. Ni auprès de son chef de service, ni auprès de ses collègues ; elle n'avait que faire de la commisération des autres. De toute façon, le grand patron n'appréciait jamais de devoir modifier le planning établi.

— Mon devoir de médecin est de rester au service des vivants, tint-elle à préciser.

— Ton devoir de *médecin* !

Cass ne put s'empêcher de sourire. Elle commençait à goûter chaque minute de cet entretien.

— Je vois que tu es prête à inventer n'importe quelle excuse pour échapper à ton devoir, lança-t-il d'un ton méprisant. Je te promets que tu seras de retour en temps et en heure. Je peux même envoyer un chauffeur te chercher.

Ainsi, il ne pouvait croire qu'elle était médecin ! La jeune femme soupira.

— Je n'ai besoin de personne. Je viendrai par mes propres moyens.

— J'essayais seulement de t'aider.

Elle se souvenait de ce qui s'était passé la dernière fois qu'il l'avait fait…

— C'est très aimable à toi, mais je préfère prendre le train. C'est ce que fait, chaque jour, une grande partie de la population.

— Vraiment ? Suis-je au moins autorisé à aller te chercher à la gare, Cassie ?

La jeune femme frémit. Il n'avait pas le droit de l'appeler par ce diminutif, souvenir de leur intimité passée ! Comme elle ne répondait pas, Drayton insista :

— Pourquoi nous conduire comme si nous étions des étrangers ?

Des souvenirs d'un érotisme brûlant submergèrent Cass, mais elle se ressaisit aussitôt.

— Que crois-tu ? lança-t-elle d'une voix glaciale. Nous avons couché ensemble, et alors ? Cela fait partie des erreurs qu'il est préférable d'oublier.

Drayton accueillit ses paroles par un pesant silence, comme s'il était choqué, avant de rétorquer sur le ton de la colère :

— Des erreurs, en effet ! Ta sœur et toi avez réussi à m'ôter les illusions que je pouvais encore avoir.

Les *illusions* ! Cass n'en avait pas manqué. Elle avait été naïve et stupide mais, fort heureusement, Pen s'était chargée de lui ouvrir les yeux.

— Je devrais me sentir flatté que tu te souviennes encore de notre aventure passagère, poursuivit-il, amer. D'autant que tu as dû en avoir bien d'autres, depuis !

Bien d'autres ? Une seule et unique, avec un étudiant en médecine, qui s'était soldée par un échec cuisant. Mais plutôt mourir que de le lui avouer ! se dit Cass.

— J'essaie d'établir un record, affirma-t-elle, ironique. Sur ma liste, tu es classé à la lettre D, comme *décevant*.

Il éclata de rire.

— J'ai d'autres souvenirs ! *Divine*, *dévastatrice*, seraient les adjectifs que j'utiliserais personnellement pour qualifier ta prestation.

Cass rougit jusqu'à la racine des cheveux. Des images de leurs corps enlacés envahirent sa mémoire. Pourquoi avait-elle commencé ce stupide jeu de la vérité ? Elle devait y mettre fin sans plus tarder.

— Je te rappelle que nous discutons d'un sujet sérieux, la mort de ma sœur !

— Tu as raison. Fais-moi connaître l'heure d'arrivée de ton train. Je m'occupe des fleurs. Y a-t-il une musique que tu désires entendre jouer durant la cérémonie ?

Cass connaissait les goûts musicaux de sa sœur. Ils ne convenaient pas pour l'occasion.

— Non.

— Bien. Je m'en tiendrai donc aux hymnes traditionnels.

« Lugubres ! » aurait certainement dit Pen.

— Pourquoi ne pas consulter Tom à ce sujet ? demanda-t-elle. Il connaît certainement les goûts de sa femme.

Drayton hésita une seconde avant de répondre :

— L'unique préoccupation de Tom, à l'heure actuelle, est le bébé.

Le *bébé* ! Sa nièce ! La jeune femme aurait dû demander de ses nouvelles, mais n'osait le faire, trop effrayée à l'idée d'apprendre qu'elle n'avait aucune chance de survivre.

— Désires-tu la voir, lorsque tu viendras ?

— Je n'aurai pas le temps !

— Evidemment ! Pen nous avait informés que tu n'aimais pas les enfants.

Elle allait se défendre lorsque son bipeur se mit à sonner.

— Je dois raccrocher, annonça-t-elle. Mon bipeur sonne ; on a besoin de moi.

— Ton *bipeur* !

Comme Drayton semblait douter qu'elle soit munie d'un tel appareil, Cass le colla contre le combiné afin que la sonnerie l'assourdisse et raccrocha.

Seigneur… Si elle avait réussi à convaincre Pen d'avouer à Tom la naissance d'un premier bébé et les risques qu'elle encourrait pour un deuxième, sans doute n'auraient-ils pas, aujourd'hui, à organiser ses funérailles !

Malheureusement, Pen était persuadée que la révélation de son secret annulerait, pour elle, tout espoir de mariage. A l'aube de ses dix-huit ans, elle était encore bien jeune pour s'engager pour la vie… En désespoir de cause, Cass avait pensé que cette union valait malgré tout mieux pour sa sœur que la vie nocturne débridée qu'elle menait alors.

Pen lui avait finalement présenté Thomson Carlisle, un jeune homme à l'évidence beaucoup plus naïf que son frère et prêt à croire en la parfaite innocence de sa future épouse. N'ayant pas le cœur à le détromper, Cass avait donné sa bénédiction.

Pen semblait aux anges. Cependant, la nuit précédant le mariage, il y avait eu un moment difficile. Alors que les deux sœurs regagnaient la chambre retenue pour elles par les Carlisle dans un luxueux hôtel, Pen avait brusquement fondu en larmes.

Interrogée sur les raisons de ce chagrin, elle finit par avouer qu'elle doutait d'être vraiment amoureuse de son futur mari.

— Il est très gentil, prévenant, m'achète tout ce que je veux, avait-elle reconnu, mais est-ce suffisant ?

Cass avait frémi. Ainsi, ses doutes se confirmaient.

— Non, ce n'est pas suffisant ! avait-elle répondu, la mort dans l'âme.

— Comment peux-tu le savoir ? s'était alors révoltée Pen. Personne ne t'a jamais demandée en mariage !

— Je suis sans doute une vieille fille aigrie, avait admis Cass, conciliante, mais je préfère vivre seule plutôt qu'épouser un homme que je n'aime pas.

— Qui a dit que je n'aime pas Tom ? C'est bien ce que je craignais. Tu cherches à me dissuader de l'épouser !

— Non ! Je veux que tu sois heureuse, tout simplement. C'est ce que j'ai toujours voulu et tu le sais mieux que personne.

Pen avait alors semblé éprouver quelques remords.

— Tu as raison. Je suis exécrable. Aide-moi, Cass, je t'en supplie. Que dois-je faire ?

Hélas ! Cass ne possédait pas de baguette magique.

— Je l'ignore. Je voudrais pouvoir t'aider, mais personne ne peut décider à ta place. Tu es la seule à savoir ce que tu éprouves pour Tom.

— Je l'aime mais... comparé à Dray, il paraît tellement insipide !

— Pen ! Tu... Tu n'es pas amoureuse de...

— De Dray ? Euh... non... non ! Mais la première fois que nous nous sommes rencontrés, je lui plaisais, j'en suis certaine ! Si seulement je ne lui avais pas dit mon âge ! Sais-tu ce qu'il a dit ? « Rappelez-moi lorsque vous aurez vingt et un ans ! » Ensuite il a déposé un baiser sur mon front, a appelé un taxi et m'a fait reconduire chez moi.

— Vraiment ?

Cass avait eu le plus grand mal à réprimer un sourire.

— En plus, c'est un véritable bourreau de travail. Il n'a accordé que trois semaines à Tom pour notre lune de miel !

— Un vrai tyran, en effet !

Pen avait laissé échapper un soupir à fendre l'âme avant d'ajouter :

— Mais si séduisant !

Cass ne songea pas à la contredire. Drayton Carlisle était effectivement l'homme le plus séduisant qu'elle connaisse, mais Pen devait épouser son frère le lendemain ! Son visage devait exprimer sa réprobation car Pen s'empressa de préciser :

— Ne t'inquiète pas, Cass. Je vais épouser Tom et laisser Drayton se consumer de regrets. Quant à moi, je prendrai un malin plaisir à le regarder vieillir en mourant d'amour pour moi…

Cass avait joint son rire à celui de sa sœur. Cette crise d'hilarité passée, elle avait toutefois demandé :

— Dois-je en conclure que tu te maries sans le moindre regret ?

— Toute cette fortune… Je serais vraiment idiote de la laisser passer !

— *Pen !*

Pen s'était glissée sous les draps en riant et, quelques minutes plus tard, elle dormait profondément. Cass, pour sa part, n'avait pas fermé l'œil de la nuit.

La future mariée se réveilla au matin, fraîche et reposée, ne parlant plus que de sa robe, de la cérémonie, de la lune de miel et de la maison qu'ils allaient acheter.

Plus tard, elle remonta, radieuse, l'allée de la chapelle médiévale, escortée par une ribambelle d'enfants — les cousins de Tom et de Drayton — et par Kelly, sa meilleure amie.

Assise au premier rang, Cass se sentit fière de la beauté

de sa jeune sœur et ses derniers doutes furent balayés par le regard d'adoration de Tom pour sa jeune épouse.

Drayton Carlisle, superbe d'élégance dans son costume, se tenait près de son frère, lui servant de témoin. La cérémonie achevée, il entoura le couple de ses bras, semblant ainsi leur donner sa bénédiction. Cass en fut heureuse ; il était important que Pen soit acceptée au sein de la famille, même si cela signifiait que les deux sœurs allaient être séparées. Pen commençait une nouvelle vie et il était manifeste qu'elle ne souhaitait pas y associer sa sœur.

Cass respectait ce choix. Elle s'éloignait discrètement de la foule lorsque soudain Drayton Carlisle apparut devant elle, lui barrant le chemin.

— Je vous cherchais partout, dit-il.

Ils n'avaient plus échangé un mot depuis la fois où il était arrivé chez elle à l'improviste. Le cœur de Cass se mit à danser une folle farandole dans sa poitrine. Seigneur… il était vraiment séduisant !

— Et pourquoi me cherchez-vous ? Les jeux sont faits, désormais.

Lui prenant le bras, il l'obligea à le suivre.

— Où m'emmenez-vous ? protesta-t-elle.

— Il reste quelques formalités à accomplir.

— Lesquelles ?

— Poser pour les photos.

— Oh…

Le manque d'enthousiasme de la jeune femme était si évident qu'il lui lança un regard en biais.

— N'êtes-vous pas impatiente de coucher sur la pellicule les souvenirs de ce jour heureux entre tous ?

— Je déteste me faire prendre en photo !

— Faites un effort. Il s'agit du mariage de votre sœur !

Ils rejoignirent le couple devant un massif de fleurs. De toute évidence, Pen adorait cette séance photo et ne se faisait pas prier pour prendre la pose.

— Votre réticence ne semble pas être partagée, remarqua Dray.

— Pen est heureuse et le montre. Où est le problème ?

— Il n'y en a pas. Je ne faisais que souligner combien vous êtes différentes.

— Si je possédais la beauté de ma sœur, je me conduirais probablement comme elle.

— Vraiment ?

Après l'avoir étudiée un instant, il secoua la tête.

— Je ne crois pas, non. Avec vos yeux verts, votre chevelure brune et vos lèvres bien dessinées, vous possédez un charme certain auquel les hommes ne doivent pas rester insensibles. Vous le savez, mais cela vous est égal.

Il avait raison. Cass n'était pas une séductrice et l'intérêt que lui portaient les hommes lui importait peu. L'analyse de Drayton, aussi judicieuse soit-elle, provoqua toutefois son agacement.

— Ainsi, quelques minutes d'entretien vous permettent de me définir !

— Non. Pen nous a parlé de vous.

— Oh…

Cass pouvait imaginer sans peine la description qu'avait pu faire d'elle sa sœur : une vieille fille aigrie.

Elle n'eut guère le temps d'argumenter, le photographe les interpellant.

— La famille proche, s'il vous plaît !

Un homme et une femme entourèrent aussitôt les jeunes mariés. Cass les avait remarqués, dans la chapelle, pendant la cérémonie. L'homme était grand, avec des cheveux blancs et une barbe. Cass éprouva spontanément de la sympathie à son égard. Il n'en allait pas de même pour la femme, luxueusement vêtue d'un tailleur de soie grège et coiffée d'un chapeau démesuré.

— Voici oncle Charles et Monica, notre belle-mère, glissa Dray à son oreille. Cette dernière ne devrait pas figurer sur cette photo, Tom et elle se détestent. Mais votre sœur désire vous avoir à ses côtés, j'en suis certain.

Cass ne partageait pas son optimisme mais, la prenant par la main, il l'obligea à prendre position près de Pen. Au contact de cette main sur la sienne, Cass frémit de tout son être et Drayton dut alors lui rappeler de sourire.

Une fois la photo prise, elle aurait dû appeler un taxi et rentrer chez elle. Pour son plus grand malheur, elle commit la folie de rester. Simplement parce qu'elle avait vibré au contact de la main de celui qui était désormais son beau-frère !

Encore aujourd'hui, trois ans plus tard, la jeune femme n'osait nommer ce qu'elle avait ressenti alors.

Dieu merci, tout s'était terminé trois semaines plus tard. Pen l'avait heureusement éclairée sur sa stupidité alors que, prise d'une sorte de fièvre, elle avait perdu tout contrôle pour se jeter à corps perdu dans une aventure qui ne pouvait mener nulle part. Elle, d'ordinaire si raisonnable, s'était montrée une proie facile entre les mains expertes du séduisant Drayton Carlisle.

Du jour au lendemain, l'aventure s'était arrêtée, la laissant vidée, anéantie. Elle en avait gardé un traumatisme qui n'était pas entièrement résorbé. Le serait-il un jour ?

Cass allait beaucoup mieux, cependant. Désormais, seule la colère subsistait, la rendant dure et imperméable à toute autre émotion. Un sentiment idéal pour assister à des funérailles.

3

Cass n'appela pas North Dean Hall pour avertir de son arrivée à la gare. Elle prit un taxi et se fit conduire directement à la chapelle où se déroulait la cérémonie.

Les Carlisle étaient venus en nombre. En la voyant entrer, Drayton lui fit signe de les rejoindre au premier rang, mais la jeune femme préféra se glisser dans la foule des anonymes. Elle ne faisait pas partie de la famille.

Le service religieux fut comme Pen aurait détesté qu'il soit : formel. Le prêtre vanta les vertus de la défunte, sa dévotion à son mari, son amour pour le bébé en devenir, en une sorte de litanie à laquelle lui-même semblait ne pas croire. L'hymne qui suivit aurait fait pouffer Pen de rire. Les larmes montèrent aux yeux de Cass. Elle les refoula. Si elle se mettait à pleurer maintenant, elle ne pourrait plus s'arrêter.

Des sanglots étouffés lui parvinrent ; sans doute des amies de Pen. Deux femmes enceintes se cachaient le visage derrière leur mouchoir, probablement angoissées par la tragédie de cette jeune mère, morte en mettant son enfant au monde.

Cass aurait pu les rassurer : rares sont les jeunes femmes qui meurent, de nos jours, en devenant mères. Pen était un cas spécial. Elle savait qu'elle risquait la mort avec cette seconde grossesse, mais elle avait passé outre. Sans doute espérait-elle un miracle… Il n'avait pas eu lieu.

Cass lui avait pourtant expliqué les dangers qu'elle encourrait, lors de l'une de ses trop brèves visites, l'automne dernier. Pen avait perdu son premier enfant à cause d'une malformation de la matrice qui lui ferait courir des risques mortels en cas de nouvelle maternité. Elle avait donc délibérément choisi de jouer à la roulette russe.

A cette pensée, Cass ressentit un tel chagrin que, sans attendre la fin du service, elle se glissa hors de la chapelle. Il lui fallait de l'air.

A peine avait-elle fait quelques pas qu'une main s'abattit sur son épaule.

— Où diable vas-tu ? demanda Dray d'un ton peu amène.

— Je rentre chez moi.

— Certainement pas ! Tu as promis de rencontrer Tom. L'aurais-tu oublié ?

— J'ignore ce que vous attendez de moi, tous les deux. Je connais mal Tom et je ne suis pas très douée pour jouer les consolatrices.

— Je te crois sans peine, mais ce n'est pas du réconfort que Tom attend de toi. Il est persuadé que tu sais pourquoi Pen est morte, répondit-il avec un rire amer.

Cass arqua les sourcils.

— Les médecins ne le lui ont donc pas dit ?

— En termes savants seulement.

— Qu'espère-t-il ? Que je les traduise en termes simples ?

Il la regarda comme si elle venait de dire une aberration.

— Et comment le pourrais-tu ? Quel que soit le poste que tu occupes à l'hôpital, tu n'as certainement pas les qualifications requises !

— Tu crois tout savoir de moi, mais tu ne sais rien ! s'insurgea-t-elle.

— C'est fort possible, admit-il. Tu as toujours été pour moi une énigme, je le reconnais volontiers. Mais aujourd'hui, il ne s'agit ni de toi ni de moi, mais de Tom. Son état mental m'inquiète ; il est au bord de la dépression. Il semble penser que toi seule peux l'aider. Ce que tu penses de moi et ce que je pense de toi n'a aucune importance.

Comme Cass se préparait à s'éloigner, il la rattrapa par le bras.

— Tu viens avec moi à North Dean, tu parles à Tom et tu fais attention à ce que tu dis !

— Tu ne peux pas m'obliger à faire quoi que ce soit !

— Vraiment ? lança-t-il, les mâchoires serrées.

Ils avaient rejoint la foule venue pour les funérailles.

— Ces gens sont venus pour ta sœur. Tâche de bien te comporter pour lui faire honneur.

Le rouge monta aux joues de Cass. Il la traitait comme une écolière ! Ne pouvait-il comprendre la douleur qu'elle éprouvait à la perte de sa sœur, le seul membre de sa famille qu'il lui restait ?

Lorsqu'il libéra son bras de l'étreinte de ses doigts, la jeune femme envisagea de s'enfuir. A cet instant, elle aperçut Tom en compagnie de l'oncle Charles et se figea. Tom semblait avoir vieilli de dix ans !

Leurs regards se croisèrent ; il la reconnut et se précipita vers elle.

— Cass, Dieu merci, tu es venue ! Il faut que je te parle. Tu vas nous suivre à la maison, n'est-ce pas ?

Devant sa fervente supplique, Cass n'eut pas le cœur de refuser.

— Si c'est ce que tu veux…

Tom prit ses mains dans les siennes.

— Merci, Cass. Tu l'emmèneras avec toi ?

— Mais… de quoi parles-tu ?

— Tom, intervint Dray, nous ne pouvons parler de cela ici ! Rentrons à la maison. Oncle Charles, peux-tu prendre Cassandra avec toi dans ta voiture ?

— Avec plaisir.

— Tu viendras ? ajouta-t-il à l'intention de Cass qui acquiesça d'un signe de tête.

Il lui lança un regard dubitatif mais n'insista pas, trop occupé à soustraire son frère en détresse à la curiosité de la foule.

Cass les suivit des yeux, encore sous le choc de la phrase mystérieuse.

« Tu l'emmèneras avec toi. »

Tel un automate, elle se laissa guider par l'oncle Charles jusqu'à sa voiture.

— Beaucoup de monde ! constata ce dernier en prenant

le volant et en se glissant dans le flot de véhicules qui quittaient les lieux.

— Oui.

Ils étaient en effet venus nombreux pour accompagner Pen.

— Normal. Elle était superbe. Pauvre Tom !

Oncle Charles s'exprimait toujours ainsi, avec une économie de mots. Sans doute avait-il acquis cette habitude de ne dire que le strict minimum dans la marine, où il avait fait carrière.

— Il semble déprimé, dit Cass.

— Oui. Besoin de réconfort. Besoin de vous.

Que pourrait-elle dire à Tom qui puisse le réconforter ?

— Et *vous*, comment allez-vous ? demanda-t-il.

Oncle Charles semblait sincèrement concerné par ce qu'elle pouvait ressentir, mais ses sentiments étaient bien trop complexes pour que Cass puisse les exprimer par des mots. Elle éprouvait tout à la fois de la colère et un immense chagrin, de la pitié et de la révolte. Toutefois, ce qui dominait était un terrible sentiment de culpabilité pour n'avoir pas su éviter cette mort absurde.

— J'essaie de faire face.

Oncle Charles approuva d'un signe de tête.

— Tout ce qu'on peut faire ! reconnut-il. Vous restez, cette nuit ?

— Non. Je travaille. Vous habitez toujours dans la loge du gardien ?

— Oui. Idéale pour une personne. Je n'envie pas Dray. Seul dans cette immense demeure. Triste.

— Il n'est toujours pas marié ?

— Non. Trop exigeant. Comme avec Sophie Palmers-Lyons, l'année dernière. Une fille bien. Très bonne famille. Il aurait dû l'épouser !

— Que s'est-il passé ?

— Manque d'enthousiasme. Elle a fini par en épouser un autre.

Ils arrivaient devant North Dean Hall. La demeure parut à Cass plus imposante encore que dans ses souvenirs. D'autres voitures s'étaient garées dans la cour et leurs passagers convergeaient vers le perron où les attendaient Dray et Tom.

— Dray a organisé un buffet pour la famille et les proches, l'informa oncle Charles.

— Je ne suis là que pour un entretien avec Tom. Je dois repartir au plus vite.

Il n'était pas dans son intention de se joindre à la foule.

— Mais Dray…

— Dites à Tom que je l'attends devant le pavillon d'été, s'il vous plaît, dit-elle en s'éloignant avant que quiconque puisse la retenir.

Elle contourna la vaste demeure et prit le chemin qui serpentait à travers les arbres jusqu'à la rivière. Fait de bois et de verre, le pavillon d'été permettait de profiter de la vue qui était, à cet endroit, d'une beauté à couper le souffle. La jeune femme s'assit sur les marches du perron, face à l'eau miroitante.

Le soleil était déjà chaud en ce début de printemps. Elle ôta sa veste et, appuyant son dos contre le bois, ferma les yeux. Les souvenirs de sa première visite à North Dean Hall lui revinrent à la mémoire. Le soleil brillait également, ce jour-là, pour le mariage de Pen.

Etait-ce le plus beau jour de la vie de sa sœur ? Sans doute. Elle était radieuse dans sa robe blanche de mariée et Cass en avait oublié ses soucis pour être tout simplement fière de sa beauté.

Cass ne l'enviait pas, toutefois. Le style de vie choisi par Pen n'était pas celui auquel elle rêvait. Assise entre un financier et un directeur d'entreprise, aussi ennuyeux l'un que l'autre, elle avait vécu le repas comme un supplice.

Elle se serait volontiers éclipsée après le vin d'honneur, mais Dray et oncle Charles étaient brusquement apparus à ses côtés, l'obligeant à les suivre pour assister à la remise des cadeaux. Oncle Charles avait ensuite tenu à la présenter au reste de la famille installée autour de la piste de danse. Les oncles, tantes, cousins et cousines, Monica, la belle-mère.

— Cassandra ! s'était exclamée cette dernière. Seigneur… mais où êtes-vous allée chercher un tel prénom ?

Les autres furent nettement plus polis et chaleureux.

Quand l'orchestre se mit à jouer, tous les regards se tournèrent vers le couple de jeunes mariés qui ouvrit le bal. L'image même du bonheur. Sans doute Cass fut-elle la seule à espérer qu'elle ne soit pas trompeuse.

Le couple fut bientôt rejoint par un deuxième formé par Drayton et Kelly, les deux témoins. Kelly, qui venait de troquer sa robe de cérémonie pour une autre, terriblement sexy, cherchait de toute évidence à séduire son cavalier.

Dray ne semblait guère s'en préoccuper, habitué qu'il était à ce que les femmes s'offrent ainsi ouvertement à lui.

— Dray accomplit son devoir, affirma oncle Charles à son côté. Pas d'inquiétude à avoir.

— Je n'en ai pas ! se défendit Cass tout en rougissant jusqu'à la racine des cheveux. Dray est libre de conquérir qui il veut.

Oncle Charles tourna la tête vers elle, surpris de sa véhémence.

— Oh !… je croyais… Quand Dray m'a demandé de… Une erreur… Désolé… Prenez donc un verre !

Arrêtant un serveur, il prit un verre de champagne sur son plateau et l'offrit à la jeune femme. Puis, sans plus attendre, il se lança dans le récit de l'une de ses campagnes navales.

Cass écouta, heureuse de pouvoir ainsi s'occuper l'esprit. Au beau milieu d'une phrase, cependant, le conteur s'arrêta pour annoncer :

— Le voilà !

Sans même se retourner, Cass sut qu'il s'agissait de Dray. Il apparut effectivement au bout de la table. Comment avait-il fait pour se débarrasser de la pulpeuse Kelly ?

Dray échangea quelques mots avec les convives. Une vieille tante rosit de plaisir lorsqu'il se pencha pour déposer un baiser sur sa joue parcheminée et deux adolescentes pouffèrent de rire aux mots qu'il leur glissa à l'oreille. Il réussit même à obtenir un sourire de Monica, ce qui représentait un exploit. Drayton Carlisle était, à l'évidence, fort apprécié des membres de sa famille.

— Prends mon siège, lui proposa oncle Charles.

Au grand soulagement de Cass, Dray déclina l'offre.

— Non, merci. Il est d'abord de mon devoir de faire danser ma belle-sœur.

Cass pensa tout naturellement qu'il parlait de Pen. Quelle ne fut pas sa surprise lorsqu'il s'inclina devant elle.

— Voulez-vous m'accorder cette danse, Cassandra ?

Sans attendre sa réponse, il saisit sa main et l'entraîna sur la piste. Tandis qu'il l'enlaçait, le cœur de la jeune femme se mit à battre si fort qu'elle eut l'impression que tous pouvaient l'entendre.

— Vous aviez besoin d'être secourue, lui glissa-t-il à l'oreille.

— De qui ? De votre oncle ? Est-il donc, lui aussi, un séducteur ?

Le visage de Drayton se crispa légèrement ; il n'appréciait visiblement pas la plaisanterie.

— Peut-être. Il vous intéresse ?

— Cela dépend. Est-il lié à la fortune des Carlisle ?

— Plus ou moins… J'aurais dû vous laisser entre ses griffes, répondit-il sans sourire.

Pensait-il réellement que la seule chose qui l'intéressait était l'argent ? La colère submergea Cass.

— J'ai des choses plus intéressantes à faire que de courir après les vieux beaux fortunés…

— Est-ce ce que je suis pour vous ?

La musique s'était arrêtée. La jeune femme voulut partir, mais il la retint.

— Répondez-moi !

— Laissez-moi tranquille ! J'ignore tout de vous et…

— Vous apprendrez à me connaître !

— Cela m'étonnerait. Nous ne fréquentons pas le même monde.

— Est-ce un problème ?

Cela ne semblait pas en être un pour lui. Pour un Carlisle, il ne devait pas y avoir beaucoup de problèmes…, songea-t-elle.

— Oui, répondit Cass. Pour moi, c'est un problème.

Drayton resserra un instant l'étreinte de ses doigts sur son bras puis finit par la libérer. Elle ne s'attarda pas et rejoignit la table pour y récupérer son sac.

— J'ai été heureuse de vous connaître, dit-elle à oncle Charles.

— Vous partez déjà ? s'exclama ce dernier en lançant un regard vers la piste de danse.

Cass suivit son regard et ne fut pas surprise de voir Dray Carlisle en compagnie d'une autre cavalière. Ce qui l'étonna, par contre, fut l'intensité du sentiment de jalousie qu'elle en éprouva.

Raison de plus pour partir ! se dit-elle Une seule danse et elle était en transe. Effrayant, mais ô combien fascinant !

Comme s'il avait senti que la jeune femme le regardait, Drayton se tourna légèrement. Leurs regards se croisèrent et une éternité s'écoula avant qu'ils puissent les détacher l'un de l'autre.

Elle s'enfuit sans se retourner.

Si le destin ne s'en était pas mêlé, l'affaire aurait pu en rester là. Mais n'est-il pas dans la nature même du destin de faire en sorte qu'on ne puisse lui échapper ?

Cass s'éloignait de la vaste tente sous laquelle se déroulait la fête lorsqu'elle aperçut un enfant qui faisait des signes désespérés, à l'autre bout de la pelouse, près de la rivière. Il semblait en détresse. Elle courut vers lui et le prit dans ses bras. En pleurs et trempé de la tête aux pieds, le gamin lui désigna une barque et un autre enfant qui se débattait dans l'eau noire.

Sans plus réfléchir, la jeune femme ôta ses chaussures et plongea dans l'eau glacée. Elle nagea vers la forme qui s'agitait désespérément. Malheureusement, sa longue robe l'entravait et empêchait sa progression. Elle commença à suffoquer et se serait sans doute noyée si deux bras puissants ne l'avaient soudain soutenue et maintenue à flot.

— L'enfant ! Il faut le sauver ! Il est là ! cria-t-elle en désignant du doigt l'endroit où la forme venait de disparaître.

Deux autres bras la tirèrent alors vers la rive tandis que le premier sauveteur plongeait à la recherche du gamin.

Lorsqu'elle fut à pied sec, Cass observa la scène, priant pour une heureuse issue à cette terrible aventure. Les secondes s'égrenèrent, terrifiantes. Plusieurs fois, le plongeur réapparut, seul. Enfin, deux têtes crevèrent la surface de l'eau noire.

— Dieu merci, il l'a trouvé ! s'exclama l'homme à son côté.

Cass le regarda.

— Je suis Simon, se présenta-t-il. Simon Carlisle. C'est mon fils William qui nous a alertés. Il a fait partie de la folle équipée.

Quand l'homme sortit de l'eau, portant l'enfant dans ses bras, elle le reconnut. Drayton !

Le gamin n'était plus qu'une masse inerte qu'il déposa sur la pelouse. Cass s'agenouilla aussitôt près de lui et trouva son pouls. Il battait faiblement.

— Que pouvons-nous faire ? demanda Simon, visiblement désemparé.

Cass était déjà au travail, expulsant l'eau des poumons de l'enfant puis pratiquant le bouche-à-bouche afin de lui insuffler l'air nécessaire. Au bout d'un temps qui lui parut une éternité, le petit garçon se mit à tousser, à cracher. Il était sauvé !

— Peut-on le ramener à la maison ? demanda Drayton.

— Je… Je pense que oui, répondit Cass en claquant des dents.

— Je m'en charge ! proposa aussitôt Simon qui avait eu le temps de remettre sa chemise et son pantalon.

Les deux hommes avaient ôté leurs vêtements avant de plonger, se montrant ainsi plus avisés que Cass qui grelottait à présent dans sa robe trempée. Une imprudence qui aurait pu lui coûter la vie.

— Enlevez votre robe et mettez ceci ! ordonna Drayton, péremptoire, en lui tendant sa chemise tandis que lui-même remettait son pantalon.

L'hésitation de Cass fut de courte durée. Ce n'était pas le moment de jouer les prudes. Elle se tourna et Drayton descendit la fermeture à glissière de sa robe qui tomba à ses pieds en un tas informe. Sans s'en préoccuper, Cass s'empressa de revêtir la chemise de Drayton sur ses sous-vêtements mouillés.

— Rentrons ! dit-il alors en la prenant par la main. Un bain chaud vous fera du bien.

Cass marcha à ses côtés, pieds nus, n'ayant aucune idée de ce qu'étaient devenues ses chaussures.

— Mais… vous boitez ! s'exclama Drayton au bout de quelques instants.

La jeune femme se mordit la lèvre. Une douleur sourde vrillait en effet la plante de l'un de ses pieds.

— Ce n'est rien !

— Vous saignez également !

Il l'aida à atteindre un tronc d'arbre abattu sur lequel elle put s'asseoir. Lorsqu'il examina son pied et tâta délicatement sa blessure, elle tressaillit.

— Vous ne pouvez pas continuer à marcher, déclara-t-il, en se redressant. Un morceau de verre s'est enfoncé dans la chair.

Stoïque, Cass voulut se redresser à son tour mais la douleur fut si vive qu'elle se rassit immédiatement en se mordant la lèvre pour ne pas crier.

— Je vais vous porter, offrit-il aussitôt.

Passant un bras autour de ses épaules, l'autre sous ses genoux, Drayton la souleva tel un fétu de paille, avant même qu'elle ait le temps de protester.

Pourquoi l'aurait-elle fait, d'ailleurs ? Elle se sentait si bien, lovée contre son torse puissant et musclé. Elle noua les bras autour de son cou mais évita soigneusement de lever les yeux vers son visage, à quelques centimètres du sien.

— Je… euh… Merci pour ce que vous avez fait, Drayton, balbutia-t-elle. Si vous n'étiez pas intervenu…

— Quelqu'un d'autre l'aurait fait ! C'est vous qui devez être remerciée.

— Moi ? Vous plaisantez ! Empêtrée dans ma robe, comme une idiote, j'étais en train de me noyer !

— Vous avez pu m'indiquer où se trouvait l'enfant. Sans

vous, je l'aurais cherché près de la barque qui avait dérivé dans le courant.

Peut-être… Il n'empêche qu'elle lui devait la vie, tout simplement.

Levant enfin les yeux vers lui, Cass fut surprise d'y lire non pas de l'arrogance, mais de l'angoisse. De toute évidence, il avait eu peur.

— Vous m'avez sauvée !

Il sourit.

— Il semble que j'aie été bien avisé de vous suivre…

— Vous… Vous m'avez suivie ?

— Oui. Dès que j'ai pu enfin me débarrasser d'une cavalière entreprenante. Je vous avais vue quitter la réception, mais alors que j'atteignais la pelouse, William, le fils de Simon, s'est précipité vers moi. Il était trempé et dans un état d'excitation extrême. Je l'ai conduit à ses parents et son père et moi avons essayé de débrouiller une histoire de barque chavirée et d'une femme en bleu qui avait plongé dans la rivière pour sauver son ami Peter.

— Merci d'être accouru aussi vite, Drayton.

— Vous êtes dans mes bras ; cela en valait la peine.

Cass rougit sous son regard. Drayton évita soigneusement de revenir vers la fête qui battait toujours son plein, de sorte que personne ne vit la sœur de la mariée, à moitié nue, dans les bras du frère du marié, tout aussi peu habillé.

En pénétrant dans la maison par l'arrière, ils croisèrent Camilla, la femme de Simon, qui arqua les sourcils en découvrant le spectacle pour le moins inattendu qu'ils offraient.

— Où est Simon ? demanda Drayton.

— Au salon. Il a appelé une ambulance et m'envoie chercher les Stuart. Peter est leur fils.

Cass avait été présentée à Camilla, plus tôt dans la soirée. Elle lui avait paru particulièrement distante et glaciale, une impression que confirmait sa présente attitude.

— Comment va-t-il ? demanda Drayton.

— Il a vomi sur ton tapis et ne cesse de pleurer comme un bébé !

— Qui s'occupe de lui ?

— Mme Henderson et Simon. J'espère que ce Peter ne va pas rejeter la faute de l'accident sur William ! C'est certainement lui qui l'a entraîné. William n'aurait jamais…

— Ça suffit, Camilla ! Déterminer qui est responsable n'est certainement pas la priorité du moment. Rends-toi utile, va donc chercher les Stuart !

Camilla obéit en maugréant.

— Vous pouvez me déposer…, dit Cass.

Elle aurait pu tout aussi bien parler à un mur. La serrant contre lui, Drayton continua à la porter jusqu'à une salle de bains. Il l'assit alors sur le rebord de la baignoire, mouilla une serviette avec de l'eau chaude et, s'agenouillant devant elle, se mit en devoir de nettoyer le pied blessé de la boue qui le recouvrait.

Attentif à ne pas lui faire mal, il prit son temps. Cass le regarda faire, fascinée par ce mélange de force et de douceur.

— Le sang s'est arrêté de couler, annonça-t-il, mais le morceau de verre semble profondément enfoncé. Il vaut mieux s'en remettre à un médecin pour le retirer. En attendant, je vais désinfecter la plaie.

Tout en parlant, il sortit du coton et un flacon d'antiseptique de l'armoire à pharmacie.

— Serrez les dents ! ordonna-t-il en tamponnant la blessure avec le coton imbibé du liquide. Il vous est même permis de jurer.

— Ne me tentez pas !

— Vous tenter me plairait pourtant beaucoup, dit-il. Que faudrait-il faire pour cela ?

Cass frémit. Le séduisant Drayton Carlisle lui faisait-il des avances ? Impossible ! Dans l'état où elle se trouvait, elle devait être repoussante. Cela dit, s'il la prenait pour une Marie-couche-toi-là, il en serait pour ses frais.

— Cessez ce jeu, je vous en prie ! Je ne vous plais pas et vous ne me plaisez pas davantage !

— Vraiment ?

Avant qu'elle ait pu faire un geste, il la prit dans ses bras et souda ses lèvres aux siennes.

Cass devait se souvenir à jamais de ce premier baiser,

du contact avec ces lèvres à la fois douces et exigeantes. Drayton sentait la rivière, la sueur et une eau de Cologne légèrement épicée, terriblement masculine. Comme elle posait la main sur son torse pour le repousser, elle sentit ses muscles vibrer sous ses doigts et frissonna.

Jamais encore, jusqu'à ce jour, la jeune femme n'avait ressenti une telle attirance pour un homme. Déstabilisée, elle poussa un gémissement qu'il interpréta comme un accord. Sans doute en était-ce un ; la bataille fut si brève ! Nouant les bras autour de son cou, elle entrouvrit les lèvres afin de lui permettre d'approfondir son baiser.

Drayton Carlisle n'en était pas à sa première conquête, mais jamais encore il n'avait éprouvé un tel désir pour une femme. Elle avait failli se noyer dans la rivière et il ne l'aurait pas supporté. Il l'avait tenue, palpitante, dans ses bras et aurait voulu que cet instant dure toujours. Elle était blessée et l'idée qu'elle souffrait lui faisait mal. Il lutta contre l'envie de l'allonger sur le carrelage, de caresser son corps, de le couvrir de baisers et de lui faire l'amour. Il la serra fort contre lui et sut que quelque chose de très spécial était en train de lui arriver.

Cass, de son côté, ne se reconnaissait plus. Un volcan endormi semblait se réveiller en elle. Le sang battait à ses tempes, elle perdait toute notion de temps et de lieu. Le monde autour d'elle avait cessé d'exister. Seuls comptaient désormais Drayton Carlisle et ses caresses.

Il fut le premier à rompre l'étreinte tant ils se trouvaient en déséquilibre. Il réussit à se rétablir mais, ce faisant, heurta le pied de la jeune femme. Elle poussa un cri de douleur.

— Je suis désolé !

Puis, les yeux brillant d'une étrange lueur, il ajouta :

— Qui aurait pu penser ça ?

Penser quoi ? Qu'elle répondrait avec une telle ardeur à son baiser ? Qu'elle fût si passionnée ? Elle en était la première surprise. Elle devait impérativement réagir, ne pas lui donner à penser qu'elle était une fille facile.

— Je... Je vais appeler un taxi ! dit-elle.

— Pour aller où ?

— A la gare.

— Dans cette tenue, vous allez certainement relancer l'intérêt pour les voyages en train !

La jeune femme se mordit la lèvre. Sa robe, totalement sinistrée était restée près de la rivière !

— Je ne peux pas rester ici.

— D'accord ! Rejoignons les autres.

Il la porta de nouveau le long d'un couloir jusqu'au salon. Peter s'y trouvait, allongé sur le divan, entouré de ses parents et de Mme Henderson, la gouvernante. Il était pâle et encore sous le choc, mais semblait avoir récupéré. Simon n'était plus là ; sans doute avait-il rejoint les invités.

Drayton déposa la jeune femme dans un fauteuil, enfila le sweater que lui tendait la gouvernante et répondit aux nombreuses questions posées par les Stuart. Cass rougit en l'entendant la décrire comme l'héroïne incontestable de l'aventure. Les Stuart la remercièrent chaleureusement.

L'ambulance et son équipe médicale arrivèrent alors. Après un bref examen de l'enfant, il fut décidé de le conduire à l'hôpital et de le garder en observation, par précaution. L'équipe se préparait à emmener également Cass mais Drayton s'y opposa, affirmant que l'idée qu'elle puisse attendre, aux urgences, d'être prise en charge lui répugnait. La blessée ne fut pas consultée sur la question.

Lorsque Peter et ses parents furent partis, Simon arriva. Il avait reconduit sa femme et son fils chez eux et revenait au cas où l'on aurait besoin de lui.

— Retourne à la réception et veille à ce que personne ne manque de rien, lui suggéra Drayton. J'appelle un médecin. Cassandra s'est blessée au pied. Madame Henderson, si vous voulez bien lui faire couler un bain...

— Ce n'est pas nécessaire ! protesta Cass alors qu'une fois encore il la soulevait dans ses bras.

— Vraiment ? demanda-t-il en se dirigeant vers l'escalier conduisant au premier étage. J'adore votre parfum. Comment s'appelle-t-il ? *Eau de la Tamise* ? Un subtil mélange d'extraits d'égouts et de produits chimiques ?

— Que pensez-vous sentir vous-même ? rétorqua-t-elle, sarcastique. Christian Dior, Hermes ?

— Je préfère Guerlain, au cas où vous voudriez me faire un cadeau à Noël.

Il flirtait de nouveau et Cass, ne possédant aucune compétence dans ce domaine, se demanda comment gérer la situation.

— Il est bien difficile de faire un cadeau à quelqu'un qui possède tout.

Drayton fit la grimace.

— Il semble que vous ayez une dent contre les fortunés. Pourquoi ?

— Pour de nombreuses raisons. Ceux qui sont riches se croient tout permis, persuadés que tout s'achète. Ils se trompent. Leur arrogance est insupportable !

— Je suppose que vous parlez en général et ne visez personne en particulier ?

— Bien entendu !

La conversation s'interrompit. Ils venaient d'atteindre la salle de bains dans laquelle se tenait la gouvernante, occupée à préparer le bain demandé. Le monde entier aurait-il donc décrété qu'elle sentait mauvais ?

Dès leur arrivée, Mme Henderson s'éclipsa, persuadée qu'ils désiraient être seuls.

Déposant son fardeau sur le rebord de la baignoire, Drayton regarda autour de lui.

— Serviette, savon, shampooing, peignoir de bain, énuméra-t-il, en veillant à ce tous ces objets soient à portée de main de la jeune femme. Avez-vous besoin d'autre chose ?

— Non.

— Vous êtes sûre ?

— Absolument sûre !

— Vous n'avez pas besoin que je vous lave le dos ?

Cass le regardait, effrayée, quand elle vit une lueur amusée danser dans ses yeux.

— Non, merci, dit-elle aussitôt.

— Dommage ! s'exclama-t-il en reculant vers la porte.

Une seconde plus tard, elle se retrouvait seule, incapable de savoir si elle se sentait soulagée ou frustrée.

Elle prolongea son séjour dans l'eau chaude et parfumée aussi longtemps qu'elle put. C'était un vrai délice. Lorsqu'elle sortit enfin en clopinant de la salle de bains, vêtue d'un peignoir, elle trouva la gouvernante qui l'attendait dans la chambre attenante.

— Le docteur est arrivé, lui annonça-t-elle. Il désire savoir si vous êtes prête à le recevoir.

— Le docteur ?

— Dr Michaelson. M. Drayton l'a appelé. Puis-je le faire entrer ?

— Oui, bien sûr !

Argumenter n'aurait servi qu'à faire réapparaître le maître des lieux. Quand un jeune médecin, élégamment vêtu, pénétra dans la chambre, Cass s'excusa :

— J'espère ne pas avoir ruiné votre samedi soir !

— Au contraire ! affirma l'arrivant, tout sourires. Je n'avais d'autre projet pour la soirée que de m'occuper de mon linge sale, la corvée de bien des célibataires ! Dray a suggéré que je me joigne à la fête… dès que je vous aurai sauvée d'une mort certaine, bien entendu !

Cass sourit.

— Vous êtes un ami de Drayton ?

— Oui. Je suis le médecin officiel de Carlisle Electronics. Je m'appelle John.

— O.K., John, voyons ce que vous pouvez faire avec ce pied, dit-elle en s'asseyant sur le bord du lit. J'espère que vous n'aurez pas à le couper !

Il examina attentivement la blessure et elle tressaillit de douleur lorsqu'il la toucha.

— L'entaille est profonde, annonça-t-il.

— Due à un morceau de verre ?

— Oui. Il est malheureusement toujours là et il va falloir l'enlever. Nous avons le choix entre deux méthodes.

— Lesquelles ?

— Ou j'explore votre pied à vif et vous serrez les dents,

ou je vous injecte un anesthésiant et vous ne sentez rien. Avec cette deuxième solution, cependant, votre pied restera insensible pendant des heures. Ce qui, évidemment, vous immobilisera ici.

Comme Cass s'accordait un temps de réflexion, une voix se fit entendre derrière eux.

— L'anesthésiant est la meilleure solution !

Ils se retournèrent. Dray se tenait dans l'encadrement de la porte, de nouveau impeccablement vêtu d'un costume et d'une cravate. Depuis combien de temps était-il là ? Et pourquoi n'avait-il pas fait connaître sa présence plus tôt ?

— Je préfère tenter la première solution ! rétorqua Cass aussitôt. Je ne tiens pas à rester immobilisée ici plus qu'il ne faut.

Le médecin sortit les instruments nécessaires de sa sacoche tandis que Dray, prenant appui contre le mur, croisait ses bras sur sa poitrine, bien décidé à assister à l'intervention.

Serrant les dents comme le lui avait suggéré le praticien, Cass eut du mal à ne pas crier tant la douleur était forte. Le morceau de verre semblait très profondément enfoncé. Des gouttes de sueur apparurent sur son front mais jamais elle ne l'aurait imploré d'arrêter. Ce fut finalement Dray qui intervint.

— Pour l'amour de Dieu, John, utilise l'anesthésiant ! Ne vois-tu donc pas combien elle souffre !

Le médecin releva la tête.

— Il a raison, dit-il à l'intention de Cass. Le morceau de verre est très profondément enfoncé. Je vais avoir du mal à l'extraire.

— Faites pour le mieux ! répondit Cass, épuisée.

Dray poussa un soupir de soulagement et sortit enfin de la pièce. Ils entendirent ses pas décroître dans le couloir.

— Il ne supporte pas de vous voir souffrir, fit remarquer le jeune médecin. Vous… Vous êtes son amie ?

— Seulement sa belle-sœur, depuis quelques heures. Je le connais à peine.

John fit la piqûre d'anesthésiant, attendit quelques instants puis appuya le manche de son scalpel près de la blessure.

— Vous ressentez quelque chose ?

— Non, rien !

Cass s'efforça de rester parfaitement immobile tandis qu'il extrayait le morceau de verre, nettoyait soigneusement la plaie et posait les points de suture.

Son travail terminé, le jeune médecin ne sembla nullement pressé de partir, paraissant trouver un certain plaisir à lui faire la conversation. Cass l'écouta à peine, l'esprit totalement absorbé par Drayton Carlisle.

Bien qu'elle se refusât encore à l'admettre, elle venait de tomber éperdument amoureuse de lui.

4

Un bruit de pas se rapprochant ramena brusquement Cass au temps présent. Elle s'attendait à voir apparaître Tom, mais ce fut Drayton qui se présenta à elle. Il s'était débarrassé de sa veste mais portait toujours sa cravate de soie noire.

Comme il l'examinait avec attention, la jeune femme fut heureuse d'avoir abrité ses yeux derrière des lunettes noires. Il devait ignorer qu'elle avait pleuré.

Refusant la main qu'il lui tendait, elle se releva, épousseta sa jupe et demanda :

— Où est Tom ?

— A la maison. Il refuse de venir ici.

— Vraiment ?

Lançant un regard à sa montre, elle vit qu'il était midi, l'heure, pour elle, de partir.

— S'il veut me voir, il sait où j'habite, conclut-elle en s'éloignant d'un pas vif.

Elle atteignait un bouquet d'arbres lorsqu'il la rattrapa. S'emparant de son bras, il l'obligea à lui faire face.

— Il ne s'agit pas d'un caprice, Cass ! Tom ne veut pas venir dans ce pavillon. Il lui rappelle trop de mauvais souvenirs !

— Ah oui ! Puis-je savoir lesquels ?

« Que va-t-il inventer ? » se demanda-t-elle, mais Drayton se contenta de faire un geste de la main.

— Cela n'a pas d'importance.

Il lui cachait quelque chose ! Un muscle tressautant au coin de sa bouche le trahissait ; il était mal à l'aise.

— C'est Tom qui veut me rencontrer, lui rappela-t-elle en libérant son bras, et non l'inverse.

Drayton laissa échapper un soupir.

— Si je te révèle la raison de son attitude, accepteras-tu de me suivre ?

Elle acquiesça d'un signe de tête.

— Ta sœur avait l'habitude de rencontrer l'un de ses amants dans ce pavillon. Tom les a surpris en flagrant délit.

La gorge de Cass se contracta et elle ne put prononcer un mot. Elle aurait voulu pouvoir l'insulter, le traiter de menteur ! Devant son silence, Dray poursuivit :

— Tu savais, n'est-ce pas ?

— Non !

C'était la stricte vérité.

— Tu n'as pas l'air surprise pour autant !

Pas vraiment… Ne s'était-elle pas toujours doutée que le mariage de Pen n'était pas un mariage d'amour ?

— Et toi, étais-tu au courant ? s'enquit-elle.

— Non. Je l'ai appris par Tom, mais il était totalement incohérent. Je ne l'ai pas cru, à l'époque. Tu t'en doutais, n'est-ce pas ?

— Avec Pen, je n'étais jamais sûre de rien, avoua-t-elle, amère.

— Elle t'avait certainement mise dans la confidence ! De son côté, elle nous racontait volontiers la manière dont tu traites tes amants : avec le plus profond dédain.

Drayton était en colère et son visage n'exprimait plus que mépris.

— Mes *amants* ? répéta Cass, interloquée. Tu mens ! Jamais ma sœur n'a pu dire une chose pareille !

— Elle l'a fait et je la crois ! Pour toi, les hommes ne sont que des objets de plaisir que tu jettes après usage.

— Je t'interdis…

Cass voulut le gifler mais il para l'attaque.

— Que se passe-t-il, Cassie ? Tu n'aimes pas que l'on appelle les choses par leur nom ?

— Toi et moi, ce… ce n'était pas ainsi !

— C'est ce que je croyais, mais j'étais aveugle. Dieu merci, ta sœur m'a ouvert les yeux.

Sa rancœur et son amertume semblaient sincères ; Cass ne savait plus que penser. A quel jeu pervers jouait-il ?

— Je refuse de t'écouter ! cria-t-elle.

— Oh non ! Ce serait trop facile ! Tu vas écouter jusqu'au bout ce que j'ai à dire.

— Non !

La jeune femme voulut fuir mais il la plaqua avec rudesse contre un arbre et posa les mains de chaque côté de son visage, la retenant prisonnière.

— Laisse-moi partir ! hurla-t-elle rageusement.

Drayton n'avait pas voulu cette confrontation, mais la santé mentale de son frère l'inquiétait. Tom désirait parler à Cass et cela seul avait guidé sa conduite envers la jeune femme.

En sentant soudain palpiter son corps contre le sien, les souvenirs de leurs étreintes passées le submergèrent, tel un torrent impétueux. Il se souvenait de tout : de la douceur de sa peau, de la façon dont elle se donnait à lui lorsqu'il lui faisait l'amour. Comment aurait-il pu oublier ? Nulle femme, depuis lors, n'avait réussi à la remplacer dans son cœur.

Quelle folie il avait faite, à l'époque, en lui avouant son amour quand, pour elle, leur relation n'était que banalement sexuelle !

D'un geste impulsif, il prit le visage de Cass entre ses mains et plongea son regard au fond du sien.

— Dis-moi comment c'était entre nous, autrefois, Cassie... Je veux l'entendre de ta bouche.

La jeune femme frémit de tout son être. Elle ne savait plus ! Elle ne savait plus où elle était, ni ce qu'elle faisait là, ni la raison de leur querelle.

Les trois années passées n'existaient plus. Cass retrouvait intactes les émotions d'alors, si puissantes qu'elles occultaient toute pensée raisonnable.

La force primitive qui la poussait vers Drayton Carlisle existait toujours, avec la même puissance dévastatrice. Quand il entoura sa taille de ses bras, elle se plaqua contre lui, toute idée de se défendre anéantie.

Lorsque ses lèvres s'emparèrent des siennes, elle gémit. Ses baisers avaient été sa drogue et elle avait connu depuis une longue privation, un supplice.

Ils ne dirent rien ; les mots auraient été inutiles. Le besoin de se toucher, de se caresser, les submergeait, irrésistible. En ce jour où planait l'ombre de la mort, la vie réaffirmait ses droits.

D'ordinaire parfaitement maître de lui, Drayton ne s'appartenait plus. Dans sa hâte de caresser les seins laiteux dont l'image n'avait cessé de le hanter, il faillit arracher les boutons du chemisier de Cass. Lorsqu'il trouva enfin les pointes durcies, il les engloutit tour à tour dans sa bouche avide.

Cass cria mais, cette fois, de plaisir. Elle redevenait ce volcan que lui seul savait embraser et cambra son corps pour mieux l'offrir à ses caresses.

C'est alors qu'une voix appela dans le lointain. Ils restèrent d'abord sourds à cet appel puis, la voix se rapprochant, Dray finit par libérer la jeune femme qui, en hâte, reboutonna son chemisier.

— Tout va bien. C'est Alex Stuart, mon assistant.

Alex Stuart, le père de l'enfant qui avait failli se noyer le soir du mariage ! Le rouge de la honte monta au front de Cass. Comment osait-elle se comporter ainsi, le jour des funérailles de sa sœur ? Avait-elle donc perdu la tête ?

Elle s'enfuit avant qu'Alex ne les trouve, sans but précis. L'essentiel était de s'éloigner de son tourmenteur afin de retrouver ses esprits.

Ainsi, il suffisait qu'il la touche pour que…

De nouveau, les souvenirs du passé lui revinrent à la mémoire.

Le jeune docteur avait fini par quitter la chambre et Cass s'était allongée sur le lit, épuisée. La tentative de sauvetage plus la nuit blanche qui avait précédé… Elle avait fermé les yeux et s'était endormie.

Une main posée sur son épaule la tira du sommeil. Dray se tenait debout à côté du lit.

— Votre sœur et Tom vont partir. Vous sentez-vous la force de vous lever ?

Elle le regarda tout d'abord sans comprendre puis, très vite, les derniers événements lui revinrent à la mémoire. Le baiser échangé, surtout. La cérémonie du mariage, la tentative de sauvetage, sa blessure, tout le reste n'avait que peu d'importance.

— Vous allez bien ? demanda-t-il, un peu inquiet du silence de la jeune femme.

— Oui, oui, très bien !

— Je vous ai trouvé des vêtements.

Il lui montra alors une robe, des sous-vêtements et des chaussures déposés sur une chaise qu'il avait approchée du lit.

— Merci !

— Je vous laisse vous préparer.

Il était sorti et avait refermé la porte derrière lui. Lançant un regard à sa montre, Cass réalisa alors qu'elle venait de dormir pendant trois heures.

Elle s'assit sur le bord du lit et s'habilla. Le soutien-gorge et le slip de dentelle étaient neufs. La robe portait la griffe d'un grand couturier et lui allait parfaitement. A qui appartenaient ces vêtements ? se demanda la jeune femme. A l'une de ses maîtresses ?

En l'absence de produits de maquillage, Cass se contenta de brosser ses cheveux et de les laisser retomber en liberté sur ses épaules. Lorsque Drayton revint frapper à sa porte, elle était prête.

Ils échangèrent un regard qui, mieux que des mots, témoignait de leur trouble réciproque.

Cass essaya de se lever mais se rassit aussitôt. Son pied, encore sous l'effet de l'anesthésiant, était comme mort.

— Je vais vous porter…

Percevant sa réticence, il avait ajouté :

— A moins que vous ne préfériez que ce soit John.

— John ?

— Le Dr Michaelson.

Cass avait arqué les sourcils.

— Je ne pense pas que porter ses patients soit dans ses attributions.

— Il pourrait faire une exception, dans votre cas. Il est sous le charme.

— Vraiment ?

— Son intérêt pour vous n'a rien de médical. Il m'a demandé où vous habitez, quelle est votre profession…

— Et vous vous êtes empressé de lui dire que j'étais caissière dans un supermarché.

— Je ne lui ai fourni aucune information !

Sans plus attendre, il l'avait soulevée dans ses bras tout en ajoutant :

— Je l'ai tout de même averti que son intérêt était mal ressenti !

La jeune femme s'était révoltée.

— Comment pouvez-vous savoir ce que je ressens ?

— Je ne parlais pas de vous, mais de moi.

Il n'avait pas dit un mot de plus. C'était inutile.

Elle avait juste posé la tête sur son épaule et il avait enfoui le visage dans ses cheveux.

Leur attirance mutuelle leur semblait alors si simple, si évidente ! La chose la plus naturelle au monde.

Sans qu'un seul mot fût échangé, il la porta le long du couloir, descendit les marches de l'escalier, gagna la terrasse puis traversa la pelouse jusqu'à la tente sous laquelle se déroulait la fête. Ils se sentaient bien, serrés l'un contre l'autre, éblouis par leur harmonieuse et totale complicité.

Hélas ! Dès qu'ils pénétrèrent sous la tente, le charme fut rompu. Trop de lumières, trop de bruit, trop de monde… Mais, surtout, l'expression du visage de Pen en les apercevant détruisit instantanément, pour Cass, la magie de l'instant.

Dray l'installa à la table et les invités la félicitèrent chaleureusement pour le sauvetage effectué. Pen parvint à dissimuler sa réprobation jusqu'au moment où Drayton s'éloigna en compagnie de Tom pour aller chercher des boissons. Elle se lança alors dans une véritable inquisition.

Qu'avait donc voulu prouver Cass avec cette histoire de sauvetage, elle qui n'était qu'une piètre nageuse ?

Ainsi interpellée, la jeune femme s'efforça de faire un compte rendu honnête de son intervention. Elle n'avait rien d'une héroïne. En fait, tout le mérite du sauvetage revenait à Drayton. Sa voix dut trahir ce qu'elle ressentait pour ce dernier car, les yeux étincelants, Pen demanda :

— Que se passe-t-il, Cass ?

— Je viens de te le dire.

— Je me fiche du sauvetage ! Que se passe-t-il entre toi et Dray ?

— De quoi parles-tu ?

Ce qu'elle ressentait était-il donc si évident ?

— Ne joue pas les innocentes ! Toutes les demi-heures, il nous quittait pour aller voir comment tu allais !

Ainsi, elle n'avait pas été oubliée. Cass espéra que son visage ne trahissait pas le plaisir que lui procurait cette pensée.

— Je dormais…

— Vraiment ! Tu aurais été à l'article de la mort qu'il ne se serait pas montré plus inquiet.

Pen était jalouse ! Sans doute de l'attention portée à sa sœur le jour où elle aurait dû être la reine de la fête.

En proie à un immédiat sentiment de culpabilité, Cass prit la main de sa sœur dans la sienne.

— Je suis sincèrement désolée que cette histoire ait gâché la soirée. Tu as tout à fait raison : Dray en a trop fait ! Sans doute a-t-il peur que je lui fasse un procès.

— Quoi ?

— Les berges de la rivière non protégées, des bouts de verre qui traînent…

Pen avait soudain paniqué.

— Tu ne vas pas faire ça, Cass ! Tu as le droit de penser que les Carlisle sont d'affreux snobs qui méritent qu'on les fasse payer, mais n'oublie pas que je vais vivre avec eux !

— Rassure-toi. Je n'ai pas l'intention de lui faire un procès. D'ailleurs, où prendrais-je l'argent pour payer l'avocat ? Oublions cet incident, veux-tu. Tu te prépares à partir pour ta lune de miel et cela seul doit compter.

Pen avait retrouvé le sourire quand Tom et Dray revinrent à la table.

Ce bref échange avec sa sœur avait toutefois permis à Cass de reprendre pied dans la réalité. Qu'espérait-elle ? Devenir l'héroïne d'un conte de fées ?

Le regard qu'elle échangea alors avec Dray fit de nouveau battre son cœur plus vite. Elle n'avait pas rêvé leur complicité ! Détournant les yeux, elle s'efforça de converser avec Pen et son mari jusqu'à ce que le couple parte pour Londres où une chambre au Ritz leur avait été réservée.

Tandis que Drayton s'occupait des invités, oncle Charles se mit en devoir de faire à Cass le récit de ses exploits mais elle eut du mal à se concentrer tant son esprit restait focalisé sur Dray. Elle but un premier verre de champagne, puis un autre. L'alcool n'allait certainement pas l'aider à avoir les idées claires, mais le souhaitait-elle ?

L'orchestre avait joué, des couples avaient dansé et Cass avait attendu.

Lorsque Dray revint, il s'assit à côté d'elle et prit sa main dans la sienne.

D'autres personnes se trouvaient à la table : oncle Charles, le cousin Simon, des amis de la famille. Qu'ils puissent les voir se tenir par la main ne semblait pas préoccuper Drayton. Cass avait fini par murmurer :

— Nous ne pouvons pas faire ça !

— Si ! avait-il répondu, péremptoire, en gardant sa main dans la sienne.

Ils n'échangèrent que très peu de paroles après cela. Pour la première fois de sa vie, Cass se sentait terriblement intimidée. Elle avait siroté un troisième verre de champagne tout en l'écoutant converser avec leurs voisins.

Comme la soirée touchait à sa fin, Drayton laissa à oncle Charles et à Simon le soin de la conclure et transporta de nouveau Cass à l'intérieur de la maison.

Son pied ne la faisait pas souffrir, mais il restait totalement insensible. Il n'était pas question qu'elle regagne son appartement. Cela allait de soi, sans qu'ils aient besoin de le préciser.

Cass se laissa porter jusqu'à la chambre qu'elle avait occupée quelques heures plus tôt. Drayton traversa la pièce et se rendit dans la salle de bains où il déposa la jeune femme sur son pied valide en disant :

— Je suppose que vous voulez vous laver les dents.

— Oui, merci !

Il sortit une brosse à dents et un tube de dentifrice de l'armoire de toilette puis quitta la pièce.

La jeune femme se lava les dents et le visage. Drayton revint un peu plus tard avec le peignoir que Cass avait porté après son bain.

— Je reviens vous chercher dans dix minutes pour vous aider à vous mettre au lit. Vous pouvez vous déshabiller sans problème ?

— Oui.

Lorsqu'il fut parti, Cass ôta ses vêtements en prenant appui contre le lavabo. Qu'allait-il se passer ? Son cœur battait à tout rompre tandis qu'elle revêtait le peignoir dont elle noua soigneusement la ceinture.

Drayton revint et, sans un mot, la souleva pour la déposer sur le lit dont il avait tiré la couverture pour qu'elle puisse se glisser entre les draps.

Elle resta assise, adossée à l'oreiller, la couverture remontée jusqu'au menton.

— Je vous souhaite une bonne nuit, lança-t-il en s'éloignant de quelques pas.

Cass garda résolument le regard fixé sur la couverture.

— Bonne nuit, murmura-t-elle à son tour.

— Si je vous embrasse, je crains de ne pouvoir m'arrêter. Vous comprenez ?

— Oui.

— Vous n'êtes pas tout à fait prête pour cela. J'attendrai que vous le soyez.

Le serait-elle un jour ? se demanda Cass. Cet homme représentait ce dont elle avait toujours rêvé, mais les rêves ne sont pas la réalité. Drayton Carlisle n'était pas pour elle. Trop de choses les séparaient…

Elle l'avait regardé se diriger vers la porte.

— Dois-je éteindre la lumière ?

Elle avait acquiescé d'un signe de tête. L'obscurité s'était faite dans la pièce.

— Je veux que vous m'embrassiez…

Le silence le plus total suivit sa requête. Elle retint son souffle. Le temps sembla s'arrêter et elle entendit la porte se refermer.

La panique s'empara alors de la jeune femme : elle n'avait pas su le retenir ! Il était parti !

Puis elle perçut un bruit de pas étouffé par l'épais tapis de laine.

Drayton vint s'asseoir sur le rebord du lit. L'obscurité empêchait Cass de voir l'expression de son visage mais c'est avec tendresse qu'il demanda :

— Vous êtes sûre ?

— Ou… oui…

— Vraiment sûre ?

— Oui ! Mais si vous avez changé d'avis…

— Petite idiote ! murmura-t-il en la prenant dans ses bras.

Il s'empara de ses lèvres et, comme il l'avait prédit, ne put plus s'arrêter.

Cass l'avait encouragé. Même aujourd'hui, trois ans plus tard, elle devait l'admettre. Ils avaient fait l'amour, cette nuit-là, et bien d'autres nuits encore. Pendant trois longues et merveilleuses semaines, ils s'étaient revus chaque jour. Drayton l'invitait au théâtre, au cinéma, au restaurant.

Ils parlaient, riaient et faisaient l'amour à chaque occasion qui leur était donnée ; Cass avait fini par croire aux contes de fées.

Hélas ! le beau conte s'acheva dans les larmes, les siennes. Après le retour de Pen et Tom de lune de miel, la belle aventure se termina. Du jour au lendemain, sans la moindre explication, le prince charmant se débarrassa de la bergère aussi vite qu'il l'avait séduite.

Pen tenta de la réconforter. Cass n'était pas la première à qui cela arrivait : Dray était coutumier du fait et opérait toujours ainsi. Il prenait ce qui l'intéressait puis, une fois son intérêt émoussé, disparaissait sans un mot.

Savoir qu'elle n'était qu'un nom de plus sur une longue liste ne consolait en rien Cass qui ne pouvait s'en prendre qu'à elle-même. Comment avait-elle pu succomber aussi facilement au chant des sirènes ? Cette attitude n'était pourtant pas dans son caractère !

Fort heureusement, sa fierté l'aida à passer cette épreuve sans trop de dégâts. Sa sœur étant mariée, la jeune femme pouvait reprendre ses études. Drayton Carlisle l'avait traitée comme une quantité négligeable. Désormais, elle allait s'évertuer à devenir quelqu'un. Elle avait donc repris ses cours de médecine à l'université et travaillé d'arrache-pied.

A présent, elle était devenue un médecin apprécié pour ses compétences et son dévouement, mais rien n'avait vraiment changé. Il avait suffi que Drayton Carlisle la touche pour qu'elle perde la tête. Et ce, le jour même des funérailles de sa sœur !

Non, rien n'avait changé ! Trois ans plus tard, elle restait tout aussi vulnérable. Une chose était certaine : si elle voulait conserver un minimum de dignité, elle devait fuir le plus vite et le plus loin possible de North Dean Hall.

5

Cass courut à perdre haleine à travers le bosquet touffu. Les troncs d'arbre tombés entravaient sa course mais elle n'en avait cure, obsédée par une seule et unique idée : s'éloigner de Drayton.

En entendant crier son nom, elle redoubla de vitesse. Elle avait perdu tout sens de l'orientation et se retrouva bientôt devant une barrière de bois. Elle venait d'atteindre les limites de la propriété des Carlisle !

La jeune femme envisagea tout d'abord de sauter par-dessus la barrière mais son bon sens l'en empêcha. Des chiens hargneux ou un propriétaire irascible armé d'un fusil l'attendaient peut-être de l'autre côté.

Quelques instants plus tard, Drayton Carlisle la rejoignit et, avec un calme olympien, lui indiqua d'un geste le chemin par lequel il était arrivé.

— La maison est par là, dit-il.

Elle n'eut d'autre choix que de le suivre. Le retour se fit dans un silence pesant mais, avant que Cass ne gravît les marches de l'escalier conduisant à la terrasse, Drayton l'arrêta.

— Au sujet de ce qui vient de se passer…

— Tu as menti, n'est-ce pàs ?

— Menti ?

— Jamais Pen ne t'a dit ces choses horribles !

Au lieu de répondre, il scruta son visage d'un air pensif. Cass s'énerva.

— Tu n'as pas besoin de me répondre. Je sais que tu as menti.

— Je n'aurais pas dû te parler comme je l'ai fait, finit-il par admettre. Pas aujourd'hui, en tout cas, et ce baiser était une erreur.

— Oublie-le ! C'est ce que j'ai fait.

— Cela t'est donc si facile ?

Non, ce n'était pas facile, mais elle aurait préféré mourir plutôt que de l'admettre.

— Franchement, oui, cela m'est très facile !

Elle éprouva un réel plaisir à voir son visage se décomposer. S'il espérait avoir encore un quelconque pouvoir sur elle, il se trompait.

— Tout ce qui m'importe, dit-il alors, c'est que tu parles à mon frère.

Cass aurait donné cher pour pouvoir partir et se rendre à l'hôpital où son travail l'attendait, mais Tom apparut alors au sommet des marches et s'avança vers elle.

— Je ne pouvais pas aller là-bas, commença-t-il. Pas au pavillon d'été. Tu comprends ?

La jeune femme acquiesça d'un signe de tête.

— Elle l'utilisait pour ses rendez-vous..., poursuivit-il, amer. Il n'y avait même pas un divan... Elle devait faire ça sur le plancher... ou sur un fauteuil. Elle t'a raconté ?

Cass, effarée, ouvrit de grands yeux. Etait-ce donc des frasques de sa sœur que Tom désirait l'entretenir ?

Elle voulut s'en aller mais, de nouveau, Drayton la retint.

— Je refuse de répondre à ce genre de questions ! s'insurgea-t-elle, indignée.

— Calme-toi ! dit-il. J'ignorais que Tom allait te questionner sur ce sujet.

— Et moi, j'ignore tout des aventures extraconjugales de ma sœur. Tout ! Le nom des partenaires, leur âge, leur adresse et leurs performances au lit.

Il tenta de l'amadouer.

— Je te crois.

— Non, tu ne me crois pas, et pourtant, c'est la stricte vérité ! s'exclama-t-elle. Je n'ai vu ma sœur qu'une dizaine de fois au cours de ces trois dernières années et, durant ses visites, elle ne m'a pas confié ses secrets d'alcôve.

Cass allait continuer sur ce ton lorsque Drayton lui indiqua du regard les portes-fenêtres ouvertes sur la terrasse. Elles donnaient sur la salle où les participants aux funérailles prenaient une collation. Ils s'étaient tous arrêtés de parler pour les observer.

— Oh non ! murmura Cass, pétrifiée.

— Tu peux partir, si c'est ce que tu désires, lança Drayton, fataliste. Peut-être est-ce mieux, d'ailleurs.

— Non, elle ne peut pas partir ! intervint alors Tom en les rejoignant. Je ne sais plus que faire… Cass, s'il te plaît, aide-moi !

Son regard était si désespéré que la jeune femme céda.

— D'accord, Tom, je reste.

Il ferma les yeux, soulagé.

— Merci, Cass, mais nous ne pouvons pas parler ici. Trop d'oreilles indiscrètes nous écoutent. Nous devons trouver un endroit…

— La bibliothèque ! proposa aussitôt Dray.

Tom acquiesça. Cass se préparait à le suivre quand Drayton la retint une nouvelle fois par le bras.

— Merci, dit-il à mi-voix. Merci de l'aider. Il a besoin d'un support moral. Il est au bord de la dépression.

— Je ferai tout ce qui est en mon pouvoir, promit-elle.

Tandis qu'elle s'éloignait avec Tom, Cass sentit le regard de Drayton fixé sur elle.

Située au bout d'un long couloir, la bibliothèque comportait un canapé et des fauteuils disposés autour d'une cheminée dans laquelle brûlait un grand feu. Aucun designer n'avait exercé ses talents pour aménager cet espace qui n'en était que plus chaleureux.

Cass refusa le verre de whisky que lui proposait Tom et le regarda s'en servir un, plein à ras bord, qu'il ingurgita d'une traite sans sourciller. Il s'en servit un second puis vint s'asseoir près d'elle, face à la cheminée.

La jeune femme attendit qu'il prenne la parole. Maintenant qu'ils se retrouvaient seuls, il semblait chercher ses mots.

— Tu la connaissais mieux que personne, n'est-ce pas ? finit-il par articuler.

Elle aurait pu répondre par l'affirmative, mais était-ce vraiment ce qu'il voulait entendre ?

— Je ne dirai pas ça…

— Mais tu savais… pour le bébé ?

— Non ! J'ignorais totalement que Pen attendait un bébé. Comment va-t-il ?

— Je ne veux pas parler de celui-là, mais de l'autre.

Cass sentit son estomac se contracter. Cette fois, Tom la prenait totalement de court.

— L'autre ? répéta-t-elle afin de gagner du temps.

— Pen a eu un premier bébé. Le médecin est formel. Il pensait que je le savais. Moi non, mais toi, certainement !

A quoi bon mentir ? Pen était morte et les mensonges ne serviraient pas à la faire revenir.

— Oui, c'est vrai, admit-elle. Pen a eu un premier bébé.

— A quel âge ?

— Cela a-t-il de l'importance ?

— Beaucoup !

Tom semblait très en colère et Cass comprenait. N'avait-elle pas, elle-même, plaidé pour que sa sœur lui révèle la vérité ?

— Pen avait seize ans.

— Qui était le père ?

— Un garçon rencontré au cours d'une soirée. Il n'était guère plus âgé qu'elle.

— Elle devait l'aimer beaucoup, pour garder le bébé.

— Non. Lorsque Pen m'a révélé sa future maternité, il était trop tard pour faire quoi que ce soit. Elle était très jeune, Tom, plaida-t-elle. C'était une erreur. Nos parents venaient de mourir. Elle voulait oublier. Tu peux comprendre ça !

Tom secoua la tête. De toute évidence, il avait mal. Mal des mensonges accumulés. Il aurait voulu crier sa haine, mais Pen n'était plus là pour l'entendre.

— Et toi, où étais-tu lorsque tout cela est arrivé ? s'exclama-t-il. La grande sœur censée la protéger était sans doute trop occupée à mener ses propres affaires pour s'occuper d'elle !

Cass pâlit sous l'accusation qui, hélas ! n'était pas dénuée de fondement. N'avait-elle pas, en effet, été trop absorbée par ses études et laissé ainsi à Pen trop de liberté ?

Les larmes lui montèrent aux yeux.

— Je… je suis désolé…, balbutia Tom, sincèrement contrit. Je n'aurais pas dû te dire ça. Je n'ai rien contre toi, mais je veux savoir. Qu'est-il arrivé à ce bébé ?

— Il est mort quelques jours après sa naissance.

Né deux mois trop tôt, le petit Alexander Joseph n'avait pas survécu. Malgré sa répugnance à accepter sa grossesse, Pen avait été gravement traumatisée par la perte de son enfant.

— Je pensais qu'il avait été adopté.

— Nous l'avions envisagé.

— De nombreux couples sont à la recherche d'un bébé. Il ne devrait pas être difficile de trouver une famille d'adoption…

Tom semblait soudain se parler à lui-même. Cass demeura silencieuse mais, comme à l'époque de la naissance d'Alexander Joseph, la révolte grondait en elle. Comment peut-on se séparer d'un petit être sans défense à qui l'on a donné la vie ?

— C'est la meilleure solution, poursuivit Tom.

Comme elle ne répondait pas, il ajouta, en se tournant vers elle :

— De toute façon, c'est à toi que revient désormais la décision.

— Quelle décision ? demanda Cass, surprise.

— Celle qui concerne le bébé. Celui de Pen. C'est une fille. Il paraît qu'elle peut désormais être transportée. Emmène-la avec toi !

Cass regarda son beau-frère comme s'il lui parlait dans une langue inconnue d'elle.

— Tom… je… J'ai certainement mal compris… Tu… tu n'es pas en train de me demander de…

— Si ! Je te demande d'emmener ta nièce avec toi ! J'ai beaucoup réfléchi, ces derniers jours. En fait, cela a absorbé toutes mes pensées, jusqu'à devenir une obsession. Je sais qu'elle n'y est pour rien, qu'elle n'est qu'un bébé innocent, mais je ne peux pas l'élever.

Cass baissa la tête, anéantie. L'état psychologique actuel de Tom n'était effectivement pas propice à la prise en charge d'un nouveau-né. Combien de temps resterait-il dans cet état ? Une semaine ? Un mois ? Plus encore ?

Qui pouvait s'occuper du bébé, pendant ce temps-là ? La famille proche ? Il n'y avait guère que Dray et elle. Cass doutait que Dray se porte volontaire. Quant à elle, son travail à l'hôpital, avec les nombreuses gardes de nuit qu'il imposait, rendait impossible cette prise en charge.

— Ecoute, Tom, commença-t-elle d'un ton doctoral, tu n'es actuellement pas en état de prendre quelque décision que ce soit ! Surtout pas une décision de cette importance. Tu viens de perdre ta femme, c'est une épreuve terrifiante. En plus, tu as découvert une partie obscure de son passé. Tu n'éprouves sans doute encore aucun sentiment pour ton enfant, mais…

— Ce n'est pas *mon* enfant !

Cass se figea telle une statue de glace et ne put articuler le moindre mot. Tom en tira aussitôt la mauvaise conclusion.

— Tu le savais, bien entendu !

Cass secoua la tête, une fois de plus. Comment aurait-elle pu savoir ? Elle ignorait même que Pen attendait un enfant !

— Tu le savais, j'en suis persuadé ! insista Tom. Je l'ai dit à Dray. S'agit-il de l'homme qu'elle rencontrait dans le pavillon d'été, ou d'un autre ?

— Je n'en ai pas la moindre idée, Tom, je te le jure ! Pen ne m'a que rarement rendu visite ces dernières années.

— Enfin une parole de vraie après tous ces mensonges !

Il éclata d'un rire amer avant de poursuivre :

— Tous ces jours, toutes ces nuits où elle affirmait être chez toi… C'était si facile ! Avec un téléphone portable, on peut prétendre être n'importe où. En fait, elle n'était jamais avec toi !

Il rit de nouveau. Un rire douloureux, insupportable aux oreilles de Cass.

— Tom, je suis désolée, vraiment désolée !

— Ah oui ! Et l'es-tu également pour m'avoir menti le jour où je t'ai appelée ?

De nouveau, la jeune femme baissa la tête, honteuse. Pen l'avait effectivement utilisée, un jour, comme alibi, la suppliant de corroborer son mensonge. Furieuse, Cass avait tout d'abord refusé mais Pen avait insisté, affirmant que sans cela son mariage serait en danger.

— Je reconnais avoir menti, ce jour-là, Tom, et j'en suis désolée. J'ai cru bien faire. Pen venait de me certifier qu'elle allait s'amender, qu'elle était certaine désormais de t'aimer, toi et personne d'autre. Elle semblait si sincère, jurant que le temps des aventures était terminé !

Tom poussa un soupir à fendre l'âme.

— Elle m'a fait exactement la même promesse. Juste après que j'ai réussi à obtenir son entière confession. Tu n'es guère douée pour le mensonge, Cass.

Elle acquiesça. C'est exactement ce que Pen avait déclaré devant sa piètre performance et son incapacité à convaincre Tom de sa présence chez elle.

— Hélas ! ta sœur était beaucoup plus douée que toi. J'ai vraiment cru qu'elle me serait fidèle. Quel idiot j'ai été !

— Ce jour-là, elle était sincère, Tom, j'en suis persuadée !

— Non, Cass ! Pen a passé sa vie à mentir. A moi. A toi. A tous. Je ne veux plus de mensonges ! Je veux la vérité, rien que la vérité. Si tu sais quelque chose, dis-le-moi. Quel est le nom de son amant ? J'ai au moins le droit de savoir ça, non ?

— Je n'en ai pas la moindre idée.

Cass pouvait affirmer cela sans mentir. Pen lui avait simplement déclaré qu'il s'agissait de l'un des cadres de Carlisle Electronics, sans préciser son nom. Cass ne le lui avait d'ailleurs pas demandé. Elle ne pouvait décemment transmettre cette information à Tom.

Ce dernier laissa de nouveau échapper un soupir.

— Quelle importance, après tout ? dit-il, résigné. Il ne voudrait sans doute pas du bébé, lui non plus.

— Tom… pourquoi es-tu persuadé que l'enfant n'est pas de toi ? As-tu fait procéder à des analyses ?

Il secoua la tête.

— Je n'ai pas à faire contrôler ce dont je suis certain. La façon dont elle se comportait à mon égard… ne me laissant plus la toucher… J'ai reconstitué le puzzle. Elle a dû se confier à toi…

— Pas exactement. Mais elle m'a effectivement rendu visite, il y a quelques mois, pour m'informer que vous vous étiez réconciliés et que vous envisagiez d'avoir un enfant.

— Il y a quelques mois ? Quand, exactement ? demanda-t-il comme si l'information était importante.

— Au début du mois d'octobre. Je ne me souviens plus de la date exacte.

Elle se souvenait, par contre, de leur conversation. De toute évidence, Pen était venue lui demander un conseil médical. Sa sœur n'avait aucune raison de lui mentir, ce jour-là. Tom voulait un enfant et elle désirait sincèrement lui faire plaisir, comme si l'avenir de son mariage lui importait vraiment.

Cass n'avait pas mâché ses mots. Avoir un deuxième bébé était totalement exclu pour Pen, car elle risquait tout simplement sa vie. Elle devait impérativement en informer son mari et, par conséquent, lui avouer sa précédente grossesse.

En entendant ce sage conseil, Pen s'était révoltée, accusant sa sœur de vouloir détruire son mariage.

— Une fois de plus, elle t'a menti, lança Tom, péremptoire. En octobre, elle était déjà enceinte de deux mois.

— Quoi ?

Seigneur… Se sachant enceinte, Pen était venue chercher son approbation. Ne l'ayant pas obtenue, elle avait joué à l'autruche et s'était caché la tête dans le sable.

— L'enfant n'est pas de moi, j'en suis désormais certain !

« Oh ! Pen…, pensa Cass. A trop vouloir mentir, quel mal tu as fait ! Peut-être, pour une fois, étais-tu sincère, mais Tom refuse de le croire. Que va-t-il arriver à cette petite fille innocente que tu as mise au monde ? »

— Encore une fois, je suis désolée, Tom…

Que pouvait-elle dire d'autre ?

Il se leva.

— Merci d'être venue, Cass. Te parler m'a fait du bien. Tu ne diras rien à Dray, n'est-ce pas ?

— Que dois-je lui cacher, Tom ?

— L'histoire du premier bébé. Je ne veux pas qu'il le sache. Personne ne doit l'apprendre.

— Je te le promets ! S'il y a autre chose que je peux faire…

— Merci. Que tu emmènes le bébé est déjà beaucoup.

— Mais, Tom…

Il ne l'écoutait plus. Perdu dans ses pensées, il quitta la pièce.

Un instant interdite, Cass se lança à sa poursuite mais s'arrêta aussitôt. Tom venait de rejoindre Dray et oncle Charles qui prenaient congé des derniers invités.

Ne pouvant décemment interpeller son beau-frère en public, la jeune femme se dirigea vers le salon. Dray ne lui permettrait pas de quitter la maison avant de connaître les résultats de l'entretien. Il n'allait pas tarder à la rejoindre. En fait, les deux frères l'avaient fait venir afin qu'elle les débarrasse de ce qu'ils considéraient comme un fardeau !

A cette pensée, la rage submergea Cass. La conduite de sa sœur avait certes été répréhensible, mais l'attitude des Carlisle ne l'était pas moins. Avec leur fortune, ils pouvaient s'offrir les services de toutes les baby-sitters dont ils auraient besoin. Pas elle. Elle débutait une carrière de médecin avec tous les aléas que cela comporte, un maigre salaire, de nombreuses gardes de nuit, une mise à l'épreuve constante. Il n'y avait guère de place pour un enfant à peine âgé de quelques jours dans ce dispositif.

Elle pensa quitter North Dean Hall sur-le-champ. Personne ne la retiendrait. Toutefois, la pensée du petit être innocent qui venait de perdre sa mère et que son père, désormais, reniait la cloua sur place. Il fallait impérativement trouver une solution.

Comme Cass l'avait prévu, Drayton la rejoignit quelques minutes plus tard. Il semblait furieux.

— Je ne peux croire que tu aies fait ça ! s'exclama-t-il sans préambule.

— Fait quoi ?

— Dit à Tom que tu emmenais l'enfant.

— Je n'ai rien dit de tel !

— C'est pourtant ce qu'il affirme.

— Il a entendu ce qu'il voulait entendre.

— Peu importe ! Il est évident que tu ne peux l'emmener.

Que signifiait cette affirmation ? se demanda la jeune femme. Qu'il l'estimait incapable de s'occuper de sa nièce ? C'était à elle d'en décider, non à lui !

— Pourquoi m'as-tu forcée à venir, si ce n'est pour me confier cet enfant ?

Il éclata de rire.

— Jamais cette idée ne m'est venue à l'esprit, je peux te l'assurer ! Tu n'es pas du genre maternel.

— Qu'en sais-tu ? s'insurgea-t-elle, furieuse. Tu ne connais rien de moi !

— Autrement qu'au sens biblique du terme, tu veux dire ?

Elle rougit jusqu'à la racine des cheveux.

— Oublions le passé, veux-tu !

— Tu semblais pourtant apprécier certains souvenirs, tout à l'heure, près de la rivière. Mais tu as raison, oublions le passé et occupons-nous du présent. Des dispositions doivent être prises pour l'enfant. Tom t'a sans doute informée qu'il est convaincu ne pas en être le père.

— Il semble vouloir la faire adopter.

— Ce serait, en effet, la meilleure solution… s'il n'en est pas le père !

— Tu ne partages donc pas sa conviction ?

— Non ! Je préfère attendre les résultats de l'analyse de sang.

Cass fronça les sourcils.

— Tom m'a affirmé n'avoir fait procéder à aucune analyse.

— Il a refusé, en effet. Mais j'ai fait effectuer une prise de sang sur moi-même. Notre ADN doit être suffisamment proche pour que nous puissions établir un lien de parenté.

— Tom a donné son accord ?

— Il a signé les papiers nécessaires.

— Sans les lire, n'est-ce pas ?

Un bref sourire de Drayton prouva à Cass qu'elle avait deviné juste.

— Qu'importe ! rétorqua-t-il. L'essentiel n'est-il pas de

pouvoir établir la vérité ? Tu as juré à Tom n'avoir pas la moindre idée de qui pourrait être le père.

— C'est exact.

Du regard, elle le défia de contester son affirmation. Il ne le fit pas. Un fait qu'elle devait se rappeler plus tard…

— Bien, conclut-il. Tu peux partir.

Il la congédiait ! Mais pour qui la prenait-il ? Pour une de ses employées ? Pourquoi se montrait-elle surprise ? N'était-ce pas de cette manière qu'il avait toujours procédé ? Or, le sort de l'enfant de Pen était loin d'être réglé.

— S'il est prouvé que l'enfant n'est pas de Tom…

— Ne t'inquiète pas, je ne ferai pas appel à toi.

Cass aurait dû se sentir soulagée, mais ce ne fut pas le cas. Que Drayton la juge incapable de prendre en charge sa nièce lui était insupportable.

— Pourquoi as-tu insisté pour que je reste ?

— Tom voulait à tout prix te parler. J'ignorais pourquoi, sinon j'aurais réfléchi à deux fois avant de te demander de venir. Te parler semble toutefois avoir été positif… Il est plus calme.

— Seulement parce qu'il croit que je vais partir en emmenant le bébé.

— Sans doute. Si nous pouvions lui laisser croire que tu vas t'en occuper en attendant de trouver une solution…

Elle acquiesça. Il n'était pas dans son intention de perturber Tom.

— Merci. Je vais organiser la prise en charge de l'enfant. Je te raccompagne jusqu'au parking. Mon chauffeur te déposera là où tu dois te rendre.

Il la guida hors de la maison sans qu'elle proteste.

— J'imagine que c'est un adieu, dit-il lorsqu'ils atteignirent la voiture.

— Oui.

— C'est probablement plus sage, lorsque l'on sait l'effet que nous produisons l'un sur l'autre.

Drayton avait adopté un ton neutre, comme s'il ne faisait que constater un fait.

Cass aurait voulu le contredire, affirmer haut et fort qu'il n'avait plus aucun effet sur elle, mais le souvenir du baiser près de la rivière lui brûlait encore les lèvres.

— Je dois partir, répondit-elle seulement.

Fuir aurait été un terme plus approprié.

Il ne l'en dissuada pas ; lui aussi désirait qu'elle parte.

6

Les jours s'écoulèrent, certains relativement agréables, d'autres moins. Cette journée pouvait définitivement être classée dans la série des détestables, se dit Cass alors qu'elle se changeait dans le vestiaire des médecins.

De garde la nuit précédente, elle avait eu à traiter trois cas sérieux et était épuisée. Après à peine quelques heures de sommeil, elle avait repris son service et venait de le terminer en effectuant la visite traditionnelle des malades sous la direction du chef de service, le Dr Hunter-Davies. Celui-ci, froid et hautain, avait visiblement pris plaisir à lui demander son avis sur chaque cas pour le critiquer ensuite.

Cass était heureuse que sa journée soit enfin finie. Tandis qu'elle se dirigeait vers la sortie, elle croisa son collègue Chris Wyatt dans le hall.

— Docteur Barker ! s'exclama-t-il, ravi. J'ai vu sur le planning que vous n'étiez pas de garde le week-end prochain. Si vous avez besoin que l'on vous tienne compagnie…

— Auriez-vous déjà épuisé le stock des jeunes et innocentes infirmières de l'hôpital, docteur Wyatt ?

Il joua les offusqués.

— Vous écoutez trop les ragots, docteur Barker. Sans doute n'ai-je pas encore trouvé la femme idéale.

Son collègue la regarda comme s'il venait enfin de rencontrer la perle rare. Cass éclata de rire.

— Ce type de discours vous vaut-il généralement le succès désiré ?

— Plus que vous ne pouvez l'imaginer ! répondit-il

avec un petit sourire. Mais si vous désirez quelque chose de plus original…

— Non, merci !

Cass avait eu sa dose de machisme pour la journée ! Elle pouvait enfin rentrer chez elle et se proposait de le faire sans perdre une seconde. Lorsqu'elle franchit la porte donnant sur la rue, Chris Barker la suivit.

— Je vous accompagne jusqu'au métro, proposa-t-il.

— N'êtes-vous pas de service ? demanda Cass avec un regard à la blouse blanche qu'il portait.

— C'est ma pause déjeuner, dit-il en l'ôtant et en la jetant sur son épaule. J'ai besoin d'un peu d'air frais.

A peine avaient-ils fait quelques mètres qu'un homme surgit devant eux, leur coupant la route.

Cass se figea. Un mois s'était écoulé depuis les funérailles de Pen et elle n'avait plus eu le moindre contact avec les Carlisle. Et voilà que Drayton se dressait devant elle…

— J'ai besoin de te parler, lança-t-il.

Son ton était peu amène et il semblait furieux. Qu'avait-il encore à lui reprocher ?

— Pas moi ! rétorqua-t-elle en tentant de le contourner pour poursuivre son chemin.

Il la retint par le bras.

— Je n'aurai besoin que de quelques minutes de ton précieux temps. Est-ce trop demander ? Cela fait deux heures que j'attends.

Cass haussa les épaules pour lui signifier que ce n'était pas son problème. C'est alors que Chris Wyatt jugea bon d'intervenir.

— Ecoutez, si elle ne veut pas vous parler…

Un seul regard de Dray le stoppa net dans son élan. Il se tourna alors vers Cass.

— Un de vos patients, docteur ?

— Non, plutôt un impatient ! répondit Dray. Et je vous conseille de vous mêler de vos affaires !

— Hé ! du calme ! Je suis pour l'amour, pas la guerre ! Cass…

— Tout va bien, docteur Wyatt. Je peux gérer seule cette affaire.

— C'est ton amant ? demanda Dray dès que Chris Wyatt se fut éloigné.

— Un collègue !

Il parut étrangement soulagé.

— Où est le pub le plus proche ?

— Au bout de la rue. Pourquoi ?

— Nous pourrions aller y prendre un verre…

— Certainement pas !

— … ou nous donner en spectacle. A toi de choisir.

Un groupe d'infirmières qui sortait de l'hôpital se dirigea vers eux. Certaines travaillaient dans le même service que Cass et la jeune femme ne tenait pas à alimenter les ragots. Elle soupira.

— Le pub !

Elle se mit en marche et Dray la suivit. Ils dépassèrent la voiture dans laquelle il avait dû l'attendre.

Bien que le Star and Garter soit le pub le plus proche de l'hôpital, Cass ne s'y était jamais rendue, par manque autant de temps que d'argent. L'intérieur était faiblement éclairé et la musique d'ambiance agréable. Ils choisirent une table située dans un coin, à l'écart des autres.

Dray lui demanda ce qu'elle désirait boire et se chargea d'aller commander les boissons au bar. Il revint avec une bière pour lui et un verre de vin blanc pour elle.

— Pourquoi cette visite ? s'enquit Cass dès qu'il eut pris place en face d'elle.

— Il fallait que je te parle. Comme tu ne réponds pas au téléphone, je n'avais d'autre choix que de venir.

— Tu m'as appelée ?

— J'ai laissé au moins trois messages sur ton répondeur durant ces dernières vingt-quatre heures.

— J'étais de service.

— Je sais. J'ai fini par téléphoner à l'hôpital pour apprendre qu'une Cassandra Barker faisait effectivement partie de l'équipe de médecins et que l'on pouvait la joindre sur son bipeur en cas d'urgence. Je suppose qu'il s'agit de toi.

— Surprenant, non ! Qui aurait pu penser qu'une caissière de supermarché puisse un jour devenir médecin ?

— Je pourrais te féliciter, mais tu jugerais sans doute cela terriblement paternaliste. Ce que je trouve vraiment surprenant, c'est que ta sœur n'ait pas estimé bon de nous informer de ta nouvelle profession.

Cass haussa les épaules. A quoi bon lui dire que Pen ne pouvait admettre que sa sœur lui soit supérieure ?

— Sans doute n'as-tu pas montré beaucoup d'intérêt.

— Tu te trompes ! J'ai souvent demandé de tes nouvelles. Selon Pen, tu travaillais comme serveuse dans un fast-food. Depuis combien de temps es-tu médecin ?

— Un an.

— Tu devais donc être à l'université, au moment de notre rencontre ?

— Non. J'avais dû arrêter mes études et étais caissière dans un supermarché.

— Pourquoi ?

— Les circonstances…

Elle avait arrêté ses études à cause de la première grossesse de Pen mais, par respect pour la mémoire de sa sœur et aussi à cause de la promesse faite à Tom de garder le secret, elle ne pouvait lui donner cette information.

— Quelles circonstances ?

— Que se passe-t-il ? Pourquoi cet interrogatoire ?

— J'essaie simplement de comprendre. Jamais tu n'as fait la moindre allusion à tes études durant notre brève relation.

Cass ne l'avait pas fait, en effet. Un terrible sentiment d'échec l'avait retenue de mentionner des études commencées puis abandonnées.

— Cela te dérange donc qu'une caissière de supermarché puisse devenir médecin ? lança-t-elle, agressive.

Il laissa échapper un soupir.

— La lutte des classes est totalement dépassée, Cass ! Je suis sincèrement heureux que tu aies gravi les échelons de l'échelle sociale. Heureux et admiratif.

— Alors viens-en au fait !

Drayton plongea la main dans la poche intérieure de

son veston et en sortit une enveloppe qu'il déposa sur la table, devant elle.

Son nom et son adresse étaient écrits à la main sur l'enveloppe, mais celle-ci ne portait ni timbre ni cachet de la poste. Cass reconnut l'écriture mais ne fit pas un geste pour prendre la missive.

— Cette enveloppe a été trouvée parmi les affaires de ta sœur par Mme Henderson, expliqua Dray. Comme elle ne voulait pas bouleverser Tom plus qu'il ne l'est déjà, elle me l'a transmise. J'aurais pu la poster, mais j'ai préféré te l'apporter.

— As-tu lu son contenu ?

— Non ! Quoi que tu puisses penser de moi, j'ai des principes ! Désires-tu avoir des nouvelles de ta nièce ?

C'était son désir le plus cher, mais Cass craignait qu'elles ne soient mauvaises. Supporterait-elle l'annonce d'un autre décès ? Le cœur battant à tout rompre, elle s'évertua à juguler l'émotion qui l'étreignait. Concluant à sa totale indifférence, Dray poursuivit :

— Je vais tout de même t'en donner. Le test ADN révèle un lien entre Tom et l'enfant.

— Oh… Il accepte donc d'en être le père ?

— Pas vraiment.

Il détourna le regard.

— Il accepte qu'un Carlisle en soit le père, mais pas lui.

— Mais qui d'autre que lui…

Cass venait soudain de comprendre. Son regard horrifié rencontra celui de Dray.

— Je vois que tu sautes à la même conclusion que mon frère !

Ce constat ne semblait pas l'embarrasser le moins du monde. Parce qu'il était faux ou parce qu'il était vrai ? Devant le silence de la jeune femme, un sourire moqueur naquit sur ses lèvres.

Non, c'était impossible ! Il ne pouvait pas avoir fait ça à son frère, se dit Cass.

— Pourquoi n'ouvres-tu pas la lettre de Pen ? Peut-être contient-elle d'importantes révélations…

Il la défiait. Connaissait-il, sans avoir à l'ouvrir, le contenu de la missive ?

La curiosité finit par l'emporter sur l'appréhension. S'emparant de la lettre, Cass la retourna et se figea à la vue des mots écrits en majuscules, tout au long de la bande servant à coller l'enveloppe, de façon à ce qu'elle ne puisse être ouverte sans qu'on le sache : « A envoyer au cas où il m'arriverait malheur. »

L'estomac noué par l'émotion, la jeune femme décacheta soigneusement l'enveloppe et en sortit la feuille qu'elle contenait.

« Chère Cass, avait écrit Pen, si tu es en train de lire ces lignes, c'est que les choses ont mal tourné pour moi. »

Cass ne put poursuivre. Elle se leva et Dray fit de même, lui bloquant toute possibilité de fuite.

— Je dois me rendre aux toilettes, affirma-t-elle, péremptoire.

Dray vérifia qu'elle avait laissé son sac sur la banquette et s'écarta.

La jeune femme éprouvait le besoin impérieux de se retrouver seule. Cette lettre de Pen, qui lui parvenait par-delà la mort, la bouleversait. Elle s'enferma dans les toilettes et, les larmes brûlant ses paupières, lut le message.

Pen avouait avoir été enceinte lors de sa dernière visite, être venue quêter son conseil puis l'avoir négligé. Garder cet enfant lui paraissait capital pour sauver son mariage.

« Tom était fou de joie à l'idée d'avoir un bébé, écrivait-elle. Lui dire la vérité au sujet du premier bébé aurait tout gâché. »

Il l'avait surprise en flagrant délit avec son amant. Elle regrettait amèrement de l'avoir trompé. Elle l'aimait ! Pourquoi le faire souffrir en révélant un lointain passé qu'il valait mieux oublier ?

Elle s'était inscrite à une préparation à l'accouchement dans un hôpital de Londres. A la naissance du bébé, Tom oublierait tous ses griefs, elle en était certaine.

Si toutefois les choses tournaient mal, elle espérait que

Cass serait là pour tout remettre en ordre et s'assurer que le bébé ne manquerait de rien.

Pen ne donnait aucune précision sur ce que Cass aurait à *remettre en ordre*. Comme toujours, sa sœur s'en remettait à elle pour régler les problèmes.

Sans doute espérait-elle que son dernier message : « Dis à Tom que je l'aimais vraiment », lui servirait de baguette magique.

Sans doute espérait-elle également que sa dédicace : « A Cass, ma sœur bien-aimée et si dévouée », la dédouanerait du fait qu'elle s'apprêtait, une fois de plus, à l'utiliser. Quand Pen avait-elle pensé à quelqu'un d'autre qu'à elle-même ?

Cass relut la lettre et ses larmes se tarirent. La colère la submergea. Durant trois longues années, Pen l'avait ignorée, l'éloignant à dessein de sa vie de luxe et de confort. Enfin consciente de l'imbroglio qu'elle laisserait derrière elle, elle chargeait sa sœur de le régler. L'insupportable égoïste !

La jeune femme repliait la missive pour la remettre dans l'enveloppe lorsqu'elle découvrit le post-scriptum inscrit au dos.

« Je suis désolée que ton aventure avec Dray se soit terminée aussi brutalement. Console-toi : il n'était vraiment pas fait pour toi. Trop mesquin, coléreux ! J'en sais quelque chose. J'avoue, hélas ! n'avoir pas été imperméable à son charme. Fais très attention ! »

Ce post-scriptum rouvrait les anciennes blessures. Pour quelles raisons, exactement, Pen était-elle désolée ? Comme à l'accoutumée, elle restait volontairement ambiguë. Quelle avait été la nature de ses relations avec Drayton ?

Cass secoua la tête. Non, Tom se trompait ! Elle ne pouvait croire que…

— Docteur Barker ? s'enquit soudain une voix. Vous êtes là ?

— Oui, pourquoi ? Qui êtes-vous ?

— L'élève infirmière Clemens. Je suis désolée de vous importuner, mais votre… ami m'a demandé de vérifier si tout allait bien.

Cass jura entre ses dents, tira la chasse pour accréditer son passage dans le lieu et sortit. L'élève infirmière — en fait l'une de ses élèves à l'hôpital — l'attendait, visiblement embarrassée. Cass lui sourit.

— Je vais très bien, assura-t-elle.

Tout en se lavant les mains, elle compta mentalement jusqu'à dix avant de rejoindre la salle, furibonde. Dray se leva à son approche.

— Tout va bien ? demanda-t-il, visiblement inquiet.

— Comment as-tu osé me faire ça ?

Elle attrapa son sac pour partir, mais il l'en empêcha.

— Tu ne revenais pas. J'étais inquiet ! C'est normal, non ? Assieds-toi !

Ne pouvant décemment se permettre de faire un esclandre dans un lieu fréquenté par les docteurs et les infirmières de l'hôpital, Cass reprit sa place sur la banquette.

— Quelle serait ta réaction si je faisais une soudaine intrusion dans l'une de tes réunions ? demanda-t-elle. Je doute que tu apprécierais que ta vie personnelle interfère avec ta vie professionnelle !

Il ne sembla guère préoccupé par cet aspect des choses.

— Je survivrais ! affirma-t-il.

— Evidemment ! Les patrons peuvent tout se permettre. Je suppose que tes collaborateurs ont fini par s'habituer à tes frasques !

— Mes *frasques* ? s'étonna-t-il. De quoi parles-tu ? Il me semble avoir une vie sexuelle normale et des maîtresses qui n'attendent aucun engagement de ma part.

A l'entendre, tout était simple, rien ne troublait sa conscience. Il ne possédait aucune morale. Elle lança, perfide :

— Prendre comme maîtresse la femme de ton frère ne te poserait donc aucun problème.

Drayton resta de glace.

— S'agit-il d'une affirmation ou d'une question ?

— Peu importe !

— Pour proférer une telle accusation, il faut avoir des preuves irréfutables. S'il ne s'agit que d'une question, pourrais-tu la formuler plus clairement ?

La jeune femme aurait donné cher pour obtenir une réponse négative. La nausée lui soulevait l'estomac à la simple pensée que Pen et Dray avaient pu…

— As-tu couché avec ma sœur ?

Trouvait-il, cette fois, la question suffisamment claire ? La crispation de son visage démontra qu'il n'en appréciait guère la formulation.

— Est-ce ce que Pen laisse entendre dans sa lettre ?

Cass frémit de dégoût. Il ne niait pas ! Comment avait-elle pu croire qu'elle aimait cet homme ?

— A ton avis ?

— A mon avis, aucune jeune femme en bonne santé n'écrit une lettre *à ouvrir en cas de malheur*. Pen connaissait le danger qu'elle encourait en mettant au monde son enfant. Cette lettre, adressée à la personne en qui elle avait toute confiance, lui demande de s'occuper du bébé au cas où Tom découvrirait qu'il n'en est pas le père. Je brûle ?

— Tu savais ! Tu savais que Tom n'en était pas le père ! Tu savais parce que… ce bébé est le tien !

Cass tremblait d'indignation. Elle vit très distinctement un muscle tressauter sur la joue de Drayton. Il ouvrit la bouche pour répondre puis la referma. Le silence s'établit entre eux, insupportable.

— J'ai raison, n'est-ce pas ? insista-t-elle.

Il haussa les épaules.

— Tom et toi avez vos convictions. Libre à vous de penser ce que vous voulez. Mais si vous croyez que je vais prendre en charge ce bébé, vous vous trompez ! Et, maintenant, si tu n'as plus rien d'autre à dire…

Il vida d'un trait sa chope de bière.

Cass ouvrit de grands yeux. Drayton prenant en charge le bébé, c'était la dernière des solutions à laquelle elle aurait pensé ! Dans son costume sombre, avec sa chemise et sa cravate de soie assorties, il offrait l'image même de l'homme d'affaires efficace et du mâle triomphant, en aucune manière celle de l'homme au foyer.

Ayant terminé la mission qu'il s'était donnée, il se leva, lui tendit son sac et attendit qu'elle le suive.

Cass aurait pu rester, prouvant ainsi son indépendance, mais elle estima avoir suffisamment attiré l'attention de ses collègues pour la journée.

Le soleil brillait haut dans le ciel lorsqu'ils se retrouvèrent dans la rue. A la grande surprise de la jeune femme, Dray proposa :

— Je te raccompagne ?

— Non, merci. Ce sera plus rapide en métro.

— Probablement.

Ils restèrent debout face à face, chacun attendant que l'autre s'en aille, mais, curieusement, aucun d'eux ne semblait vouloir en prendre l'initiative.

Une question brûlait les lèvres de Cass depuis le jour des funérailles. Une question qui se faisait de plus en plus pressante au fur et à mesure que le temps passait. Elle fuyait la réponse, taraudée par une peur viscérale de voir se renouveler la triste expérience du passé.

— Est-ce que le bébé…

— Oui…

— Je… Où est-elle, en ce moment ?

Drayton arqua les sourcils.

— Cela t'importe donc ?

— Evidemment !

La croyait-il totalement insensible et indifférente au sort de sa nièce ?

— Elle a été prise en charge.

Prise en charge ? Les mots résonnèrent, glacials, aux oreilles de la jeune femme.

— Comment ?

— Ne t'inquiète pas. Elle est régulièrement alimentée.

Cass se mordit la lèvre. Elle aurait voulu demander si elle était bercée, réconfortée, aimée, mais en avait-elle le droit ? Elle utilisa les mots propres à son univers professionnel afin de les débarrasser de toute implication affective.

— Les nouveau-nés ont besoin d'être stimulés pour que les synapses de leur cerveau se développent.

Drayton l'étudia un instant avant de rétorquer :

— Le jour où j'aurai besoin d'un manuel pratique sur

la manière d'élever un enfant, *docteur*, je me l'achèterai. Par contre, je ne refuserais pas une aide opérationnelle…

Accepterait-il la sienne ? Elle en doutait.

— Je t'aiderais volontiers, si c'était possible. Hélas ! je débute une carrière dans laquelle il est nécessaire de travailler beaucoup pour affirmer ses compétences et être reconnue.

Sa réponse la surprit agréablement.

— J'en suis conscient et je ne suis pas venu ici pour t'imposer quoi que ce soit.

— Alors, pourquoi es-tu venu ?

Pas seulement pour servir de facteur, Cass en était persuadée !

Il prit son temps pour répondre, comme s'il cherchait ses mots.

— J'espérais que ta sœur confirmait dans sa lettre la paternité de Tom mais, si j'en juge par ta réaction, tel n'est pas le cas.

— Non, en effet. Il était dans les habitudes de Pen de se montrer ambiguë. Il s'agissait, pour elle, d'une sorte de jeu. Un jeu auquel elle aura joué jusqu'au bout. La paternité de son enfant reste donc toujours à établir. Il est indigne que celui qui en a la responsabilité ne veuille pas l'assumer.

Elle marqua incontestablement un point. Drayton pâlit sous son hâle, mais Cass lut également de la colère dans ses yeux. Sa main se referma sur son bras avec une telle force qu'elle poussa un gémissement de douleur. Il n'en eut cure.

— Pourquoi es-tu donc aussi certaine que j'ai couché avec ta sœur ?

— Parce que tu ne l'as toujours pas nié !

— Ne serait-ce pas plutôt parce que tu connaissais les mœurs légères de ta sœur ? Pen se donnait à qui la voulait. Si j'avais voulu, en effet…

— Assez ! Je te déteste, Drayton Carlisle !

Cass tenta désespérément de se libérer de son étreinte mais, s'emparant de son autre bras, il l'obligea à lui faire face.

— Vraiment ? Ce n'est pas ce que tu pensais, à une époque. Rappelle-toi !

Il l'affrontait du regard, son corps contre le sien. Malgré

l'extrême tension du moment, celui de Cass réagit aussitôt ; elle frémit de tout son être.

— J'ai tout oublié ! se défendit-elle rageusement. Je ne me souviens de rien !

— Menteuse ! Je vais te le prouver.

Sans se préoccuper le moins du monde des passants, il l'enveloppa de ses bras et s'empara de ses lèvres avec fièvre.

Cass répondit à son baiser comme si sa survie en dépendait. Le monde autour d'eux cessa d'exister. Seul comptait le plaisir retrouvé de sentir ce corps musclé palpiter contre le sien. Elle avait besoin de ses baisers comme on a besoin de l'air que l'on respire.

Lorsqu'il s'interrompit pour reprendre son souffle, il murmura à son oreille :

— Moi, je me souviens. Je me souviens de tout. De la douceur de ta peau, de tes gémissements, de la façon que nous avions d'être ensemble, de notre totale complicité.

— Non…

Cass tremblait. Elle aussi se souvenait de tout. Comment aurait-elle pu oublier ? Il lui avait tout appris.

Tandis qu'il caressait sa joue et cherchait de nouveau ses lèvres, elle ferma les yeux, laissant les souvenirs du passé remonter à la surface. Les trois années écoulées s'effaçaient. Elle revivait pleinement ces jours merveilleux durant lesquels ils s'étaient follement aimés. Elle l'aimait, alors, et il jurait l'aimer. Il avait prononcé les mots, lui faisant croire que cette passion qui les consumait pouvait être éternelle.

Levant les yeux, elle rencontra les siens. La même intensité s'y lisait, comme si le temps ne s'était pas écoulé et que rien ne pourrait jamais les séparer. Absurde ! Une fois déjà, elle s'était laissé prendre et avait failli ne pas s'en remettre. Plus jamais ça !

Elle secoua la tête.

— A quoi servent les souvenirs ?

— Entre toi et moi, Cassie, il y a eu quelque chose de vraiment spécial…

Comment osait-il le lui rappeler ?

Oui, il y avait eu, entre eux, quelque chose de vraiment

spécial ! Durant trois merveilleuses semaines, elle avait vécu dans les nuages, savourant chaque seconde de ce bonheur sans égal qu'il lui procurait. Pas une seule querelle n'était venue ternir leur parfaite complicité. Puis, un jour, sans même qu'elle en ait perçu les signes avant-coureurs, Dray s'était lassé de leur aventure et y avait mis fin. La blessure était d'autant plus grande que, jugeant inutile de lui donner une explication lui-même, il avait chargé Pen de le faire.

Cass se l'était juré : jamais plus elle ne se retrouverait dans une situation aussi humiliante !

Il voulut l'embrasser de nouveau mais elle détourna la tête.

— Il n'y a jamais eu de sentiments entre nous, Dray, affirma-t-elle d'une voix sèche. Jamais ! Seulement une attraction sexuelle indéniable. Il se trouve que je ne suis pas en manque, en ce moment, mais je te garde en réserve, au cas où…

Elle avait choisi ses mots avec soin. S'il croyait avoir encore quelque pouvoir sur elle, il se trompait.

Le visage de Drayton se crispa et la tendresse dans son regard s'évanouit, mais Cass n'en avait cure. Qu'il soit blessé dans son orgueil de mâle n'était que justice ! Cela ne représentait, après tout, qu'une toute petite fraction de la souffrance qu'il lui avait infligée par le passé.

Ses yeux lancèrent des éclairs. De toute évidence, il était furieux de se voir ainsi repoussé. Que croyait-il ? Qu'il pouvait la prendre pour une idiote une fois de plus ?

— Que tu ne sois pas en manque ne m'étonne pas, affirma-t-il, le mépris aux lèvres. Quant à moi, je préfère mille fois une maîtresse fidèle à une girouette.

— Dans quelle catégorie ranges-tu la femme de ton frère ?

Sans attendre de réponse, Cass se dégagea de son étreinte et se hâta vers la bouche du métro toute proche. En rage, elle ne se retourna pas mais s'essuya les lèvres avec vigueur jusqu'à ce qu'il ne lui reste plus que le goût de l'amertume.

Hélas ! si elle pouvait effacer temporairement la trace de son baiser, rien, jamais, ne pourrait lui faire oublier le passé.

7

Une quinzaine de jours plus tard, Cass se présenta à la porte de North Dean Hall et prit une profonde inspiration avant de sonner. Il était possible que Dray soit à la maison, bien que cette hypothèse soit fort peu probable. Un après-midi, en milieu de semaine, le patron de Carlisle Electronics devait plutôt se trouver à son poste de commande, occupé à engranger quelques millions supplémentaires.

Comme personne ne venait lui ouvrir, Cass sonna de nouveau. Un verrou fut enfin tiré, la majestueuse porte de chêne s'entrebâilla, et Mme Henderson apparut sur le seuil.

— Oui…

La gouvernante semblait agitée.

— Je suis Cassandra Barker, la sœur de la défunte Mme Carlisle. J'ai téléphoné la semaine dernière et…

— Ah oui ! Bien sûr, je vous reconnais, s'exclama Mme Henderson. M. Dray n'est pas là. Savait-il que vous veniez ?

— Pas précisément. Comme je passais dans le secteur, j'ai pensé que je pourrais venir prendre des nouvelles de ma nièce.

Cass faisait des efforts désespérés pour paraître détachée alors que son cœur battait à tout rompre. S'inquiétant pour l'enfant, elle avait fini par téléphoner à North Dean Hall. Quelle n'avait pas été sa surprise d'apprendre alors, par Mme Henderson, que le bébé vivait désormais sous ce toit !

— Entrez donc, mademoiselle Cassandra, je ne crois

pas que M. Dray s'opposerait à votre visite, répondit la gouvernante en s'écartant pour la laisser entrer.

La brave femme semblait toujours soucieuse.

Cass pénétra donc dans le hall. *Monsieur* Dray s'opposerait certainement à sa visite, mais Mme Henderson n'avait pas à le savoir.

— Si vous voulez bien me suivre jusqu'au salon..., dit cette dernière. Je vous prépare une boisson puis je vous amène l'enfant. Elle dort, en ce moment.

— Surtout, ne la réveillez pas ! Je peux attendre.

— Vous êtes sûre ? demanda la gouvernante, visiblement soulagée. Que préférez-vous, thé ou café ?

— Café.

Elle acquiesça et partit pour la cuisine. Cass se mit à faire les cent pas dans la pièce. Elle avait gagné la confiance de la gouvernante mais se sentait mal à l'aise. Quelle serait la réaction de Dray s'il savait qu'elle était venue chez lui à l'improviste ?

La jeune femme n'était pas certaine de faire la bonne démarche. Son contrat avec l'hôpital venait de s'achever et il lui fallait désormais s'installer comme médecin indépendant. Un poste venait de se libérer à Slough. Sa carrière progressait comme elle l'avait planifié. Elle allait devoir travailler d'arrache-pied pour se constituer sa propre clientèle. Ce n'était pas le moment de s'encombrer d'un bagage inutile.

Un bagage inutile ! Les mots qui lui étaient spontanément venus à l'esprit lui firent horreur. S'agissant d'un nouveau-né, il était plus déplaisant encore que l'expression « prise en charge » utilisée par Dray. En fin de compte, elle n'était pas meilleure que lui.

Elle était pire ! Que pouvait connaître un homme d'affaires tel que Dray aux besoins d'un bébé ? Ayant étudié la pédiatrie durant son cursus universitaire, Cass les connaissait parfaitement. Un bébé ne peut être traité comme un paquet que l'on se passe de main en main sous prétexte que l'adresse n'est pas clairement indiquée. Et pourtant... qu'avait-elle fait, à part téléphoner à Mme Henderson pour savoir où le paquet avait finalement été déposé ?

Sa démarche d'aujourd'hui, dictée par la mauvaise conscience et le besoin de se rassurer, ne la satisfaisait pas.

Depuis le moment où Dray lui avait remis la lettre de Pen, elle n'avait cessé de penser à sa nièce. Le petit être innocent n'avait pas demandé à naître. Elle se devait de faire quelque chose, de s'assurer au moins que le bébé était en de bonnes mains et ne manquait de rien.

Cass patienta pendant dix minutes, puis un quart d'heure, sans voir revenir la gouvernante. Elle quitta alors le salon et, guidée par le son des pleurs d'un enfant, longea le couloir jusqu'à la cuisine près de la porte de laquelle elle vit un landau.

La gouvernante tenait dans ses bras un bébé rouge de colère dont les cris affamés perçaient littéralement les tympans. Sur le carrelage se trouvaient une flaque de lait et un biberon renversé.

De toute évidence complètement dépassée par les événements, Mme Henderson expliqua :

— J'ai voulu faire trop vite et le biberon m'a échappé des mains. Je suis désolée pour votre café, mais elle s'est réveillée et…

— Ne vous inquiétez pas, madame Henderson, tout va bien. Confiez-moi le bébé. Je vais m'en occuper pendant que vous préparez un deuxième biberon.

Elle tendit les bras et la gouvernante, visiblement soulagée, y déposa son fardeau.

L'enfant continua à hurler mais Cass conserva son calme, l'installant confortablement contre son épaule et lui murmurant des mots doux à l'oreille tandis qu'elle la promenait dans le couloir en attendant que le biberon soit prêt.

L'opération prit un certain temps. Il fallut le préparer, le chauffer puis le laisser refroidir afin qu'il puisse être donné en toute sécurité au bébé. Bercée par Cass, l'affamée finit toutefois par se calmer et ses pleurs avaient presque cessé lorsque Mme Henderson leur tendit le biberon prêt à être consommé. Cass s'assit sur une chaise et présenta la tétine à la bouche de l'enfant qui s'en empara goulûment.

Jusqu'à cet instant précis, ses pleurs ne l'avaient pas différenciée de tous les nouveau-nés dont elle avait eu la charge à la maternité où elle avait effectué son stage. Mais tandis que sa nièce buvait son lait, la jeune femme eut tout loisir de contempler, fascinée, sa bouche en bouton de rose, ses yeux bleus, sa touffe de cheveux et ses longs cils recourbés qui faisaient une ombre sur sa joue. Un sentiment d'amour immédiat la submergea. Effrayée, elle sut alors pourquoi elle avait voulu s'en tenir éloignée.

— Je ne sais comment vous remercier, dit chaleureusement Mme Henderson. D'habitude, je prépare son biberon à l'avance, mais elle s'est réveillée plus tôt que prévu et j'avoue perdre mes moyens lorsqu'elle hurle ainsi.

— C'est terrible, je sais. Avez-vous pensé à préparer plusieurs biberons à l'avance ?

— Peut-on faire cela ? demanda la gouvernante, surprise.

— Oui. Les tétines doivent rester dans le stérilisateur et être utilisées au dernier moment, mais les biberons préparés et mis au réfrigérateur n'ont plus alors qu'à être réchauffés au micro-ondes.

— Cela simplifie les choses, évidemment.

Un soupir s'échappa de ses lèvres.

— J'adore m'occuper d'elle, mais comme je n'ai jamais eu d'enfants…

— Je comprends. Ces choses-là s'apprennent avec la pratique.

Dray pensait-il vraiment que Mme Henderson, à soixante ans, pouvait tout à la fois s'occuper de la maison et du bébé ?

— J'aurais dû demander quelques conseils à la nourrice…

— La nourrice ?

— Melanie.

Une moue de réprobation tordit la bouche de la gouvernante qui ajouta :

— M. Dray l'a engagée pour s'occuper de l'enfant.

— C'est son jour de congé ?

— Non. Elle est partie hier. La tâche était, paraît-il, trop difficile ! Je n'en ai pas encore informé M. Dray. J'espère qu'il ne va pas me tenir pour responsable de ce départ !

— Pourquoi ferait-il ça ?

La gouvernante hésita.

— Cette fille n'était pas compétente ! Elle m'a toujours paru beaucoup plus intéressée par le maître des lieux que par l'enfant dont elle était censée s'occuper. Elle est partie et c'est bon débarras ! Ellie ne l'appréciait pas.

Cass se garda de tout commentaire et reporta son attention sur le petit être en devenir qu'elle tenait dans ses bras. Un petit être qui, désormais, portait un nom : Ellie. « Qui l'a choisi ? » se demanda-t-elle.

— Voulez-vous que je la reprenne ou préférez-vous que je prépare le café ? demanda Mme Henderson.

— Préparez le café, s'il vous plaît. Et, si cela ne vous dérange pas, je le prendrai volontiers, ici, dans la cuisine.

— Vous êtes sûre ? Je peux vous l'apporter dans le salon…

— Non. Je n'ai guère l'habitude d'être servie et j'adore les cuisines.

Un instant déconcertée, la gouvernante se détendit bientôt et s'assit en face de la visiteuse afin de partager la dégustation du café.

— Vous savez vraiment vous y prendre ! constata-t-elle, admirative, en voyant l'enfant éclater de rire tandis que, le biberon terminé, Cass jouait avec elle. J'aimerais avoir votre savoir-faire. Mon mari et moi n'avons pas eu la chance d'avoir des enfants.

— Vous apprendrez !

Cass cherchait autant à la rassurer qu'à se rassurer elle-même.

Elles en étaient là de leur conversation lorsque le téléphone sonna. Au ton de la voix de la gouvernante, Cass comprit vite qu'il était arrivé quelque chose, ce que Mme Henderson confirma dès qu'elle eut raccroché. Son mari venait d'être conduit à l'hôpital. Tombé d'une échelle lors d'une séance de bricolage, il avait le bassin fracturé.

— Il faut que j'y aille ! s'exclama la gouvernante.

Puis, réalisant qu'elle avait désormais charge d'âme, elle reprit sa place sur sa chaise, anéantie.

— Non, impossible, je ne peux pas laisser Ellie seule !

Cass allait spontanément offrir son aide mais se retint ; elle ne pouvait s'impliquer.

— Pourquoi ne pas demander l'aide de Camilla, la femme de Simon ? suggéra-t-elle.

— Oui… Elle pourrait peut-être…

Reprenant le téléphone, la gouvernante composa un numéro et sembla soulagée d'obtenir sa correspondante. Après un bref échange, elle raccrocha.

— Mme Camilla reçoit des invités, expliqua-t-elle. Elle passera prendre Ellie vers 17 heures et la gardera pour la nuit. Il ne me reste plus qu'à attendre.

L'angoisse sur le visage de la gouvernante, qui s'ajoutait à l'extrême vulnérabilité d'Ellie, poussa alors Cass à proposer :

— Allez donc à l'hôpital, madame Henderson ! Je vais rester avec ma nièce jusqu'à l'arrivée de Camilla.

— Je ne peux pas vous demander ça !

— Vous ne me le demandez pas, c'est moi qui vous le propose.

— Je ne sais si je dois…

— Ecoutez, rester est pour moi un plaisir. J'adore les enfants, et Ellie est ma nièce.

— Si vous êtes vraiment sûre…

— Tout à fait sûre !

Un pur mensonge ; Cass n'avait planifié qu'une brève visite.

Sans plus attendre, la gouvernante alla se préparer et quitta bientôt la maison au volant de sa voiture pour se rendre au chevet de son mari.

Une fois seule, Cass tenta de se rassurer. Après tout, il ne s'agissait que d'une heure ou deux, trop peu de temps pour s'attacher.

Ellie ne semblait nullement désorientée par ce visage nouveau penché sur elle. L'allongeant sur la table à langer, Cass entreprit de lui changer sa couche. En la chatouillant et en embrassant ses petits pieds, elle déclencha une série de rires en cascade.

Avec beaucoup d'amour et d'affection, Ellie se montrerait sans doute un bébé facile à élever.

Comment se comporterait-elle, privée de ces éléments essentiels ?

Cass secoua la tête. Ce n'était pas son problème ! Elle allait profiter au maximum de ces moments passés avec sa nièce puis les rangerait dans le tiroir aux souvenirs, avec les autres.

Il faisait un temps splendide, propice aux promenades dans le parc. Cass installa le bébé dans le landau, trouva la clé de la maison et ferma la porte derrière elle. Elle n'avait plus qu'à emprunter l'allée qui faisait le tour de la propriété. Les arbres, de chaque côté, formaient comme une voûte au-dessus de leurs têtes. Les yeux levés vers le ciel, Ellie semblait fascinée par les jeux de lumière dans le feuillage. Cass ne pouvait ôter son regard de ce visage d'enfant émerveillé par la découverte des beautés de la nature.

Tous les bébés sont beaux, mais certains le sont plus que d'autres. Avec ses immenses yeux bleu pervenche, sa bouche en forme de cœur et l'ovale parfait de son visage, Ellie faisait partie de ces derniers.

Cela ne rendait la situation que plus poignante encore. Combien de couples auraient été heureux d'avoir un tel enfant ? La petite Ellie se trouvait sans mère et à la recherche d'un père. Un élan irrésistible poussa Cass vers sa nièce.

Quel avenir pouvait-elle lui offrir ? se raisonna-t-elle. Quel temps aurait-elle à lui consacrer alors qu'il lui fallait conquérir une clientèle ? Dans le passé, n'avait-elle pas offert son amour et sa tendresse à Pen, convaincue que ce serait suffisant ? Elle s'était trompée. Pen avait désespérément recherché le confort, le luxe et la richesse. Qu'en serait-il pour Ellie ?

Comme si elle percevait intuitivement les liens qui les unissaient, l'enfant leva les yeux et sourit à Cass qui fondit de tendresse.

Ellie ! Qui avait choisi ce prénom ? Tom, Dray ou Pen ?

Cass douta que ce fût Pen. Il ne sonnait pas à ses oreilles comme ceux, excentriques, qu'aimait sa sœur. Quant à Tom, il utilisait toujours le pronom *elle* pour la nommer.

Dray ? Si tel était le cas, cela ne signifiait-il pas qu'il en était le père, tout comme le fait qu'il l'ait recueillie chez lui ?

Il aurait donc eu une liaison avec Pen ! Après tout, quelle importance ? Sa propre liaison avec lui n'avait duré que trois semaines ; un épiphénomène qui faisait maintenant partie d'un lointain passé. Tom, par contre, devait s'estimer doublement trahi et sombrait dans la dépression. Cass le comprenait. Elle-même se sentait profondément humiliée de s'être donnée à l'ignoble séducteur aussi facilement. Désormais, il la prenait pour une femme facile, ce qui n'était guère surprenant.

D'ordinaire parfaitement maîtresse d'elle-même, elle n'était plus, dans les bras de Dray, qu'une femme passionnée, se donnant sans réserve. Jamais, pourtant, elle n'avait prononcé le mot *amour*, trop engageant. Lui l'avait fait et, dans son incroyable naïveté, elle l'avait cru !

Avait-il également prononcé le doux mot à l'oreille de Pen ? Peut-être, alors, disait-il la vérité ! Ellie, le fruit des amours de Drayton et de Pen ! Terrassée par la jalousie, Cass porta la main à son cœur et sentit ses yeux se remplir de larmes.

Chassant ces sombres pensées, elle poursuivit la promenade, évitant soigneusement le pavillon habité par oncle Charles. Le vieil homme s'était toujours montré fort aimable par le passé, mais quelle opinion avait-il d'elle depuis les funérailles ?

L'air fraîchissant, Cass reprit le chemin de la maison. Ellie dormait désormais à poings fermés, ce qui allait lui laisser le temps de préparer quelques biberons.

Lorsque ce fut fait, il ne resta plus à la jeune femme qu'à attendre l'arrivée de Camilla Carlisle. Bien qu'elle eût promis à la gouvernante de venir dès 17 heures, elle ne sonna à la porte d'entrée qu'une heure plus tard. A l'expression de son visage, il était clair qu'elle venait sans enthousiasme.

— Je pensais trouver Mme Henderson, lança-t-elle d'un ton peu amène à la vue de Cass. Qui êtes-vous ?

Cass ne fut pas surprise de ne pas être reconnue. Les

deux femmes ne s'étaient que très brièvement croisées le jour du mariage, trois ans plus tôt.

— Je suis Cassandra Barker, la sœur de Pen.

Le nom de Pen ne rendit pas l'arrivante plus aimable, bien au contraire. Sa bouche se tordit en un rictus dédaigneux.

— Que faites-vous ici ?

— Je suis venue rendre visite à ma nièce.

— Dray sait-il que vous êtes là ?

— Non, mais ne vous inquiétez pas, je ne suis pas venue dans l'intention de la kidnapper !

— Dommage ! Cela nous soulagerait d'un fardeau. Mais il paraît que vous êtes trop occupée à réussir votre carrière…

Cass abandonna ses efforts de politesse.

— Nous sommes un certain nombre à ne pas avoir d'autre choix, n'ayant pas fait un mariage d'argent.

— Comme votre sœur, par exemple ? rétorqua Camilla.

Ses yeux luisaient de haine tandis qu'elle poursuivait :

— Car si vous faisiez allusion à moi, vous vous trompez : mes parents m'ont légué une petite fortune.

— Cela a dû vous rendre très populaire !

— Ce qui signifie ?

— Rien ! Mme Henderson n'est pas ici. Elle a dû se rendre à l'hôpital, au chevet de son mari qui a eu un accident, et Ellie s'est endormie. J'ai préparé les prochains biberons. Vous les trouverez dans le réfrigérateur.

Elle s'effaça pour laisser entrer la visiteuse, mais celle-ci resta sur le perron.

— Il semble que vous ayez pris les choses en main, dit-elle. Pourquoi ne pas continuer ?

— Pardon ?

— Je ne vois pas pourquoi je me dévouerais pour l'enfant de cette dévergondée ! Vous êtes dans la place, après tout. A vous d'assumer vos responsabilités !

Sans attendre, Camilla tourna les talons pour rejoindre sa voiture.

Cass la suivit.

— Attendez ! Mme Henderson a dit que vous prendriez Ellie pour la nuit.

Camilla ouvrit la portière de sa voiture.

— C'était avant de savoir que vous étiez là ! répondit-elle en se mettant au volant. Votre présence change la donne. Il vous revient de vous occuper de votre nièce.

Fébrile, Cass retint la portière pour l'empêcher de la refermer.

— Je ne peux pas rester ! Dray n'aimerait certainement pas que je m'installe chez lui sans sa permission !

— Vraiment ? Et pourquoi donc ?

— Parce que je ne suis qu'une étrangère et…

— … qu'il aurait peur que vous voliez l'argenterie de la famille ? Aucun problème, il est assuré ! Maintenant, si vous voulez bien me laisser fermer ma portière…

— Allez au diable !

— Quelle vulgarité !

Démarrant sur les chapeaux de roues, Camilla disparut bientôt au détour de l'allée. Cass lui adressa une grimace en pensée. « Camilla Carlisle est une peste ! » disait Pen. Elle était très en dessous de la vérité !

Malheureusement, tempêter contre Camilla ne réglait pas le problème. Cass regagna la maison en s'interrogeant sur la conduite à adopter. Elle ne pouvait décemment pas demander à la gouvernante de revenir, ni emmener Ellie à Londres.

Il ne lui restait donc plus qu'à s'installer pour la nuit à North Dean Hall.

Lorsque Ellie se réveilla, la jeune femme lui donna l'un des biberons préparés puis partit avec elle explorer le premier étage où elle trouva sans peine la nursery. Elle déposa Ellie dans son berceau et, curieuse, examina les lieux. Il ne manquait aucun des jouets destinés au premier âge. Ceux que l'on presse et qui font du bruit, ceux en fourrure que l'on caresse… Installé au-dessus du berceau, un mobile aux formes et aux couleurs diverses tournait lentement sur lui-même. Une pile de couches prêtes à l'emploi attendait près d'une table à langer. Les tiroirs d'une commode contenaient tous les vêtements dont l'enfant pouvait avoir besoin.

Cass dut convenir que rien ne manquait. Ellie disposait

de tout le confort matériel, plus même qu'il n'était nécessaire. Cela suffirait-il à assurer son développement ? Les besoins en attention, amour et tendresse d'un nouveau-né sont immenses. Qui allait s'en charger ?

Une mini-baignoire en plastique lui permit de laver l'enfant mais aussi de l'initier aux jeux aquatiques. Les éclats de rire d'Ellie firent oublier à Cass toutes ses appréhensions. Cette soirée en compagnie de sa nièce se révélait un pur moment de bonheur. Elle la sécha et l'habilla pour la nuit. Epuisée par la promenade et le bain, Ellie s'endormit aussitôt.

Cass avait elle aussi besoin d'une bonne nuit de sommeil. Elle trouva la chambre de Dray, lui emprunta une chemise pour la nuit, prit une douche, lava ses sous-vêtements qu'elle mit à sécher sur un radiateur puis, regagnant la chambre attenante à celle d'Ellie, elle se mit au lit et ne tarda pas à s'endormir.

La capacité de sombrer dans un sommeil réparateur dans n'importe quelles circonstances faisait partie de sa formation. Son esprit se fermait alors aux bruits environnants, sauf s'ils se répétaient, comme les pleurs d'un bébé, par exemple.

Durant ses longues nuits de garde à l'hôpital, Cass avait également acquis un autre savoir-faire précieux : se réveiller en une fraction de seconde et être immédiatement consciente et réactive. Elle bondit de son lit et se précipita vers la chambre d'Ellie en lançant d'une voix rassurante :

— Ne pleure pas, Ellie, je suis là.

Alors qu'elle entrait dans la chambre, elle s'arrêta net dans son élan, pétrifiée. La pièce était plongée dans l'obscurité, mais un rayon de lune filtrant à travers les volets éclairait vaguement une silhouette penchée sur le berceau.

L'espace d'un instant, Cass faillit céder à la panique et hurler, mais une voix dit :

— C'est moi, Melanie, Drayton Carlisle !

Un intense soulagement envahit Cass, vite remplacé par l'inquiétude. Quelle allait être la réaction du maître de maison lorsqu'il s'apercevrait qu'elle n'était pas Melanie ?

— Je suis désolé, poursuivit-il. Je suis venu voir Ellie

et elle s'est réveillée. Je ne sais pas si je dois la prendre dans mes bras.

Il parlait à voix basse, avec une douceur et une tendresse dont jamais elle ne l'aurait cru capable.

S'approchant du berceau, Cass souleva l'enfant et l'installa confortablement contre son épaule, puis elle lui caressa les cheveux tout en fredonnant à son oreille. Ellie se calma aussitôt. Cass précisa alors à l'intention de Drayton :

— Je ne suis pas Melanie, mais Cassandra.

— Cassandra ? s'exclama-t-il, stupéfait, en se penchant pour allumer la lampe de chevet.

La lumière les fit tous deux cligner des yeux.

— C'est bien toi ! Je ne puis le croire ! Que fais-tu ici ?

— J'essaie de rendormir Ellie, expliqua-t-elle tandis que le bébé se remettait à pleurer de plus belle. Cela risque de se révéler difficile si tu continues à vociférer de la sorte !

— Très drôle ! J'attends dehors !

Elle haussa les épaules.

— Tu es chez toi…

— En effet ! Et j'aimerais pouvoir me mettre au lit. N'aie crainte, ce n'est pas une proposition ! Après un vol de neuf heures, je n'ai plus l'énergie nécessaire.

— Je n'étais pas inquiète.

Avant de franchir le seuil, il se retourna.

— Vraiment ? Voilà qui est intéressant !

— Je ne veux pas dire…

La jeune femme s'aperçut qu'elle parlait seule ; Drayton était sorti. Cass lui tira symboliquement la langue. Elle était stupide d'être restée. Cette confrontation au milieu de la nuit avec ses cheveux en désordre et cette chemise trop grande pour elle ne pouvait tourner à son avantage. La rage au cœur, elle se mit à faire les cent pas dans la pièce, ce qui eut le mérite d'apaiser Ellie dont les pleurs diminuèrent peu à peu. Après un dernier sanglot, sa respiration se fit régulière et elle se rendormit bientôt.

Cass attendit encore quelques minutes avant de la déposer dans le berceau et d'éteindre la lumière. Cela fait, elle ne quitta pas pour autant la chambre mais s'attarda dans un fauteuil. Cinq, dix minutes, un quart d'heure... Etait-ce suffisant ? Aucun bruit ne lui parvenait du couloir. Drayton avait-il enfin perdu patience et était-il allé se coucher ? La jeune femme attendit cinq minutes supplémentaires avant de regagner celle qu'elle s'était attribuée.

Refermant doucement la porte derrière elle, Cass rejoignait son lit à tâtons lorsque la lumière de sa lampe de chevet s'alluma brusquement. Elle retint de justesse un hurlement de frayeur. Assis dans le fauteuil, près du lit, se tenait Drayton.

Un verre à la main, les jambes allongées, il semblait parfaitement à l'aise. Il avait ôté sa veste ainsi que sa cravate et déboutonné le col de sa chemise blanche.

— Que fais-tu ici ?

— J'habite cette maison, l'aurais-tu oublié ?

— Je te croyais en Amérique.

— Et c'est pourquoi tu es là ! Jamais tu n'aurais accepté mon hospitalité, n'est-ce pas ? Depuis combien de temps as-tu investi les lieux ?

— Je n'ai rien investi du tout ! Je suis seulement venue prendre des nouvelles d'Ellie cet après-midi. Mon intention était de repartir aussitôt, mais le mari de Mme Henderson a eu un accident et a été conduit à l'hôpital. Je n'avais pas d'autre solution.

— Et Melanie ?

— Elle est partie.

Il lui lança un regard accusateur.

— Je n'y suis pour rien ! se défendit-elle aussitôt. Elle était partie avant mon arrivée et je ne l'ai pas rencontrée. Tu devais probablement lui manquer.

Les mâchoires de Dray se crispèrent.

— Ce qui veut dire ?

— Qu'elle était certainement plus motivée pour s'occuper de l'oncle que de la nièce.

Cass ne chercha nullement à masquer le dégoût qu'elle éprouvait à cette idée. Leurs yeux se rencontrèrent, se soudèrent dans un défi silencieux.

— Ainsi, pour toi, elle est forcément ma maîtresse !

Comme elle se gardait de répondre, il poursuivit, les yeux lançant des éclairs :

— Mais quelle opinion as-tu donc de moi ? Crois-tu que je n'ai rien de mieux à faire que de séduire chaque femme qui croise mon chemin ? J'aurais ainsi séduit, entre autres, la femme de mon frère, lui aurais fait un enfant puis, pour faire bonne mesure, j'aurais également séduit la jeune nourrice chargée de s'en occuper. Tu ne vas sans doute pas me croire, mais je serais bien incapable de la reconnaître si je la croisais ! Qui donc désires-tu encore ajouter à cette liste ? Mme Henderson, peut-être ?

— Qui sait ?

— Qui sait, en effet ! De quel droit m'accuses-tu ainsi de disperser mes faveurs ? Par contre, tu sembles avoir oublié qu'une femme a d'une manière irréfutable partagé mon lit. Toi !

Cass se mordit la lèvre.

— Si j'ai partagé ton lit…

— Il ne s'agit pas d'une hypothèse, Cass, mais d'une certitude.

— Admettons ! Un simple moment d'égarement…

— … qui s'est renouvelé plusieurs fois. Seize, en fait !

La jeune femme se tut, effarée. Drayton avait tenu le compte de leurs relations sexuelles !

— Je me souviens de chaque fois, Cassie ! Je me souviens surtout de la manière dont tu te donnais à moi sans réserve, plus que consentante…

— Arrête !

Dans un geste impulsif, afin de l'empêcher de lui faire revivre ces moments qu'elle cherchait désespérément à oublier, Cass leva la main et, avec une violence inouïe, le gifla.

Ni l'un ni l'autre ne s'étaient attendus à une telle démonstration de violence. Surtout pas Cass. Jamais, jusqu'alors, elle n'avait frappé qui que ce soit. Tout la surprit : le bruit de l'impact, la douleur ressentie dans sa main, le recul instinctif de Dray…

Lorsqu'elle vit les marques de ses doigts imprimées sur sa joue, elle voulut s'enfuir mais il la retint par le bras, l'obligeant à lui faire face en une confrontation si brutale qu'elle se retrouva le dos au mur, la chemise ouverte et son corps pressé contre le sien.

— Lâche-moi ! cria-t-elle, frémissante.

— Pour que tu puisses me frapper de nouveau ? Certainement pas !

— Tu l'avais cherché !

— Pour avoir dit la vérité ? Est-ce donc si difficile pour toi de reconnaître qu'à une certaine époque, nous avons eu de nombreux rapports sexuels ?

Elle chercha vainement à se dégager.

— Pour toi, il ne s'agissait que d'assouvir ton appétit dans ce domaine, poursuivit-il, amer.

Que voulait-il dire ? Que, pour lui, tel n'était pas le cas ? Elle ne sut que répondre.

— Ton silence est éloquent. Tu ne parlais guère plus à l'époque, d'ailleurs.

— Je n'ai jamais dit…

— Non, jamais tu n'as parlé d'amour, je le reconnais. Sans doute es-tu incapable d'éprouver un tel sentiment !

— Tu te trompes !

— Non ! Tu te sers des hommes pour ton plaisir puis, quand tu es lassée, tu les jettes ! Tu as attendu que je sois follement amoureux de toi, que je te le confesse, pour me quitter. Tu n'as même pas eu le courage de me le dire en face, laissant à ta sœur le soin d'accomplir la sale besogne.

Cass le regarda, ahurie. Ses oreilles lui jouaient des tours… Elle devait avoir mal entendu !

— Ne me regarde pas ainsi ! s'exclama Drayton. Tu savais parfaitement ce que j'éprouvais pour toi ! J'étais à tes genoux. Je ne vivais que pour nos rencontres.

Le sang battait violemment aux tempes de la jeune femme. Elle ne savait plus que penser. Etait-il possible que…

— Ce pouvoir que tu as sur moi, c'est ce que tu aimes, n'est-ce pas ?

Sans attendre sa réponse, il s'empara de ses lèvres en un baiser ardent et passionné.

— Je… Je n'ai aucun pouvoir, balbutia-t-elle, le souffle court, lorsqu'il la libéra.

— Vraiment ! dit-il en plaquant de nouveau son corps contre le sien afin qu'elle puisse juger de l'effet qu'elle produisait sur lui.

Cass frémit, tous ses sens en alerte. Ce n'était pas le moment de baisser la garde ! Si elle cédait, elle était perdue.

— Arrête ce jeu stupide, Drayton, nous ne sommes plus des adolescents !

— Comment peux-tu rester si froide, si maîtresse de toi-même ?

Cass crut déceler une pointe d'admiration dans sa voix. Tendant la main vers elle, il repoussa une mèche qui lui tombait sur le front et caressa sa joue.

Pourquoi s'était-il comporté comme il l'avait fait, trois ans plus tôt ? Tout semblait si harmonieux entre eux, alors !

— Tu es si belle, Cassie…

Du bout des doigts, il dessina le contour de ses lèvres. Ce simple effleurement mit le cœur de la jeune femme en émoi.

— Arrête ! supplia-t-elle.

Des laves incandescentes coulaient dans ses veines. Lui seul était capable de générer en elle de telles réactions. Le temps passé, loin d'émousser le pouvoir d'attraction qu'il exerçait sur elle, n'avait fait que l'exacerber.

— Il m'est impossible de m'arrêter, gémit-il tandis qu'il prenait son visage dans la coupe de ses mains et écrasait ses lèvres sous les siennes.

Tout d'abord passive, Cass s'accrocha bientôt à lui comme à une bouée de sauvetage. Comment aurait-il pu en être autrement ? Elle le désirait si fort que tout son corps lui faisait mal. Qui a jamais pu lutter contre les effets dévastateurs d'un volcan en éruption ?

Sentant sa résistance faiblir, Dray écarta les pans de la chemise et poussa un soupir de contentement à la vue des seins laiteux qui s'offraient à lui. Sa bouche, avide, engloutit l'un des mamelons turgescents et la jeune femme cria de plaisir.

Vacillant sur leurs jambes, ils se laissèrent tomber, enlacés, sur le lit. Victime consentante, Cass offrit voluptueusement son corps aux caresses de son partenaire qui l'explora de la bouche, des doigts, n'omettant aucun endroit sensible, comme s'il n'avait rien oublié de ses explorations antérieures.

Non, il n'avait rien oublié ! Avec une admirable précision, il savait, comme par le passé, lui arracher des cris de plaisir jusqu'à ce qu'elle le supplie de la prendre.

C'est alors que leur parvint un bruit reconnaissable entre tous : les pleurs d'un bébé.

Dray laissa échapper un juron.

— Laissons-la pleurer, juste un instant…

Il ne s'agissait pas d'un ordre mais d'une supplique.

Cass essaya désespérément de rester sourde aux sanglots d'Ellie mais, comme ils allaient en s'amplifiant, elle avoua :

— Je suis désolée, je ne peux pas !

Levant les yeux, il vit l'angoisse dans son regard et lança, résigné :

— Je comprends.

Roulant sur le côté afin de lui permettre de se lever, il la regarda reboutonner sa chemise. Elle dut s'y reprendre à deux fois tant ses mains tremblaient. Sans même terminer le travail, elle courut jusqu'à la nursery et prit Ellie dans ses bras. L'enfant avait dû faire un cauchemar ; elle avait besoin d'être rassurée. Cass la serra tendrement contre son sein, reconnaissante. Ellie venait de la sauver d'un désastre.

Dray l'avait suivie. Il alluma la veilleuse près du berceau et tint les yeux fixés sur elle tandis qu'elle arpentait la pièce en berçant Ellie, lui murmurant des mots apaisants. La jeune femme s'efforça de concentrer son attention sur l'enfant. Cela lui fut difficile tant elle se sentait sous l'emprise du désir fou engendré par la présence de Dray à ses côtés.

Ellie apaisée, Cass la coucha délicatement, sur le ventre, dans son berceau. Dray s'approcha alors et ils restèrent tous deux, côte à côte, à contempler l'enfant endormie.

— Elle est vraiment très belle, n'est-ce pas ? murmura-t-il.

— Oui.

— Cela peut faire toute la différence.

La beauté peut ouvrir des portes, toucher des cœurs,

semblait-il suggérer. Celle de Pen avait-elle ouvert le sien ? se demanda Cass. Le démon de la jalousie lui fit s'enquérir d'un ton acerbe.

— Pour toi ?

— Tu penses toujours que j'en suis le père, n'est-ce pas ?

— Tu ne l'as pas démenti.

— Je vais le faire. Ellie ne peut, en aucune façon, être ma fille. Jamais je n'ai couché avec ta sœur.

Le ton et les mots employés étaient incontestablement convaincants, ainsi que toute son attitude. Il s'approcha avec l'intention manifeste de la prendre dans ses bras, mais Cass recula, déterminée à ne pas le laisser la toucher car elle savait que cela lui ferait perdre tout contrôle.

— Comment pourrais-je te croire alors que tu ne cherches qu'à me mettre dans ton lit ? se révolta-t-elle. Tu me prends vraiment pour une idiote !

Ces mots le stoppèrent net dans son élan. Le sourire disparut de son visage et il laissa retomber ses bras le long de son corps.

— Tu n'es pas idiote, Cass, mais lâche ! Tu fuis la réalité, tu nies l'évidence. Ton corps répond à mes caresses. La fuite n'a jamais rien réglé. En me fuyant, tu te fuis toi-même.

Sur ces mots, il quitta la pièce sans un regard en arrière. Cass dut lutter contre l'envie de le rappeler. Il avait, hélas ! raison. Pour son plus grand malheur, son corps répondait à ses caresses. Aujourd'hui comme hier, et il en serait toujours ainsi. Heureusement, elle n'était plus l'oie blanche qu'elle avait été dans le passé : l'expérience l'avait mûrie.

Regagnant sa chambre, elle se glissa entre les draps et, frustrée mais épuisée, finit par s'endormir.

8

Ce qui arriva le lendemain n'était absolument pas programmé. La première pensée de Cass à son réveil fut de quitter North Dean Hall le plus rapidement possible. Seuls les pleurs du bébé affamé l'empêchèrent de mettre aussitôt son projet à exécution.

Se glissant hors du lit, elle se précipita à la nursery, prit Ellie dans ses bras et descendit dans la cuisine lui préparer son biberon.

Dray Carlisle ne se montra pas et la jeune femme en fut tout d'abord soulagée. Elle nourrit sa nièce, joua avec elle, s'appliquant à mémoriser chaque trait de son adorable frimousse, persuadée qu'elle ne la reverrait pas avant longtemps.

L'enfant endormie, elle la recoucha dans son berceau, gagna la salle de bains, prit sa douche, s'habilla puis attendit que Dray se lève pour prendre congé. Epuisé par le décalage horaire, il devait dormir profondément. Du moins, le supposait-elle.

Cass commençait à s'impatienter lorsque la sonnerie du téléphone retentit. Elle décrocha aussitôt, de peur qu'Ellie ne se réveille.

— Cass ? demanda une voix bien connue.

L'espace d'une seconde, la jeune femme crut que Dray l'appelait d'un téléphone intérieur.

— Oui…

— C'est Dray.

— Oui…

Un soupir d'exaspération fut distinctement poussé à l'autre bout de la ligne.

— Tu as trouvé mon message ?

— Quel message ?

— Celui que j'ai glissé sous ta porte.

Quand ? se demanda Cass. Pourquoi ? Avait-il craint une nouvelle confrontation ?

— Où es-tu ?

— Au bureau. J'avais une réunion à 8 heures que je ne pouvais pas annuler.

Bien qu'il ait été debout jusqu'au milieu de la nuit, venait de rentrer des Etats-Unis et avait désormais un bébé de deux mois à charge ? se dit la jeune femme. Ses affaires seraient donc toujours la priorité absolue !

Comme s'il lisait dans ses pensées, Drayton s'empressa d'ajouter :

— Ne t'inquiète pas, l'agence est tout à fait apte à traiter les urgences.

— L'agence ! Quelle agence ?

— L'agence spécialisée dans le domaine. Elle va envoyer quelqu'un pour remplacer Melanie.

— Oh… parfait ! Et tu désires que je la teste.

— Pardon ?

Cette idée ne semblait pas lui être venue à l'esprit.

— Tu n'as certainement pas que ça à faire ! protesta-t-il. C'est le travail de l'agence. Elle offre toutes les garanties. Tout ce que tu as à faire est de lui passer Ellie dès qu'elle arrivera.

Comme un paquet…

— Aurai-je un bordereau à signer ?

— Quoi ?

Il commençait à s'énerver.

— Oui… peut-être… J'ignore tout de la manière dont ces affaires-là se traitent, mais cela ne doit pas être compliqué ! Ecoute, je te rappelle plus tard, je suis pressé et…

— Je ne voudrais surtout pas te retarder ! dit-elle en raccrochant d'un coup sec.

Elle s'éloignait de l'appareil lorsqu'il se remit à sonner.

Cette fois, elle l'ignora et ne décrocha pas. Qu'il aille au diable ! Comme prévu, la sonnerie persistante finit par réveiller Ellie

Le bébé dans les bras, Cass partit explorer la maison.

North Dean Hall appartenait à la famille Carlisle depuis quatre générations, mais la demeure était bien plus ancienne. Ses nombreuses pièces, immenses et hautes de plafond, témoignaient d'un temps où les riches propriétaires disposaient d'une armée de serviteurs et pouvaient avoir autant d'enfants que la nature le voulait. Des fêtes, des bals devaient se dérouler dans les immenses salons ; des poursuites et des rires, résonner dans les couloirs.

Aujourd'hui, la maison était tellement vide qu'elle en devenait effrayante. Drayton Carlisle semblait se plaire dans ce splendide isolement, mais Ellie serait-elle heureuse dans un tel environnement ? Ne se sentirait-elle pas trop seule dans cette enfilade de pièces inhabitées ? L'argent suffit-il pour rendre un enfant heureux ?

Cass n'avait aucune réponse à ces questions. Elle sut seulement, lorsque la nurse se présenta à la porte, qu'elle ne pouvait lui confier Ellie. La candidate était bien trop jeune — à peine sortie de l'école — et, de plus, souffrait d'un gros rhume. Elle la renvoya immédiatement, appela un taxi, rassembla quelques affaires pour l'enfant dans un sac de voyage et prépara deux biberons. Lorsque le taxi arriva, elle était prête.

Elle refusa de s'interroger sur les conséquences de sa décision intempestive avant d'être installée dans le train pour Londres. Il était alors trop tard. Veiller au confort d'Ellie exigeait désormais chaque seconde de son attention et elle ne fut pas longue à comprendre que s'occuper d'un bébé de deux mois dans les transports en commun n'avait rien d'une partie de plaisir.

Arrivée à destination, la jeune femme était épuisée. Gérer tout à la fois l'enfant, la poussette, le sac de voyage, exigeait un savoir-faire qu'elle ne possédait pas. Elle éprouva un réel soulagement lorsque le petit ange consentit enfin à s'endormir à leur arrivée à l'appartement.

Cass put alors sortir et ranger le contenu du sac de voyage : couches, objets de toilette et vêtements d'enfant, stérilisateur, biberons et boîtes de lait.

Elle allait devoir improviser un berceau de fortune. Son appartement ne contenait que le strict nécessaire pour une vie de célibataire spartiate. Comment avait-elle pu prendre la décision d'y amener Ellie ?

Les yeux fixés sur le visage innocent de sa nièce endormie, Cass prit conscience des implications de son acte. Comment allait-elle se sortir de cette galère ?

Afin d'échapper à ses sombres pensées, elle ouvrit le courrier trouvé dans sa boîte aux lettres, ce qui ne fit que confirmer ses doutes quant à la pertinence de sa décision. Une lettre lui rappelait qu'elle devait désormais rembourser l'emprunt fait pour payer ses études, une autre la convoquait pour se présenter dès lundi matin à Slough afin de s'installer dans le cabinet médical local, comme elle l'avait sollicité... Il n'y avait guère de place, dans ce dispositif, pour un nourrisson de deux mois.

Le problème n'avait toujours pas trouvé de solution lorsque la sonnette de la porte retentit. Sans même avoir à regarder à travers l'œilleton, elle sut de qui il s'agissait. Une brève conversation avec Dray, une heure plus tôt, lui avait laissé supposer qu'il viendrait.

Il l'avait appelée vers 17 heures.

— Cass ?

— Oui.

— Elle est avec toi ?

— Oui.

— Bien !

Drayton avait ensuite raccroché, lui laissant toute liberté d'interpréter à sa guise ce qui, pour lui, était *bien*. « *Bien*, tu peux la garder », ou « *Bien*, je viens la chercher » ? Cass avait fini par opter pour la seconde version.

Fuir aurait été ridicule : le tout-puissant Drayton Carlisle avait les moyens de la retrouver où qu'elle aille. Elle avait donc pris place dans un fauteuil et attendu sa venue, en retenant son souffle.

Dans un élan irraisonné, elle avait en quelque sorte kidnappé Ellie ; cela ne lui ressemblait pas. Que croyait-elle pouvoir prouver ainsi ? Qu'elle avait du cœur ? Cela n'avait pas suffi pour empêcher Pen de faire des bêtises et ne suffirait pas à offrir à Ellie le confort auquel elle avait droit.

Elle n'eut pas le temps d'arriver à la porte : la sonnette retentit de nouveau, témoignant de l'impatience du visiteur.

La jeune femme ouvrit et s'effaça pour laisser entrer Drayton qui sembla surpris. A quoi s'attendait-il, en venant ? A devoir enfoncer la porte ?

— Tu viens la chercher ? demanda-t-elle.

— Pour quelle autre raison serais-je venu ?

Pour quelle autre raison, en effet !

— Elle est dans la cuisine, prête à partir.

Cass tournait les talons pour l'y conduire quand il la retint par le bras.

— Attends une minute !

L'étreinte de ses doigts était si forte qu'il lui faisait mal.

— Je ne veux pas me battre, l'avertit-elle.

— Je me fiche comme d'une guigne de ce que tu veux ou ne veux pas ! Il t'a fallu deux mois pour venir rendre visite à l'enfant de ta sœur. Là-dessus tu débarques sans crier gare et tu joues les Mary Poppins. Mais ce n'était que du cinéma ! Un seul jour en compagnie de l'enfant, et tu déclares forfait. C'est cela, n'est-ce pas ?

Le rouge monta au front de Cass.

— Je reconnais m'être conduite d'une manière totalement irrationnelle. Tu as le droit d'être mécontent…

— *Mécontent* ? Le mot est faible pour décrire ce que je ressens. Qu'est-ce qui t'a pris de refuser la nurse envoyée par l'agence ?

— Elle ne convenait pas !

— Parce qu'elle ne savait pas comment on pratique une trachéotomie ou un massage cardiaque ?

— Je n'en demandais pas tant ! Je l'ai simplement questionnée sur ce qu'elle ferait dans le cas où Ellie s'étoufferait ou s'arrêterait de respirer. Il me semble que ce sont des questions normales à poser à la personne à qui on confie un bébé et qui a été soi-disant formée pour cette tâche.

— Mais l'agence…

— … a envoyé quelqu'un souffrant d'un gros rhume ! Sans doute ignorait-elle que les bébés sont très fragiles et susceptibles d'être facilement infectés par les microbes et les virus…

— Arrête ! Tu parles comme un livre de médecine ! Car tes connaissances en matière de pédiatrie sont uniquement livresques, n'est-ce pas ?

— Non, tu te trompes !

Elle avait fait plusieurs stages en maternité durant ses études.

— Ainsi, c'est donc vrai…

— Quoi donc ? demanda-t-elle, étonnée.

— Ta sœur m'avait laissé entendre que tu avais eu un bébé lorsque tu étais plus jeune.

— Pen a dit que j'avais eu un bébé ?

— C'est ce qu'elle m'a fait comprendre quand tu as mis fin à notre liaison.

— Ce n'est pas moi qui ai mis fin à notre liaison !

— Non, en effet, tu n'as pas eu ce courage ! Tu as laissé à ta sœur le soin de m'expliquer combien l'expérience t'avait rendue cynique. « Les hommes prennent leur plaisir et les femmes restent avec un bébé sur les bras », m'a-t-elle alors déclaré. Il était clair pour moi qu'elle faisait allusion à une malheureuse expérience qui t'était arrivée.

Cass aurait voulu se défendre, mais aucun son ne sortit de sa bouche.

— As-tu vraiment eu un bébé dans le passé ? s'enquit-il alors.

Cass se mordit la lèvre ; elle avait promis à Tom de ne pas dévoiler le secret de Pen. Dray interpréta son silence comme un aveu.

— Que lui est-il arrivé ?

— Il est mort quelques jours seulement après la naissance.

Au grand dam de la jeune femme, sa voix trahit son émotion.

— Je suis désolé…

Drayton semblait sincère.

Un cri leur parvint de la cuisine : Ellie réclamait leur attention. Cass se précipita. Elle avait aménagé un lit de fortune dans l'un des tiroirs de la cuisine et ne pouvait guère envisager de garder sa nièce dans ces conditions.

Dray, qui l'avait suivie, la contempla, pensif, tandis qu'elle prenait l'enfant dans ses bras et la serrait tendrement contre elle. Les pleurs cessèrent aussitôt.

— Tu sais t'y prendre, c'est indéniable…, lança-t-il, visiblement impressionné.

— Nous allons avoir besoin d'un siège pour bébé.

— J'ai équipé ma voiture de ce qu'il faut depuis l'arrivée d'Ellie à North Dean Hall.

Cass baissa la tête, confuse. Il semblait faire preuve, pour l'occasion, de plus de prévoyance qu'elle. Comme s'il lisait dans ses pensées, il demanda :

— Pourquoi lui avoir fait quitter North Dean Hall, Cass ?

— J'ai agi sur une impulsion, sans réfléchir, avoua-t-elle, honteuse. Je pensais pouvoir m'occuper d'elle, mais ce n'était pas réaliste. J'ai un prêt d'études à rembourser et, dès lundi matin, je dois prendre un poste dans un cabinet médical. Je ne puis décemment travailler et donner à Ellie l'attention dont elle a besoin. Je n'ai pas le droit de la priver du confort que tu peux lui offrir.

Dray gardait les yeux fixés sur Ellie qui, blottie dans les bras de Cass, souriait de contentement.

— Le mieux est de lui trouver une nurse compétente qui restera à ses côtés durant les premières années de sa vie, poursuivit Cass. Elle a besoin d'un peu de stabilité.

— Mmm… Certainement ! C'est ce que je m'efforçais de faire en attendant que Tom puisse prendre le relais.

— Tom ! Je pensais que…

— Il est le père d'Ellie.

— Tu… Tu es sûr ?

— Certain ! Sa paternité a été confirmée par l'analyse ADN.

— Il refusait de s'y soumettre !

— J'ai réussi à le convaincre.

— Il… Il va donc prendre Ellie en charge ?

— Pour l'instant, il n'est pas prêt. Il associe Ellie à ta sœur et à son infidélité. Je vais la garder à North Dean Hall.

— J'ai préparé ses affaires. Elles sont là, sur la table.

— Et les tiennes ?

— Les miennes ?

— Tes affaires ! Tu auras besoin de vêtements, je suppose.

— Je ne comprends pas…

— Tu viens à North Dean Hall !

C'était une affirmation, non une question. Croyait-il qu'il pouvait ainsi lui dicter sa conduite ?

Drayton dut lire sa révolte dans son regard car il ajouta aussitôt :

— Détends-toi ! Il s'agit de répondre aux besoins d'Ellie, pas aux miens ! Et pour quelques jours seulement, le temps que je puisse recruter une nurse. En espérant qu'il en existe une qui réponde à tes exigences !

— Je ne peux pas aller avec toi !

— Pourquoi ?

— J'ai beaucoup de choses à régler…

— C'est-à-dire ?

— Je dois rendre cet appartement. J'ai obtenu un poste dans un cabinet médical à Slough. Je commence lundi.

— Slough est situé tout près de North Dean Hall. Tu pourras prendre ma voiture pour t'y rendre.

Cass éclata de rire.

— Je dois gagner la confiance de mes clients, Dray, et je doute d'y parvenir en m'affichant au volant d'une voiture de sport. Le fait que tu désires mon retour dans ta demeure me surprend d'ailleurs tout autant.

— Ce que je désire ou pas est totalement hors sujet, Cass. J'ai en charge un bébé de deux mois dont j'ignore le mode d'emploi. Là réside le problème, et j'ai besoin de toi.

— Tu as Mme Henderson.

— Je viens de lui accorder un congé. Rassemble tes affaires. J'emmène celles d'Ellie dans la voiture et je reviens avec le siège de bébé.

Il plia la poussette, s'empara du sac de voyage et sortit. Lorsqu'il revint, Cass l'attendait sur le pas de la porte, Ellie dans ses bras.

— Tu peux demander l'aide de Camilla Carlisle. Elle a des enfants et…

— Je *pouvais* demander l'aide de Camilla jusqu'à ce que quelqu'un la mette hors d'elle.

— Fallait-il que je me laisse insulter par cette peste sans réagir ? s'insurgea Cass.

— Mmm… Camilla avait quelques raisons d'en vouloir à ta sœur. J'imagine qu'elle a dû reporter sa rancœur sur toi !

Peu curieuse de connaître les raisons de l'animosité de Camilla envers Pen, Cass dit simplement :

— Je vois.

— J'en doute, mais revenons au problème du jour. La nécessité de ta venue à North Dean Hall étant clairement démontrée, il ne te reste plus qu'à aller chercher tes affaires.

Comment refuser, se demanda Cass, alors qu'il s'agissait d'assurer le confort d'Ellie ?

— Fais attention à bien soutenir sa tête ! recommanda-t-elle en lui tendant l'enfant.

— C'est la seule chose que je connaisse au niveau du mode d'emploi, avoua-t-il.

Une main sous sa tête et une autre sous son corps, il tint cependant le bébé légèrement écarté de lui. Afin ne pas salir son élégant costume, probablement, ce qui n'était guère encourageant.

Cass regagna sa chambre afin d'y rassembler ses affaires. Les pleurs d'Ellie lui parvinrent, ainsi que les mots prononcés par Dray pour la rassurer. Comme un silence s'ensuivait, elle se hâta de les rejoindre pour découvrir un spectacle inattendu et cocasse. Penché sur Ellie, Dray s'évertuait à lui faire des grimaces, ce que l'enfant semblait apprécier tout particulièrement.

La jeune femme se demanda si elle n'avait pas sous-estimé les dons de Dray pour s'occuper d'un bébé.

— Prête ? s'enquit-il.

— Oui.

Déposant avec dextérité Ellie dans le siège de bébé, il en boucla la ceinture, s'empara du sac de voyage puis, tenant le siège d'une main et le sac de l'autre, se dirigea vers la voiture. Cass le suivit. Au moment de prendre place sur le siège passager, elle eut une dernière hésitation.

— Ecoute, il y a certainement quelqu'un qui peut t'aider, dit-elle. Ta petite amie, par exemple.

Il arqua les sourcils.

— Qu'est-ce qui te donne à penser que j'en ai une ?

— Tu es riche. Les hommes fortunés ne manquent jamais de petites amies.

— Alors, je dois être un cas désespéré. J'ai, il est vrai, beaucoup d'argent mais pas de petite amie. Peut-être devrais-je passer une annonce. « Célibataire dépourvu de charme mais fortuné cherche dévoreuse de diamants pour relation hypocrite. » Qu'en penses-tu ?

Cass préféra ne pas répondre à cette évidente provocation.

— Non, poursuivit-il, amer, ce ne serait pas une bonne idée. Une seule expérience de ce type m'a suffi. La renouveler ne présente aucun intérêt.

Comme il se penchait soudain vers elle, la jeune femme se raidit avant de comprendre qu'il ne voulait que lui attacher sa ceinture. Elle se sentit stupide d'avoir si violemment réagi mais Dray parut n'y prêter aucune attention. Il démarra et engagea la voiture au milieu du trafic. Alors seulement il reprit la conversation.

— Si tu as peur que je tente de te séduire, je peux te rassurer. Je sais me comporter en gentleman et je te promets que tu n'auras plus à subir mes assauts.

Elle fit la grimace, mortifiée, et se garda de répondre. Il quitta un instant la route des yeux pour les reporter sur elle.

— Rien de ce que je dis ou fais ne trouve grâce à tes yeux, n'est-ce pas ? Pourquoi ?

Cass fut incapable de répondre. Elle-même ne comprenait pas la complexité des réactions qu'il déclenchait en elle.

Un pesant silence s'établit alors, qu'aucun des deux n'eut le désir de rompre.

*
* *

Laissée à ses pensées, Cass revécut le moment douloureux de leur rupture. Dray essayait de réécrire l'histoire, mais les faits parlaient d'eux-mêmes.

Ils devaient se retrouver, un soir, dans leur restaurant préféré. Sa journée de travail au supermarché terminée, Cass était rentrée en hâte, afin de se doucher et de se changer avant d'aller le rejoindre. Elle se séchait les cheveux lorsque Pen était arrivée sans prévenir.

A son retour de lune de miel, Pen s'était mise en colère en apprenant que sa sœur voyait régulièrement celui qui était devenu son beau-frère. Cass avait laissé passer l'orage, son attachement à Dray étant devenu si fort qu'elle se sentait prête à l'assumer face au monde entier.

Devant l'obstination de sa sœur, Pen avait alors changé de tactique. Si elle la poussait à rompre, c'était uniquement parce que son bonheur lui importait, assura-t-elle. Sous ses dehors charmants, Dray cachait une nature diabolique. Il changeait de conquête comme de chemise. Comment Cass pouvait-elle espérer qu'il se conduirait différemment avec elle ?

Persuadée que ce qui se passait entre Dray et elle était spécial, Cass avait ignoré l'avertissement.

Lorsque son taxi était enfin arrivé, elle avait attrapé son manteau et son sac, refusant d'écouter sa sœur plus longtemps. Depuis le pas de la porte, Pen lui avait encore crié quelque chose que, tout à sa hâte de rejoindre Dray au restaurant, Cass n'avait pas compris.

Ce soir-là, Dray n'était pas venu. La jeune femme avait attendu longtemps, très longtemps, convaincue qu'il ne s'agissait que d'un simple retard.

Elle dut bien finir par regagner son appartement où, malgré l'heure tardive, Pen l'attendait.

— Je suis désolée, Cass, dit-elle dès que sa sœur eut franchi la porte. Je devais te transmettre un message de Dray, mais tu ne voulais pas m'écouter.

Cass retint le cri de colère qui lui montait aux lèvres. Pen avait eu tout le temps nécessaire pour l'informer !

— Que se passe-t-il ? Il a eu un empêchement ? Je vais lui téléphoner.

— Inutile ! Il n'est pas à Londres.

— Où est-il ?

— A Paris !

— Pour ses affaires ?

Pen hésita puis secoua sa tête. Cass lut alors de la commisération dans les yeux de sa sœur.

— Il est parti avec quelqu'un d'autre !

Pen acquiesça de la tête et Cass, anéantie, porta la main à son cœur. Ainsi, les craintes de Pen étaient fondées ! Lassé, Dray s'était mis en quête d'une autre proie. Le monde de Cass venait de s'écrouler.

Sans demander plus de détails à Pen qui lui proposa de rester à ses côtés, la jeune femme alla s'enfermer dans sa chambre pour, tel un animal blessé, panser ses plaies. Ce fut la première d'une longue série de nuits passées à pleurer ses illusions perdues. Le matin, elle se rendait au travail comme un automate, des cernes bleuâtres dévorant son visage.

Tom étant en voyage, Pen demeura quelques jours auprès d'elle et se montra particulièrement attentionnée. A la veille du week-end, elle lui suggéra de ne pas rester à Londres, à tourner dans l'appartement comme un lion en cage, mais de partir s'aérer dans le Yorkshire, chez leur cousine.

Cass accueillit favorablement cette suggestion. Mieux valait, en effet, s'éloigner plutôt que rester à ruminer sa frustration.

Quelques jours plus tôt, Dray l'avait invitée à passer la fin de semaine avec lui à North Dean Hall, mais elle était désormais exclue de sa vie, déjà remplacée par une rivale. Cette idée lui faisait mal, très mal ; elle devait réagir. A la fin du week-end, elle revint à son appartement, bien décidée à chasser définitivement Dray Carlisle de son esprit et de son cœur.

Alors qu'elle croyait ne jamais plus avoir de ses nouvelles, il téléphona quinze jours après avoir disparu de sa vie.

— Cass, nous devons parler.

— Non ! répondit-elle en reposant d'un coup sec le combiné sur son socle.

Sans doute était-ce la raison pour laquelle il l'accusait, aujourd'hui, d'avoir été l'initiatrice de leur rupture. Quel incroyable toupet ! Qu'il n'ait pas honoré leur rendez-vous, qu'il soit parti en week-end à Paris avec une autre, qu'il ne lui ait pas fourni la moindre explication ne comptait pas.

Il suffisait à Cass de se souvenir de la peine et de la jalousie éprouvées alors pour que sa détermination de ne plus retomber dans ses bras soit renforcée. Jamais elle ne voulait revivre pareille humiliation !

Repoussant les images du passé, elle fixa son regard sur la route qui s'étendait devant la voiture et sur les gouttes de pluie qui commençaient à s'écraser sur le pare-brise. Elle ne prit conscience qu'ils arrivaient à North Dean Hill que lorsqu'ils s'arrêtèrent devant le perron.

Elle pensait que Drayton la laisserait seule dès leur arrivée dans la maison, mais ce ne fut pas le cas. Il s'occupa d'Ellie tandis qu'elle préparait quelques biberons et il la regarda lui donner le dernier de la journée.

Quelles étaient ses pensées tandis qu'il l'observait ainsi ? se demanda Cass. Se culpabilisait-il d'avoir eu une liaison avec une femme aussi insignifiante ou vérifiait-il sa capacité à s'occuper d'Ellie ? N'avait-elle pas, dans le passé, laissé mourir son bébé ?

Jamais elle n'aurait dû lui laisser croire une telle ineptie, mais il était désormais trop tard.

Ellie repue, il fallait à présent la baigner et la mettre au lit. Cass en informa Dray qui la laissa partir en lui souhaitant une bonne nuit. Il ne fit pas un geste pour la suivre.

Lorsque le bébé fut endormi, Cass se retira dans sa chambre, se coucha et demeura les yeux grands ouverts à guetter d'éventuels bruits de pas dans le couloir.

Le temps passa. Lorsqu'il fut évident que, fidèle à sa

promesse, Dray ne viendrait pas la rejoindre, un terrible sentiment de frustration l'envahit.

La jeune femme cessa alors de se mentir à elle-même. Sa liaison avec Dray, trois ans plus tôt, n'avait pas été qu'une aventure sans importance comme elle s'efforçait de s'en persuader. Elle l'avait aimé plus que de raison et les choses n'avaient pas changé. Elle était de nouveau prête à se donner à lui sans restriction.

9

Hélas ! si Cass se trouvait désormais dans cette disposition d'esprit, il n'en allait pas de même pour Dray. Les opportunités de rapprochement ne manquaient pourtant pas… Son séjour, en effet, s'éternisait.

Elle avait pensé rester à North Dean Hall pendant deux ou trois jours — le temps pour Dray de trouver une nounou pour Ellie. Or, une semaine passa, puis une autre, sans que son départ fût envisagé.

Telle était l'ironie de la situation : alors qu'elle avait enfin admis être éperdument amoureuse de lui, Drayton Carlisle ne lui témoignait plus qu'une totale indifférence sur le plan sentimental.

Sans doute devrait-elle lui en être reconnaissante, ne cessait de se répéter Cass. Une seconde liaison, en effet, lui serait fatale, mais elle ne pouvait éprouver que des regrets tant le comportement de Dray à son égard s'était amélioré.

Elle retrouvait l'homme dont elle était tombée amoureuse trois ans plus tôt — intelligent, plein d'humour et de fantaisie — avec qui elle ne s'ennuyait pas une seconde.

Inutile, cependant, de se bercer d'illusions. Dray se comportait ainsi parce qu'il avait besoin d'elle. Une femme de ménage intérimaire remplaçait momentanément Mme Henderson et une nurse s'occupait d'Ellie pendant la journée.

Les soirées et les nuits restaient cependant sous l'entière responsabilité de Cass. Médecin la journée et garde d'enfant la nuit, la jeune femme avait désormais de quoi s'occuper. Par bonheur, Ellie se montrait un bébé d'humeur agréable et passait la plupart de ses nuits à dormir comme un angelot.

Cass devait se l'avouer, elle appréciait de plus en plus cet arrangement ! Le trajet pour se rendre à Slough ne lui prenait guère plus d'une demi-heure, surtout au volant de la voiture que lui avait procurée Dray, non pas sa voiture de sport mais une autre plus discrète, trouvée elle ne savait où.

Au cabinet médical, elle secondait une doctoresse d'un certain âge, très expérimentée, qui se révéla un guide précieux pour l'aider à faire sa place dans le métier. A ses côtés et au vu de son enthousiasme resté intact après toutes ces années passées au service de la population locale, Cass acquit la certitude d'avoir choisi la carrière qui lui convenait.

Après le travail, elle trouvait encore l'énergie de baigner sa nièce et de jouer longuement avec elle avant de la mettre au lit.

Ensuite, chaque soir, elle dînait en compagnie de Dray et le ton de leurs échanges se faisait de plus en plus détendu et convivial. Chacun parlait de ses activités de la journée. Seule la difficulté grandissante que Cass éprouvait à masquer ses sentiments posait problème.

Pendant ces deux semaines, plusieurs nurses avaient été reçues sans qu'aucune ne convienne.

En fait, ce n'était pas la stricte vérité. Certaines candidates possédant toutes les compétences requises avaient malgré tout été refusées par Dray. Il les trouvait trop bavardes, trop immatures, trop insipides, trop irresponsables… Jamais Cass n'aurait imaginé qu'on puisse se montrer aussi exigeant !

— Elle ne convient pas ! déclara-t-il une fois de plus, après le départ d'une nouvelle postulante qu'ils venaient de recevoir ensemble, lors d'un après-midi de congé de Cass.

— Que lui reproches-tu, cette fois ?

— Elle est trop…

Dray cherchait manifestement le qualificatif adéquat. Réprimant un sourire amusé, Cass insista :

— Trop quoi ?

— Trop maigre !

La précédente, une jeune femme parfaite en tout point, avait été écartée parce qu'elle ne lui paraissait pas assez rigoureuse.

Trop ceci, pas assez cela… Qu'attendait-il exactement d'une nurse ?

— Faisons le point sur tes critères de sélection, proposa alors Cass. Si j'ai bien compris, tu cherches une personne jeune mais mature, jolie mais pas trop, chaleureuse mais sans sensiblerie, responsable sans trop de rigueur, quelqu'un qui se comporte comme une maman pour Ellie sans toutefois s'attacher à elle ou prendre trop de place dans votre vie commune. Aurais-je oublié quelque chose ?

Au lieu de se fâcher, Drayton se mit à rire, preuve incontestable de l'amélioration de leurs relations.

— Non, reconnut-il, ta synthèse est parfaite. Tu penses que je demande trop ?

— Oui. D'autant qu'il ne s'agit pas d'un travail de longue durée !

— Je ne peux, en effet, pas me substituer à Tom. Ce sera à lui de choisir lorsque le moment sera venu.

Bien que Tom eût repris ses activités au sein de l'entreprise, il n'avait toujours pas manifesté le désir de voir celle qu'il savait pourtant, à présent, être sa fille.

— Quand a-t-il vu Ellie pour la dernière fois ? s'enquit Cass.

— Il ne l'a vue qu'une fois, le jour de sa naissance. Il refuse obstinément de venir ici.

Cass arqua les sourcils.

— Je croyais que vous aviez fait la paix.

— Pas tout à fait.

Il eut une seconde d'hésitation avant de poursuivre :

— Il croit toujours que j'ai eu une liaison avec sa femme.

L'estomac de Cass se contracta. Ces derniers temps, elle avait tenté d'occulter toute pensée sur le sujet.

— Et toi, demanda-t-il, que crois-tu ?

Cass baissa la tête.

— Je ne sais que penser, avoua-t-elle honnêtement.

— Crois ce que tu veux ! Ne compte pas sur moi pour plaider ma cause ! répondit-il en haussant les épaules, fataliste.

Pourquoi ? Parce qu'il était innocent ou parce qu'il était coupable ? Il affronta son regard sans ciller. Ce fut finalement Cass qui détourna le sien, de peur qu'il n'y lise ce qu'elle éprouvait pour lui.

Etouffant un juron, il se leva et se dirigea vers la porte.

— Il reste une candidate à recevoir, lui rappela-t-elle.

— Termine le travail sans moi ! Je ne suis pas digne de confiance.

— Je n'ai jamais dit…

— Non, mais tu l'as pensé !

Cass se mordit la lèvre. Drayton Carlisle était-il vraiment un fieffé menteur, un coureur de jupons invétéré, comme l'avait affirmé Pen ?

Le doute commençait à s'insinuer dans l'esprit de la jeune femme.

Depuis leur toute première rencontre, en effet, Dray n'avait cessé de se préoccuper du bien-être de son frère.

N'avait-il pas cherché à le protéger d'un mariage qu'il jugeait risqué ?

Malgré toutes ses réserves, n'avait-il pas fini par donner son consentement et continué à lui verser son allocation ?

Le jour des funérailles, n'avait-il pas insisté pour que Cass accepte de le rencontrer ?

Mais surtout ne venait-il pas, en prenant Ellie sous son toit, de faire preuve d'un grand sens des responsabilités ?

Si Dray faisait tout pour protéger son frère, comment aurait-il pu chercher à lui prendre sa femme ?

Cass en était là de ses pensées, après avoir auditionné la dernière candidate, lorsque le téléphone sonna. Dray se trouvait au bout du fil. Elle voulut s'excuser d'avoir douté de lui mais, avant qu'elle puisse ouvrir la bouche, il lança :

— Tom accepte finalement de voir sa fille. J'envoie mon chauffeur à North Dean Hall. Peux-tu donner des instructions à Jill afin qu'elle amène Ellie à mon bureau ?

— Oui… oui… bien sûr.

— Parfait ! La voiture sera là dans une demi-heure.

Son ton distant glaça le sang dans les veines de Cass. Il raccrocha sans lui laisser le temps d'ajouter un mot.

Il n'était pas question de laisser Jill, la nurse temporaire, remplir cette mission. Cass lui demanda de l'aider à changer Ellie et à choisir ses plus beaux vêtements mais, lorsque le chauffeur se présenta, c'est elle qui prit place dans la voiture, l'enfant dans ses bras.

Ellie dormit durant le trajet, bercée par le doux ronronnement du moteur de la limousine.

Jamais encore, jusqu'à ce jour, Cass n'avait eu l'occasion de se rendre dans les bureaux de Carlisle Electronics. La voiture passa tout d'abord un poste de contrôle avant de se garer dans la cour intérieure d'un vaste building de verre et d'acier.

Cass réveilla doucement Ellie. Le grand jour, pour elle, était arrivé. Elle allait revoir son père ! Fort heureusement, son bref somme avait mis le bébé d'excellente humeur. Son précieux fardeau dans les bras, Cass suivit le chauffeur à l'intérieur du bâtiment. Ils passèrent devant l'hôtesse d'accueil sans avoir à fournir d'explication, mais Cass fut consciente d'être l'objet de regards étonnés.

Le chauffeur guida la jeune femme jusqu'à l'ascenseur privé qui desservait directement l'étage directorial, situé tout en haut de l'immeuble. Deux secrétaires, assises à leur bureau, protégeaient l'entrée du sanctuaire du grand patron.

L'une d'elles, sans doute hiérarchiquement supérieure, appuya sur le bouton d'un Interphone.

— Vos invitées sont arrivées, monsieur Carlisle, annonça-t-elle.

— Bien ! Faites-les entrer, Joan ! Carol et vous pouvez considérer votre journée comme terminée et rentrer chez vous.

La nouvelle étonna manifestement les secrétaires. Il n'était que 15 h 30, mais aucune ne protesta.

Joan remercia le chauffeur puis conduisit Cass jusqu'à une porte sur laquelle on pouvait lire : « Drayton Carlisle, directeur général ».

Quelques secondes plus tard, Cass pénétrait dans une vaste pièce dont les immenses baies vitrées dominaient le paysage alentour. Assis derrière son bureau, Dray salua son entrée d'un froncement de sourcils.

— Je pensais que tu enverrais Jill.

Elle secoua la tête.

— Il s'agit d'une affaire de famille ! Où est Tom ?

— Dans son bureau.

Il se pencha et appuya sur un bouton.

— Tom ?

— Oui…

— Les chiffres sont prêts.

— Bien. J'arrive.

Dray ôta son doigt de l'Interphone. Cass arqua les sourcils, soudain suspicieuse.

— Tom ignore que sa fille est là, n'est-ce pas ?

— S'il le savait, il s'enfuirait probablement !

— Le lui cacher…

— … est une stratégie risquée, je le reconnais ! Mais le temps est venu pour que les choses soient enfin réglées, d'une façon ou d'une autre.

Il parlait comme s'il s'agissait d'une de ces affaires qu'il traitait chaque jour.

Cass frémit. En cherchant à réunir le père et son enfant, ne cherchait-il pas à se débarrasser d'elle ? En effet, si Tom prenait Ellie en charge, Dray n'aurait alors plus besoin de sa présence.

Lorsque la porte derrière elle s'ouvrit, Cass se retourna, Ellie dans les bras. Tom — qui s'était avancé de quelques pas — se figea à leur vue. A l'expression de son visage, Cass crut tout d'abord qu'il allait tourner les talons et s'enfuir à l'autre bout de la planète. Puis, très vite, la panique dans ses yeux fit place à la fascination.

Ellie avait changé, depuis sa naissance. Elle n'était plus le bébé hurlant, tout ridé et peu attractif qu'elle devait être ce jour-là.

Les secondes s'égrenèrent, interminables. D'instinct, Cass sentit que Tom était de nouveau sur le point de fuir. Il fallait qu'elle agisse. S'avançant résolument vers lui, elle déposa le bébé dans ses bras puis, après s'être assurée qu'il la tenait correctement, recula de quelques pas.

L'espace d'un instant, Tom parut terrorisé. Sans doute n'avait-il encore jamais eu l'occasion de tenir un bébé. Cass retint son souffle : l'instant était crucial.

C'est alors que la magie opéra. Le visage de Tom se détendit. Un sourire naquit sur ses lèvres et Ellie répondit spontanément à ce sourire. La voix du sang ? Peut-être. Un immense soulagement submergea Cass. La stratégie hautement risquée adoptée par Dray s'avérait payante.

— Elle est magnifique ! s'extasia Tom.

Le père venait de tomber sous le charme irrésistible de sa fille.

— Je… J'étais en colère, à la maternité…, expliqua-t-il à Cass. Je venais d'apprendre pour l'autre bébé. Un nouveau mensonge s'ajoutait à tous les autres. Mais Pen n'avait pas menti pour ce bébé-là. Elle est vraiment ma fille !

— Oui, elle est vraiment ta fille, Tom !

— Et elle est magnifique ! répéta-t-il puis, submergé par l'émotion, il quitta la pièce, emportant Ellie.

Cass voulut le suivre mais Dray, surgi soudain à ses côtés, la retint.

— Laisse-le partir, Cass ! Il a besoin d'être seul avec son enfant.

— Tu es sûr ? Et si elle se met à pleurer ?

— Alors, il fera ce que font tous les hommes : il la rendra. En attendant, j'aimerais que tu m'en dises un peu plus sur cet *autre bébé* dont parlait Tom. Ai-je bien compris ? Pen aurait eu…

Continuer à mentir serait stupide, réalisa Cass. Elle avait promis à Tom de garder le secret, mais ne venait-il pas lui-même de lever l'interdit ?

— … un autre bébé ? Oui.

— Quand ?

— A seize ans.

— Que lui est-il arrivé ?

— Il est mort.

Cass baissa la tête, incapable de soutenir plus longtemps l'intensité de son regard.

— Comme le tien ! Quelle étrange coïncidence ! Laisse-moi deviner… Tu n'as pas eu de bébé, n'est-ce pas ?

— Non.

— Pourquoi tous ces mensonges, Cass ? Pourquoi Pen a-t-elle caché la vérité ?

— C'est évident, non ? L'auriez-vous acceptée dans votre famille, si elle avait parlé ?

— Mais pourquoi a-t-elle fait croire que c'était toi qui avais subi cette épreuve ?

Cass laissa échapper un profond soupir.

— Elle ne l'a pas probablement pas dit ainsi, répondit-elle. Elle a dû le suggérer et tu t'es empressé d'en tirer une conclusion erronée.

— Peut-être. Mais comment ne pas aboutir à la conclusion que tu te donnais à qui voulait te prendre alors que tu venais de rompre notre relation sans la moindre explication ?

— Pardon ?

Comment osait-il lui lancer en pleine face une telle accusation ?

— Attends une minute ! rétorqua-t-elle en le foudroyant du regard. C'est toi qui n'es jamais venu à notre rendez-vous ! Toi qui as choisi de te rendre à Paris… accompagné !

Dray soupira à son tour.

— Notre bureau parisien était en crise ! Tom et moi n'avons eu d'autre choix que de prendre l'avion et d'y aller. J'avais espéré que tu comprendrais et, surtout, que tu ne te servirais pas de ce prétexte pour rompre et te jeter dans les bras d'un autre.

Cass ouvrit de grands yeux. De quoi parlait-il ? Elle ne s'était jetée dans les bras de personne, et Tom n'était pas censé l'avoir accompagné à Paris. Pen n'avait-elle pas dit…

Qu'avait-elle dit exactement ? Que Tom était parti… à l'étranger. Que Dray… n'était pas seul. Elle n'avait fourni aucun détail. Cass avait seulement interprété les mots à sa façon et Pen s'était gardée de la détromper.

Elle secoua la tête, effarée. Une nouvelle lecture du

passé s'imposait, mais Dray était en train de laisser libre cours à sa hargne.

— Inutile de nier ! lança-t-il. Tard, cette nuit-là, je t'ai téléphoné, ainsi que le jour suivant. Mais tu n'étais pas chez toi. Pen a essayé de te couvrir, mais…

— J'étais là !

Il lui jeta un regard méprisant.

— Tu mens ! Tu n'étais pas là lorsque, le samedi soir, je suis allé à ton appartement. J'ai attendu devant ta porte jusqu'au milieu de la nuit.

— Pen m'avait conseillé de partir dans le Yorkshire, chez des cousins, dit-elle, désespérée.

Il semblait désormais évident que sa sœur avait tout mis en œuvre pour détruire sa relation avec Dray.

— Si c'est vrai, pourquoi ne m'en a-t-elle pas informé ? Pourquoi m'avoir laissé entendre que tu étais partie avec une de tes conquêtes ?

— Je… Je n'en sais rien, balbutia Cass. Quand Pen a-t-elle commencé à mentionner… ces prétendues conquêtes ?

— Dès son retour de lune de miel. Elle a tout d'abord fait de vagues allusions auxquelles je n'ai guère prêté attention. Ce n'est que lorsque je me suis rendu à Paris et que tu as brusquement disparu qu'elle s'est montrée plus précise.

Il ajouta, amer :

— Elle voulait m'éviter de me faire des illusions. C'est du moins ce qu'elle affirmait.

Ainsi, Pen les avait manipulés ! Sans la moindre difficulté, tant ils étaient prêts à douter l'un de l'autre…

Devant son douloureux silence, Dray finit par demander :

— Aurait-elle menti ?

— Oui. A toi comme à moi.

— Mais pourquoi ?

Qui comprendrait jamais le comportement de Pen ? Etait-elle en proie à une jalousie maladive ? N'avait-elle pas supporté de voir sa sœur réussir là où elle avait échoué ?

— Peut-être voulait-elle tester ton indulgence envers les femmes ayant un passé, lança Cass, perfide. Elle a pu constater que tu n'en avais aucune !

— Ah oui ? Je n'ai cessé de t'appeler en vain jusqu'au jour où, quand je t'ai enfin eue au bout du fil, tu m'as raccroché au nez. J'ai alors compris le message.

D'une façon erronée !

— Tout cela appartient au passé et…

Il ne la laissa pas poursuivre. La prenant dans ses bras, il s'empara de ses lèvres pour un baiser violent, passionné, auquel la jeune femme répondit de tout son être. Lorsque, à bout de souffle, ils se séparèrent, il lança d'une voix rauque.

— Oses-tu encore affirmer qu'il s'agit du passé ?

Il l'enlaça de nouveau pour un autre baiser lorsque la porte s'ouvrit derrière eux. Tom entra, Ellie dans ses bras. Son regard étonné alla de son frère à sa belle-sœur.

— Euh… excusez-moi !

Cass s'avança aussitôt vers lui. Il lui rendit l'enfant mais il semblait avoir du mal à détacher ses yeux de l'adorable visage.

— Ellie et moi avons besoin d'être raccompagnées à North Dean Hall, dit Cass. Peux-tu nous y reconduire, Tom ?

— Volontiers. Tu n'as pas besoin de moi, Dray ?

— Non.

Cass fut heureuse d'avoir ainsi l'occasion de s'échapper. Il lui fallait un peu de temps pour faire le point de la situation.

De retour à North Dean Hall, Tom ne sembla guère pressé de repartir. Il tint sa fille dans ses bras tandis que Cass faisait réchauffer un biberon. Quand elle le lui tendit pour qu'il nourrisse l'enfant, il eut un moment de panique. Cass le rassura et lui expliqua comment procéder. Tom apprenait vite. La jeune femme contempla, émue, le père et sa fille faire plus ample connaissance.

Tom tenait toujours Ellie lorsque Dray les rejoignit. S'il apprécia le charmant tableau, il ne le montra pas. Il refusa la tasse de café offerte par Cass et alla s'enfermer dans son bureau. Devant la mine déconfite de sa belle-sœur, Tom crut bon de préciser :

— Dray est fâché contre moi, pas contre toi. Il a raison.

Je me suis comporté d'une manière irresponsable. Mais cela va changer. Ellie est ma fille et c'est à moi qu'il revient désormais de l'élever.

— Te sens-tu prêt à le faire ?

Il lança un regard vers l'enfant endormie contre lui et sourit, confiant.

— Ellie a besoin de moi et j'ai besoin d'elle, affirma-t-il. Nous allons nous aider l'un l'autre à vivre sans Pen. Si tu peux me trouver une nourrice…

Cass sourit.

— Dray et moi en avons reçu quelques-unes qui pourraient certainement faire l'affaire.

— Merci, Cass. Je vais aller parler à mon frère.

Il caressa doucement la joue d'Ellie avant de la tendre à Cass. Un lien indestructible unissait désormais ces deux êtres.

La jeune femme se rendit à la nursery et s'affaira à baigner Ellie et à la préparer pour la nuit. Alors qu'elle regardait par la fenêtre, elle vit les deux frères avancer côte à côte dans l'allée. Avant de se séparer, ils s'étreignirent longuement. La hache de guerre était enterrée.

Comme chaque jour, la femme de ménage avait préparé le repas. Dray rejoignit Cass dans la cuisine alors qu'elle se mettait à table. Il ne semblait pas d'humeur bavarde ; elle ne l'était guère plus.

Sans un mot, il lui versa un verre de vin qu'elle but d'un trait.

— Un autre ? proposa-t-il.

— Pourquoi pas ?

— Pourquoi pas, en effet ? Il suffit de nous enivrer ! Nous pourrons alors rejeter la faute sur l'alcool.

— Quelle faute ?

— Celle que nous n'allons pas tarder à commettre.

— C'est-à-dire ?

— Nous allons commencer par nous disputer. C'est ce que nous faisons généralement. Nous nous entendons à merveille pour cela. Ensuite, nous ferons l'amour. C'est ce que nous désirons tous les deux. Et nous sommes encore meilleurs dans ce domaine. Tu n'es pas d'accord ?

Il la déshabillait du regard. Dray avait raison, songea Cass. L'amour, c'est ce qu'ils faisaient le mieux, mais la souffrance qui s'ensuivait était insupportable.

— Tu ne réponds pas ? Cela signifie-t-il que nous pouvons nous épargner la première partie du programme et passer directement à la seconde ?

Cass se leva.

— Je vais me coucher. Seule !

Il se leva à son tour et lui saisit le bras.

— Lâche-moi ! cria-t-elle.

— Non ! Je veux comprendre.

— Jamais je n'ai voulu rompre ! Je t'ai attendu deux heures, ce soir-là, au restaurant. Puis je suis rentrée et Pen m'a dit que tu étais parti à Paris… en galante compagnie !

— J'étais avec Tom. Je t'ai appelée, tard dans la nuit. Tu n'étais pas rentrée.

— Si. J'étais dans ma chambre, pleurant toutes les larmes de mon corps.

— Ta sœur m'a répondu et a promis de tout mettre en œuvre pour que tu m'appelles dès ton retour. J'ai attendu en vain. J'ai téléphoné le lendemain. Au bout du fil, Pen, désolée, m'a alors informé que tu étais partie avec un autre. Je ne pouvais pas le croire. A mon retour de Paris, je me suis rendu directement de l'aéroport à ton appartement… Personne !

— Pen m'avait conseillé de quitter Londres pour le week-end et de t'oublier. Selon elle, tu étais coutumier du fait : tu collectionnais les conquêtes comme d'autres les papillons.

— C'est l'exacte description qu'elle m'a faite de toi.

— Et tu l'as crue ! Ton orgueil de mâle en a souffert.

— Pas seulement mon orgueil ! L'idée de n'avoir pas su te retenir m'a été insupportable. Tu étais pour moi la femme la plus séduisante, la plus intelligente, la plus courageuse…

Cass ferma les yeux. Elle vivait un rêve dont elle n'allait pas tarder à s'éveiller. Dray s'approcha. La prenant dans ses bras, il la serra fort contre lui afin qu'elle pût se rendre compte de l'effet qu'elle produisait sur lui.

— Cass… ce que j'éprouvais pour toi dans le passé, je

l'éprouve encore aujourd'hui. Je ne dors plus la nuit, trop occupé à penser à ton corps que je caresse, à tes lèvres que je savoure, à tes cris de plaisir que je provoque…

Il enfouit son visage dans ses cheveux et Cass frémit de tout son être, à l'écoute des battements désordonnés d'un cœur. Lequel ? Le sien ? Celui de Dray ? Des deux, sans doute, battant à l'unisson.

Ses lèvres se pressaient contre sa tempe. Tout désir de résistance envolé, elle s'offrit tout entière à son étreinte. Avec un soupir de contentement, Dray la souleva alors de terre et l'emporta vers sa chambre.

10

Les bras passés autour du cou de son partenaire, Cass se laissa emporter sans résistance. Quelques instants plus tard, Dray la déposa sur l'épais tapis de laine à côté de son lit. La pièce était plongée dans la pénombre. Se gardant d'allumer pour ne pas rompre la magie de l'instant, il s'empara de nouveau de ses lèvres avec fièvre tandis que ses mains s'affairaient à la débarrasser de sa jupe.

Cass voulut protester lorsque le vêtement glissa le long de ses hanches mais Dray étouffa ses objections d'un baiser. Lorsque ses doigts se glissèrent sous la barrière de dentelle de son slip pour trouver le cœur humide de son intimité, elle poussa un gémissement de plaisir. Elle le désirait tout autant qu'il la désirait. C'était ainsi depuis leur toute première rencontre.

Comment lutter contre cette force irrésistible qui les poussait l'un vers l'autre ? Cass se laissa faire tandis qu'il déboutonnait son chemisier et le lui ôtait, découvrant sa poitrine palpitante.

— Cassie…

Sa voix rauque témoignait de l'intensité de ses émotions. Le temps semblait s'être arrêté. Hier devenait aujourd'hui. Ils se retrouvaient comme si jamais ils ne s'étaient quittés.

Quand Dray s'éloigna soudain d'elle, Cass crut, affolée, qu'un éclair de raison lui était revenu et faillit hurler sa frustration. Mais elle le vit ôter sa chemise. Tandis qu'elle le contemplait, fascinée, il lui prit la main et la posa sur la ceinture de son pantalon, comme pour solliciter son aide.

Elle l'eût fait volontiers, mais ses doigts tremblaient tant qu'il murmura tendrement :

— Je vais le faire.

Il l'aida à s'allonger sur le lit puis finit de se dévêtir. Entièrement nu, il vint s'étendre à son côté.

— Laisse-moi te contempler, dit-il d'une voix à peine audible. Tu es si belle et tu m'as tellement manqué !

Perdant ses dernières inhibitions, Cass s'offrit avec complaisance à son regard. Elle avait conservé son soutien-gorge, frêle rempart de dentelle. Il en fit glisser lentement les bretelles, découvrant ses seins laiteux.

— Je vais te déguster telle une friandise, murmura-t-il en laissant courir le bout de sa langue sur sa peau nue.

Cass avait perdu toute capacité de se défendre et même de penser. Elle lui appartenait corps et âme. Il en avait toujours été ainsi et il en serait toujours de même. Elle se livrait à lui, appréciant chacune de ses savantes caresses.

Toutefois, lorsqu'il écarta ses cuisses pour l'ultime pénétration, la jeune femme se raidit, redoutant de ne plus savoir l'accueillir. Cela faisait si longtemps !

D'une voix douce et tendre, il la rassura.

— Laisse-moi faire... Je promets de ne pas te faire mal.

Ne pas lui faire mal... Hélas ! il ne pouvait faire que cela. Son corps lui était totalement soumis, mais qu'en était-il de son cœur, de son âme ? Que ressentirait-elle lorsqu'il se lasserait ?

Toute volonté annihilée, Cass n'eut pas la force de lui demander de s'arrêter.

Elle resta allongée, le laissant la toucher, la caresser comme aucun autre homme ne l'avait fait.

Ses caresses se faisaient si précises qu'elle faillit connaître l'orgasme. Dray s'arrêta cependant juste à temps et, se plaçant au-dessus d'elle, la pénétra. Elle poussa un cri mais, très vite, sut que là était sa place. Leurs deux corps s'ajustaient à la perfection. Enchaînés l'un à l'autre, ils se noyèrent bientôt dans un océan de délices jusqu'à l'éblouissement final.

Aucun mot ne fut prononcé. Ils restèrent allongés, le souffle court, anéantis par l'intensité de l'échange. Et lorsqu'ils se tournèrent enfin l'un vers l'autre, ce fut pour s'enlacer de nouveau, comme si jamais leur appétit ne pouvait être rassasié.

Alors que les premières lueurs de l'aube se glissaient à travers les interstices des volets, Cass se réveilla. Ouvrant les yeux, elle contempla le visage de l'homme endormi à côté d'elle et son cœur se mit à battre la chamade. La folle nuit qu'ils venaient de passer ne l'avait pas guérie, bien au contraire. Elle était intoxiquée.

Dray ouvrit les yeux à son tour. Il lui sourit et voulut la prendre dans ses bras mais elle recula et s'assit loin de lui.

— Que se passe-t-il ? demanda-t-il, surpris. Aurais-tu des regrets ?

Elle secoua la tête. Son seul regret était de trop l'aimer.

— Je dois aller voir si Ellie n'a besoin de rien.

— Elle dort !

— Ecoute, je ne veux pas discuter…

— Parfait ! Je connais une bien meilleure manière de passer le temps !

Elle aussi. Mais elle avait trop souffert de le perdre, il y a trois ans, pour prendre le risque de recommencer.

— Je ne peux pas…

— Tu ne peux pas quoi ?

— Poursuivre notre relation.

Les yeux de Dray flamboyèrent de colère.

— Comment qualifies-tu ce qui s'est passé entre nous cette nuit ? S'agit-il, pour toi, de sexe et de rien d'autre ?

— Je… Je crois, oui.

— Alors, va-t'en !

Cass perçut sa peine. Elle égalait la sienne. Seulement elle l'aimait, alors que lui…

Elle chercha son regard mais il s'était levé et se dirigeait vers la salle de bains. Il referma violemment la porte derrière lui, mettant ainsi fin à la discussion.

Il la renvoyait.

Seigneur, qu'avait-elle fait ? Si elle s'était abstenue de parler, ils auraient pu passer une semaine, un mois, peut-être même toute une année ensemble, ce qui aurait été mieux que rien.

Le bruit de la douche lui parvint. Dray se lavait des traces de leurs étreintes de la nuit. Il l'avait facilement oubliée, il y a trois ans ; il l'oublierait tout aussi facilement cette fois.

Cass se leva, ramassa ses vêtements et regagna sa chambre et sa salle de bains.

Tel un automate, elle se doucha, s'habilla et commença à faire ses bagages sans pouvoir les terminer ; les larmes ruisselaient sur son visage. Elle s'assit sur le bord du lit, désespérée.

La porte s'ouvrit soudain sur Dray.

— Tu pleures ! s'exclama-t-il, surpris.

Il vint s'agenouiller devant elle.

— Explique-moi. Je ne te comprends pas.

— Je… Je suis prête à poursuivre notre relation… pendant un certain temps.

— Combien de temps ? J'ai besoin de savoir.

— Je… C'est toi qui te lasseras le premier !

— Certainement pas !

— A… à cause d'Ellie ?

— Ellie n'a rien à voir dans cette histoire ! Tom va la prendre chez lui dès qu'il aura trouvé la nourrice adéquate.

— Oh…

— Si tu pensais que la raison de ta présence ici était Ellie, tu te trompais lourdement. J'ai suffisamment d'argent pour m'offrir une nourrice compétente.

Lui prenant la main, il l'aida à se lever.

— J'ai besoin de toi, Cass. Pas pour Ellie. Pour moi.

— Alors, je reste.

— Mais j'ai besoin de savoir pour combien de temps tu acceptes de rester.

— Dray, tu n'es pas en train de traiter une affaire, de passer un contrat…

— Si, justement ! Nous pourrions effectivement passer un contrat.

— Que… Quel type de contrat ?

— Celui qu'un homme et une femme désirant s'engager

l'un envers l'autre pour la vie ont pour habitude de signer. Un contrat de mariage.

— Tu… Tu n'es pas sérieux !

— Jamais je ne l'ai été autant !

— Mais tu es riche et…

— Tu le seras également en m'épousant !

— Tu penses que je convoite ta fortune ?

Il laissa échapper un soupir d'exaspération.

— Non ! J'énonçais seulement un fait. Ce mariage ne serait pas à ton désavantage.

— Mais, pour… pour toi ?

— Les avantages, pour moi, seront nombreux. J'aurais à mes côtés une compagne belle, intelligente, des relations sexuelles épanouies, un ou deux enfants…

— Tu veux des enfants ?

— C'est une option.

— Avec moi ?

— Tel est mon objectif, en effet. Lorsque tu seras prête, bien entendu. Je sais que tu as tout d'abord une carrière à établir.

Il semblait avoir tout prévu. Comme elle restait sans voix, il poursuivit :

— Quand donc accepteras-tu de me faire confiance, Cassie ? Jamais ta sœur n'a été ma maîtresse. Jamais je n'aurais fait un tel affront à mon frère.

— Pen te trouvait très séduisant.

— Moins séduisant, toutefois, que mon cousin Simon !

— C'est… C'est donc avec lui qu'elle…

— Oui. J'avais des doutes et il les a confirmés. Il a été follement amoureux d'elle. Lorsqu'on connaît Camilla, on le comprend.

— Je… Je suis désolée… pour tout ce que Pen a fait subir à ta famille.

Il serra fort sa main qu'il tenait dans la sienne.

— Tu n'y es pour rien.

— J'aurais dû m'opposer à son mariage ! Elle était trop jeune.

— Assez parlé de Pen ! Tu n'as toujours pas répondu à

ma question. Cassandra Barker, veux-tu, oui ou non, signer ce contrat qui te liera à moi pour la vie ? Qui sait ? Avec le temps, l'amour peut venir.

— Non, Dray, l'amour doit être présent au départ. Je ne crois pas que tu puisses te réveiller un jour et découvrir brusquement que tu m'aimes.

— Je ne parlais pas de moi, mais de toi ! Pour ma part, je me réveille chaque matin éperdument amoureux de toi.

— Tu… Tu es amoureux de moi ?

— Cela crève les yeux, non ?

— Mais… tu semblais si en colère, ces derniers mois…

— Te revoir et constater que mes sentiments pour toi étaient toujours aussi forts a été une torture. J'ai alors pris la décision de me tenir éloigné de toi. Mais quand la lettre de Pen a été trouvée, j'ai sauté sur ce prétexte pour te revoir.

— Tu as été grossier…

— J'ai surtout été atrocement jaloux de ce médecin qui te faisait manifestement la cour.

Cass sourit, le cœur en fête.

— Tu n'avais pas à l'être. Ni de lui ni de qui que ce soit d'autre. Je n'ai eu qu'une seule et très brève aventure, depuis la fin de notre liaison. Et seulement comme thérapie.

— Comme thérapie !

— Pour me guérir de toi.

— As-tu réussi ?

— Je l'ai cru tout d'abord. Mais après une courte rémission, j'ai vite compris qu'il s'agissait d'une maladie incurable. Je crains qu'il me faille un traitement à vie.

Il sourit.

— Ton diagnostic est donc…

— … que je t'aime !

Dray la prit dans ses bras et la serra à l'étouffer.

— Enfin ! J'ai cru que jamais tu ne prononcerais ce mot ! Tu es donc prête à devenir ma femme ?

La jeune femme leva les yeux vers lui. Ce qu'elle lut dans les siens lui ôta ses derniers doutes.

— Je t'ai aimé dès le premier jour et je t'aimerai toujours, Dray.

— C’est heureux, car jamais plus je ne te laisserai me quitter !

Un mois plus tard, il lui passait officiellement la bague au doigt promettant solennellement de l’aimer jusqu’à son dernier jour. Une promesse que Cass savait désormais, avec certitude, qu’il tiendrait.

OFFRE DÉCOUVERTE !

Vous souhaitez découvrir nos collections ? Recevez **votre 1er colis gratuit* avec 2 cadeaux surprises !** Une fois votre colis de bienvenue reçu, si vous souhaitez continuer à recevoir nos livres, cela se fera automatiquement. Vous recevrez alors vos livres inédits** en avant-première.

Vous n'avez aucune obligation d'achat et cette offre est sans engagement de durée !

*1 livre offert + 2 cadeaux / 2 livres offerts pour la collection Azur + 2 cadeaux.
**Les livres Ispahan, Sagas, Allegria et Best-Sellers Féminins sont des réédités.

☛ COCHEZ la collection choisie et renvoyez cette page au
Service Lectrices Harlequin – CS 20008 – 59718 Lille Cedex 9 – France

Collections	Références	Prix colis*
❑ **AZUR**	Z0ZFA6	6 livres par mois 28,79€
❑ **BLANCHE**	B0ZFA3	3 livres par mois 23,65€
❑ **LES HISTORIQUES**	H0ZFA2	2 livres par mois 16,59€
❑ **ISPAHAN**	Y0ZFA3	3 livres tous les 2 mois 23,35€
❑ **PASSIONS**	R0ZFA3	3 livres par mois 25,09€
❑ **SAGAS**	N0ZFA3	3 livres tous les 2 mois 27,66€
❑ **BLACK ROSE**	I0ZFA3	3 livres par mois 25,09€
❑ **VICTORIA**	V0ZFA3	3 livres tous les 2 mois 25,69€
❑ **ALLEGRIA**	A0ZFA4	4 livres tous les 2 mois 30,15€
❑ **BEST-SELLERS FÉMININS**	E0ZFA2	2 livres par mois 18,75€
❑ **MAGNETIC**	K0ZFA3	3 livres tous les 2 mois 23,07€

N° d'abonnée Harlequin (si vous en avez un) ___________

Mme ❑ Mlle ❑ Nom : ___________

Prénom : ___________ Adresse : ___________

____

Code Postal : ______ Ville : ___________

Pays : ___________ Tél. : ___________

E-mail : ___________

Date de naissance : ___________

❑ Oui, je souhaite recevoir par e-mail les offres promotionnelles des éditions Harlequin.
❑ Oui, je souhaite recevoir par e-mail les offres promotionnelles des partenaires des éditions Harlequin.

Date limite : 31 décembre 2020. Vous recevrez votre colis environ 20 jours après réception de ce bon. Offre soumise à acceptation et réservée aux personnes majeures, résidant en France métropolitaine, dans la limite des stocks disponibles. Prix susceptibles de modification en cours d'année. Vous pouvez demander à accéder à vos données personnelles, à les rectifier ou à les effacer. Il vous suffit de nous écrire en nous indiquant vos nom, prénom et adresse à : Service Lectrices Harlequin CS 20008 59718 LILLE Cedex 9. Service Lectrices disponible du lundi au vendredi de 8h à 18h : 01 45 82 47 47.

Composé et édité par HarperCollins France.

Achevé d'imprimer en janvier 2020.

Barcelone

Dépôt légal : février 2020.

MIXTE

Papier issu de sources responsables

FSC® C108412

Pour limiter l'empreinte environnementale de ses livres, HarperCollins France s'engage à n'utiliser que du papier fabriqué à partir de bois provenant de forêts gérées durablement et de manière responsable.

Imprimé en Espagne.